双葉文庫

はぐれ長屋の用心棒

父子凧

鳥羽亮

目次

この作品は双葉文庫のために書き下ろされました。

父子凧《おやこだこ》　はぐれ長屋の用心棒

第一章　辻斬り

一

「まず、一献」

俊之介《しゅんのすけ》が銚子を取って酒をすすめた。ひどく機嫌がいい。何か、いいことでもあったのだろうか。

「すまんのう」

華町源九郎《はなまちげんくろう》は目を細めて杯を取った。

この日、源九郎は生まれて一年ほどになる八重《やえ》の顔を見に華町家に立ち寄ったのだ。八重は源九郎の嫡男の俊之介と嫁の君枝《きみえ》との間に生まれた孫娘である。

源九郎は八重の顔を見たらすぐに辞去するつもりだったのだが、どういうわけか、俊之介と君枝が、夕餉《ゆうげ》を食べていけ、と強く言うので、その気になって居間に上がり込んだのである。

「八重だが、だいぶしっかりしてきたな」

そう言って、源九郎は杯を干した。

「這《は》うようになってから、君枝も目が離せなくなったようです」

俊之介が嬉しそうに目を細めた。

「おまえに、そっくりではないか」

「君枝は父上にそっくりだと言ってますよ」

「そうかな」

いまの源九郎に似ているはずはないし、君枝が源九郎の幼いころを知っているはずはない。ただ、お世辞だとは分かっていても、悪い気はしなかった。似ていると言われると、自分の血がつながっている証のような気がして可愛さが増すのである。

「慶事でもあったかな」

それとなく、源九郎が訊《き》いた。

「ええ、まァ」

俊之介は笑みを浮かべたまま言葉を濁した。

そのとき、台所の方で八重の笑い声と男児の母親を呼ぶ甘えるような声が聞こえた。男児は新太郎《しんたろう》という俊之介夫婦の嫡男で四つである。したがって、源九郎にはふたりの孫がいることになる。

君枝が八重をあやしながら、台所仕事でもしているらしい。下男も下女も雇っていないので、ふたりの子の世話をしながら家事をこなすのは大変だろう。

源九郎は五十六歳。気ままな牢人暮らしである。俊之介が君枝を嫁にもらったのを機にさっさと家督をゆずって家を出てしまったのだ。

華町家は五十石の御家人だった。わずか五十石で給地を拝領しているというのも妙な話だが、これには訳がある。

華町家は代々百石を喰《は》む御家人で、御納戸衆や御腰物方などを勤める家柄だった。ところが、源九郎の親の孫右衛門《まごえもん》が不始末をしでかし、五十石に減石されたのだ。

孫右衛門は御納戸衆だったが、将軍の下賜《かし》する時服の購入のおりに不正があり、それを咎《とが》められたらしい。ところが、孫右衛門は上司の巻添えになっただけだったのだ。このことを知った御納戸頭と御目付の奔走で、改易になるところを五十石の減石ですんだのである。しかも、いずれ家禄をもどすという意味合いもあったようだ。そのため、他の小禄の多くの御家人のように蔵米取りでなく、知行取りのまま据え置かれたものらしい。

ただ、孫右衛門はその事件をきっかけに気力を失い、まだ四十代という若さで隠居して家督を源九郎に譲ってしまった。華町家を継いだ源九郎は、減石の上に非役のままだったので暮らしは困窮した。当然、下男下女の俸給も払えなくなり、やめさせざるを得なくなった。

その後、三十余年家禄はそのままで、源九郎の出仕もかなわなかった。もっとも、源九郎は若いころから鏡新明智流《きょうしんめいちりゅう》の道場に通い、剣術の稽古に没頭して猟官運動などはまったくやらなかった。堅苦しい奉公より、貧乏でも気ままな非役暮らしの方が性に合っていたのである。

ところが、俊之介が家督を継いで半年ほどしたとき、御納戸組頭の小西恭助《こにしきょうすけ》から御納戸同心の出仕の話があった。小西の先代は、華町家を救うために奔走してくれたひとりである。小西も、そのことを知っていてなんとか華町家の力になりたいとの思いがあったらしい。

「御納戸同心だがな。出精して御奉公いたせば、いずれ御納戸衆への栄進もかなおう」

小西はそう言った。

御納戸同心の御役高は、三十俵三人扶持《ぶち》である。華町家の持高《もちだか》は五十石で「百石百俵」の基準からみて俸給の三十俵三人扶持より高いので、家禄と御役高の差である御足高《おたしだか》はもらえない。つまり、御納戸同心に出仕しても俸給は増えないのである。

ただし、御納戸衆となると、話はちがう。御納戸衆の御役高は二百俵である。およそ二百石取りに匹敵する俸給になるし、そうなれば家禄も元の百石にもどされるだろう。

「かたじけのうございます。華町俊之介、小西さまのご恩は終生忘れませぬ」

俊之介は感涙に耐えて低頭した。華町家の家格をとりもどす足がかりができたのである。

それから五年ほど経ったが、御納戸衆への栄進は実現しなかった。あいかわらず俊之介は御納戸同心を勤め、いまだに奉公人も雇えないほどの貧乏暮らしがつづいているのである。

「どうだ、御奉公は？」

源九郎が銚子を持って俊之介の方に差し出しながら言った。

「まァまァです……」

俊之介は嬉しそうに顔をくずしながら、酒を受けた。

そこへ、君枝が銚子を手にして入ってきた。八重の姿はなかった。新太郎が君枝の尻に張り付くようにしてついてきた。

「八重はどうした」

俊之介が訊いた。

「眠りましたよ」

君枝が糸のように目を細めて言った。色白でお多福《たふく》のような顔をしている。もともと太っていたのだが、ふたり目の八重を生んでからさらに肉が付き、頬などは饅頭《まんじゆう》でも張り付けたようにふっくらしている。ふたりの子持となれば、当然なのだろうが、このところとみに母親としての貫禄がついたようだ。

「お義父《とう》さま、おひとつ」

君枝が銚子を取って、源九郎の前に差し出した。

めずらしいことであった。君枝が酒をついでくれるなど、滅多にないことなのだ。しかも、満面に笑みを浮かべている。

それに、ふだんなら足をくずして腰のあたりにへばりついている新太郎を、お行儀が悪いと言って叱るのだが、今日は何も言わないのだ。

「おお、すまんな」

源九郎は慌てて杯を持った手を伸ばした。

酒をついでもらいながら、源九郎は、

……三人目でも、孕《はら》んだのかもしれんぞ。

と、思った。ふだんとちがうふたりの嬉しそうな顔は、何か華町家に慶事があったことを推測させるのだ。そう言えば、君枝の腹が膨れているようにも見える。

「俊之介、何かあったのかな」

源九郎が、もう一度訊いた。

すると、君枝はちょっと驚いたような顔をして俊之介に目をやり、まだ、お義父さまに話してなかったのですか、と小声で訊いた。

「いや、まだ、決まったわけではないのでな」

俊之介は照れたような顔をして言った。

「何の話だ？」

君枝が身籠もったのではないようだ。君枝の腹の膨れは、太っただけらしい。

「じ、実は、小西さまから、ちかいうちに御納戸衆に栄進できるのではないかとのお話がありまして……」

俊之介は戸惑うように口ごもったが、目尻を下げ、満面に笑みを浮かべている。

「御納戸衆に」

思わず、源九郎が聞き返した。

「はい、まだ、御頭の戸田《とだ》さまに推挙していただいただけなのですが」

俊之介によると、御納戸衆のひとりが病死したのだが嫡男が元服したばかりなので、まだ出仕することができないという。そこで、御納戸頭の戸田助左衛門《すけざえもん》が俊之介を推挙してくれたのだそうである。

「めでたい話ではないか」

御納戸衆ということになれば、先代の孫右衛門が失った華町家の家禄も百石にもどされるだろうし、住居も二百俵取りに相応《ふさわ》しい屋敷に替われるはずだ。

どうやら、このことを言いたいために、源九郎を夕餉にさそったらしい。

「そうなれば、下働きの者や下女も雇えます。……中間もふたりぐらいは使わねばなりませんし……」

俊之介が目を細めながら言うと、

「お義父さまにも、そのような粗末なお姿をさせずに済みます」

と、君枝が源九郎の身装《みなり》に目をやりながら言い添えた。

「うむ……」

君枝の言うとおりだった。源九郎は無精髭が伸び、着古した羊羹色《ようかんいろ》の袷《あわせ》によれよれの袴姿だった。どこから見ても尾羽打ち枯らした貧乏牢人そのものである。二百俵取りの御家人の舅《しゅうと》には相応しくない姿である。

「これも、旦那さまのお蔭です」

君枝がさらに言った。その顔に得意そうな色があった。

旧禄を取り戻すことは華町家にとって悲願であったが、源九郎の代にはかなわなかった。それを俊之介が果たせそうだというので、妻としても鼻が高いのだろう。

「そうなったら、新太郎と八重にも武家らしい身装をさせませんと」

君枝は腰に張り付いている新太郎に気付いて、武士の子らしくしなければ、いけません、と声をきつくしてたしなめた。お多福のような顔に、権高な表情が浮いている。すでに、二百俵取りの御家人の妻女になった気でいるようだ。

「いやァ、めでたい、めでたい」

源九郎は笑いながら言ったが、胸中は複雑だった。

屋敷がひろくなっても、俊之介夫婦と同居するつもりはなかったし、二百俵取りということになれば華町家の敷居が高くなるだけだろうと思ったのだ。

「父上、もう一杯」

俊之介が上機嫌で銚子を取った。

「おお、すまぬ」

源九郎は複雑な胸中を隠して、嬉しそうに杯を差し出した。

その日、源九郎は暮れ六ツ（午後六時）の鐘を聞くと、暗くならないうちに長屋に帰りたいと言って華町家を辞去した。俊之介は、もうすこし、ゆっくりしていけ、と言ったが、妙に腰が落ちつかなかったのだ。

二

戸口で足音がした。聞き慣れた菅井《すがい》の足音である。

源九郎は番傘に防水用の荏油《えのあぶら》を塗っていたが、刷毛《はけ》を脇へ置いて大きく伸びをした。朝から傘張りをつづけていたので、肩が凝《こ》ったのだ。

「華町、いるか」

菅井紋太夫《もんだゆう》が声をかけた。

菅井は同じ長屋に住む牢人で、四十九歳、独り身である。両国広小路で居合抜きを見せて銭をもらう大道芸で口を糊《のり》している。

「入ってくれ」

源九郎は傘張りはこれまでだと思い、立ち上がった。菅井が顔を出したからには、仕事はつづけられないだろう。

思ったとおり、菅井は将棋盤をかかえていた。菅井は無類の将棋好きだった。何か理由をつけては仕事を休み、源九郎の部屋に来ては将棋を指すのである。ただ、腕はいまひとつで下手の横好きといったところである。

「仕事には行かんのか」

すでに、四ツ（午前十時）過ぎである。とっくに仕事に出かけていなければならないはずだった。

「今日は雨だ」

菅井は遠慮なく土間に草履《ぞうり》を脱ぎ、座敷に上がり込んだ。

「降ってはおらんぞ」

「いや、すぐに降り出す。広小路まで出かけて雨に降られるのはいやだからな。……さァ、ひと勝負だ」

菅井は座敷に胡座《あぐら》をかいて、さっそく駒を並べ始めた。

「うむ……」

確かに朝からどんより曇り、今にも降り出しそうな空模様ではあったが、雨は落ちていない。ただ仕事を休む口実にしただけだろう。

源九郎はあまり気はすすまなかったが、こうなったら何局か相手せざるを得ないだろうと思い、将棋盤の前に膝を折った。

小半刻（三十分）ほど駒を進めたとき、腰高障子があいて茂次《しげじ》が顔を出した。

「ヘッヘヘ、やってやすね」

茂次も勝手に上がり込み、脇からふたりの対局を覗いていている。

「おまえも、仕事を休んだのか」

源九郎が、呆《あき》れたような顔をして訊いた。

「お梅《うめ》のやつが、今日は雨になるって言いやしたんでね。泣く泣く仕事は休んだんでさァ」

茂次は照れたように笑いながら言った。

お梅というのは茂次の女房である。所帯を持って、まだ半年ほどである。

茂次は研師《とぎし》だった。少年のころ刀槍を研ぐ名の知れた研屋に弟子入りしたのだが、師匠と喧嘩して飛び出し、いまは長屋や路地をまわり、包丁、鋏《はさみ》、剃刀《かみそり》などを研いだり、鋸《のこぎり》の目立てなどをして暮らしている。

茂次も何か理由をつけては仕事を休み、お梅といっしょにいるのが飽きると、独り暮らしの源九郎や菅井の部屋へ来ておだを上げていることが多かった。

この長屋には菅井や茂次のような連中が大勢住んでいる。本所相生町《ほんじょあいおいちょう》にあり、伝兵衛店《でんべえだな》という名があるが、相生町界隈《かいわい》では、はぐれ長屋で通っていた。食いつめ牢人、大道芸人、その日暮らしの日傭取《ひようと》り、その道から挫折した職人など、はぐれ者の住人が多かったからである。

「旦那、飛車がつみそうですぜ」

茂次が菅井の肩口から覗き込んで言った。茂次も、多少将棋が分かるらしい。

「うむ……」

唸《うな》り声を上げて、菅井は将棋盤を睨《にら》みつけている。肩まで伸びた総髪、肉を抉《えぐ》り取ったようにこけている頬、とがった顎。死神のような顔が赭黒《あかぐろ》く染まり、般《はん》若《にや》のような顔になっている。

「勝負あったな」

飛車だけではなかった。あと、数手で王もつむ。

「この金だが、待てぬか」

菅井が絞り出すような声で言った。

「待てんな」

「ならば、いま一局」

菅井は憮然《ぶぜん》とした顔で、盤上の駒をかきまわした。

その日、茂次は一刻（二時間）ほどで帰ったが、菅井はなかなか腰を上げなかった。結局、源九郎は陽が沈み部屋のなかが薄暗くなるまで将棋の相手をさせられた。

「華町、やっぱり雨だ」

菅井が将棋盤をかかえて土間へ下りたとき、庇《ひさし》を打つ雨音が聞こえた。いまごろになって降ってきたようである。

「傘を持っていくか」

商売柄、傘だけは貸すほどある。

「すぐ、そこだ。傘などいらん」
そう言い置くと、菅井は腰高障子をあけて飛び出していった。

三

翌朝、雨はあがっていた。薄雲が空をおおい、晩秋らしい冷たい風が吹いている。源九郎は朝めしを食うと首に手ぬぐいを巻き、張り終えた傘を持って部屋から出た。竪川《たてかわ》沿いにある傘屋の丸徳《まるとく》にとどけるつもりだった。

長屋はひっそりしていた。すでに、五ツ半（午前九時）を過ぎているので、ぼてふりや日傭取りなどは稼ぎに出ているのだ。井戸端にも人影がなかった。寒いせいであろう。ふだんは長屋の女房連中が集まっておしゃべりや洗濯をしているのだが、まだ部屋にこもっているにちがいない。

長屋の路地木戸を出て、竪川沿いの通りまで来たときだった。背後から足音が追ってきて、

「華町の旦那」
と、声をかけられた。
振り返ると、茂次と孫六《まごろく》が足早に近寄ってくる。

孫六は左足を引きずるようにして歩いていた。孫六は還暦を過ぎた年寄りで、ぼてふりをしている娘夫婦といっしょに住んでいる。元は腕利きの岡っ引きだったが、七年ほど前に中風をわずらい、左足が不自由になったので足を洗ったのである。ただ、いまは左足も回復し、すこし引きずるが常人と変わらずに歩きまわっていた。

「どこへ行く？　ふたりそろって」

源九郎が足をとめて訊いた。何かあったようだ。

「ちょいと、清住町の大川端まで。……木戸を出ていく旦那の姿を見かけたんで追って来たんですぜ」

茂次が昂《たかぶ》った声で言った。

「清住町に何かあるのか」

深川清住町まで、大川端を行けばすぐである。

「大川端で、人が斬られてやしてね」

「ほう」

「旦那も、見たいんじゃァねえかと思って、長屋に知らせに来たんでさァ」

茂次によると、研師の仕事で深川へ出かけ、清住町の大川端へさしかかったとき、川岸の土手際に人だかりがしているので、覗いて見たのだという。

「大店《おおだな》の番頭ふうの男が、バッサリ斬られてやしてね。こいつは、すぐに旦那に知らせねえといけねえと思い、飛んで帰ったんでさァ。戸口に孫六のとっつァんがいたので話すと、あっしも行くと言って、こうしてふたりで来たってわけなんで」

茂次が言いつのった。

お節介な男である。そんなことでいちいち仕事を休んでいたのでは、商売にならないだろう。

「どうせ、辻斬りにでも斬られたんだろう」

源九郎は興味がなかった。

「それが、旦那、凄《すご》い斬り口なんで」

茂次が口をとがらせて言った。

「何が凄いのだ」

「正面から頭を割られてやしてね。あっしが見ても、なまくら侍の仕業じゃァねえことは分かる。ここは、旦那に見てもらうしかねえと思ったわけでしてね」

「うむ……」

茂次の言うとおり、手練《てだれ》のようだ。

源九郎はその斬り口に興味をもった。頭蓋を割るほどの斬撃で、正面から真っ向に斬り込んだらしい。

「行ってみるか」

どうせ、暇を持て余しているのである。

「そうこなくちゃァ」

孫六が声を上げた。孫六も長屋でくすぶっているだけで、やることがないのだ。

源九郎は丸徳に傘を置き、張り賃をもらうと、その足で清住町へむかった。三人は竪川にかかる一ッ目橋を渡り、大川沿いの道を川下の方へ歩いた。

大川端は荒涼としていた。人影はまばらで、寒風が吹き荒んでいる。大川の鉛色の川面に白い波頭が無数にたち、猪牙舟《ちょきぶね》が波にもまれて見え隠れしていた。対岸の日本橋の家並が、どんよりした雲に押しつぶされるようにかたまっている。

「旦那、あそこで」

茂次が指差した。

見ると、川岸の柳の樹陰に人だかりがしていた。多くは通りすがりの野次馬らしいが、八丁堀同心と岡っ引きの姿もあった。同心は南町奉行所定廻り同心の村《むら》上彦四郎《かみひこしろう》である。

源九郎は村上と面識があった。相撲の五平《ごへい》と呼ばれるやくざの親分にお梅が連れ去られたとき、茂次とともに村上の手を借りて助け出したことがあったのだ。その事件が縁で茂次とお梅は結ばれたのである。

源九郎たち三人は人垣の後ろに立って覗いたが、横たわっているであろう死体は見えなかった。

「すまねえ、ちょっと通してくんな」

茂次が人垣を分け、源九郎と孫六もつづいて野次馬の前に出た。せっかくここまで来たのである。死体だけでも拝んで帰りたい。

人垣がざわつき、村上が振り返って源九郎と顔を合わせたが、仏頂面をしただけで何も言わなかった。

その村上の足元に死体が仰臥《ぎょうが》していた。頭部が柘榴《ざくろ》のように割れて頭蓋骨が覗いていた。顔はどす黒い血に染まり、片眼が飛び出し、歯を剝《む》き出した口が縦に裂けてふたつに分かれている。なんとも凄絶な死体である。

……手練だな。

正面から一太刀である。頭頂から顎のあたりまで斬り下げられていた。遣い手でなければ、これだけの斬撃はふるえないだろう。

死体の主は商家の番頭ふうだった。濃い茶の羽織に同色の小袖、紺足袋《たび》に草履履きだった。

「旦那、日本橋の越野屋《こしのや》の番頭らしいですぜ。……名は房蔵《ふさぞう》」

孫六が源九郎に身を寄せてささやいた。

孫六は耳を立てて野次馬たちが口にしたのを聞いたらしい。さすがに、腕利きの岡っ引きだっただけのことはある。野次馬の私語にも、耳をかたむけているようだ。

越野屋というのは日本橋でも名の知れた呉服屋の大店である。

見ると、村上は死体の脇へかがみ込んで死体のふところを探っていた。財布を持っているか調べているらしい。

「財布は持ってねえ」

村上がそばに立っている岡っ引きらしい男に言った。

それを聞いた源九郎は、

……やはり、辻斬りかもしれんな。

と、思った。辻斬りが通りかかった番頭のふところを狙って襲ったのであろう。

「旦那、ちょいと様子を聞き込んでみやしょうか」

茂次が目をひからせて言った。

「よせよせ、わしたちにはかかわりのないことだ」

そう言って、源九郎は身を引いて人垣の後ろへまわった。

「どうしやす？」

孫六が訊いた。

「どうもせん。長屋に帰って、傘張りをするつもりだ」

源九郎は大川端を長屋のある本所にむかって歩きだした。辻斬りであれ追剝《おいは》ぎであれ、町方の仕事である。

茂次と孫六は不服そうな顔をして跟《つ》いてきた。

四

「徳右衛門《とくえもん》、番頭の房蔵と手代の与吉《よきち》が殺されたそうだな」

御納戸組頭の小西が杯をさし出しながら言った。

徳右衛門は越野屋の主人だった。五十がらみの恰幅《かっぷく》のいい赤ら顔で、いかにも大店の旦那といった雰囲気をただよわせている。

柳橋の老舗《しにせ》の料理茶屋「吉菊《よしぎく》」の二階座敷に、五人の男が集まっていた。小西、徳右衛門、手代の利三郎《りさぶろう》、御納戸衆原島史四郎《はらしまふみしろう》、それに華町俊之介である。

越野屋は幕府御用達で、将軍の下賜品である時服の購入の商談のためにここに来ていた。もっとも商談は表向きのことで、内実は越野屋の御納戸組頭に対する饗応である。

越野屋にすれば、下賜品の時服だけならそれほど大きな商いではなかったが、幕府御用達の信用が大事であった。それに、越野屋は大奥の出入りも許されており、御納戸の機嫌を取っておく必要があったのである。

俊之介だけはすこし下がって座していた。小西や原島とは身分がちがうのである。俊之介は実質的に購入を進める原島の配下で、越野屋との顔合わせのために同席したのだ。それに、俊之介には小西と原島の従者の役割もあった。

「はい、思わぬことでございまして……」

徳右衛門は顔をしかめながら銚子の酒をついだ。

「下手人の心当たりはないのか」

「まったくございません。……町方は辻斬りの仕業だとみているようですが」

徳右衛門は腑に落ちないような顔をして言った。

「何か奪われたのか」

「はい、金子《きんす》を少々……」

徳右衛門は言葉をにごした。小西に話すべきではないと思ったようだ。

実は、房蔵は三百両もの大金を奪われていた。房蔵は手代の与吉とふたりで、商談を進めるため小西と原島に会いに深川の料理屋に出かける途中襲われたのだ。そのため徳右衛門は日と場所をあらため、小西たちとここに会していたのである。

「手代の死体は別の場所にあったというではないか」

小西が訊いた。

「はい、すこし川下で見つかりました」

大川端の現場に与吉の姿がなかったのは、背後から斬られ大川に落ちたからである。

房蔵の死体が町方の手で調べられた二日後、下流の舫《もや》い杭にひっかかっている与吉の死体も発見された。町方の検屍によると、与吉も同じ下手人の手にかかったらしいとのことだった。

「町方には、何としても下手人を捕らえてもらわねばならぬな」

小西がしかつめらしい顔で言った。

俊之介は小西や原島の会話を黙って聞いていた。ときおり、手代の利三郎が座を取り持つように酒をつぎながら話しかけてきたが、すぐにとぎれてしまう。越野屋にすれば、俊之介の機嫌まで取る必要はなかったのだ。

それから一刻（二時間）ほどすると、店の女将《おかみ》があらわれ、駕籠《かご》が来ていることを告げた。気を利かせて徳右衛門が小西のために呼んだようである。

「馳走になったな」

小西は機嫌よく立ち上がった。俊之介にはなかったが、小西と原島には相応の金子が渡されたようである。

俊之介と原島は、徳右衛門や女将といっしょに店先で小西の乗る駕籠を見送った。

暮れ六ツ（午後六時）を過ぎて間もなかった。辺りは淡い暮色につつまれていたが、頭上の空にはまだ青さも残っていた。

夕闇のなかに小西の乗った駕籠が消えると、

「おふたりは、もうすこしゆっくりなさったらいかがです」

と、徳右衛門が目を細めて言った。

「いや、おれたちも帰ろう」

原島が言った。これから先は自腹である。それに、顔を突き合わせてふたりで飲んでもうまくないだろう。

俊之介と原島は吉菊を後にし、柳橋を渡って両国広小路に出た。広小路は淡い夕闇に染まっていた。芝居小屋、床店、茶店などは店をしめていたが、まだ人影は多かった。仕事帰りの職人や飲み屋にでも繰り出すつもりの若者などが足早に通り過ぎていく。

「越野屋も気を使っているな」

原島が歩きながら小声で言った。

原島は三十代半ば、俊之介より年上だった。面長で切れ長の細い目をしていた。優男だが、何事にも如才《じょさい》なかったので小西に気に入られていた。また、御納戸頭の戸田も原島を買っていて、ちかごろは戸田の直接の指示で動くこともあるようだった。そんなこともあって、いずれ御納戸組頭に抜擢《ばってき》されるのでは、との噂もあった。

「わたしのような者まで、お相伴《しょうばん》にあずかりまして……」

俊之介は何と答えていいか分からず、曖昧に答えた。俊之介には分からなかったが、賄賂《まいない》がいつもより多額だったのかもしれない。

「なに、気にすることはない。……それにしても、越野屋の番頭と手代を殺したのは何者であろう」

原島は夜陰に目をむけながら不審そうな顔をした。辻斬りに斬られたとは思っていないのかもしれない。

俊之介が黙っていると、原島がまた口をひらいた。

「ちかごろ筑前屋《ちくぜんや》がいろいろ動いていてな。此度《こたび》の時服の件でも、小熊《こぐま》さまや赤石《あかいし》どのにだいぶ働きかけているというぞ」

小熊宗之助《そうのすけ》は御納戸頭で、赤石八十郎《やじゅうろう》は小熊の手飼いの御納戸組頭である。現在ふたりの御納戸頭がその長として、幕府の御納戸を掌《つかさど》っている。そのふたりに、それぞれ二名の御納戸組頭が補佐役としてしたがい、さらにその下に御納戸衆、御納戸同心とつづくのである。

戸田と小熊の役割はちがうが、御納戸頭として対立することが多く、御納戸全体が戸田派と小熊派に二分している状況にあった。

「さようでございますか」

筑前屋は最近商いをひろげてきた呉服屋だった。越野屋に比べれば小規模な店で奉公人も半数ほどしかいないが、近年幕府の御用達になり、御納戸へも強く働きかけているという噂は俊之介も耳にしていた。

「筑前屋の商いは強引だし、ちかごろは頻繁に諸藩へも出入りしているらしい。そのうち、越野屋を追い越すかもしれんな」

原島は独り言のように小声で言って足を速めた。

原島の屋敷は日本橋浜町にあった。俊之介の家は深川六間堀町なので、両国橋を渡って深川へ出た方が早いのだが、浜町ちかくまで供をすることにした。新大橋を渡って深川へ出てもそれほど遠まわりではなかったのだ。

ふたりは大川端を川下にむかって歩いた。薬研堀《やげんぼり》を過ぎると、急に人影が途絶え辺りの闇が濃くなったように感じられた。

右手は大名屋敷の長屋や築地塀《ついじ》がつづき、左手には夕闇につつまれた大川の川面が遠く江戸湊《えどみなと》まで茫漠とひろがっていた。

風のない静かな晩秋の宵だった。汀《みぎわ》に寄せる川波の音だけが、聞こえてくる。

新大橋が間近に迫ってきたときだった。俊之介は背後から走り寄る足音を聞いて振り返った。

大刀を落し差しにした牢人体の男がふたり。いずれも、黒布で頬《ほ》っかむりしている。ひとりは長身痩軀《そうく》、ひとりは中背だった。

「原島さま、だれか来ます！」

俊之介が上ずった声で言った。

通りすがりの者ではない。ふたりは、あきらかに俊之介たちを狙っていた。左手で刀の鍔元《つばもと》を押さえて走ってくる姿に殺気があったのだ。

「うぬら、何者だ！」

原島が誰何《すいか》した。顔がこわばり、声が震えている。

牢人体のふたりは無言のまま抜刀した。白刃が淡い夜陰に青白くひかり、俊之介の目に野獣の長い牙のように映った。

「辻斬りか！」

俊之介は抜刀し、長身痩軀の男に切っ先をむけた。俊之介は少年のころ、源九郎に鏡新明智流の手解きを受け、多少腕に覚えがあったのだ。

原島も抜いたが、腰が引け、前に突き出すように構えた刀身が笑うように震えていた。顔もひき攣《つ》っている。能吏だが、剣は不得手らしい。

ふたりの牢人は、八相と青眼に構えていた。ふたりとも腰の据わった構えで、全身に気勢がみなぎっていた。俊之介にも、ふたりが手練であることは見てとれた。

「原島さま、お逃げください！」

俊之介が叫んだ。とても、原島では相手にならない。この場から、原島を逃がさねば、と思ったのである。

原島が悲鳴を上げて駆けだした。

長身瘦軀の男が、すぐに後を追って走りだした。俊之介は原島を逃がそうとして長身瘦軀の男の前にまわり込もうとした。すると、中背の男が素早い動きで俊之介の前に立ちふさがった。

五

「おまえの相手はおれだよ」

中背の男は切っ先を俊之介にむけた。頰っかむりの間から、底びかりのする双《そう》眸《ぼう》が俊之介を見すえている。

俊之介は身が竦《すく》んで動けなかった。男の剣尖《けんせん》にはそのまま突いてくるような威圧があったのだ。

「お、おのれ！」

俊之介は鼓舞するように叫び、青眼に構えた。切っ先が震えている。激しい気の昂りで体が顫《ふる》えているのだ。多少剣の心得はあったが、真剣で斬り合うことは初めてである。顔が蒼ざめ、目がつり上がり、弾むような息が口から洩《も》れた。

中背の男は無造作に間合をつめてきたが、剣尖はピタリと俊之介の喉元につけられている。

……何とか、原島さまを助けねば。

と思ったが、どうにもならなかった。

俊之介には中背の男の体が巨軀のように見え、巌《いわお》で押してくるような威圧を感じて後じさるだけだった。

俊之介の後ろ足の踵《かかと》が築地塀に触れた。それ以上、下がれない。中背の男の口元がかすかにゆがんだように見えた。嗤《わら》ったのである。

そのときだった。劈《つんざ》くような絶叫がひびいた。

……原島さまだ！

原島の後を追った長身痩軀の男に斬られたらしい。

その絶叫を聞き、俊之介の頭のなかが恐怖と怒りで真っ白になった。激しく動揺し、眼前に迫ってくる中背の男の白刃しか見えなくなった。

イヤアッ！

俊之介は気合とも悲鳴ともつかぬ叫び声を上げ、猛然と斬りかかった。追いつめられた者の捨て身の一撃だった。皮肉にも、捨て鉢の唐突な斬撃が実力を越えた威力を生んだ。

咄嗟《とっさ》に、中背の男は脇へ跳んだが、かわしきれなかった。俊之介の切っ先が男の左肩先を浅く裂いたのである。

だが、中背の男は並の遣い手ではなかった。すばやく体勢をたてなおすと、逃げる俊之介の背後から袈裟《けさ》に斬りつけた。

俊之介は肩口から背にかけて焼鏝《やきごて》を当てられたような衝撃を感じた。だが、足をとめなかった。背中に火のついたような勢いで逃げた。恐怖がそうさせたのである。

「逃げるか！」

中背の男の声が背後で聞こえた。後を追ってくる。

俊之介は喚《わめ》きとも悲鳴ともつかぬ声を上げて、しゃにむに走った。背後から追ってくる足音と荒い息の音が聞こえた。それほど間はない。

そのとき、前方の夜陰のなかに黒い人影があらわれ、下卑《げび》た笑い声が聞こえた。町人体の男が数人いた。大工であろうか。揃いの半纏《はんてん》に黒の丼《どんぶり》(腹掛けの前隠し)、それに股引姿だった。

「人殺しィ!」

俊之介は喉の裂けるような声を上げた。

町人体の男たちが、ギョッとしたようにその場につっ立った。そして、刀をひっ提げて駆け寄ってくる男を目にすると、いっせいに喉のつまったような叫び声を上げた。

俊之介が男たちの脇をすり抜けると、男たちは叫び声を上げながら俊之介の後を追うように駆けだした。夜陰のなかを、数人の男が一塊になって逃げていく。

新大橋のたもとまで来て俊之介の足がとまった。息が上がり、それ以上走れなくなったのだ。心ノ臓が太鼓のようにとどろき、口が渇き、体中が激しく波打っている。いっしょに逃げてきた男たちも地べたに膝をついたり、岸辺の柳の幹で体をささえたりしてゼイゼイと荒い息を吐いていた。

中背の男は追ってこなかった。夜陰のなかにそれらしい人影もない。途中であきらめたらしい。

俊之介は納刀し、よろよろと歩きだした。新大橋を渡り、深川元町へ出た。息が収まってくると、左の肩から背にかけて刃物を突き刺すような激痛を感じた。出血も多いらしく、背中に生暖かい感触があった。深手らしい。ただ、手足は自在に動くし、命にかかわるような傷ではないような気がした。

……原島さまは、斬られたようだ。

激しい屈辱と後悔が、俊之介の胸に衝《つ》き上げてきた。原島を見捨てて自分だけ逃げてきたのである。

俊之介は襲われた場所にもどって原島がどうなったか確認したかったが、足は自分の屋敷のある六間堀町の方へむいたままだった。襲ってきたふたりが、まだその場にいるような気がしたのである。

我が家の戸口から灯が洩れていた。赤子の泣き声と君枝のあやす声が聞こえた。俊之介は引き戸をあけると、くずれるように上がり框《がまち》に倒れ込んだ。

「旦那さまが、お帰りになった」

奥で君枝の声がし、廊下の足音と赤子の泣き声が近付いてきた。新太郎もいっしょらしく、パタパタとちいさな足音が聞こえた。

「だ、旦那さま!」

俊之介の姿を見て、君枝が凍りついたようにその場につっ立った。驚愕《きょうがく》と恐怖に目を剝き、顔から血の気が失《う》せている。

どういうわけか、八重が泣きやみ、丸い目を俊之介にむけている。新太郎は俊之介の肩口の血を見ると、泣きだしそうに顔をゆがめた。

「だ、大事ない。……辻斬りに襲われたのだ」

俊之介は身を起こして笑って見せたが、顔が奇妙にゆがんだだけである。

六

源九郎は戸口に近付いてくる足音を聞いて、荏油を塗る刷毛を脇に置いた。聞き慣れた長屋の住人の足音ではなかった。小走りに近付いてきた足音は腰高障子の向こうでとまり、かすかな人影が映った。

「お義父さま、お義父さま……」

君枝だった。だが、いつもとちがう。声に切羽詰まったようなひびきがあった。

「入ってくれ」

源九郎は片襷《かただすき》をはずして立ち上がった。

すぐに障子があいて君枝が顔をだした。いつもの君枝の顔ではなかった。血の気が失せ、饅頭のようにふっくらした頰がゆがんでいる。目にも、不安そうな色があった。それに、源九郎を訪ねるときは、いつも暮らしの足しになるような物を持参するのだが手ぶらである。

「どうしたな？」

源九郎が訊いた。

「だ、旦那さまが……」

君枝は声をつまらせ、急に泣きだしそうな顔をした。

「俊之介がどうした」

「ゆ、昨夜《ゆうべ》、斬られました」

「なに、斬られたと！」

源九郎は土間に飛び下り、こわばった顔でつっ立っている君枝の両肩をつかんで睨むように見すえた。

「は、はい……」

君枝は丸く目を剝いて、首を伸ばした。

「倅《せがれ》は死んだのか」

源九郎は思わず君枝の肩を揺すって訊いた。

「いえ、肩に怪我をしただけです」

「生きているのだな」

源九郎は君枝の肩から手を離した。

「はい、東庵《とうあん》先生は命に別状はないとおっしゃいました」

君枝がうわずった声で言った。

東庵は相生町に住む町医者である。長屋でも呼んで診《み》てもらったことがあるが、腕は確かである。

「ともかく、行ってみよう」

源九郎は刀も差さずに、外へ出た。慌てて君枝がついてきた。

八ツ（午後二時）ごろだった。小春日和《こはるびより》である。井戸端の日当たりで、お熊《くま》とおまつが立ち話をしていた。水汲みにでも来たらしく小桶を持っている。

お熊が源九郎と君枝の姿を見かけると、

「旦那、お出かけですか」

と声をかけたが、源九郎は無視した。顔がこわばり、目がとがっている。

ふだんならすぐに冷やかしの言葉が返ってくるのだが、お熊とおまつは息をとめ口をつぐんだまま源九郎たちを見送った。源九郎のただならぬ気配に気付いたようだ。

六間堀町への道すがら、君枝が昨夜からの出来事を話した。昨夜、俊之介が血まみれで帰ってきたこと、すぐに東庵先生を呼びに行ったこと、昨夜は寝ずに看病したこと、八重が寝付いたので、はぐれ長屋に駆け付けたことなど……。

引き戸をあけて家に入ると、新太郎がべそをかきながら、君枝の足元にまとわりついてきた。急に君枝がいなくなって、不安だったらしい。

源九郎は新太郎に声もかけず、すぐに座敷へ上がった。居間へ行くと、夜具の上に俊之介が身を起こしていた。顔色は悪かったが、苦しんでいる様子はなかった。命にかかわるような傷ではないらしい。

「父上、面目ない」

俊之介が苦笑いを浮かべた。

源九郎が俊之介のそばに膝を折ると、君枝は俊之介に目配せして奥の寝間の方へむかった。八重を見にいったのだろう。どういうわけか、新太郎が口をひき結んで俊之介の後ろに座り込んで、源九郎に顔をむけている。生意気にも、これから交わすであろう俊之介と源九郎の話を聞くつもりでいるようだ。

「それで、怪我は」

源九郎が訊いた。

「後ろから袈裟に一太刀です。一尺ほどの傷ですが、それほど深くはなく、東庵先生の診断《みたて》では十日ほど養生すれば傷口はふさがるとのことです」

俊之介はときおり傷がいたむのか、顔をしかめたが話し振りはふだんと変わらなかった。

「ひとまず、安心した。それにしても、相手は何者なのだ」

「それが分からないんです」

俊之介は吉菊を出てからの様子をかいつまんで話した。

「相手はふたりか」

源九郎は、辻斬りや追剝ぎではないと思った。そうした類《たぐい》が、ふたり組みで武家を襲うとは思えなかったのである。

「襲ったふたりに、心当たりはないのか」

源九郎は、ふたりが俊之介と原島の命を狙ったのではないかと思ったのだ。

「それが、まったく……」

俊之介は困惑したような顔で首を横に振った。

「原島どのは、その場で斬られたのだな」

源九郎がそう訊くと、俊之介は急に苦悶《くもん》の表情を浮かべ、

「む、無念です。原島さまを見殺しにしてしまって」

と、絞り出すような声で言った。

「原島どのの死体を見たのか」

「いえ、昼前に飯坂半太夫《いいざかはんだゆう》さまが家に見えられ、原島さまが斬り殺されていたことを知らせてくれたのです」

俊之介によると、飯坂は御徒目付《おかちめつけ》で、原島が斬殺されていたことを話してから俊之介に昨夜の様子を訊いたという。

「原島さまは、一太刀に頭を割られていたそうです」

俊之介が声を震わせて言った。

「なに、頭を割られていたと」

源九郎の脳裏に、大川端で見た越野屋の番頭の死体がよぎった。一太刀に頭頂から顎の辺りまで斬り下げられていた。同じ太刀筋かもしれない。となると、下手人は同一人の可能性が高くなる。

「おまえ、吉菊で越野屋のあるじと会ったと言ったな」

源九郎が念を押すように訊いた。

「はい、あるじの徳右衛門と手代の利三郎が来ていました」

「うむ……」

大川端で斬られていたのは、越野屋の番頭と手代である。源九郎は偶然とは思えなかった。越野屋にかかわったことで、俊之介も命を狙われたのではあるまいか。

「俊之介、越野屋にかかわることで、命を狙われるようなことはないのか」

源九郎が俊之介を見すえて訊いた。

「いえ、覚えはありませんが」

俊之介は怪訝《けげん》な顔をした。思いがけない問いだったらしい。

「そうか」

あるいは、俊之介ではなく原島の方にあったのかもしれない。

それから、源九郎は俊之介たちを襲ったふたりのことを子細に訊いたが、俊之介は首をひねるばかりだった。分かったことは、襲ったふたりの体軀とふたりが八相と青眼に構えたことぐらいである。

俊之介との話がとぎれたとき、障子があいて君枝が姿を見せた。八重を抱いていた。目を覚ましたので連れてきたのだろう。

君枝は八重を抱いたまま俊之介の脇に座った。八重は座敷に何人も集まっているのが嬉しいのか、愛くるしい笑い声を上げてしきりに両足をばたつかせている。

「俊之介、君枝」

源九郎が声をあらためて言った。

君枝は殊勝な顔をして源九郎に目をむけたが、俊之介は暗い顔をして視線を落としていた。原島を見殺しにしたことを気にしているらしい。

「傷が癒えるまでは、養生が肝要だぞ。お勤めも原島どののことも、すべては傷が癒えてからだ」

源九郎は父親らしい物言いをした。

「は、はい」

君枝が答え、脇で新太郎が、コクリとうなずいた。だが、俊之介は無言のまま無念そうな表情をくずさなかった。

七

翌日、源九郎は朝餉《あさげ》をすますと、菅井に声をかけていっしょに本所荒井町へむかった。荒井町に荒船幾三郎《あらふねきさぶろう》という男がいた。荒船は菅井の義妹である伊登《いと》の旦那で、御小人《おこびと》目付だった。御小人目付は御徒目付の配下で、御目見《おめみえ》以下の幕臣を監察糾弾する役である。

伊登の先夫が斬殺された事件のおり、源九郎は菅井とともに荒船に協力して伊登を助けたことがあり、荒船とは顔見知りだったのだ。なお、その事件を通して荒船と伊登は結ばれたのである。

源九郎は、俊之介が飯坂という御徒目付が家に来て話を訊いた、と口にしたことが気になっていた。飯坂が俊之介の家に来たのは、原島と俊之介が襲われた翌日の昼前だという。しかも、殺されていた原島の様子まで話したというのだ。

……すこし、早すぎないか。

と、源九郎は思った。

飯坂は事件を耳にして現場へ駆け付け、死骸を検屍した上で華町家まで来たはずだった。町方よりも早い対応である。

あるいは、飯坂は原島や俊之介がかかわっている事件の探索をしていたのではあるまいか。それで、早い対応がとれたと考えれば腑に落ちるのだ。

飯坂が何を探索していたのか。それを知るには、荒船に聞くのが手っ取り早いと思ったのである。

幸い、荒船は屋敷にいた。戸口に顔を出した荒船は源九郎と菅井の顔を見て、相好をくずした。小柄で丸顔。小鼻がはり、愛嬌のある顔をしている。

「伊登、伊登……。菅井どのと華町どのが見えられたぞ」

荒船は家の中にむかって大声を出した。

すると、すぐに足音がし、伊登が顔を見せた。

「義兄《あに》上、華町さま、ご無沙汰しております」

伊登は上がり框に膝を折り、嬉しそうに微笑《ほほえ》みかけた。

「伊登も息災そうでなによりだ」

菅井が目を細めた。

「お上がりになってください。茶でも淹《い》れますから」

伊登は源九郎と菅井を座敷へ上げようとしたが、

「いや、縁先を借りよう。いい陽気だからな」

菅井がそう言って、源九郎とふたりで庭へまわった。

縁先へ腰を下ろし、伊登が運んできた茶で喉をうるおした後、

「荒船どの、一昨日、御納戸衆が大川端で斬り殺された件をご存知でござろうか」

と、源九郎が切り出した。

すると、荒船はハッとした表情をして、

「襲われた御納戸同心は、華町どののご子息……」

そう言って、源九郎の顔を見つめた。やはり、荒船は俊之介たちが襲われたことを知っていた。

「さよう、わしの倅なのだ」

源九郎は、昨日俊之介に会ってひととおり事情を聞いてきたことを話した。

「とんだ災難でござったな」

荒船は戸惑うような顔をした。

「わしがみたところ、辻斬りや追剝ぎの類に襲われたのではないようだ。御納戸にかかわる事件に巻き込まれたのではないかと愚考し、荒船どのに聞いてみようと思って、こうしてな」

そう言って、源九郎は湯飲み茶碗に手を伸ばした。菅井は庭の植木に目をやったまま黙って聞いている。

「たしか、その件は飯坂さまが」

荒船が小声で言った。

「飯坂どのが、倅の家へ来て尋問したようだ」

「そうですか」

「荒船どの、何か知っていることがあったら話してくれんか」

源九郎が荒船を見つめて言った。

「子細は知らないのですが、上さまが下賜される時服の調達のさい、御納戸と呉服屋の間で不正があったとかで……」

荒船は語尾を濁した。言いたくないというより、詳しい事情は知らないようだ。

「御徒目付の飯坂どのが探索していたのでござるな」

「そのように聞いております」

「呉服屋は越野屋かな」

源九郎が訊いた。その夜、俊之介たちは越野屋と会っていたのである。越野屋と御納戸の小西や原島との間で不正があって飯坂が内偵していたのなら、原島が殺害された後すぐに俊之介の許に来て尋問したこともうなずける。

「いえ、筑前屋と聞いてますよ」

「筑前屋……」

日本橋室町にある呉服屋だった。越野屋とは同じ町内のはずである。越野屋ほどの大店ではないが、名だけは知っていた。

「筑前屋も幕府御用達でござって、御納戸にいろいろ働きかけていたとか」

「筑前屋の不正の相手は、御納戸組頭の小西さまではないかな」

源九郎は俊之介から聞いた小西の名を出してみた。

「さァ……。それがしも、そこまでは聞いてないもので」

荒船は言いよどんだ。噂ぐらいは聞いているのだろうが、はっきりしないので口にできないのだろう。

いずれにしろ、原島と俊之介は幕府の御納戸がかかわった事件に巻き込まれたのではあるまいか。

……原島と俊之介は口封じのために、命を狙われたのかもしれぬ。

となると、これで終わったわけではない。何者かは分からぬが、さらに俊之介の命を狙ってくる可能性があった。

それから源九郎は、小西と越野屋のかかわりや俊之介たちを襲った牢人体のふたりのことなどを訊いてみたが、荒船はそれ以上のことは知らないようだった。

「何か分かったら知らせてくれ」

源九郎はそう言って、腰を上げた。

木戸門まで見送りに来た伊登に、菅井が荒船家での暮らしぶりなどをそれとなく訊いていた。滅多に会うことはないのだが、肉親のいない菅井にはことのほか義妹のことが気になるらしかった。

八

俊之介が傷を負って五日経った。その日、源九郎は六間堀町へ行ってみることにした。その後、君枝は長屋に姿を見せず、俊之介の様子も知れなかったので、源九郎は気になっていたのである。

四ツ（午前十時）ごろであろうか。空はどんより曇り、いまにも雪が降ってきそうな寒い日だった。源九郎は首に手ぬぐいを巻き、背を丸めながら歩いた。

華町家の戸口に立つと、母親に何かねだっているらしい新太郎の声がし、つづいて俊之介の君枝を呼ぶ声が聞こえた。源九郎はほっとした。俊之介も元気そうである。

源九郎は首の手ぬぐいを取って、ふところにねじ込んでから声をかけた。すると、すぐに複数の足音がし、俊之介、君枝、それに新太郎が姿を見せた。俊之介も歩けるようになったらしい。

「どうだな、傷のぐあいは」

源九郎は上がり框に並んだ三人を見まわしながら訊いた。

俊之介には鬱屈《うつくつ》した表情があった。まだ、原島のことが気になっているらしい。

「まだ、すこし痛みがありますが、傷もふさがったようです。それに、いつまでも寝ているわけにはいきませんから」

俊之介が肩先に手をやって言った。

「ともかく、大事なくてよかった。……八重は?」

源九郎は君枝に目をむけた。

「ちょうど、寝付いたところです」

君枝が小声で言った。君枝はいつもの色艶のいいお多福のような顔にもどっている。俊之介の傷が癒えてきたのでいくぶん安心したのだろう。

「ちと、俊之介に訊きたいことがあってな」

源九郎は差してきた刀を鞘ごと抜くと、草履を脱いだ。

居間に落ち着いて俊之介と対座すると、

「まず、その後のことを聞かせてくれ」

と、源九郎が切り出した。

君枝はお茶を淹れると言って台所へ行き、新太郎は母親の後をついていった。

「組頭の小西さまから、襲われて傷を負ったことは伏せておき、病ということでしばらく休むようご指示がありました」

俊之介が低い声で言った。

「曲者に襲われたと届けてはまずいのか」

「そのようです。相手がいては後々面倒だ、と小西さまはおおせられました。原島さまの死も、急病死ということで幕閣にとどけられたようです」

「そうか……」

源九郎は急に不安になった。徒目付の飯坂は原島が斬殺されたことも知っているし、俊之介の許に尋問にも来ている。病や病死で通るとは思えなかったのである。

「小西さまの話では、病死でなければ、原島家を継ぐのはむずかしいようなのです」

俊之介によると、原島には十二歳になる嫡男がおり、病死が認められれば家を継ぐことができるだろうという。

「十二では、家を継いでも御納戸衆としてすぐに出仕することはできんな」

「いまのところ、はっきりしたことは分かりませんが、おそらく……」

俊之介は眉宇《びう》を寄せて視線を落とした。

「ところで、おまえの御納戸衆への栄進の話はどうなった」

皮肉なことだが、原島の嫡男が若年で出仕ができないとなれば、さらに俊之介の栄進の可能性が高くなるはずだった。

「何も聞いてませんが、今度のことで立ち消えになってしまったのではないかと」

俊之介が顔を上げて言った。

「うむ……」

源九郎も、今度の事件のほとぼりが冷めるまでは無理だろうと思った。病気として届けたにしろ、俊之介が殺された原島の後釜に簡単に座れるはずはないだろう。

「わたしは、その方がいいのです。原島さまを見殺しにしながら、おめおめと御納戸衆になることなどできませぬ」

俊之介がけわしい顔で言った。腹をくくったような重いひびきのある声だった。

……それでこそ、わしの子だ。

と、源九郎は思った。

俊之介が原島を見殺しにしたと悔やむ気持も分かる。武士として、その後釜に座ることなどできないだろう。

そこへ、君枝が茶道具を持って入ってきた。男ふたりは急に話をやめ、君枝が急須で茶をつぐ手元に目をやっていた。

……君枝はがっかりするだろうが、仕方あるまい。

わしも、このままの方が来やすいしな、と源九郎は胸の内でつぶやいた。

君枝が座敷から去ると、

「父上」

俊之介が源九郎に顔をむけて言った。思いつめたような硬い表情があった。

「何かな」

「原島さまのことで……」

俊之介はそこまで言って、急に戸惑うような顔をして語尾を呑んだ。

「原島どのがどうした？」

「い、いいえ、原島さまのご家族も、さぞ無念だろうと」

「そうだろうな」

「このままでは……」

俊之介は他に何か言いたいことがあったようだが、黙ったまま視線を落としてしまった。

それから小半刻（三十分）ほど話したが、俊之介は原島のことは口にしなかった。

「そろそろ帰ろう」

源九郎は腰を上げた。あらかた話は済んだし、突然の訪問で源九郎の分まで昼餉の用意がしてないだろうと思ったからである。

源九郎は途中の相生町のそば屋で腹ごしらえをしてから長屋の路地木戸をくぐ

った。井戸端まで来ると、お熊が慌てた様子で駆け寄ってきた。

「だ、旦那、だれか来てますよ」

　お熊が身を寄せて小声で言った。

「女か？」

　源九郎の脳裏にお吟《ぎん》の顔がよぎった。お吟は馴染みにしている浜乃屋《はまのや》の女将である。このところ顔を出してないので、様子を見に寄ったのではないかと思ったのだ。

「女じゃァないよ。お侍だよ」

「侍だと」

　源九郎はだれなのか思い浮かばなかった。

九

　年配の武士が戸口の前に立っていた。このまま待とうか、帰ろうか迷っているふうだった。軽格の御家人ふうだが、見覚えのない顔である。

「わしに、何かご用でござるか」

　源九郎が近寄って声をかけた。

「華町源九郎どのでござろうか」

武士は源九郎の顔を見つめながら訊いた。

「さよう、華町だが。そこもとは」

「それがしは、戸田助左衛門さまの用人、佐々木百助《ささきももすけ》でござる」

「戸田さま……」

源九郎はだれなのか思い浮かばなかった。

「華町俊之介どのから、聞かれませんでしたか」

佐々木が小声で言った。

源九郎の口から、アッという声が洩れた。思い出した。戸田は俊之介を御納戸衆に推挙してくれたという御納戸頭である。

「御納戸頭の戸田さま」

「そうです」

佐々木が胸を張った。

「して、戸田さまが、それがしに何のご用でございますか」

思わず、源九郎は遣い慣れない丁寧《ていねい》な言葉を口にし、舌を嚙みそうになった。

御納戸頭といえば七百石高で、将軍の手元の金銀、着物、調度などを掌《つかさど》り、大名旗本からの献上品や将軍が下賜する金品のいっさいを取り扱う役柄の長である。貧乏長屋に住む隠居とは身分がちがうのである。

「おてまえと会って、話したいそうでござる」

「それがしと話を？」

「さよう」

「何の話でござろうか」

源九郎は俊之介の栄進の話ではないかと思ったが、それにしても妙だ。わざわざ隠居した父親を呼んで話す必要はないはずである。

「何の話かは分かりもうさぬ。……いかがでござろう。それがしと同行していただけようか」

佐々木が源九郎の身拵《みごしら》えを舐《な》めるように見ながら言った。

「む、むろんです」

いずれにしろ、俊之介にかかわることにちがいない。源九郎は、しばしお待ちを、と言い残して、戸口からなかへ走り込んだ。

小袖と袴の着替えはなかったが、羽織だけはましなのがあった。源九郎は急いで柳行李《やなぎごうり》から羽織を引き出して着替えた。

戸田助左衛門の屋敷は、神田小川町にあった。神田川にかかる昌平橋《しょうへいばし》のちかくである。七百石の旗本らしい豪壮な長屋門である。

源九郎は玄関脇の書院に通された。そこが客間になっているらしい。座していっとき待つと、初老の武士が顔をだした。小柄で痩せていた。顔の皺《しわ》が目立ち、背がすこしまがっている。いかにも頼りなげだが、双眸《そうぼう》には能吏らしいするどいひかりが宿っていた。

「戸田助左衛門だが、華町どのかな」

対座すると、戸田が微笑を浮かべて訊いた。

「華町源九郎にございます」

源九郎は畳に額がつくほど低頭した。相手は大身の旗本であり、倅を御納戸衆に推挙してくれている上司なのである。

「そのまま、そのまま……。わしに気を遣わんでもよい。華町どのに頼みがあってな」

戸田が声を低くして言った。

源九郎は顔を上げた。戸田の顔から笑いが消えていた。源九郎を見すえた目に刺すようなひかりがある。

「わしが、そこもとの倅を御納戸衆に推挙したことは知っておるか」

「はい、何とお礼を申し上げてよいか」

　ふたたび、源九郎は低頭した。

「わしはな、華町家が百石を喰《は》む家柄であることも、代々御納戸衆に就いていたことも知っておるのだ。それで、何とかそこもとの倅を御納戸衆にと思ったのだが……」

　戸田は渋い顔をして言葉を濁した。

「…………」

　どうやら、昇進の話はうまくいってないらしい。それにしても、本人ではなく隠居した父親を呼んでまで伝えねばならぬ話であろうか。

「それが今度の事件でな、昇進どころか士道不行届きで処罰すべしという者がおるのだ」

「士道不行届き……」

　源九郎の顔がこわばった。

「つまり、料理屋からの帰りに、無頼の徒に襲われて手傷を負うなど武士としてあるまじきことだというのだな」

「しかし……」

まだ、相手が何者か分からないのではないか。士道不行届きを口にした者には、原島や俊之介を罰したい思惑があるのかもしれない。

「わしはな、ふたりは通りすがりの無頼の徒に襲われたのではないとみておるのだ。御納戸とかかわりのある越野屋の番頭が殺された件もあるしな。……華町はともかく、原島は何者かの手で謀殺されたのかもしれぬ」

戸田が虚空に視線をとめて低い声で言った。老いは感じられなかった。その面貌《おもて》には老練な能吏の凄みさえあった。

「死んだ原島のためにもそこもとの倅のためにも、この件は町方にまかせてはおけぬ。そこで、華町どのの手を借りたいと思った次第なのだ」

そう言って、戸田は源九郎に目をむけた。

「それがしの手を?」

「さよう」

「それがしが、何をすれば」

傘張りを生業《なりわい》としている長屋住まいの貧乏牢人に、何ができるというのであろう。

「原島とそこもとの倅を襲った下手人を捕らえてもらいたい」

戸田が語気を強くした。

「下手人を捕らえろと」

「そうだ。わしはそこもとたちが、これまでに町方が手を焼くような事件を解決してきたことを知っておる」

「はァ……」

確かに、源九郎は菅井や孫六などはぐれ長屋の者たちと力を合わせて、無頼牢人に脅された商家を守ったり勾引《かどわか》された御家人の娘を助け出したりしてきた。ひそかに御小人目付を殺害した下手人を捕らえたこともあった。そんなこともあって、相生町界隈《かいわい》の者は、源九郎たちをはぐれ長屋の用心棒などと呼ぶ者もいる。

「むろん、相応の手当ても用意しておる」

そう言うと、戸田は背を伸ばして手をたたいた。

すぐに、廊下を歩くせわしそうな足音がして障子があいた。顔を出したのは、佐々木である。

佐々木は手にした袱紗《ふくさ》包みを恭《うやうや》しく戸田の膝先に置いて立ち去った。

「これは、手当だ」

佐々木は袱紗包みごと源九郎の膝先に押し出した。その膨らみ具合から見て切り餅が四つ、百両はありそうだった。

「戸田さま、これをいただくわけにはまいりませぬ。ことは、それがしの倅がかかわった事件にございます」

源九郎は袱紗包みごと、戸田の膝先に押し返した。源九郎はこのところふところが寂しかった。百両の金は惜しかったが、俊之介の一身にかかわる事件である。金ずくで、引き受けるわけにはいかなかった。

「いや、実をもうすとな、この金は越野屋から出ておるのだ。主人の徳右衛門がわしのところへ相談に来たおり、そこもとのことを話すとな、そのようなご仁がおられるなら、ぜひ力添えを頼みたいと言って、金子を置いていったのだ」

戸田は笑みを浮かべて言った。

「それならば、倅、俊之介がお世話をかけたお礼として、あらためて戸田さまがお収めください」

いずれにしろ、源九郎は戸田から金をもらうつもりはなかった。それに、百両の金を戸田に渡しておけば、俊之介に対して悪いようにしないだろうという読みもあった。

「わしが、もらうわけにはいかぬぞ」

戸田が言った。

「それがしも、もらうわけにはいきませぬ」

「うむ……」

戸田はいっとき黙したまま虚空に目をとめていたが、

「されば、こういたそう」

そう言って、源九郎に目をむけた。

「聞くところによれば、そこもとは長屋の者と手を組んでことに当たることが多いそうだが、この金はそこもとではなく長屋の者の手当といたそう」

戸田は口元に微笑を浮かべて、ふたたび袱紗包みを源九郎の膝先に押し出した。

源九郎にはそれ以上手当を断ることができなかった。

「かたじけのうございます」

源九郎は袱紗包みをおしいただいた。

第二章　探索

一

飯台《はんだい》をかこんで五人の男が酒を飲んでいた。源九郎、菅井、茂次、孫六、それに三太郎《さんたろう》である。三太郎も源九郎の仲間のひとりだった。面長で、いつも青瓢簞《あおびょうたん》のような生気のない顔をしている。生業《なりわい》は砂絵描《すなえか》き、芝の増上寺《ぞうじょうじ》の門前に出かけて砂絵を描いて参詣人などから銭をもらっている。

砂絵描きというのは、染粉《そめこ》で着色した砂を袋に入れておき、水を撒いた地面に砂をたらして絵を描く見世物である。

五人がいるのは、回向院《えこういん》のそばの松坂町にある亀楽《きらく》という縄暖簾《なわのれん》を出した飲み屋だった。あるじの名は元造《もとぞう》。酌婦も小女もいない小体《こてい》な店で、お峰《みね》という通いの婆さんが手伝いにくるだけである。肴《さかな》は煮しめと漬物ぐらいしかなかったが、長屋から近く酒も安価だったので、源九郎たちはこの店を贔屓《ひいき》にしていた。

「頼みがある」

お互いに酒をつぎあって喉をうるおした後、源九郎が話を切りだした。源九郎が声をかけて、菅井たち四人をここに呼んだのだ。

四人の目がいっせいに源九郎に集まった。店のなかには源九郎たちの他に客はいなかった。元造も注文された酒肴を運ぶと、さっさと板場にもどってしまい、その後は姿を見せなかった。

「六日前、日本橋の大川端で御家人がふたり襲われてひとり斬り殺されたのだが、その噂を聞いているか」

源九郎が言った。

「聞いてるぜ」

茂次が声を上げ、孫六と菅井がうなずいた。三太郎は知らないらしく、首をひねっている。

源九郎は俊之介から聞いたことをかいつまんで話した後、

「実は、襲われたひとりはわしの倅《せがれ》なのだ」

と、声を低くして言った。

「それも、知ってるぜ」

茂次が、仕事で六間堀町をまわったとき聞きやしたんで、と言い添えた。

見ると、孫六と菅井が目をひからせてうなずいた。おそらく、茂次から話が伝わったのだろう。

「昨日、わしは御納戸頭の戸田助左衛門さまとお会いしてな。ふたりを襲った下手人を探索するよう依頼されたのだ」

そう言って、源九郎が戸田と話したことを伝え、

「手当として、百両いただいた」

と、声を低くして言い足した。

「ひゃ、百両！」

孫六が喉のつまったような声を上げた。

菅井、茂次、三太郎の三人も目を剝《む》いて息をつめている。これまでも、源九郎たちは用心棒代や礼金などをもらっていたが、百両は大金である。

「さすが、大身の旗本だけのことはあるな」

菅井が目をひからせて言った。

「やる、やる」

茂次が勢い込んで言うと、菅井、孫六、三太郎が、いっせいにうなずいた。

「だが、容易な相手ではないぞ」

源九郎は、下手人が手練《てだれ》であること、辻斬りや追剝《おいは》ぎを嗅ぎ出すようなわけにはいかないことなどを話した。

めずらしく四人は酒も飲まずに視線を源九郎に集めていたが、源九郎の話が終わると、すぐに孫六が、

「金じゃァねえや。あっしはね、旦那の倅が襲われたと聞いたときから、下手人はあっしらの手でふん縛ってやると決めてたんでさァ」

と、見えを切るような口調で言った。

「あっしもそうだ」

茂次が言い、三太郎が大きくうなずいた。

一呼吸遅れて、菅井が、

「むろん、おれもやる」

と、錆声《さびごえ》で言った。

「では、頼む」

源九郎はふところから袱紗《ふくさ》包みを取り出すと、あらためて周囲に目をやり、五人のほかに人影がないのを確認してから、切り餅を破り一分銀を二十両分ずつ分けた。

源九郎を除いた四人は、目をひからせながら巾着や財布に分け前を入れ始めたが、孫六が何か思い出したように手をとめて、

「旦那、あっしらだけで分けちまっていいんですかい」

と、訊《き》いた。その声で、菅井たち三人の手もとまった。

「長屋の者たちの分か」

これまで、手にした用心棒代や礼金などが多額のときは、日頃世話になっている長屋の住人にも分けていたのだ。

「へえ、こんな大金をあっしらだけでふところに入れちまっちゃァ、長屋の連中に顔向けできねえ」

もっともらしい顔をして孫六が言った。

「気にするな。長屋の分も用意してある」

源九郎は自分の分け前のうち五両だけ五人の酒代としてもらい、残りの十五両を長屋に配るつもりでいた。そのことを話すと、

「旦那、そりゃァ駄目だ。あっしらは、いつも等分に分けてきた。今度もそうしてもらいてえ」

そう茂次が言うと、他の三人も大きくうなずいた。

「だがな、今度はわしの倅を助けるためなのだ。わしがもらうわけにはいかんだろう」

「この話は旦那が持ってきたんだ。旦那がもらわねえんじゃァ、あっしらももらえねえ」

と、孫六。

「わしのことは気にするな」

「そうはいかねえ」

「それでは、こうしようではないか」

菅井がおもむろに言った。

「五人で二十両ずつわけ、そのなかから五両ずつ出し合う。集まった二十五両のうち、二十両を長屋に配り、残り五両をおれたちの酒代にするのだ」

「それがいい」

三太郎が首を伸ばして声を上げると、茂次と孫六もすぐに同意した。

「すまぬな」

源九郎はこれ以上意固地になることもないと思い、分け前の十五両をもらうことにした。本音をいえば、源九郎もふところは寂しく金は欲しかったのである。

「これで決まりだ」

茂次が声を上げた。

「ふところは暖《あった》けえし、今夜は、腰を据えて飲みやすぜ」

酒好きの孫六が、目尻を下げて言った。

二

「おみよ、ちょいと出かけて来るぜ」

孫六は流し場にいるおみよに声をかけて、戸口から出ようとした。

「おとっつァん、どこへ行くつもりなの」

おみよが振り返って言った。声に棘《とげ》がある。腹をたててるようだ。

「どこって、そこらを歩いてくるだけよ」

「また、亀楽で飲むつもりじゃァないでしょうね」

おみよは目をつり上げて言った。どうやら、昨夜酔って遅く帰ってきたのを根に持っているようだ。

おみよは、孫六の娘だった。孫六は中風をわずらって岡っ引きを引退してから娘夫婦の世話になっている。おみよは孫六の体の心配にくわえてぼてふりをしている亭主の手前もあって、孫六が飲んで帰るのを嫌がっているのだ。

「まだ、亀楽はあいてねえよ」

四ツ（午前十時）ごろだった。まだ、亀楽は店をしめているはずである。

「それじゃァ、どこへ行くのよ」

「どこでもいいじゃァねえか。それともなにかい、おれが部屋から出ねえで足が萎《な》え、寝たきりになった方がいいとでもいうのか」

孫六はつっかかるような物言いをした。

「そうじゃァないけど」

「心配するねえ。……気晴らしにそこらを歩いてくるだけだよ」

そう言い置くと、孫六は威勢よく腰高障子をあけて外へ出た。

初冬の陽射しが、長屋の路地を照らしていた。大気が澄んでいるせいか、目を射るように明るかった。風のない穏やかな晴天である。

孫六は長い影を曳《ひ》きながら歩いた。すこし左足を引きずっているが、足取りはしっかりしている。長年、岡っ引きとして歩きまわり、足腰を鍛えたせいであろう。

……年寄り扱いしやがって。酒をやめるくれえなら、死んだ方がましだよ。

孫六は、ぶつぶつ悪態をつきながら歩いた。

ただ、孫六はおみよに酒のことで意見されても悪い気持はしなかった。おみよは町医者の東庵に、中風に酒はよくないと言われたのを真に受けて、孫六の体を気遣って言っていることが分かっていたからである。

孫六は竪川沿いの通りへ出て、両国橋の方へむかった。浅草諏訪町《すわちょう》に住む岡っ引きの栄造《えいぞう》を訪ねてみようと思ったのである。

栄造は孫六が岡っ引きをしてたころからの顔見知りで、足を洗った後も何度か栄造の手を借りたことがあったし、また栄造のかかわった事件に協力したこともあった。浅草、神田界隈《かいわい》では顔の利く親分である。

孫六は、源九郎から原島と俊之介を襲ったふたりが牢人ふうだったと聞いて、まず栄造に訊いてみるのが手っ取り早いと思ったのだ。

栄造は諏訪町で勝栄《かつえい》というそば屋を女房にやらせていた。女房の名がお勝《かつ》で、栄造とお勝の名から一字ずつ取って屋号にしたのである。栄造はふだん店の手伝いをしていたので、事件の探索にあたっていなければ店にいるはずである。

「ごめんよ」

孫六は声をかけて、勝栄の暖簾をくぐった。

土間の先の板敷きの間で数人の客がそばをたぐっていた。片襷《かただすき》をしたお勝がちょうどそばを運んできたところだった。色白の年増《としま》である。黒襟のついた縞柄《しまがら》の着物と赤い片襷がよく似合っていた。

「あら、親分さん、いらっしゃい」

お勝は愛想のいい声で言った。孫六のことを、いまも親分と呼んでいる。

「親分はいるかい」

「いますよ。いま、呼びますから」

お勝は運んできたそばを客の膝先に置くと、すぐに板場へもどった。

そのお勝と入れ替わるように、栄造が姿を見せた。片襷に前だれ姿だった。腕利きの岡っ引きらしからぬ格好である。

「すまねえ、忙しいのに邪魔しちまって」

孫六は板敷きの間の框《かまち》に腰を下ろしながら言った。

「なに、ちょうど手がすいたところよ」

そう言って、栄造は片襷をはずした。

「そばを頼むかな」

昼ちかくである。孫六は相生町から歩いてきたこともあって腹がすいていた。

「すぐ、用意するが、そばを食いにきたわけじゃァねえだろう」

栄造が店の客に目をやりながら訊いた。この場では、込み入った話はできないと思ったようだ。

「ちょいと、訊きたいことがあってな」

孫六は腰を上げた。客に話を聞かれるのはまずかった。

「それなら、奥の座敷がいい。そばはそっちへ運ばせるよ」

そう言うと、栄造は板場へもどった。お勝に、孫六のそばを用意するよう話しにいったらしい。

板敷きの間の奥に障子をたてた小座敷があった。常連客や腰を落ち着けて飲みたい客のための座敷である。

「それで、何を訊きてえんだい?」

座敷に腰を落ち着けると、栄造が先に訊いた。

「七日前のことだが、日本橋の大川端で御家人が殺されたのを知ってるかい」

「話は聞いているが……」

栄造は探るような目で孫六を見た。孫六が事件とどうかかわっているのか、分からないようだ。

「襲われた御家人はふたりだが、ひとりは手傷を負っただけで逃げた。その逃げたひとりが、華町の旦那の倅なんだよ」

「へえ、そうかい」

栄造が驚いたような顔をした。栄造は源九郎とも顔見知りだった。

「他にもいろいろあってな。長屋の者で、下手人を探すことになったのよ」

孫六は、亀楽で源九郎から聞いた話をかいつまんで話した。ただ、金をもらったことは伏せておいた。

「それで、何が知りてえ？」

栄造があらためて訊いた。

「町方は、下手人の目星がついてるのかい」

殺されたのは御家人だが、町方も動いているはずである。

「目星どころじゃァねえ。町方は本腰を入れて探っちゃァいねえよ。清住町で越野屋の番頭が殺《や》られた方は調べてるが、日本橋の方は殺されたのが御家人だからな。村上の旦那もやる気はねえのよ」

栄造は、御奉行からも武家の探索はやらなくてもいいと言われてるらしいぜ、と小声で言い添えた。

町奉行が支配するのは、町人地の町人と決まっていた。幕臣は諸役の頭が支配することになっている。そのため、町奉行も捕物にあたる同心も幕臣のかかわる事件には二の足を踏むのである。

「八丁堀の旦那が及び腰じゃァ、下は動かねえなァ」

「そういうことだ」

「ところで、下手人は牢人者らしいんだが、心当たりはねえかい」

孫六が知りたかったのは、下手人につながる情報だった。

「牢人だけじゃァ分からねえ」

「腕の立つふたり組だ。ひとりは中背だが、もうひとりは痩せて、背丈があったそうだよ」

孫六は、源九郎から聞いていた牢人の体軀《たいく》を口にした。

栄造はいっとき虚空に視線をとめて考え込んでいたが、

「福耳《ふくみみ》の繁蔵《しげぞう》の賭場《とば》に、御家人くずれの腕の立つ牢人がいると聞いたことがあるが……」

　と、顔を上げて言った。自信はないらしく、戸惑うような表情をしている。

「繁蔵だと。……聞いてねえが」

　孫六は初めて耳にする名だった。

「渡り中間だった男でな。三年ほど前、田原町に賭場をひらいたのよ」

　賭場の貸元には似合わぬ福相の主で、大きな福耳をしてることからそう呼ばれているという。

「その牢人は、なんてえ名だい」

「たしか、樫村《かしむら》とかいったな」

「樫村……」

　孫六は樫村という男を知らなかった。

「ただ、御家人殺しにかかわりがあるかどうか分からねえぜ」

　栄造が念を押すように言った。

「無駄足を踏むのは、慣れてるよ」

　孫六は苦笑いを浮かべた。長年岡っ引きをやり、下手人をつきとめる難しさは骨身にしみていた。

それから孫六は繁蔵の賭場のある場所を聞き、お勝が運んできたそばを平らげてから勝栄を出た。

三

孫六は勝栄を出ると、浅草田原町へ足をむけた。まず、繁蔵の賭場を確かめてみようと思ったのである。

栄造によると、繁蔵の賭場は田原町一丁目で、東本願寺の門前通りを大川方面へむかい、近江屋《おうみや》という酒屋の脇の路地を入った突き当たりにある板塀をめぐらせた仕舞屋《しもたや》だという。

行ってみると、近江屋はすぐに分かった。軒先に大きな酒林《さかばやし》がつるしてあり、近江屋の屋号を記した看板が出ていた。

その近江屋の脇に細い路地があった。両側に板塀や裏店《うらだな》などがごてごてとつづいている。

孫六は路地へ入った。二町ほど行くと裏店がとぎれ、突き当たりに板塀をめぐらせた妾宅《しょうたく》ふうの仕舞屋があった。そこは表通りから離れた寂れた地で、裏手が竹藪《たけやぶ》で左右は雑草におおわれた空地になっている。

……ここだな。

孫六は直感した。人目を逃れ賭場をひらくにはいい場所である。

辺りに人影はなかった。孫六は、板塀のそばに近寄って見た。狭い庭があるが、何年も人手が入らないらしく枯れ草におおわれていた。

雨戸がしまっていたが、なかに人はいるらしく、引き戸をあける音や男の話し声などが聞こえた。繁蔵の手下が賭場をひらく準備でもしているのかもしれない。

繁蔵の子分の目にとまると厄介だと思い、孫六はすぐにその場を離れた。表通りにもどると、近江屋の斜《はす》向かいにある打物屋《うちものや》が目についた。包丁を専門にあつかっているらしく、店先に様々な種類の包丁が並んでいる。客がふたりいて、奉公人らしい若い男が先のとがった包丁を出して見せていた。

「ごめんよ」

孫六は暖簾をくぐって声をかけた。

帳場に座っていた主人らしい男がすぐに腰を上げ、愛想笑いを浮かべながら近寄ってきた。

「包丁でございますか」

五十がらみの男は値踏みするような目で孫六を見ると、すぐに愛想笑いを消した。客ではないと察したようである。

「番場町《ばんばちょう》の孫六ってえ者《もん》だが、ちょいっと訊きてえことがあってな」

孫六は主人を見すえながら低い声で言った。

「親分さんで」

主人の顔がこわばった。孫六を岡っ引きと思い込んだようだ。孫六もそう思われるような聞き方をしたのである。

「この店にかかわりはねえから安心しな。近江屋の脇の路地を入った突き当たりの家だが、だれが住んでるんでえ」

孫六は声をひそめて訊いた。

「くわしいことは知りませんが、お滝《たき》さんとかいう年増が……」

主人は口元に卑猥《ひわい》な笑いを浮かべたが、すぐに消した。

「囲い者《もん》か。で、旦那は」

「繁蔵さんとか……」

主人は言葉を濁した。下手にしゃべって、かかわりになることを恐れたのだろう。

どうやら、繁蔵の賭場にまちがいないようである。おそらく、妾《めかけ》を住まわせていた家を賭場に使っているのだろう。

「ところで、あの家に樫村という牢人が来ることはねえか」

孫六は樫村のことが知りたかったのだ。

「さァ、存じませんが」

主人は首をひねった。本当に知らないようである。

孫六は主人に礼を言って店を出た。それから、付近の店に立ち寄って繁蔵の賭場の様子をそれとなく訊いてみたが、樫村を知っている者はいなかった。ただ、繁蔵が総髪で目付きの鋭い三十がらみの牢人と歩いているのを見た者がいるので、その男が樫村かもしれない。

七ツ（午後四時）ごろ、孫六は田原町を後にした。今日のところは、このまま長屋にもどるつもりだった。

孫六は両国橋を渡り、竪川にかかる一ッ目橋のたもと近くまで来たとき、十間ほど前を歩いている御家人ふうの男を目にとめた。

……あれは、華町の旦那の御子息じゃァねえかな。

孫六は、源九郎と歩いている俊之介を目にしたことがあったのだ。ただ、後ろ姿が似ているような気がしただけで、俊之介かどうかはっきりしなかった。

御家人ふうの男はせかせかした足取りで右手にまがり、一ッ目橋を渡り始めた。

……やっぱり、旦那の御子息だ。

御家人ふうの男の横顔が見え、俊之介と分かったのである。

俊之介さまは、お屋敷に帰るのだろう、と孫六は思った。孫六は華町家が一ッ目橋を渡った先の六間堀町にあることを知っていた。

孫六ははぐれ長屋にもどって井戸端の近くまで行くと、源九郎の後ろ姿が見えた。手桶を提げていた。井戸まで水汲みに来たらしい。

「華町の旦那」

孫六は声をかけ、小走りに近付いた。

「孫六か」

源九郎が足をとめて振り返った。

「旦那、水汲みですかい」

孫六が水の入った桶に目をやりながら訊いた。

「そうだが……。何か分かったか」

源九郎は、孫六が俊之介たちを襲った下手人の探索に出かけたことを知っていた。

「まだ、何とも」

孫六は栄造に会ったことや樫村という牢人を洗っていることなどをかいつまんで話した。

「樫村な。わしは知らんな」

源九郎は首をひねった。

「ところで、旦那、御子息の俊之介さまを見かけやしたぜ。傷は、だいぶよくなったようで」

「どこで、見たのだ」

源九郎は訝《いぶか》しそうな顔をした。

「一ッ目橋のところで。……お屋敷に帰るところらしく、橋を渡って行きやした」

「そうか」

源九郎の顔に不安そうな表情が浮いたが、それ以上俊之介のことは話さなかった。

四

「旦那、あれが越野屋で」

　茂次が指差した。

　日本橋室町《むろまち》の表通りに面した土蔵造りの大きな店舗である。『呉服物、越野屋』の立看板が店の脇に立っている。店先に越野屋と染め抜かれた大きな暖簾が下がっていて、なかの様子は見えない。

　源九郎は越野屋の番頭と手代が殺された件と俊之介たちが襲われた件はかかわりがあるとみていた。それで、まず越野屋を見てみたいと思い、茂次といっしょに足を運んできたのである。

「大きな店だな」

　さすがに、江戸で名の知れた呉服屋だけのことはある。

「奉公人が四、五十人はいるはずですぜ」

　茂次が言った。

　ふたりは賑やかな通りの路傍に立って越野屋に目をやっていた。さまざまな身分の老若男女にくわえ、駕籠《かご》、騎馬の武士、荷を積んだ大八車などが行き交い、靄《もや》のような砂埃が立っている。人通りが多いせいか、路傍に立っている源九郎と茂次に不審の目をむける者はいなかった。

「旦那、どうしやす」

「今日は見るだけにしよう。次は、筑前屋だな」

源九郎は、筑前屋も事件にかかわっているのではないかという気がしていた。

「同じ町内ですぜ」

茂次は先に立って歩きだした。日頃研師の仕事で歩いているせいか、茂次は江戸市中の地理には明るかった。

「あの店で」

茂次が路傍に足をとめて斜向かいの店を指差した。

店先に藍色の大きな暖簾が出ていて、筑前屋と染め抜かれていた。土蔵造りの大店《おおだな》だが、越野屋よりはすこし造りがちいさいように見える。それに、越野屋はいかにも老舗《しにせ》といった重厚な感じがしたが、筑前屋は雑多な感じがしないではなかった。ただ、商売は盛っているらしく、源九郎たちが見ている間にも、商家の娘や供を連れた武家の妻女らしい客などが店に入っていった。

「繁盛しているようではないか」

「へえ、なんでも、同じような品を越野屋よりすこし安くしてるそうですぜ。老舗の越野屋が近くにあっちゃァ、すこしでも値を下げねえと客はつかねえでしょうからね」

「筑前屋のあるじの名は？」

源九郎が小声で訊いた。

「市蔵《いちぞう》と聞いていやすが」

「筑前屋市蔵か。それで、市蔵はいつごろから筑前屋を始めたのだ」

越野屋の名は聞いていたが、筑前屋の名は源九郎の記憶になかった。もっとも、源九郎は呉服屋などに縁がないので、店の前を通っても店主など気にもかけなかったのだ。

「そこまでは、分からねえ」

茂次は首を横に振った。おそらく、茂次も源九郎と同じように呉服屋などに関心はなかったのだろう。

「旦那、探ってみやすか」

茂次が訊いた。

「今日は遅い、明日からにしよう」

すでに陽は西にかたむいていた。軒を連ねた大店の長い影が、室町の表通りをうめていた。陽がかたむいたせいか大気のなかに刺すような冷気があり、行き交う人たちも背を丸めるようにして足早に通り過ぎていく。

これから聞き込みをするのは遅いだろう。暮れ六ツ（午後六時）を過ぎれば、どの表店《おもてだな》も大戸をしめるはずである。

「明日のことだが、ふたりいっしょに歩きまわるより、別々の方が埒《らち》が明くだろう。茂次は筑前屋を探ってくれんか」

「ようがす」

茂次がうなずいた。

源九郎は、越野屋を探ってみるつもりだった。越野屋は番頭と手代が襲われ、三百両もの大金を奪われていた。そのことから考えても、越野屋は被害者である。ただ、事件の背後にどのような策謀がひそんでいるのか探るためにも、越野屋の内情や幕府とのかかわりなどを知る必要があったのだ。

翌日、源九郎はだいぶ陽が高くなってからはぐれ長屋を出た。茂次の部屋を覗くと、女房のお梅が戸口に顔を出し、

「うちのひとは、半刻(一時間)ほど前に出ましたけど」

と、不安そうな顔をして言った。

茂次が研ぎの仕事にいったのではなく、俊之介がかかわった事件の聞き込みに出かけたことを知っているのだろう。

「案ずることはない。行き先は日本橋室町だよ」

「室町……」

「そうだ。呉服屋のことを探りにいったのだ。危ないことはない」

源九郎は微笑してそう言った。お梅の不安をすこしでも払拭してやろうと思ったのである。

日本橋室町の表通りは、いつものように賑わっていた。源九郎は越野屋の近くまで行き、路傍に足をとめた。

……さて、どうしたものか。

町方でもないのに、店に乗り込んで話を聞くわけにはいかなかった。

源九郎は通りの左右に目をやった。話が聞けそうな店を探したのである。越野屋から四、五軒先に小体《こてい》な扇子屋があった。店先で、職人らしい男が扇子の紙を折っている。客はいないようだ。

源九郎は暖簾を分けて店に入った。奥の帳場格子のなかにいた主人らしい初老の男が、源九郎の姿を目にしてすぐに近寄ってきた。額に皺《しわ》が寄り、小鼻が張っていた。猿のような顔をしている。

「扇子でございましょうか」

男の顔に警戒するような色があった。源九郎の容姿は、どう見ても貧乏牢人である。扇子を買いにきた客には見えなかったのだろう。

「ちと、聞きたいことがあってな」

源九郎はふところから財布を出し、一朱銀を取り出した。ふところが暖かかったので奮発したのである。

「これは、これは」

とたんに、男は相好《そうごう》をくずした。目が糸のように細くなり額の皺が深くなり、よけい猿に似た顔になった。

「越野屋のことでな。実は、わしの娘が所帯を持つことになったのだ。それで、着物をあつらえてやろうと思うのだが、この先に筑前屋という呉服屋もあって、どちらの店にしようか迷ってな。近所の評判を聞いてみようと思った次第なのだ」

源九郎はもっともらしい作り話をした。

「さようでございますか。それでしたら、越野屋さんがよろしゅうございますよ。何といっても、信用のおける店ですから」

男は笑みを浮かべたまま言った。

「古い店なのか」

「はい、三代も前からつづく老舗でございますよ。お上の御用も仰せつかっておられますし、品物も確かでございます」

「だが、番頭と手代が殺されて金を奪われたそうではないか。店がかたむくようなことはないのか」

俊之介から金が奪われたことも聞いていた。

「そうなんですよ。……ですが、あれだけの大店です。噂では三百両ほど奪われたそうですが、どうということはないはずですよ。それに、お大名のお屋敷にも出入りしてますからね。安心なさって、越野屋さんをご利用なさるとよろしいですよ」

男はしきりに越野屋を褒《ほ》めた。

越野屋は幕府だけでなく大名の御用達もしているらしい。商いは堅実のようだし、近所の評判もいいようだ。

それから、越野屋の主人の徳右衛門や家族のことなども訊いたが、事件にかかわるようなことは何もなかった。なお、家族はご新造、十五歳になる倅、それに十二歳の娘がいるという。

源九郎は扇子屋を出てから、酒屋と太物屋《ふともの》で越野屋のことを訊いたがこれといった収穫はなかった。

五

翌日、初雪が降った。細雪で積もる心配はなかったが、身を切るような寒風が吹いていた。源九郎は外へ出る気になれず、朝餉《あさげ》をすますと掻巻《かいまき》を頭から引っ被って貧乏徳利の酒を飲んでいた。

いっときすると、戸口に下駄の音がした。顔を出したのは、菅井である。いつものように将棋盤を手にしている。

「華町、将棋日和《びより》だぞ」

菅井は上がり框に下駄を脱ぐと、さっそく将棋盤を前にして座敷に胡座《あぐら》をかいた。

「寒くて、やりきれん。おまえも飲むか」

源九郎は掻巻を被ったまま貧乏徳利を手にして将棋盤ににじり寄った。

「ありがたい」

「今日も商売は休みか」

「むろんだ。酒を飲みながら将棋をさす。こんないい日はないな」

そう言うと、菅井は腰を上げ、流し場から湯飲みを持ってきて手酌で酒をついだ。日頃、大道で見世物をしているせいか、暑さ寒さには強いようである。

ふたりはチビチビやりながら将棋を指した。

「ところで、何か知れたか」

将棋盤を見つめながら、源九郎が訊いた。形勢は菅井にかたむいていた。まず、飛車がつみそうである。

「ふたりの牢人のことは分からん。……徒目付《かちめつけ》の飯坂だがな。だいぶ前から、配下の小人《こびと》目付を使って、筑前屋と幕府御納戸のかかわりを探っていたようだぞ」

「徒目付の飯坂が筑前屋をな」

となると、飯坂は御納戸に何か不正があったとみていたはずである。源九郎は、飯坂が探っていた件と今度の事件は何かかかわりがありそうだと思った。

「華町、飛車取りだ」

菅井がニンマリした。飛車が取れると読んだようだ。

二手ほど打った後、菅井は指先で飛車を挟み取りながら、荒船のつてで小人目付からそれとなく話を聞いたことを言い添えた。

「飛車などくれてやるよ。……筑前屋もお上の御用達のはずだ。幕府との取引にかかわり、御納戸を籠絡《ろうらく》しようとしたのではないのかな」

飛車だけではなかった。王も危うくなっている。

「そうかもしれんな。おれが話を聞いた男によると、筑前屋はちかごろ商いをひろげるために盛んに動いているそうだ。……御納戸頭の口利きもあって、大奥にもお出入りを許されたし、加賀や紀伊などの大藩にも出入りしているそうだよ。……この手は、どうだ」

菅井はピシャリと王の前に金を打った。なかなかの妙手である。

「御納戸頭というと戸田さまか」

源九郎は戸田が筑前屋とつながっているとは思えなかったが、念のために訊いてみた。

「いや、小熊宗之助という名だ」

「小熊……」

幕府の御納戸頭はふたりである。戸田と小熊が御納戸頭なのだろう。

「もっとも、実際に動いているのは、小熊の配下の御納戸組頭の赤石八十郎という男のようだ」

そう言うと、菅井は銀を打って逃げる源九郎の王の背後をふさいだ。いよいよつみそうである。

「小熊に赤石か」

筑前屋とつながっているのは、小熊と赤石のようだ。

「これで、どうだ」

目を剝《む》いて、菅井が桂馬を打った。

「つんだな」

源九郎は手にした駒を将棋盤の上に落とし、盤面の駒をかき混ぜた。

「もう一局だ」

菅井は勢い込んで駒を並べ始めた。

「もう一局だけだぞ」

そう言ったが、一局ですまないことは源九郎にも分かっていた。菅井は将棋を始めれば、まず半日は腰を上げようとしないのだ。しかも、一局目に勝ったとなれば、簡単に源九郎を解放しないだろう。

数手指したところで、菅井が何か思い出したように顔を上げ、

「ところで、昨日、おぬしの倅を見かけたぞ」

と、言った。

「俊之介を。……どこで見た」

源九郎の指しかけた手がとまった。

「薬研堀近くの大川端だ。牢人者に襲われた場所に、行ってみたのではないかな」

菅井は視線を盤面にもどし、腕を組んだ。むずかしい顔をしている。局面は源九郎に有利である。

「うむ……」

まずいな、と源九郎は思った。孫六も俊之介の姿を見かけていた。どうやら、俊之介は出歩いているらしい。おそらく、事件のことを自分なりに探っているのだろう。だが、危険だった。俊之介自身、狙われている可能性があるのだ。

「ま、待て」

ふいに、源九郎が言った。

「なに、待てだと。華町、待てんぞ、この手は」

菅井が目を剝いて言った。

「いや、この一局だ。火急の用を思い出した。この勝負、あずけた」

このまま俊之介を放置しておくことはできなかった。

「な、なに、勝負をあずけただと」

菅井が不満そうに顔をしかめたが、すぐに恨めしそうな表情に変わった。腰を据えて打ち始めたところだったのだろう。ここで源九郎に逃げられたのでは、菅井としても泣くに泣けないわけだ。

「そうだ、茂次がいる」

源九郎は、茂次も部屋で退屈しているころだろうと思った。

「茂次な」

「茂次は将棋をやりたがっていたぞ。まだ、腕は未熟のようだが、あいつは筋がいい。菅井が手解きすれば、わしらより伸びるかも知れんぞ」

「そうかな」

菅井の顔にはまだ不満そうな色があった。

「それに、茂次が腕を上げれば、三人で勝負ができる。おのずと勝負にも、熱が入るようになるではないか」

「うむ……」

菅井の顔がいくぶん和《なご》んだ。

「これで、決まりだ。……では、わしは行くぞ」

源九郎は駒を木箱に入れてから立ち上がった。

菅井もその気になったらしく、将棋盤を抱えると、また、来る、と言い置いて、源九郎より先に出ていった。

六

雪はやんでいた。地面がうっすら白くなっていたが、すぐに溶けてしまうだろう。ただ、肌を刺すような寒風が吹いていた。源九郎は二刀を帯び、手ぬぐいを首に巻いて外へ出た。

華町家の玄関の引き戸をあけて声をかけると、パタパタと廊下を走る足音がし、新太郎が顔を出した。

「爺《じい》さまだ！」

新太郎が声を上げた。

つづいて、俊之介と八重を抱いた君枝が姿を見せた。頬のふくれたお多福のような君枝の顔に翳《かげ》がある。源九郎と顔を合わせると、目を糸のように細めて微笑《ほほえ》みかけたが、わざとらしい愛想笑いを浮かべただけである。今度の事件で、俊之介の栄進の話が立ち消えになったことが君枝を落胆させ、源九郎に対してもわだかまりを持ったのかもしれない。

「寒かったでしょう、入ってください」

俊之介が言った。俊之介の顔にも鬱屈した表情があった。だいぶ痩せて頬が落ちくぼんでいる。

「ちと、話があってな」

源九郎は戸口で履いてきた下駄を脱いだ。

君枝は居間までついてきたが、お茶を淹《い》れますから、と言い残し、八重を抱いたまま台所へ去ってしまった。新太郎は居間に残り、一人前の顔をして俊之介の脇に座っている。面長で鼻筋のとおった顔が、俊之介に似ていた。

「父上、なんの話です？」

俊之介が先に訊いた。

「おまえ、ちかごろ市中を歩きまわっているようだが、何をしておる」

源九郎は俊之介を見すえて訊いた。

「そ、それは……」

俊之介は狼狽《ろうばい》したように言葉につまった。

「おまえたちを襲ったふたりの牢人の正体を、つきとめようとしているのではないのか」

源九郎が質《ただ》すと、俊之介はいっとき無言で虚空に視線をとめていたが、

「そうです」

と、苦渋に顔をしかめながら答えた。

「ふたりを捕らえるつもりでいるのか」

「い、いえ、牢人の所在をつかみ、原島さまの敵を討たねばと思い……」

俊之介は声を震わせて言った。顔が紙のように蒼ざめ、目ばかりが異様にひかっていた。

「敵だと」

源九郎は驚いた。まさか、俊之介がそこまで考えているとは思っていなかったのだ。ただ、思い当たることはあった。以前会ったとき、俊之介は思いつめたよ

うな顔で何か言いかけたが言葉を呑み、それ以上口にしなかった。そのときから、俊之介は原島の敵を討つ気になっていたのであろう。

「目の前でむざむざと討たれ、このままでは原島さまのご家族や御納戸の方々に顔向けできませぬ」

俊之介が絞り出すような声で言った。

「うむ……」

俊之介の気持は分からぬではなかった。だが、下手人は俊之介の命も狙っているとみた方がいい。俊之介が市中を歩きまわっていては、相手の思う壺ではないか。

そのことを源九郎が話すと、

「で、ですが、父上、家に凝《じっ》としていられないのです」

俊之介が悲愴《ひそう》な顔をしていた。

「おまえが返り討ちにでもあったら、嫁と子供たちはどうなる。生きていくことはできぬぞ」

源九郎は語気を強めた。

「父上、このままでは無念で……」

俊之介は苦悶《くもん》の表情を浮かべて頭を垂れた。

その脇で新太郎が目を剝いて、源九郎を見上げている。大人たちの切羽詰まったやり取りに、幼いながらも華町家の危機を感じ取ったのであろうか。

「俊之介、実はな。わしは、御納戸頭の戸田助左衛門さまとお会いしたのだ」

源九郎が声をあらためて言った。

「戸田さまと」

俊之介が驚いたような顔で源九郎を直視した。

「そうだ。戸田さまはわしのことをよく知っておられてな、此度《こたび》の一件の探索を内密に依頼されたのだ」

源九郎は、戸田の屋敷で会ったときの様子をかいつまんで話してやった。むろん、百両の金をもらったことは伏せておいた。

「戸田さまが父上に……」

俊之介は目を剝いたまま上ずった声を出した。顔に驚きと疑念の表情があった。俊之介には、大身の旗本であり幕府の要職にある戸田が自ら源九郎に会い、隠密裡とはいえ探索を依頼するなど考えられなかったのだろう。

「にわかには信じられぬだろうが、虚言ではない。すでに、長屋の何人かの仲間も動いておる。いずれ、わしらでおまえと原島どのを襲ったふたりの牢人の所在はつきとめるつもりだ。……俊之介、それまで、屋敷内でおとなしくしておれ」

源九郎の物言いに、父親らしい威厳があった。

「は、はい」

俊之介は首を折るようにうなずいた。

それから、源九郎は菅井から聞いた御納戸頭の小熊と御納戸組頭の赤石のことを訊いてみた。

俊之介によると、御納戸役は表向き平穏だが戸田派と小熊派に分かれて対立しているという。ただ、俊之介のような下役は上から指図されたことで動くだけなので、それほど影響はないそうである。

「当然、斬られた原島どのは戸田派だな」

源九郎が訊いた。

「はい、噂では小西さまが戸田さまの腹心で、その小西さまの手足となって原島さまが動いていたのです。それに、戸田さまが直に原島さまにご指示されることもあったようです」

「そうか」

小西が越野屋との宴席に原島を同席させたのは、そういう強い結び付きがあったからであろう。下役の俊之介を同行したのは、ちかいうちに御納戸衆に栄進する話があったので自派に取り込む意図があったためかもしれない。

「いずれにしろ、油断するな。おまえと原島どのを襲ったふたりの牢人は、まだ野放しになっているのだ」

そう言い置いて、源九郎は腰を上げた。

君枝は話の途中で茶道具を持って居間にきたが、腰を落ちつけずに八重と新太郎を連れて奥の座敷へ入ってしまった。

源九郎としては八重を抱くこともできず、すこし寂しかったが、奥まで行くのは気が引けた。

俊之介だけが戸口まで送ってきた。

「君枝も、八重の世話に追われてまして」

俊之介が戸惑うような表情を浮かべて言った。君枝が見送りに出て来ないことを、気にしているらしい。

「君枝も、おまえの栄進を喜んでいたからな。がっかりしているのであろう。気にするな。いずれ、機嫌はなおる」

源九郎は、君枝はすこし軽薄なところはあるが心根は優しく、家族思いであることを知っていた。

通りへ出ると、町筋は淡い暮色に染まっていた。すこし晴れてきたのか、厚い雲でおおわれていた上空の薄雲の切れ間に茜《あかね》色の残照があった。寒風も収まっている。

源九郎が相生町へむかって歩きだしたときだった。華町家の斜向かいにある武家屋敷の板塀の陰で人影が動いたような気がした。

不審に思い、源九郎が板塀の方へ小走りでむかうと、ふいに黒い人影が飛び出した。茶色っぽい着物を尻《しり》っ端《ぱしょ》折りした町人体の男だった。源九郎から逃げるように駆けて行く。

……あの男、この家を見張っていたな。

源九郎は直感した。

逃げた男の年頃も人相もまったく分からなかったが、その動きに獣を思わせるような敏捷《びんしょう》さがあった。

七

はぐれ長屋にもどると、孫六が部屋の戸口のところで待っていた。孫六は源九郎の姿を目にすると、ニヤニヤしながら近寄ってきた。

「今夜あたり、亀楽で一杯やろうってことになりやしてね」

孫六が目を細めて言った。酒に目のない孫六は、長屋の仲間と飲めるのがなにより嬉しいのだ。

「いいな」

源九郎はお互い探ったことを知らせ合うには、ちょうどいい機会だと思った。それに、源九郎には仲間に頼みたいこともあった。

孫六とふたりで亀楽に行くと、菅井、茂次、三太郎の姿があった。飯台には銚子と肴が並んでいる。すでに、三人で始めたらしく、三太郎の青瓢箪のような顔がいくぶん赤らんでいた。

「華町、待っていたぞ。さァ、腰を下ろしてくれ」

菅井が声を上げると、

「旦那ととっつァんの分も、頼んでありますぜ」

と、茂次がつづけた。

源九郎と孫六は、すぐに飯台に腰を下ろした。すると、それを待っていたかのように元造とお峰が、ふたり分の酒肴を運んできた。肴は鰯《いわし》の煮付けとたくあんである。

元造は運んできた酒肴を飯台の上に置くと、無愛想な顔で、ゆっくりやっててくだせえ、と言い残し、すぐに板場にもどってしまった。それでも今夜は愛想がいい方である。元造は声もかけずに、板場にもどってしまうことが多いのだ。

「華町、茂次だがな。なかなか手がいいぞ。そのうち、華町を超えるかもしれん」

菅井が、銚子で源九郎の猪口《ちょく》に酒をつぎながら言った。

「何の話だ」

「将棋だよ、将棋」

菅井が目を剝いて言った。

「そうか」

そう言えば、菅井は源九郎の部屋を出てから茂次の許へ行ったのだ。

茂次に目をやると、首をすくめて照れたように笑っている。

「いい弟子が、できたではないか」

源九郎は、菅井がときどき茂次を相手にしてくれれば助かると思った。

「はぐれ長屋に、将棋の道場でもひらこうかな」

菅井は機嫌よく茂次にも酒をついでやった。

それから五人はいっときおだをあげながら飲んでいたが、

「ところで、何か分かったか」

と、源九郎が切り出した。

四人はすぐにおしゃべりをやめて、源九郎に視線を集めた。四人とも、情報交換のために集まったことは自覚しているらしい。

まず、孫六と菅井が話した。ふたりが口にしたことは、すでに源九郎の耳に入っている情報だった。

「あっしは、何もつかんじゃァいねえんで」

つづいて、三太郎が当惑したような顔で話しだした。

三太郎は俊之介と原島が襲われた付近の大川端をまわり、聞き込んだという。

「ですが、旦那の御子息の顔を見たぐれえで、ふたりが襲われたのを見た者はみつかりやせんでした」

「おまえも見たのか」

源九郎が顔をけわしくして言った。俊之介のことは、孫六や菅井からも聞いていて、俊之介には出歩くなと言っておいたが、やはり心配である。

「茂次はどうだ」

源九郎は茂次に顔をむけた。茂次は筑前屋を探っていたはずである。

「あるじの市蔵ですがね。一筋縄じゃァいかねえやつですぜ」

茂次によると、筑前屋は信兵衛《しんべえ》という男がやっていたが、博奕《ばくち》に手を出して店がかたむき、十年ほど前に市蔵が居抜きで店を安く買い取ったのだという。

それまで市蔵は深川の洲崎《すざき》で料理屋をやっていたが、裏で高利貸をやり、金を貯め込んだそうである。

「だが、呉服屋が素人《しろうと》では、あそこまで商いをひろげられまい」

源九郎は料理屋の主人に大店の呉服屋をやりくりするのは無理だと思った。

「あっしもそう思いやしてね。いろいろ聞き込んでみたんでさァ。……市蔵は信兵衛から店を買うとき、商売上手な番頭や手代はそっくり残したそうです。なかでも、一番番頭の源五郎《げんごろう》ってやつが、やり手だそうで。市蔵はその源五郎をうまく使って、店を動かしてるようですぜ」

「市蔵の身内は」

「いまでも、洲崎の料理屋に女房がいるそうです。ただ、女房じゃァなく、妾《めかけ》だと言うやつもおりやしたが」

そう言って、茂次は薄笑いを浮かべた。

「うさん臭い男だな」

「あっしもそうみてやす。……もうすこし、やつを洗いやしょうか」

「そうしてくれ」

五人がひととおり話し終えたところで、源九郎が、みんなに頼みがある、と言って、四人に視線をめぐらせた。

「倅の俊之介だが、何者かに狙われているようなのだ」

そう言って、源九郎は町人体の男が六間堀町の華町家を見張っていたことを話した。

「倅には、屋敷を出るなと言っておいたが、家に押し込まれぬともかぎらぬ。そこで、近くを通りかかったときは、それとなく様子を見てくれ。わしも、頻繁に家に足を運ぶつもりでいる」

源九郎は華町家に逗留することも考えたが、源九郎が家をあけたときに襲われれば何の役にもたたない。それに、狭い家に君枝や子供たちと一日中籠っていることなど、できようはずがなかった。

「華町の旦那、あっしがしばらく見張りやしょうか」

三太郎が言いだした。

「似顔絵は描けねえし、どうせ、あっしはてえしたことはできねえ。大金をもらった手前、みんなの役に立たねえんじゃァ気が引けやすからね」

三太郎は似顔絵描きの名人だが、今回はその腕が発揮できない。三太郎は、華町家を見張る役は自分だと思ったようだ。

「そうしてくれるか」

通りかかったときだけでは心許無かったのだ。

「へい」

「一日中、見張ることはあるまい。陽が西にまわってからで十分だよ」

源九郎は、日中人通りがあるときに何か仕かけてくるとは思えなかったのだ。

「承知しやした」

三太郎はヘチマのような顔に笑みを浮かべた。

第三章　襲撃

一

……寒いな。

手ぬぐいで頰《ほ》っかむりした三太郎の青瓢簞《あおびょうたん》のような顔が、小刻みに震えている。掘割の水面を渡ってきた風が刺すように冷たい。三太郎は、両腕で自分の体を抱くようにして寒さに耐えていた。

三太郎は六間堀町のちいさな稲荷の境内にいた。枝葉を茂らせた樫の樹陰から、一町ほど先に見える華町家に目をむけていた。

三太郎がこの場から華町家を見張るようになって三日目だった。陽が西にまわってから、辺りが暮色につつまれるまでの一刻半（三時間）ほどだけだが、寒さのなかで凝《じっ》としているのは思ったより辛かった。

陽はすでに御舟蔵の向こうに沈み、樹陰や稲荷《いなり》の祠《ほこら》の陰には淡い夕闇が忍んできていた。寒さと夕暮れどきのせいか、華町家につづく通りに人影はなかった。ときおり、仕事を終えた職人ふうの男や供連れの武士などが足早に通り過ぎていくだけである。

三太郎が腰を伸ばし、生欠伸《なまあくび》を噛み殺したときだった。樫の葉叢《はむら》の間から、華町家の方にむかっていく三人の男の姿が見えた。ふたりは牢人体である。大刀を一本落し差しにしていた。牢人体のひとりは長身痩軀《そうく》。もうひとりは中背だった。そのふたりの前に町人体の男がいた。猪首《いくび》で、小太りである。

……やつらだ！

三太郎は目を剝《む》いた。

町人はともかく、ふたりの牢人は源九郎から聞いていた体軀と一致する。

三太郎は、三人の男が稲荷のそばを通り過ぎてから通りへ出た。三太郎は逡《しゅん》巡《じゅん》した。まだ、男たちが華町家を襲うかどうか分からなかったのだ。

男たちは足早に華町家の方へ歩いていく。

三太郎は足踏みをしながら男たちの後ろ姿を見つめた。

男たちは華町家の木戸門の前で足をとめ、先に立った町人体の男が門扉をあけた。門扉にかんぬきはかかっていなかったようだ。もっとも木戸門といっても簡単な作りで、体当たりでもすれば門扉ははずれてしまうだろう。

……すぐに、華町の旦那に知らせねえと！

疑う余地はなかった。三人の男は華町家へ押し入ろうとしていた。三太郎は反転して駆け出した。

三太郎は懸命に走った。はぐれ長屋は六間堀町から近かったが、源九郎たちを呼んでくるまでに俊之介が斬られるかもしれない。

そのとき、俊之介は居間にいた。新太郎と君枝も居間にいて、搔巻《かいまき》にくるまって寝ている八重をあやしていた。

俊之介は戸口近くの足音に気付いた。

……だれか来た！

足音は複数である。しかも、忍び足で近付いてくるような気配がした。

俊之介の顔がこわばった。大川端で襲ってきたふたりの牢人ではないか、と思ったのである。

玄関の引き戸をあける音がしなかった。訪《おとな》いを請う声もしない。戸口でなかの様子をうかがっているようだ。

「君枝、何者かが押し入ってくるぞ」

俊之介が声を殺して言った。

「えっ！」

とちいさな声を上げ、君枝が俊之介を振り返った。一瞬、俊之介が何を言ったのか分からなかったようだ。

だが、君枝もすぐに異変に気付いた。俊之介の顔がこわばり、かすかに体が顫《ふる》えていたからである。

君枝のお多福のような顔が恐怖にゆがみ、ぼってりとした唇がワナワナと震えだした。

「だ、旦那さま……」

君枝が喉のつまったような声を出し、脇にいる新太郎に腕をまわして抱き寄せた。新太郎も両親の様子から異変を感じ取ったらしく、怯《おび》えたような目をして俊之介を見上げている。

「う、うろたえるな」

そう言う俊之介も、うろたえていた。立ち上がり、首をまわして夕闇につつまれた部屋を落ち着きなく見まわしている。

「旦那さま、逃げましょう」

君枝が立ち上がった。目がひき攣《つ》っていた。八重を片腕で抱きかかえ、もう片手で新太郎の腕をつかんでいる。

「君枝、ふたりを連れて奥へ行け。賊どもが侵入したら、裏口から外へ出て父上の許へ走るんだ」

俊之介ははぐれ長屋まで行けば、何とかなると思った。

「だ、旦那さまは」

君枝が血の気の失《う》せた顔で訊《き》いた。

「おれは、賊を食いとめる」

「い、いっしょに、逃げてください」

君枝が激しく身を顫わせて言った。八重はあやされたとでも思ったのか、君枝の腕のなかで嬉しそうに笑っている。

「ここで食い止めねば、子供たちは守れぬ」

四人で逃げても、子供連れでは逃げきれないだろう。俊之介が敵の足をとめ、その隙に君枝たちが逃げるしか手はなかった。それに、敵の狙いは俊之介ひとりであろう。逃げる君枝たちを追うようなことはないはずだ。

そのとき、戸口から庭の方へまわる足音がした。玄関からではなく、縁先から踏み込むつもりであろうか。

「行け！　君枝」

叱咤《しった》するような声で言った。

「い、いやです。旦那さまも、いっしょに」

君枝がすがりつくように身を寄せて言った。

「ともかく、奥へ行け。賊が押し込んできたら、新太郎と八重を連れて逃げるんだ」

俊之介は絞り出すような声で言って、君枝の背を押した。

「旦那さまも、逃げて……」

君枝は泣き声で言い、八重を抱き新太郎の手を引いてよろよろと奥へむかった。

俊之介はすばやく刀を帯び、袴の股だちを取った。敵が押し入ってきたら、敵《かな》わぬまでも抵抗するつもりだった。

……華町俊之介！　聞こえるか。

ふいに、縁先で男の声がした。

……出てこい！　いさぎよく出てくれば、女子供は見逃してやる。

威嚇《いかく》するような胴間声だった。

どうやら、敵は俊之介を外へおびき出して討つつもりのようだ。おそらく、夕闇につつまれた他家へ踏み込んで、不意打ちを喰《く》らうのを避けようとしたのであろう。

俊之介は逡巡した。障子の陰に身を隠して踏み込んできた敵に斬りつければ、斃《たお》せる可能性もあるが、屋外に出てしまえば勝機はないだろう。

……出てこないなら、踏み込むぞ。

男の声が大きくなり、縁側に上がる足音が聞こえた。踏み込んでくるようである。

「待て！　いま、行く」

俊之介が声を上げた。外へ出れば、君枝と子供たちを助けることができると思ったのである。

俊之介は急いで奥の座敷へ行き、

「君枝、すぐに子供たちを連れて裏から出ろ！」

と、有無を言わせぬ強い口調で言った。悲壮な面貌《おもて》だった。蒼ざめ、つり上がった目が異様なひかりを帯びている。

ふいに、新太郎が泣き出した。

君枝が、武士の子は泣いてはいけません、とひき攣ったような声で言い、八重を抱きかかえ新太郎の手を引いて裏口の方へむかった。

二

三太郎は喘《あえ》ぎ声を上げながら、はぐれ長屋の路地木戸を駆け込んだ。源九郎の部屋の腰高障子はしまっていた。

「だ、旦那ァ！」

三太郎は声を上げて、腰高障子をあけた。

源九郎は土間の流し場にいた。片襷《かただすき》をしたまま大根を洗っている。夕餉《ゆうげ》の汁の具にするつもりらしい。

「どうした、三太郎」

「て、大変《てえへん》だ！　華町家の屋敷に、牢人たちが押し入った」

「なに！」

一瞬、源九郎は手にした大根を握りしめて息を呑んだが、大根を流し場に放り投げると、座敷へ駆け上がり刀をひっつかんで土間へ飛び下りた。

「菅井に知らせろ！」

言いざま、源九郎は表へ駆けだした。

源九郎は懸命に走った。一刻を争う事態なのである。目をつり上げ、歯を剝き出し、鬼のような形相で相生町の町筋を走り抜け、竪川にかかる一ッ目橋を渡った。

行き違う通行人が源九郎の剣幕に恐れをなして慌てて道をあけたり、女子供は悲鳴を上げて路傍へ逃げたりした。だが、源九郎は通行人などにかまってはいられなかった。

六間堀町の家並が、前方の濃い暮色のなかに黒く沈んだように見えてきた。華町家の屋根も遠方に見える。

そのとき、前方に親子連れらしい黒い人影があらわれた。ヒイヒイという悲鳴とも喘ぎともつかぬ声が聞こえた。母親らしい女が幼子の手を引いて、泳ぐような足取りでこっちへ走ってくる。

……君枝だ！

君枝が八重を抱き、新太郎の手を引いている。

君枝も源九郎の姿に気付いたらしく、足をとめた。新太郎が、爺《じい》さまだ！　と声を上げた。

源九郎が君枝たちに駆け寄った。

「ち、義父上《ちち》……」

君枝が声をつまらせて言った。苦しげに喘ぎ声を洩らしている。その君枝の腕のなかで、八重がちいさな丸い目をしきりに動かしていた。

君枝の顔が握りつぶした白い饅頭《まんじゆう》のようにゆがんでいた。髷《まげ》が乱れて額に前髪がかぶさり、八重を抱いて走ったせいか胸元がはだけて乳房の谷間が覗いている。なんともひどい格好である。

だが、君枝の格好などどうでもよかった。

「しゅ、俊之介はどうした」

源九郎が荒い息を吐きながら訊いた。

「ぞ、賊を相手に……」

君枝の顔が恐怖と不安にゆがんだ。

その一言で、源九郎は切迫した状況を察知した。

「君枝、長屋へ行け！」

言いざま、源九郎は駆けだした。


そのとき、俊之介は庭に面した縁側に立っていた。庭といっても板塀のちかくに松と梅が植えてあるだけで、後は枯れ草におおわれていた。その枯れ草のなかに三人の男が立っていた。ふたりは牢人体、ひとりは町人である。三人とも黒布で頰っかむりしているため、人相は分からなかったが、ふたりの牢人の体軀には見覚えがあった。大川端で襲ってきたふたりである。

俊之介はふたりの牢人を睨《にら》みつけたまま、縁側から動かなかった。ふたりの牢人を恐れていたこともあったが、できるだけ斬り合いを引き伸ばし、その間に母子三人をすこしでも遠くへ逃がそうとしたのである。

「どうした、怖《お》じ気《け》付いたか」

中背の男が揶揄《やゆ》するような声で言った。

「おまえたちは、何者だ」

俊之介が震えを帯びた声で誰何《すいか》した。

「だれでもいい。下りる気がないなら、こちらから行くだけだ」

中背の男の声に苛立《いらだ》ったようなひびきがくわわった。

「待て、いま下りるが、三人でなければおれを斬れんのか」

俊之介は、まだ縁側から動かなかった。

「おれひとりで相手してやる。さァ、下りてこい!」

叫びざま、中背の男が抜刀した。

すると、長身痩軀の男と町人が後ろに下がって前をあけた。中背の男にまかせるつもりらしい。

俊之介も抜いた。これ以上引き伸ばせなかった。それに、君枝たちもかなり遠くまで逃げたはずである。

俊之介は庭先に下りると、青眼に構えた。切っ先がかすかに震えている。恐怖と気の昂《たかぶ》りのためである。

中背の男も青眼に構えた。剣尖《けんせん》がピタリと俊之介の喉元につけられている。男の姿が膨れあがったように見え、巌《いわお》で押してくるような威圧があった。大川端で対峙したときと、同じ構えである。

ふたりの間合は三間の余。まだ、斬撃の間からは遠い。中背の男が足裏をするようにして間合をつめてきた。

俊之介は後じさった。相手の威圧で腰が浮き、対峙していられなかったのである。すぐに、俊之介は縁側近くに追いつめられ、それ以上下がれなくなった。

そのときだった。木戸門の近くで慌ただしい足音がし、喘ぎ声とともに庭へ人影が走り込んできた。

源九郎である。走り込んできた源九郎は大きく口をあき、肩を上下させて激しく息を吐いた。走りづめで来たらしい。

「う、うぬらの相手は、おれだ！」

源九郎が声を上げた。

三

「老いぼれの相手は、おれだな」

長身痩軀の男が源九郎の前に歩み出てきた。

「う、うぬら、何者だ」

誰何しざま、源九郎は抜刀した。まだ、息は鎮《しず》まらず、声がつまった。

「問答無用」

長身瘦軀の男は抜刀し、八相に構えた。天空を切っ先で突くように刀身を立てていた。長身とあいまって大樹のような大きな構えである。全身に気魄《きはく》がみなぎり、隙は微塵《みじん》もなかった。

……手練《てだれ》だ！

源九郎は、背筋を冷たい物で撫でられたような気がして身震いした。武者震いである。源九郎はひとりの剣客として男と対峙した。

鼻梁の高い男だった。頰っかむりの間から細い目が射るように源九郎を凝視している。

源九郎は青眼に構えた。息はまだはずんでいたが、切っ先はピタリと敵の喉元につけられていた。どっしりと腰の据わった構えである。

歳はとっていたが、源九郎は鏡新明智流の達人だった。これまでにも多くの剣客と立ち合い、勝負を制してきたのである。

一瞬、男の目が揺れた。源九郎の隙のない構えに驚いたらしい。だが、すぐに動揺は消え、猛禽《もうきん》を思わせるような目で源九郎を見つめなおした。男も源九郎をひとりの剣客とみなして勝負する気になったらしい。

男は趾《あしゆび》を這《は》わせるようにして、ジリジリと間合をせばめてきた。全身に気勢がみなぎり、鋭い剣気を放射している。男の構えには八相から頭上へ斬り込んでくる気配があった。

……番頭の房蔵を斬ったのはこやつだ。

八相から、頭上へ斬り込んだにちがいない。源九郎の脳裏に頭を割られた房蔵の無残な姿がよぎった。

男はさらに間合をつめてきた。近付くにしたがって男の姿が大きく見え、源九郎は上から覆いかぶさってくるような威圧を感じた。

だが、源九郎は引かなかった。押しつぶされるような威圧に耐えながら、源九郎もすこしずつ間合をつめていった。

源九郎には気魄で攻める余裕がなかった。こうして対峙している間にも、俊之介が斬られるのではないかという恐れがあったのだ。

一足一刀の間境まで間合がつまると、男は寄り身をとめ、全身に激しい気魄を込めて打ち込んでくる気配を見せた。

ピクッ、と源九郎の剣尖が下がった。刹那、源九郎の面に隙ができた。誘いだった。源九郎は隙を見せて、敵の斬撃を誘ったのである。

瞬間、男の全身から稲妻のような剣気が疾《はし》った。

イヤアッ！

裂帛《れっぱく》の気合と同時に、男は八相から源九郎の頭上に斬り込んできた。

凄まじい斬撃だった。

が、この斬撃を読んでいた源九郎は背後に身を引きざま刀身を横に払った。

間一髪、男の切っ先が源九郎の顔面すれすれで空を切り、源九郎の切っ先は男の前腕をかすめた。

パッ、とふたりは背後に跳び、ふたたび八相と青眼に構えあった。野犬を思わせるような敏捷《びんしょう》な動きである。

「やるな」

男が糸のように目を細めてつぶやいた。笑ったようである。

男は両拳を耳のそばに引き、刀身をわずかに倒した。一瞬の差でかわされたことを察知し、斬撃の起こりを迅《はや》くするつもりらしい。

男はふたたび間合をせばめてきた。

源九郎もすこしずつ前へ出た。両者は引き合うようにジリジリと斬撃の間に迫っていく。

そのときだった。玄関の方で足音がし、黒い人影が庭へ飛び込んできた。

菅井である。菅井は白い歯を見せて、ハアハアと荒い息を吐いた。総髪が乱れ、目がつり上がっている。顎のしゃくれた顔が、赤みを帯びて般若《はんにゃ》のようだった。

「菅井、俊之介を頼む！」

源九郎が声を上げた。

見ると、俊之介は中背の男に追いつめられていた。すでに肩先に斬撃を受けたらしく、片袖が裂けている。

「おお」

菅井は抜刀しざま、俊之介の方に走った。

菅井だけではなかった。さらに複数の足音が聞こえ、こっちへ走ってくる人影が見えた。

「華町の旦那！」

茂次の声だった。

つづいて、あっちだ、という孫六の声がした。三太郎もいるらしい。三人が庭の方へ駆けてくる。どうやら、三太郎は菅井だけでなく、長屋に居合わせた茂次と孫六にも急を知らせたようだ。

それを見た長身痩軀の男が後じさり、

「引け！」

と、叫びざま反転した。新手がくわわり、不利とみたようだ。

源九郎は男の後を追わず菅井に目をやった。

俊之介に対峙していた中背の男が菅井に切っ先をむけ、すばやい寄り身で迫っていく。

ふいに、菅井と中背の男の体が躍動し、二筋の刃光が弧を描いた。

キーンという甲高い金属音がひびき、青火が散った。ふたりの体がすれちがい、大きく間を取って菅井が反転した。

だが、中背の男は菅井に背をむけたまま脱兎《だつと》のごとく、玄関先の方へ走った。逃走するために、菅井に斬り込んだらしい。

庭の隅にいた町人体の男も慌てて逃げだした。

「おのれ、逃げるか！」

菅井が目を剝いて後を追った。

だが、中背の男の動きは敏捷で逃げ足も速かった。

庭の隅で、ワッ、と悲鳴が上がり、板塀の方へ逃げる人影が見えた。茂次、孫

六、三太郎の三人が、抜き身をひっ提げて突進してくるふたりの牢人と町人体の姿を見て、泡を食って逃げたのだ。
源九郎は逃げる三人を追わなかった。

「俊之介、大事ないか！」

源九郎は俊之介のそばに駆け寄った。

俊之介は抜き身をひっ提げたままつっ立っていた。顔が蒼ざめ、荒い息を吐いていた。血走った目が異様にひかっている。

左の片袖が肩口から裂けて垂れ下がっていた。肩先にかすかに血の色がある。

「肩をやられたのか」

源九郎は左肩に目をやった。

「か、かすり傷です」

俊之介が声を震わせて言った。

たしかに、かすり傷だった。皮肉を浅く裂かれただけである。まだ、出血していたが、たいした傷ではない。

そこへ、菅井たち四人が集まってきた。

「逃げ足の速いやつらだ」

菅井が顔をしかめて言った。

「あいつらか、俊之介さまたちを襲ったのは」

茂次が一同に聞こえるように大声で訊いた。

「は、はい」

俊之介がうなずいた。

「越野屋の番頭を斬ったのも、やつらだな」

源九郎は町人体の男も一味だろうと思った。

「父上、君枝と子供たちが……」

俊之介が心配そうに眉宇《びう》を寄せて言った。目から血走ったひかりが消えてい
る。興奮が鎮まり、いつもの俊之介にもどったようだ。

「君枝と子供たちは長屋にいるはずだ。すぐに、長屋へ行こう」

源九郎が歩きだし、俊之介がつづいた。菅井たちも、ぞろぞろついていく。

四

源九郎の家の腰高障子の前に人だかりがしていた。お熊、おとよ、おまつなど
のお節介な女房連中にくわえ、庄太《しょうた》、六助《ろくすけ》などの子供もいる。

源九郎たちが近付くと、お熊がしゃしゃり出てきて、

「旦那、君枝さまが、ふたりのお子を連れていらっしゃってますよ。何かあったんですか」

と、好奇心に目をひからせて訊いた。

君枝は何度か長屋に来たことがあるので、源九郎の倅《せがれ》の嫁であることは知っているのだ。どうやら、君枝と子供のただならぬ様子を見て、何事か起こったと思い、長屋の連中が集まってきたらしい。

「分かっている。ともかく、そこをどいてくれ」

源九郎はそう言って、戸口の前をあけてもらい、腰高障子をあけた。

灯《ひ》のない部屋は夜陰につつまれていた。隅の方に黒い人影がうずくまっている。

「君枝……」

土間に入った俊之介が声をかけた。

ふいに、人影が動き、

「だ、旦那さま！」

と、君枝が声を上げた。そして、八重を抱いたまま土間の方へ歩み寄ってき

た。夜陰のなかに浮かび上がった君枝の顔は、くしゃくしゃだった。泣き顔と笑い顔がいっしょになって、ふっくらした色白の顔が複雑にゆがんでいる。

「新太郎と八重も大事ないか」

俊之介が君枝が抱いた八重の顔を覗き込みながら訊いた。

すると、どういうわけか八重が泣きだした。そばにいる源九郎たちの顔を見て驚いたのか、それとも空腹なのか。両足をつっ張って甲高い泣き声をあげた。

八重の泣き声に誘発されたのか、新太郎が俊之介の腰のあたりに顔を埋めて、すすり上げ始めた。こちらは、恐怖と不安から逃れられた安堵《あんど》の涙らしい。

「ともかく、明りを点《つ》けよう」

源九郎は座敷へ上がると、石を打って行灯《あんどん》に火を点《とも》した。

「この人たちは……」

君枝が泣きじゃくっている八重をあやすように揺すりながら、困惑と不安の表情を浮かべて戸口の方に目をやった。

行灯の明りに大勢の人が浮かび上がっていた。華町家へ駆けつけた菅井たちが土間に立ち、さらにその後ろにはお熊たち女房連中、仕事からもどった亭主たち、人垣の隙間から子供たちも覗いている。

「長屋の者たちだ。心配して来てくれたのだろう」

君枝は何も言わず、不安そうな顔で長屋の者たちに目をむけていた。

源九郎が言った。

「見たとおり、みんな無事だ。とにかく、引き取ってくれ」

源九郎が長屋の連中にむかって声を上げた。

すると、お熊が、

「旦那は、お孫さんと水入らずになりたいんじゃないかい。邪魔しちゃ悪いよ」

と言って、その場を離れた。すると、おとよやおまつがつづき、亭主や子供たちもそれぞれの家へもどっていった。

「おれたちも、今夜のところは引き上げよう」

菅井が言い、茂次、孫六、三太郎も戸口から出ていった。

長屋の連中が引き上げると、家のなかは急に静かになった。八重と新太郎の泣き声だけがひびいていたが、新太郎が泣きやむと、八重も泣き疲れたのか君枝に抱かれたまま眠ってしまった。あるいは、眠っていたのを起こされて泣きだしたのかもしれない。

行灯のそばに源九郎と俊之介が座し、君枝は俊之介の背後に膝を折った。新太郎は君枝に張り付くように身を寄せている。

「ともかく、無事でよかった」

源九郎が安堵したようにそう言うと、

「父上のお蔭です」

俊之介が、君枝たち三人が家を出てからのことをかいつまんで話した。

君枝は顔をこわばらせて聞いていたが、ときどき源九郎に目をむけた。驚きと畏敬の色があった。年寄りの源九郎が、それほど剣を遣うとは思っていなかったのだろう。いくらか、源九郎を見直したのかもしれない。

「さて、これからだが」

源九郎が声をあらためて言った。

「しばらく、六間堀町の家へ帰ることはできぬぞ。やつら、次は寝込みを襲っておまえたちを皆殺しにするかもしれん」

「………」

俊之介が蒼ざめた顔で視線を落とした。君枝も肩先を震わせ、怯えたような目を八重と新太郎にむけている。

「どこか、身を隠す場所はあるか」

源九郎は俊之介と君枝に目をやった。

ふたりはお互いの顔を見合っていたが、俊之介が首を横に振り、君枝は力なくうなだれた。君枝の実家は二十俵二人扶持《ぶち》の御家人で、すでに嫡男が家を継ぎ嫁をもらって子供もいる。そこへ、俊之介たち四人が転げ込むことなどできないことは、源九郎にも分かっていた。かといって、華町家にも俊之介たちが身を寄せるような親戚縁者はなかった。

「されば」

源九郎がけわしい顔で言った。

「ひとまず、この長屋に住むしかないな」

それを聞いて、君枝がビクッと体を震わせて顔を上げた。そして、困惑と嫌悪に顔をしかめながらちいさく首を横に振った。言葉にはしないが、嫌だと言っているのである。

俊之介は戸惑うような顔をして、

「ですが、父上、ここに五人で住むのは」

無理です、と小声で言い添えた。

「むろん、わしは別だ。俊之介たち四人で住めばいい。狭いが、いっときの辛抱だ」

源九郎は、菅井の家に厄介になろうと思っていた。将棋の相手さえしてやれば、喜んで寝起きさせるはずである。

「この長屋に……」

俊之介は座敷を見まわしながら迷っていた。君枝は眉宇を寄せて泣きだしそうな顔をしている。

「それとも六間堀町の家へもどり、もう一度、今夜押し入った者たちの襲撃を受けるか」

源九郎が父親の威厳を込めて言うと、

「父上、ここにお世話になります」

俊之介が肚《はら》を決めたように言った。

君枝は暗い顔をして肩を落とした。虚空にとめたままの目が虚ろである。何も口にしなかったが、頭のなかでは、身の不運を呪っているのかもしれない。

君枝が落胆するのも無理もなかった。俊之介が二百俵の御納戸衆に栄進して相応の屋敷で暮らせると思った矢先だったのだ。それが暗転し、幼子と乳飲み子をかかえ自分の家さえ追われ、はぐれ長屋と呼ばれる貧乏長屋で暮らさねばならないのである。

「ともかく、めしにしよう。腹が減ったろう」

源九郎がそう言うと、

「はい」

と言って、新太郎がうなずいた。子供は先の暮らしより、いまの空腹を満たすことが大事らしい。

五

孫六は丈《たけ》の高い雑草のなかに屈み、苦虫を噛みつぶしたような顔をしていた。斜向《はす》かいに繁蔵の賭場《とば》の戸口が見えている。孫六はこの場に身をひそめて樫村が賭場にあらわれるのを待っていたのだ。

孫六はその後の聞き込みで、樫村は中背で黒鞘の大刀を落し差しにして歩いていることが多いと耳にしていた。姿をあらわせば、分かるはずである。

孫六がこの場に張り込んで、五日目だった。まだ、樫村は姿を見せていない。もっとも、陽が沈むころ来て一刻（二時間）ほどしかいなかったので、そう長い時間ねばっていたわけではない。

……いくじがなくなったぜ。これくらい、何でもなかったのによ。

さっきから、孫六は胸の内でぶつぶつと毒づいていた。

屈んだままなのが足腰に負担らしく、左足が痺《しび》れ腰がズキズキと痛んだ。

陽は西の空に沈み、辺りは淡い暮色につつまれていた。

……今夜も無駄足かい。

まだ、樫村らしき牢人は姿を見せなかった。すでに賭場はひらいており、商家の旦那ふうの男や遊び人らしい男がひとりふたりと姿を見せ、人目を避けるようにして仕舞屋《しもたや》の戸口から入っていった。

孫六が立ち上がって、腰を伸ばそうとしたときだった。表通りの方から牢人体の男が近付いてくるのが見えた。

……やつだ!

孫六は慌てて腰を屈めた。

中背で総髪だった。黒鞘の大刀を落し差しにしている。まちがいなく、樫村のようだ。それに、華町家で目にしたふたりの牢人のうちのひとりに似ているような気がした。そのときは黒布で頬っかむりしていたので顔は分からなかったが、体軀が似ていたのである。

樫村はまっすぐ繁蔵の賭場の戸口へ歩いていく。

戸口の脇に屈んでいた繁蔵の手下らしい若い男が、樫村が近付いてくるのを見て慌てた様子で立上がり、何か声をかけながら頭を下げている。

樫村は慣れた様子で、戸口から入っていった。

……さて、これからが辛抱のしどころだ。

孫六が戸口を見ながらつぶやいた。獲物を追う猟犬のような目をしていた。岡っ引きのころの目である。

樫村はしばらく賭場から出てこないだろう、と孫六は踏んだ。博奕《ばくち》を打ちにきたのなら、一刻（二時間）以上腰を落ち着けているとみていい。

……腹ごしらえをしてこようかい。

張り込みは長期戦になるはずだった。孫六は近くの店で何か腹に入れてこようと思った。

孫六はひそんでいた雑草のなかから、小道へ出た。辺りの夕闇が濃くなり、町筋の家並からかすかに灯《ひ》が洩《も》れている。

孫六は表通りにある一膳めし屋で体が暖まる程度に酒を飲み、腹ごしらえをしてから店を出た。酒をすこしだけで我慢したのは、張り込みのことを考えたからである。

ふたたび、孫六は仕舞屋の戸口の見える雑草のなかに身をひそませた。すでに、五ツ（午後八時）ちかいだろう。賭場になっている仕舞屋から灯が洩れていた。頭上で、寒月が皓々《こうこう》とかがやいている。

それから一刻ほどして、職人ふうの男がふたり戸口から出てきた。何やら話しながら小道を表通りの方へ歩いていく。

孫六はふたりから賭場の様子を聞いてみようと思い、叢《くさむら》から小道へ出た。近付いてきたふたりは路傍に佇《たたず》んでいる孫六の姿を見て、ギョッとしたように足をとめた。

「びっくりさせちまったかい。見たとおりの年寄りだ。安心してくんな」

孫六は笑みを浮かべながら言った。

「お、おまえさん、だれです」

四十代半ばと思われる丸顔の男が、なじるような声で訊いた。

「番場町の孫六ってえ者《もん》だ。それだけ言やァ分かるだろう」

孫六はわざと岡っ引きと思わせる言い方をした。

「お、親分さん」

丸顔の男が震えを帯びた声で言った。もうひとり、背のひょろっとした目の細い男も、顔をこわばらせている。賭場から出てきたところを冈っ引きから声をかけられれば、生きた心地はしないだろう。

「おめえさんたちを、ひっくくろうなんて気はねえから安心しな。ちと、訊きてえことがあるだけだよ。……こんなところにつっ立ってねえで、歩きながら話そうじゃァねえか」

そう言って孫六が歩きだすと、ふたりの男も跟《つ》いてきた。

「なかに牢人者がいたな」

孫六が訊いた。

ふたりの男は顔を見合わせたまま黙っている。

「話さねえなら、番屋へ来てもらうことになるぜ。……牢人者がいたな」

孫六は語気を強めた。

「は、はい」

丸顔の男が慌てて答えた。

「なんてえ名だい」

「たしか、樫村助次郎《すけじろう》さまだと」

目の細い男が脇から言った。やはり、樫村である。

「樫村は賭場によく来るのかい」

「二、三度、顔を合わせたことはありますが……」

丸顔が困惑したような顔をした。答え方によっては、自分たちが賭場の常連であることを白状することになるので言いにくいのだろう。

「樫村は、ひとりで来るのかい」

「はい、いつもひとりのようです」

「生業《なりわい》は？」

身装《みなり》から見て、牢人であることはまちがいないだろう。

「存じませんが、金は持ってるようですよ。二両、三両と、まとまった金を張りますから」

丸顔の男が脇を歩いている目の細い男に目をやりながら言った。目の細い男が、うなずいている。

「塒《ねぐら》は知ってるかい？」

「存じません」

丸顔の男がはっきりした声で言った。

「賭場にいる樫村は、尻を上げそうだったかい」

孫六は樫村もそろそろ出てくるのではないかと思ったのだ。

「まだだと思いますよ」

丸顔の男によると、樫村は博奕を始めると町木戸のしまる四ツ（午後十時）を過ぎないと腰を上げないそうである。

それから孫六は樫村についていろいろ訊いたが、ふたりとも賭場で見かけたことがあるだけらしく、それ以上のことは知らないらしかった。

孫六たちは表通りまで来ていた。通りに人影はなく、どの店も板戸をしめてひっそりと静まっている。

「おめえたち、博奕から足を洗いな。下手をすると、遠島ぐれえ喰らうぜ」

別れしなに孫六がそう言うと、ふたりの男は蒼ざめた顔でうなずいた。

六

……出てきたぜ。

孫六は叢のなかから首を伸ばすようにして賭場の戸口に目をやった。

樫村が戸口に姿を見せ、下足番らしい若い男に何か声をかけてから夜陰のなかへ歩きだした。頭上の弦月が、樫村の姿を黒く浮かび上がらせていた。樫村は懐手をし、飄然《ひょうぜん》と歩いてくる。

孫六は半町ほどやり過ごしてから、小道へ出た。樫村の跡を尾《つ》け、塒をつかむつもりだった。

足音さえ気を使えば、尾行は楽だった。物陰に身を置きながら尾ければ、気付かれる恐れはなかったし、前を行く樫村の姿は月光に照らされてはっきりと見えたからである。

樫村は表通りへ出ると、東本願寺の門前を通り、掘割にかかる橋を渡って左手にまがった。そのまま掘割沿いの道をしばらく歩いて阿部川町へ出ると、表店《おもてだな》の間の狭い路地へ入っていった。そして、一町ほど歩き、小体《こてい》な店に挟まれた路地木戸のなかに姿を消した。木戸の先は長屋である。

……やつの塒はここだな。

孫六は路地木戸の前まできて足をとめた。

路地木戸の右手の店は足袋屋《たびや》であることが分かった。板戸をしめていたが、軒先に足袋屋の看板が下がっていたのである。

孫六は足袋屋の看板を目にすると、すぐにその場を離れた。樫村の身辺を探るのは、明日からである。

翌日、孫六はおみよが家を出たのを見て、急いで戸口から外へ出た。昨夜遅く帰り、おみよになじられたため、おみよのいるうちは家を出づらかったのである。

四ッ（午前十時）前だった。初冬の陽射しが、長屋の路地を白く照らしていた。

長屋は静かである。ぼてふりや日傭取《ひようと》りなどは働きに出かけ、女房連中は朝餉の片付けを終えて、部屋で一休みしているにちがいない。

孫六は阿部川町へ来ると、まず昨夜目にした足袋屋を見つけた。すぐに分かった。樫村が姿を消した路地木戸は足袋屋と八百屋の間にあった。

足袋屋でそれとなく訊くと、吾兵衛《ごへえ》長屋とのことだった。孫六は樫村のことを訊いてみようと思い、路地木戸から一町ほど離れた小体な酒屋に入った。足袋屋と八百屋は近すぎて、かえって話しにくいかと思ったのである。

五十がらみの赤ら顔の親父だった。孫六は岡っ引きであることを臭わせ、

「この先の吾兵衛長屋に樫村という牢人がいるが、おめえ知ってるかい」

と、切り出した。

「はい、うちの店にも酒を買いに来たことがありますんで」

親父は警戒するような目で孫六を見ながら答えた。

「独り者かい」

「そのようですよ」

親父によると、樫村は四年ほど前から吾兵衛長屋に住むようになったという。得体の知れぬ牢人で近所付き合いはまったくなく、長屋の者も近所の住人も怖がって避けているそうである。

「訪ねてくる者もいねえのかい」

「いえ、ときおり、お武家さまが訪ねてくるようで。通りをいっしょに歩いているのをみかけたことがありますよ」

親父は奥へもどりたいような素振りを見せた。孫六とあまり話したくないようである。

「牢人じゃァねえのか」

かまわず、孫六は訊いた。

「拵《こしら》えは、お武家さまに見えましたが」

親父によると、羽織袴姿だったという。ただ、軽格の武士らしく、衣装は着古した感じがしたそうである。

「どんな男だ」

「背丈のある痩せた方でしたよ」

「うむ……」

孫六の胸に、華町家で見た長身痩軀の男のことがよぎった。親父の話では牢人ではないようだが、羽織さえ脱げば、牢人にも見えるだろう。

さらに、孫六は樫村について訊いてみたが、親父もそれ以上のことは知らないらしく首を横に振るだけだった。

酒屋を出ると、孫六は付近の表店をまわって樫村のことを訊いてみたが、新たに分かったことは何もなかった。

すでに、八ツ半（午後三時）近かった。ひどく腹がへっていた。昼めしを食ってなかったのである。田原町へもどり、そば屋で腹ごしらえしてから、聞き込みをつづけるつもりで阿部川町へもどった。

話を聞いた酒屋ちかくまで来たときだった。前方から歩いてくる牢人体の男を目にし、孫六は慌てて近くにあった天水桶の陰に身を隠した。

樫村である。樫村は昨夜と同じ姿で歩いてくる。幸い、身を隠した孫六には気付かなかったようだ。歩いている孫六の姿を目にしたはずだが、町人体の年寄りと見て関心を持たなかったのだろう。

樫村は東本願寺の門前を田原町の方へ歩いていく。

……また、賭場かい。

孫六はそう思ったが、念のため樫村の跡を尾け始めた。

だが、賭場ではなかった。樫村は田原町の町筋を通り抜け、浅草寺《せんそうじ》の雷門にちかい茶屋町へ入った。そして、すぐに島津屋《しまづや》という老舗《しにせ》の料理茶屋に入っていった。

賑やかな通りである。まだ西の空に陽があったが、浅草寺の参詣客、遊客、芸者などが行き交っていた。茶屋町は料理茶屋や置屋などが多い歓楽街なのである。

孫六は迷った。樫村が店から出てくるのを待つか、今日はこのまま帰って出直すか。

……今日のところは帰《けえ》ろう。

そのとき、孫六の脳裏におみよの顔が浮かんだのである。昨日につづいて帰りが遅くなれば、おみよの堪忍袋の緒が切れるだろう。

おみよが怖いわけではなかったが、孫六はおみよといがみあいたくなかったのだ。何と言っても、おみよはたったひとりの肉親である。それにおみよが怒るのも無理はなかったのだ。孫六が飲んで遅く帰ると、およみはぼてふりで働いている亭主の又八《またはち》に合わせる顔がなくなるのだ。

その日、孫六は夕餉前に帰った。しかも、途中の酒屋で又八のために酒を買って帰ったのである。

七

翌日、朝餉をすますと、孫六はさっそく浅草茶屋町へ足をむけた。島津屋で樫村のことを聞いてみようと思ったのだ。それというのも、樫村がだれと飲んだか気になっていたのだ。島津屋は樫村のような牢人がひとりで飲むような店ではない。かならず酒席を共にした者がいるはずである。

孫六は島津屋の裏手にまわった。店へ入って訊いても、島津屋ほどの老舗の大店になれば簡単に客のことは話さないと踏んだのである。

孫六は板場に出入りする裏口の見える路傍に立って、話の聞けそうな者が出てくるのを待った。小半刻（三十分）ほどすると、前だれをかけた若い男が出てきた。包丁人であろうか。まだ二十歳前のようなので見習いかもしれない。

「ちょいと、待ちな」

孫六は男の前に立ちふさがった。

「爺さん、何の用だい」

男の顔に、揶揄《やゆ》するような表情が浮かんだ。孫六を年寄りと見て、侮《あなど》ったようだ。

「おめえ、諏訪町の栄造を知ってるかい」

孫六は権高に出た。

「栄造……。諏訪町の親分か」

男の顔から揶揄するような表情が消えた。

「栄造は、おれの弟分だった男よ。番場町の孫六と言ってもらえば、栄造も知ってるはずだぜ」

孫六は栄造の名を出した。栄造は浅草界隈《かいわい》で顔の売れている男なのだ。

「親分さんでしたか、おみそれしやした」

男は首をすくめるようにして頭を下げた。

「おめえの名は」

孫六が声をあらためて訊いた。

「新吉《しんきち》で」

「おめえに、かかわりのあることじゃァねえから安心しな。昨日、樫村が客として店に来たな」

「樫村……」

新吉は首をひねった。

「樫村助次郎、牢人だよ」

島津屋は浅草でも名の知れた老舗である。料理も高いだろう。牢人が来店するのはめずらしいはずだ。

「ああ、樫村さま」

新吉がうなずいた。どうやら、昨日来店したのを知っているようだ。

「いっしょに酒を飲んだのはだれだい」

「室町の筑前屋さんですよ」

「なに、筑前屋だと」

思わず、孫六の声が大きくなった。話に聞いていた筑前屋と樫村がつながったのである。やはり、樫村は今度の事件にかかわっている、と孫六は確信した。

「樫村は筑前屋のあるじと、ふたりだけで飲んだのか」

孫六が意気込んで訊いた。

「五人の席だったはずですがね」

「五人だと。ふたりの他にだれがいたんでえ」

孫六の声が大きくなった。

「そこまでは分からねえ。あっしは、板場で料理の手伝いをしてるだけでして」

新吉が首をすくめた。

「だれに訊けば分かる」

「おたえが席についたはずなんで、おたえに訊けば」

新吉によると、おたえは座敷女中で筑前屋たちの宴席についたという。なお、おたえは通いなので、八ツ（午後二時）を過ぎないと店には来ないそうである。

孫六はおたえの歳と容貌を訊いてから新吉を解放した。

それから、孫六はそば屋でそばをたぐり、八ツちかくなってふたたび島津屋の裏手へ足を運んだ。

しばらく待つと、色白で小太りの年増《としま》が下駄を鳴らしてやってきた。新吉から聞いていたおたえの容貌と似ている。

「おたえさんかい」

孫六は笑みを浮かべて声をかけた。怯えさせたら、かえって話は聞けないと踏んだのである。

「おたえだけど、何かご用？」

おたえは足をとめ、孫六に微笑《ほほえ》みかけた。人のよさそうな年寄りに、親しみを感じたのかもしれない。

「あっしの娘のことで、訊きてえことがあってね」

そう言うと、孫六は懐から巾着を取り出して一朱銀を取り出し、おたえの手に握らせてやった。懐が暖かったこともあって奮発したのである。

「まァ、こんなに」

おたえは目を剝いた。おたえにしても、思いもしなかった大金だったろう。

「娘が筑前屋さんに女中奉公する話があるんだが、あるじの市蔵さんがどんな人か気になってな。昨日、この店に入ったのを見たんで、聞いてみようと思ったのよ」

孫六がもっともらしく言った。むろん、作り話である。

「あたしが、筑前屋さんの座敷についたこと、よく分かったわね」

おたえが訝《いぶか》しそうな顔をした。

「ヘッヘへ……。板場の若い者《もん》に聞いたのよ」

「そうなの」

「五人いっしょだと聞いたが」

「そうよ」

「商人《あきんど》だけでなく、牢人もいたそうじゃァないか。悪い相談でもしてたんじゃァないだろうね」

孫六は渋い顔をして訊いた。

「そんな話じゃなかったわよ。ご牢人はふたりいたけど」

「ふたりもいたのかい。それで、呉服屋と牢人とどういうかかわりなんだろうね」

「何年か前に市蔵さんが辻斬りに襲われたとき、助けてくれたんですって。それで、いまでも飲んで夜帰るときには、用心のために来てもらってるようですよ」

「用心のためにな」

嘘だろう。呉服屋の主人が用心棒をふたりも連れ歩いて飲むはずがない。

「ひとりは、背丈のある痩せたお侍じゃァねえのかい。一度、筑前屋さんと歩いてるのを見かけたことがある」

孫六は樫村と歩いていた長身痩軀の男ではないかと思った。

「その人は塚本十四郎《つかもとじゅうしろう》さま」

「塚本さまな」

孫六は塚本という名に覚えはなかった。

「それで、ふたりのお侍の他にだれがいたんだい。まさか、女じゃァないだろうね」

孫六は女などいるはずはないと思ったが、わざとそう訊いた。

「嫌だ。女はあたしと料理を運んだおしのさんだけ。……他にいたのは番頭の源五郎さんと手代の寅次さん」

おたえは口元に笑いを浮かべて言った。

「筑前屋は、いつも店の奉公人を連れて来るのかい」

孫六は不審そうな顔をした。呉服屋が商談でもないのに店の番頭や手代を連れて飲みにくることなどないはずである。

「昨夜はめずらしいのよ。これまでは、よく商いの話でお上の御納戸の方と来ることが多かったけど……」

おたえは語尾を濁した。そして、店の方に目をやり、その場を離れたいような素振りを見せた。すこし、長く話し過ぎたと思ったのかもしれない。

「御納戸の名は分かるかい」

孫六は小熊か赤石ではないかと思った。

「名までは知らないわよ」

おたえの顔に不審そうな色が浮いた。孫六の問いが、町方の詮議のようだったからであろう。

「いや、長く足をとめさせちまってすまねえ。娘の奉公は、もうすこし様子をみてからにするよ」

孫六はそう言い置いて、その場から離れていった。

八

亀楽の飯台に、五人の男が腰を下ろしていた。源九郎、菅井、茂次、孫六、三太郎である。源九郎が菅井の家で寝起きするようになって六日目だった。この日、源九郎は長屋にもどった孫六から島津屋の近くで聞き込んだことを耳にし、

「茂次と三太郎にも知らせておこう」

と言い、亀楽に呼んだのである。

情報交換と同時に、久し振りに仲間と一杯やりたかったこともある。

「ありがてえ。さっそく、ふたりに知らせやすぜ」

孫六は喜んで、茂次と三太郎に知らせた。

五人でいっとき酌み交わした後、

「それでは、孫六の話を聞いてくれ」

源九郎があらためて言うと、男たちの視線が孫六に集まった。

「まわりから見られると、話しづれえなァ」

孫六は顔を赭黒《あかぐろ》く染め、照れたように言った。それでも、目を細めて嬉しそうな顔をしている。自分の探ってきたことが、仲間たちの役に立ちそうなので内心満足しているのだろう。

「なに、てえしたことじゃァねえんだ」

そう前置きして、孫六は繁蔵の賭場から中背の武士の後を尾けたこと、その男の名が樫村助次郎であること、さらに樫村の跡を尾けて島津屋に長身瘦軀の塚本十四郎や筑前屋などが客として出入りしていることなどを話した。

「わしは、倅や原島どのを襲ったふたりの牢人は、その樫村と塚本ではないかとみてるのだ」

源九郎が言った。ふたりの体軀が似ていたし、筑前屋と島津屋のような老舗の料理茶屋で密会しているということも疑念を抱かせたのだ。

「そうかもしれんな」

菅井もうなずいた。

「ところで、菅井、樫村と塚本の名を聞いたことがあるか」

ふたりが俊之介たちを襲った下手人なら、相当の遣い手である。菅井なら名ぐらいは聞いているだろうと思ったのである。

「いや、知らぬ」

菅井は素っ気なく首を横に振った。

「そうか。いずれにしろ、樫村と塚本、それに筑前屋を探らねばならんな」

源九郎が菅井に酒をつぎながら言った。

「あっしが樫村を洗いやすぜ」

孫六が、樫村を尾ければ、塚本の塒《ねぐら》も分かるかもしれねえ、と言い添えた。

「気をつけろよ。越野屋の番頭を斬ったのも、ふたりのうちどちらかとみていい。尾けていることを気付かれれば、命はないぞ」

源九郎が言った。

「ヘッヘヘ……。跡を尾けまわすのは、慣れてやすからね。気付かれるようなへまはしませんや」

そう言うと、孫六は猪口《ちょく》に手を伸ばし、うまそうに酒を飲んだ。

「筑前屋はあっしが」

茂次が言った。

「おれは、塚本のことを探ってみよう」

と、菅井。

「わしは、越野屋をさらに探ってみよう」

そう言って、源九郎は三太郎に目をやった。何をしていいのか、迷っているようだった。

源九郎は、三太郎に俊之介たちが襲われないよう長屋に出入りする者に目を配るよう頼んだ。これで、五人の役割は決まった。

「どうだい、今夜は華町家が長屋に越してきた祝いということで、飲んだら」

話が一段落したところで、茂次が言いだした。

「そいつはいい」

孫六がニンマリして、脇にいる茂次の猪口に酒をついだ。酒好きの連中は、飲む理由には事欠かないようだ。

しばらく、五人は賑やかに飲んでいたが、

「ところで、華町、俊之介どのたちの暮らしぶりは？」

と、菅井が源九郎に身を寄せて訊いた。

「それがな、嫁がうまく馴染めんようなのだ」

源九郎の顔に憂いの翳《かげ》が浮いた。

気になるのは、君枝だった。ときおり、俊之介たちの様子を見にいくのだが、君枝は座敷の奥に座したまま萎《しお》れていることが多かった。どうしても必要なことのほかは、外へも出ないようだった。長屋暮らしが、君枝には堪え難いようなのだ。

源九郎に対しても、君枝はほとんど口をきかなかった。源九郎は気付かないよう振る舞っていたが、内心は寂しかった。嫁に拒否されると、ふたりの孫と俊之介も自分から離れてしまうような気がしたのである。

「なに、そのうち慣れるさ。この長屋の連中はみな貧乏だが、身内のように親身になってくれるからな。ご新造さんも、すぐに長屋のよさに気付くさ」

そう言って、菅井が銚子を手にして酒をついでくれた。

その夜、源九郎はいつもより深酒をした。俊之介たちに対する憂慮を酒でまぎらわせようとしたのかもしれない。

店を出ると、頭上の寒月が皓々とかがやいていた。夜気が肌を刺すように冷たく、酒で高揚した気持が萎《しぼ》んでいくようだった。

「おい、華町、なにを沈んでおる。おまえらしくもないぞ」

菅井が源九郎に身を寄せて言った。

「沈んでなどおらん」

源九郎は酔った勢いで声を大きくした。

「いや、沈んでいる」

「舅《しゅうと》として、嫁のことが少々気になるだけだ」

「気に病む身内がいるだけいいではないか。おれをみろ、将棋ぐらいしか、楽しみのない独り者だ」

めずらしく、菅井がしんみりした口調で言った。菅井も酔っているらしい。

「おまえには、長屋の者がいるではないか。……よし、今夜はわしと将棋で勝負だ。寝ずにつき合ってやる」

「寝ずにか」

菅井が振り返って目をひからせた。

「そうだ。寝ずにだ……」

言ってしまって源九郎は、すこし後悔した。いつの間にか、源九郎が菅井を慰める立場になっているではないか。

孫六、茂次、三太郎の三人は、肩を寄せて何やらヒソヒソ話をしている。孫六の、ヒッヒヒヒ……という笑い声が聞こえた。卑猥《ひわい》な話をするとき、決まって孫六が洩らす笑い声である。

第四章　長屋暮らし

一

「俊之介、何か困ったことはないか」

源九郎が戸口に立ったまま訊《き》いた。

俊之介は上がり框《がまち》の近くに座し、君枝はその後ろに身を隠すように座していた。新太郎と八重は夜具にくるまって眠っている。

君枝は暗い顔をして、うなだれていた。この長屋に住むようになって七日目だったが、すこし痩せたのか、ふっくらした頰の肉が落ちたように感じられた。

源九郎は俊之介たちの暮らしぶりが気になって、ときおり見に来たが、君枝はひどく気落ちし、ほとんど家の外へ出ないようだった。源九郎にも打ち解けず、妙によそよそしく他人行儀な物言いをするようになった。長屋の住人との接触も避けようとし、井戸端などで女房連中と顔を合わせると、逃げるように家へもどってしまう。

ただ、救いもあった。俊之介は六間堀町にいるときと変わらず、新太郎と八重も住居が変わったことなど頓着せず、元気だったからである。

「いえ、不自由なことはありません」

俊之介はすまなそうな顔をして言った。

俊之介たちが、長屋に身を隠すことになった翌日、源九郎は俊之介と菅井たちを連れて六間堀町の屋敷へもどり、当面必要な衣類、夜具、食器類などを長屋に運んでいた。煮炊きは君枝がしたので、家が狭いことさえ我慢すれば親子四人で何とか暮らしていけるはずである。

「そうか。狭いだろうが、しばらくの辛抱だ」

源九郎はうなだれたままの君枝に目をむけて言った。

君枝は肩を落とすようにちいさくうなずいただけで、何も言わなかった。

「風邪をひかぬようにな」

源九郎はそう言い置いて、腰高障子をあけた。

戸口の脇に、お熊とおまつが立っていた。お熊は手に大根を持ち、おまつはたくあんの入った小鉢を手にしている。

ふたりは源九郎と顔を合わせると、首をすくめて照れたように笑った。

「どうしたのだ？」

「いえ、大根を買い過ぎちまってね。よかったら食べてもらおうかと……」

お熊が言うと、

「あたしは、たくあんを切り過ぎちまったんだよ」

と、おまつが慌てて言い添えた。

どうやら、ふたりは俊之介たちのために、家にある物をとどけてくれたようだ。長屋の住人同士の善意もあるが、君枝が長屋の暮らしに馴染めないのを気にしているのかもしれない。

「すまぬな」

源九郎はふたりの気持がありがたかった。

「なに言ってるんですよ。旦那の家族じゃァ、あたしらにとっても身内と同じなんだから」

そう小声で言って、お熊は敷居をまたぎ、おまつが後につづいた。

源九郎は口出しせず、その場はお熊とおまつにまかせようと思い、戸口のそばから離れた。

菅井の家の前まで来ると、背後から走り寄る足音が聞こえた。

「旦那ァ！」

茂次だった。慌てた様子で走ってくる。

「どうした、茂次」

「越野屋で騒ぎがありやしたぜ」

茂次が荒い息を吐きながら言った。

「騒ぎというと？」

「侍がふたり、越野屋の店のなかで大暴れをしたそうなんで」

茂次の話によるとこうである。

今日、茂次は筑前屋を探るために室町に出かけていた。筑前屋から一町ほど離れた路傍に腰を据えて研ぎ屋の商売を始めて間もなく、越野屋の方から走ってきた通りすがりの町人が、越野屋で侍が暴れている、と口にしたのを聞いて、すぐに行ってみたという。

「あっしが駆け付けたときには、騒ぎが収まっていやしてね。暴れた侍は姿を消した後でして」

茂次は、暖簾《のれん》を分けて店内を覗いてみたという。

ひどく荒らされていた。売り場には反物や莨盆《たばこぼん》などが足の踏み場もないほど散乱し、帳場は帳場格子や机がひっくり返され、大福帳、算用帳などが放り出されていた。客の姿はなく、手代や丁稚《でっち》などが顔をこわばらせて片付けている。

「暴れた侍は、だれか分かるか」

源九郎が訊いた。

「名は分かりやせん」

茂次によると、集まっていた野次馬から、暴れたのは小身の旗本ふうの武士と若党らしい供侍だという。

身装《みなり》からすると、華町家を襲ったふたりの牢人ではないようだった。

「狙いは何なのだ」

金品の強奪とは思えなかった。いかになんでも、江戸でも有数の呉服屋に白昼堂々と押し入って、金品を奪う賊はいないだろう。

「その侍は、店の者に馬鹿にされたと言って急に怒りだしたそうなんで」

旗本ふうの武士は娘も連れてきたのだという。そして、応対に出た手代に、娘の着物をあつらえたいので反物を見せてくれ、と言って売り場に腰を下ろした。

手代は奥の戸棚から娘に似合いそうな柄の反物をいくつか運んできて、武士に見せた。


ところが、反物を手にして見ていた武士が、突然烈火のごとく怒り出し、

「おれを愚弄《ぐろう》したな！」

と叫び、供の侍とともに店のなかで暴れ出した。

店にいた客は悲鳴を上げて逃げ出し、奉公人たちもふたりの男の剣幕に驚怖《きょうふ》して、おろおろするばかりだったという。

「何が、気に入らなかったのだ」

源九郎が腑《ふ》に落ちないような顔をして訊いた。

「あっしも、そこまでは分からねえ」

茂次は三、四人の野次馬から話を聞くと、ともかく源九郎に知らせようと思い、急いで長屋にもどってきたのだという。

「行ってみるか」

源九郎は気になった。店の応対に腹を立てたにしては乱暴が過ぎるし、ふたりがかりで店を荒らしたというのも異常だった。今度の事件と何かつながりがある

のかもしれない、と源九郎は思ったのだ。

それに、まだ陽は高かった。室町まで出かけても、暗くなるまでには帰ってこられるはずである。

「菅井の旦那にも話しやすか」

「菅井はおらん。今日は、広小路に出かけている」

晴天だったこともあって、菅井は居合抜きの見世物をするために両国広小路に出かけていた。もっとも、見世物は途中で切り上げて、塚本の住家を探ってみると言っていたので、いまは広小路にもいないかもしれない。

「お供しやす」

茂次がそう言って、源九郎に跟《つ》いてきた。

二

越野屋は半分ほど大戸をしめていた。まだ、七ッ（午後四時）前で表通りは賑わっていたが、今日は店仕舞いしたらしい。騒ぎがあったことを知らない通行人は、不審そうな顔をして店の前を通り過ぎていく。

店の前には、まだ何人か野次馬らしい男が集まって、半分ほどひらいた大戸の間から店のなかを覗き込んでいた。

源九郎もしめられた大戸の脇から、なかを覗いてみた。店内はうす暗く、ひろい売り場や帳場に何人かの人影が見えた。片付けは済んだのか、畳敷きの売り場はがらんとしていた。奉公人たちは番頭の指示で雑巾で拭き掃除をしたり、奥の引き出しの反物を整理したりしていた。

「武家だと聞きましたが、無体なことをしますな」

源九郎が、傍らに立っていた職人ふうの男に何気なく声をかけた。

「まったくだ。ひでえことをしやがる」

男は顔を赭黒《あかぐろ》く染めて怒りをあらわにした。源九郎を老いた痩せ牢人と見て、言葉遣いは乱暴である。

「暴れたのは、ふたりだそうですな」

源九郎はさらに水を向けてみた。

「そうよ。ひとりは中背の武家で、もうひとりは供の者だそうだ。馬鹿にしたと怒りだしたというが、何もここまでやるこたァねえんだ」

男は顔をしかめて言った。

「奉公人に何か落ち度でもあったのかな」

「なに、てえしたことじゃァねえんだ。手代の出した反物が汚れてたんだとさ」

男が怒りにまかせて言いつのったことをまとめるとこうである。

手代が武士に渡した反物に、墨を付けたような汚れがあったという。汚れに気付いた武士は顔色を変えたが何も言わず、別の反物をひろげた。ところが、その反物にも同じような汚れがあった。

「おれに、汚れ物を売り付ける気か！」

武士は憤然として立ち上がり、手代が持参した反物を放り投げて暴れだした。すると、傍らに控えていた供の侍も怒号を上げ、店の物を手当たりしだいに投げ出した。

店のなかは蜂の巣をつついたような騒ぎになった。悲鳴を上げて逃げ惑う女客、見ていた反物を置いて飛び出す武家、おろおろと売り場を歩きまわる奉公人など……。

ふたりの武士の剣幕に恐れをなして、やめるよう声をかける者はいても、押さえ付けようとする者はいなかった。

ふたりの武士は売り場と帳場でいっとき暴れまわると、外へ飛び出し、そのまま逃げたという。

「娘を連れていたそうではないか」

源九郎が訊いた。

「娘といっても、年増でしてね。騒ぎが始まると、女の方は先に店から出てしまったそうですぜ」

「うむ……」

どうも、うさん臭い話である。手代が出した反物がふたつとも汚れていたというのも妙だし、越野屋のような大店《おおだな》が汚れ物を客に出すとは思えなかったのだ。

源九郎は、ふたりの武士が仕組んだ越野屋に対する嫌がらせのような気がした。

「町方は調べないのかな」

「ご用聞きが来て、店の者に話を聞いてたようですがね。本腰を入れて調べる気はねえようですぜ」

男が言うには、怪我をした者もいないし、反物が盗まれたわけでもない。それに、相手が武家なので、町方も話を聞いただけで調べるつもりはないらしいというのだ。

「そうでしょうな」

源九郎も町方は当てにならないと思った。

それから、源九郎と茂次は手分けして野次馬や近所の店で、暴れたふたりの武士のことを訊いたが、事件にかかわるような話はなかった。

「長屋にもどろう」

これ以上越野屋の騒動のことを聞いても、収穫はなさそうだった。すでに、陽は家並の向こうに沈み、表店の多くは板戸をしめていた。通りの人影もまばらになっている。

源九郎と茂次は両国の方へ足をむけた。小伝馬町から両国広小路へ出て相生町へ帰るつもりだった。

小伝馬町の牢屋敷の脇を通り、亀井町の通りへ入ったときだった。源九郎は前方から歩いてくる三人の男に目をとめた。一目で無頼牢人と分かる風体の男たちだった。道のなかほどを肩を左右に振るようにしてやってくる。ただ、俊之介たちを襲ったふたりの牢人はいなかった。

三人の牢人の後ろに手ぬぐいで頬《ほ》っかむりした町人体の男がいた。背を丸め、顔を伏せるようにして歩いてくる。この男も通りすがりの者ではないらしい。

「茂次、油断するな」

源九郎が声を殺して言った。

三人の牢人たちに殺気があり、血走った目が源九郎にそそがれていた。

「へい」

茂次は目をひからせて両袖をたくし上げた。

三人の牢人は、源九郎たちの行く手をはばむように道にひろがって足をとめた。三人の背後に町人体の男が、顔を伏せるようにして立った。

通りがかった者たちが、異変を察知してばらばらと逃げだした。

……あやつ、伜《せがれ》を襲ったひとりではないか。

源九郎は華町家に駆け付けたとき、ふたりの武士の他に町人体の男がいたことを思い出した。顔は見ていなかったが、体軀《たいく》は似ていた。

「老いぼれ、ここは通さねえぜ」

正面に立った大柄の男が揶揄《やゆ》するように言った。髭《ひげ》が濃く、頤《おとがい》の張ったいかつい顔をしていた。

「わしに何か用かな」

源九郎が静かな声で訊いた。相手は三人だが、腕の立つ男はいないとみた。なんとか切り抜けられるだろう。

三

「華町の旦那」

　ふいに、三人の牢人の後ろに立った町人体の男が言った。低い、くぐもった声である。

　頬っかむりし、俯《うつむ》きかげんなので人相は分からないが、顎のとがった面長であることは知れた。頬っかむりの間から上目遣いに源九郎を見つめた目が、野犬のようにひかっている。

「おまえは何者だ」

　源九郎はただの鼠ではないような気がした。三人の牢人を指図しているのは、この男かもしれない。

「あっしのことはどうでもいい。それより、旦那、越野屋から手を引いてもらいてえ」

　男は低い凄《すご》みのある声で言った。

「断ったらどうするな」

「旦那だけじゃァねえ。倅の俊之介、それに長屋の者も生かしちゃァおきませんぜ」

この男、事件にかかわっているだけでなく、源九郎や長屋の者が何をしているかも知っているようだ。

「おまえは、樫村や塚本の仲間だな」

源九郎はふたりの名を出してみた。すると、男は驚いたような顔をしたが、すぐに消えて険悪な表情が浮かんだ。

やはり、ふたりの牢人は樫村と塚本のようである。この男は、名まで知られているとは思わなかったのだろう。

「分からねえお人だ。命が惜しくはねえんですかい」

男の声に苛立《いらだ》ったようなひびきがくわわった。

「命は惜しいが、おまえの言いなりになるつもりはない」

源九郎は語気を強くして言った。

「しょうがねえ。旦那方、頼みますぜ」

言いざま、男は後ろに下がった。

同時に三人の牢人が抜刀した。そして、ふたりが源九郎を取りかこむように左右に走った。

「茂次、下がれ」

源九郎も刀を抜いた。茂次は、源九郎の背後にすこし間を置いてまわりこんだ。源九郎が存分に刀をふるえるだけの間をとったのである。

源九郎はすばやく青眼に構え、切っ先を正面の男の喉元につけた。腰の据わったどっしりとした構えである。

「年寄りだとて、容赦しねえぜ」

正面の大柄の男が威嚇《いかく》するように言った。

青眼に構え、切っ先を源九郎にむけたが、威圧はなかった。それに肩に凝《こ》りがあり、やや剣尖《けんせん》が高かった。

右手の男は小柄だった。下段に構えている。切っ先をかすかに上下させて、身を小刻みに動かしていた。敏捷《びんしょう》そうである。源九郎が仕掛けるのを待って、突いてくるようだ。

左手の痩身の男は八相に構えていた。腰が引けていた。間合も遠い。おそらく、斬り込んではこないだろう。

……初手は右手からか。

まず、正面に対峙した男が仕掛け、源九郎が動いた瞬間をとらえて右手の男が突いてくる、と読んだのである。

正面の男が低く唸《うな》るような気合を発しながら、間合をせばめてきた。それと呼応するように右手の男の構えに刺撃の気配が満ちてきた。

源九郎は左足に重心をかけ、わずかに刀身を下げた。右手からの刺撃にそなえ、体を後ろに倒しながら刀身を撥《は》ね上げようとしたのである。

そのとき、正面の男の構えに斬撃の気配が見えた。いよいよ仕掛けてくるようだ。

ピクッ、と切っ先が動いた。刹那、獣の咆哮《ほうこう》のような気合を発して正面から斬り込んできた。間が遠い。男の切っ先は、源九郎の顔面から一尺ほども離れた空を切って流れた。

間髪をいれず、右手の男が突いてきた。

この動きを読んでいた源九郎は、体を後ろへ倒しながら右手に刀身を撥ね上げた。

キーン、という甲高い金属音がひびき、右手の男の刀身が撥ね上がった。その拍子に体勢がくずれ、後ろへ大きくのけ反った。

ヤアッ!

短い気合を発し、源九郎が二の太刀をふるった。

骨肉を断つにぶい音がし、右手の男の右手が虚空へ飛んだ。ギャッ！　という凄まじい叫び声を上げ、男は後ろへよろめいた。截断《せつだん》された腕から、血が赤い帯のように流れ落ちている。

源九郎の動きはそれでとまらなかった。

刀身を返しざま、大柄な男が刀身を振り上げた一瞬の隙をとらえて、横に払った。

着物が裂け、脇腹に血の線がはしった。大柄の男は喉の裂けるような絶叫を上げて、後じさった。恐怖で顔がひき攣《つ》っている。

源九郎の斬撃は浅く、薄く腹の皮肉を裂いただけだが、大柄な男は戦意を喪失していた。左手にいた男も恐怖に目を剝《む》き、慌てて後じさった。

「ひ、引け！」

大柄な男が声を上げ、反転するなりバタバタと足音をさせて逃げだした。

つづいて左手にいた男が走りだし、右手を截断された男も呻《うめ》き声を上げ、地面に血の糸を引きながらよろよろと逃げていく。

源九郎は逃げていく牢人たちにはかまわず、三人の背後にいた町人体の男に目をやった。

男は牢人たちが逃げ出すのを目にすると、

「覚えてやがれ！」

と、捨て台詞を残して走りだした。

逃げ足の速い男だった。夕闇のなかへ、その後ろ姿が溶けていく。

「意気地のねえやつらだぜ」

茂次が源九郎のそばに来て吐き捨てるように言った。

源九郎は納刀すると、ゆっくりと歩きだした。激しい動きで呼吸が乱れていたが、すこし歩くと収まってきた。

「やつらも、一味ですかね」

歩きながら茂次が訊いた。

「いや、牢人たちは町人体の男に金で買われただけだろう」

源九郎は、賭場《とば》や岡場所などに巣くう徒《いたずら》牢人だろうと思った。

「あの町人だけが、一味ってことですかい」

「そうだろうな」

「あっしらをどうして狙ったんです？」

「わしらにも、牙を剝いたということだな」

源九郎は、町人体の男が俊之介だけでなく、長屋の者のことまで口にしたのが気になった。源九郎だけでなく、長屋の者も今度の事件を探っていることを知っているようなのだ。こうなると、俊之介だけでなく、事件にかかわっている長屋の者も迂闊《うかつ》に動けなくなる。

四

その夜、源九郎は菅井の部屋に、茂次、孫六、三太郎に集まってもらった。五人が車座になったところで、源九郎はまず越野屋でふたりの武士が暴れたことを話し、

「わしは、筑前屋の差し金ではないかとみているのだ」

と、言い添えた。

越野屋は店の呉服を傷付けられただけではなかった。越野屋の信用も傷付けられたのである。事実かどうかは分からないが、越野屋が傷物の呉服を売り付けようとしたために騒ぎが起こったという噂は、すぐに江戸市中に伝播《でんぱ》するだろう。

それに、大勢客のいた白昼に起こったことで、武家の妻女や町娘などは来店を怖

がるはずだった。

この騒動で得をするのはだれか。同じ室町にある筑前屋である。そうでなくとも、筑前屋は越野屋より、商品の値段をすこし下げている。越野屋が老舗《しにせ》としての信用を失えば、客は筑前屋に流れるはずである。

このことを源九郎が話すと、

「筑前屋め、汚《きたね》えことをしやがる」

茂次が苦々しい顔をして言った。

「筑前屋が、越野屋の商いを奪うために本腰を入れてきたわけだな」

菅井が言った。

「それだけではないぞ。越野屋からの帰りに、わしと茂次が牢人たちに襲われたのだ」

源九郎は、そのときの様子をかいつまんで話し、

「やつら、わしらの命も狙ってくるぞ」

と、顔をけわしくして言った。

「下手に動けんというわけか」

菅井も渋い顔をした。徒牢人を金で買って襲うとなると、相手は樫村と塚本だ

けにかぎらなくなる。

「ともかく、用心しよう」

源九郎は、探索にあたるときはふたり以上で組んで歩くことや、暗くなってからひとりで出歩かないことなどを申し合わせた。

「ですが、旦那、怖がって長屋にひっ込んでたんじゃァ何もできませんぜ。それこそ、やつらの思う壺だ」

茂次が不満そうに言った。

「もっともだ。……そろそろわしらも仕掛けようではないか」

源九郎がそう言うと、孫六が、

「何をしやす？」

と、身を乗り出して訊いた。

「樫村だ。こうなったら、やつを押さえて吐かせよう」

源九郎たちは、樫村を泳がせておいて塚本の塒《ねぐら》や筑前屋とのつながりなどをつかもうと考え、孫六に樫村の尾行をまかせていたのである。その結果、樫村が塚本や筑前屋と島津屋で密談していることは知れたが、その他のことはまだ分かっていなかった。

「それが、旦那……」

孫六が困惑したように顔をしかめた。

「どうした?」

「ここ三日ほど、樫村が長屋に姿を見せねえんで」

「長屋から姿を消したのか」

「そうとしか思えねえんで」

「うむ……」

源九郎は、樫村が塒を知られたことに気付いたのではないかと思った。室町からの帰りに町人体の男が、長屋の者も生かしちゃァおきませんぜ、と言ったことから推《お》しても、一味が孫六の動きもつかんでいたとみていいのではないか。六間堀町の家から俊之介を助け出したことで、源九郎や長屋の者が動いていることを察知したにちがいない。

……となると、何か別な手を考えねばならんな。

そう思ったとき、源九郎の脳裏に浜乃屋のお吟のことがよぎった。

源九郎はお吟なら、島津屋にもぐり込んで何か探り出してくれるのではないかと思った。これまでも、お吟は料理屋にもぐり込んで源九郎の手助けをしてくれたことがあったのである。

ただ、源九郎はお吟のことを口にしなかった。お吟に話をしてからにしようと思ったのである。

次に口をひらく者はいなかった。五人は渋い顔をして黙り込んでいる。酒がなかったので、よけい座は沈んでしまった。

「ねえ、旦那」

茂次が何か思いついたように顔を上げて言った。

「あっしは、筑前屋のあるじの市蔵をたぐれば、早《はえ》んじゃねえかと思ってやしてね」

「たぐるとは？」

源九郎が訊いた。

「やつが、洲崎で料理屋をやってたころのことを探れば、仲間のことも出てくるんじゃァねえかと思ってるんですよ」

「そうかもしれんな」

源九郎も、市蔵と樫村や塚本の結びつきは筑前屋を始める前からあるような気がしていた。

「筑前屋のまわりをうろついても埒《らち》が明かねえし、洲崎まで足を伸ばして市蔵のことを探ってみてえんですがね」

茂次が目をひからせて言った。

「だが、ひとりで歩きまわるのは危ないぞ」

源九郎がそう言うと、即座に菅井が、おれがいっしょ行こう、と言いだした。

「ちかごろ、何もしておらんからな。茂次といっしょに洲崎へ行こうではないか」

「菅井がいっしょなら安心だ」

菅井は田宮流《たみやりゆう》居合の達人だった。大勢で襲われなければ、遅れを取るようなことはないだろう。

その日、三人はそのまま自分の家へもどった。めずらしく孫六も酒のことを口にしなかった。敵に狙われていることを知り、酒を飲む気にはなれなかったのだろう。

五

「旦那、なんてえ格好で」

茂次が菅井の姿を見てあきれたような顔をした。

古い袖無しによれよれの袴。無腰で長い風呂敷包みを小脇にかかえていた。

「八卦見《はっけみ》だよ」

菅井によると、風呂敷包みに筮竹《ぜいちく》と算木《さんぎ》、それに刀が入っているという。衣装は長屋の者に借りたそうだ。長屋には、様々な職業の者が住んでいるので、それらしい衣装も簡単に調達できる。

菅井は総髪なので、格好さえそれらしくすれば、八卦見に見えるだろう。

「その格好で、洲崎まで行くんですかい」

茂次の顔に笑いが浮いた。

「そうだ。この方が話を聞きやすいんでな」

菅井は、茂次の笑いを無視して歩きだした。

ふたりは、はぐれ長屋を出ると、竪川にかかる一ツ目橋を渡って深川へ出た。まっすぐ南に向かえば、富ヶ岡八幡宮の裏手に出る。八幡宮から東にすこし歩くと江戸湊の砂浜のつづく海岸線になり、その辺りが洲崎と呼ばれる地である。洲崎には洲崎弁財天が祀られていて、境内に岡場所もあることから参詣人の他に遊客も多かった。

「旦那、いい眺めですぜ」

洲崎の海岸線に出ると、茂次が声を上げた。

すばらしい眺望だった。冬の澄んだ空の下に江戸湊の海原がつづき、青一色のなかに大型廻船の白い帆がくっきりと浮かび上がっている。

潮風は冷たかったが、おだやかな晴天のせいもあって、海岸線の道にはちらほらと参詣客の姿が見られた。

「あの辺りかもしれやせんぜ」

茂次が前方を指差した。

海岸際に松林がひろがり、そのなかに料理屋や遊廓らしい家屋が連なっている。その先が洲崎弁財天社らしく、鳥居や社殿の甍《いらか》が見えた。

鳥居の脇に葦簀《よしず》張りの茶屋があった。茂次が初老の親父に、

「市蔵という男の料理屋が、この辺りにあると聞いてきたんだがな」

と訊いたが、親父は首をかしげただけだった。

「市蔵は日本橋で筑前屋という呉服屋をやっている。料理屋をやってるのは、女房のはずだ」

茂次がそう言い足すと、

「ああ、お繁《しげ》さんの店」

親父はそう言って、口元をゆがめるようにしてうす笑いを浮かべた。恐れのなかに揶揄を含んだような笑いである。

どうやら、料理屋の女将はお繁という名らしい。

「店の名が分かるかい」

「ひさご亭ですよ」

親父によると、鳥居をくぐって三軒目の店だそうである。

「古い店なのか」

「さァ、知りませんね」

親父は急につっけんどんな物言いになった。茂次の執拗《しつよう》な問いに、不審を持ったのかもしれない。

「手間をとらせたな」

茂次がそう言って店を出ると、菅井もつづいて出てきた。

「さて、旦那、店は分かったことだし、ここで別れやすか。ふたり雁首をそろえて聞きまわることはねえでしょう」

茂次が言った。

「そうしよう」

菅井もすぐに同意し、ふたりは一刻（二時間）ほどしたら再会することを決めて別れた。

ひさご亭は二階建てで、座敷から江戸湊を眺望できるようになっているようだ。すでに、二階の座敷に客がいるらしく、男の笑い声や嬌声《きようせい》などが聞こえてきた。

菅井は店の裏手にまわった。竹垣がまわしてあり、その先が砂浜だった。砂浜の先には江戸湊の青い海原がひろがっている。

菅井は竹垣のそばに立って、裏口から店の者が出てくるのを待った。店の者に直接話を聞くのが、手っ取り早いと思ったのである。

しばらく立っていると、四十がらみと思われる女中が姿を見せた。でっぷり太った大柄な女である。手に小桶を持っていた。竹垣のそばにある芥溜《ごみため》に何か捨てにきたらしい。

「お女中」

菅井は声をかけて近付いた。

女は菅井の顔を見て身を硬くし、不安そうな顔をした。無理もない。菅井は肩まで総髪が伸び、頰が抉《えぐ》り取ったようにこけていた。暗く陰気な顔である。しかも、武士とも町人とも知れぬ格好をして、長い風呂敷包みを小脇にかかえているのだ。

「わしはな。八卦見の竹庵《ちくあん》と申す者だ。お女中はひさご亭に勤める者であろう」

菅井がもっともらしい顔をして言った。

「は、はい……」

女は菅井に不審そうな目をむけた。手にした小桶には、鰯《いわし》の頭や骨が入っていた。料理した残り滓《かす》を捨てにきたらしい。

「実はな、わしの八卦にひさご亭のお女中に聞け、と出たのだ」

「……」

女は菅井の顔を見つめながら戸惑うような表情を浮かべた。菅井が何を言っているのか、分からなかったのだろう。

「まず、お女中の手相を見てしんぜる。手を出してみよ」

菅井がそう言うと、女は恐る恐る右手を出してひらいた。

すると、菅井はふところから財布を出し、一朱銀をつまんで女の掌に落とした。

「実はな、名は言えぬが、この店の客に女将のことで八卦見を頼まれてな。……わしの八卦は当たらぬのだ。それで、直接店の者に聞けば、まちがいなく当たると思ってな」

菅井が急に声をひそめて言った。菅井が聞き込みのときに使う手だった。もっともらしい話と袖の下が利いて、たいがいの者はしゃべるのだ。

六

女は、菅井から渡された一朱銀を握りしめてニンマリした。

「あたしの名はお竹《たけ》。それで、何が訊きたいんです」

お竹は身を乗り出してきた。意気込んでいる。何でもしゃべりそうな気配である。

「女将には、旦那がいるだろう」

「いますよ」

お竹は目をひからせて答えた。

「日本橋の呉服屋の筑前屋のあるじだな」

「そうです」

「わしには、どうも分からぬ。料理屋のあるじが、どうして、呉服屋の大店のあるじに収まったのだ」

菅井は首をかしげた。

「料理屋はおもて向きでね。金貸しをやってたんですよ」

お竹が菅井に身を寄せて小声で答えた。お竹によると、ひさご亭は峰造《みねぞう》という男がやっていたという。その峰造に、市蔵が金を高利で貸し付けて返済できなくなると、ひさご亭を借金の形《かた》に取り上げたのだそうである。

「女将のお繁さんはね、ひさご亭が峰造さんのものだったころ女中をしてたんですよ。客として来ていた市蔵さんがお繁さんを見初めて、店ごと手に入れたというわけなんです」

お竹が口元をゆがめるようにして笑った。揶揄と嫉妬《しっと》の入り交じったような笑いである。

「市蔵は金貸しだというが、なにゆえ、それほどの金を持っていたのだ」

何か金になる仕事でもしていたのか、それとも、悪事で溜めた金なのか。菅井は真っ当な金ではないような気がした。

「お客さんから聞いたんですけどね。旦那さん、木更津《きさらず》の方から来た人でね。木場の職人や船頭さんを集めて、賭場をひらいてたんですって」

お竹が声をひそめて言った。

「賭場を……」

元はその筋の男らしい。この辺りは木場が多いので、川並《かわなみ》、木挽《こびき》、船頭などを集めて賭場をひらき、金を溜めたのだろう。峰造という男は、博奕《ばくち》に入れ上げて市蔵に金を借りたにちがいない。

「わしに八卦見を依頼した客がな。お繁さんに言い寄ると、市蔵より市蔵の仲間の方が怖いといっていたのだ。強面《こわもて》の牢人がふたりもついてるそうじゃァないか」

菅井は、それとなく樫村と塚本のことを口にした。

「そうなんですよ。この店にも、何度か連れてきたことがあってね。店の者も怖がってましたよ」

「市蔵はこの店のあるじだったころから、ふたりの牢人とつながりがあったのかな」

「もっと前ですよ。……賭場をひらいてたときからだと聞いてますよ」

「そうか」

どうやら、樫村と塚本は市蔵の賭場に出入りしていたようだ。用心棒だったのかもしれない。

「その牢人の名は、樫村と塚本だな」

菅井は念のために訊いてみた。

「そうだけど、竹庵さん、よく知ってますね」

お竹が不審そうな目で菅井を見た。ふたりの牢人の名まで知っているとは思わなかったのだろう。それに、八卦見が占いの参考に訊くような話ではないと感じたのかもしれない。

「いや、助かった。客には、お繁さんに手を出すと大変なことになる、と占いに出たと伝えよう。……では、御免」

菅井は呆気《あっけ》にとられたような顔でつっ立っているお竹を尻目に、さっさとその場から離れてしまった。知りたいことは、だいたい聞けたのである。

菅井はひさご亭から離れ、鳥居の脇に立って茂次がもどってくるのを待った。一刻ほどしたら、この場で待ち合わせることにしてあったのだ。

しばらくすると、茂次がひさご亭と斜向《はす》かいにある料理屋の脇から姿を見せ、小走りに近寄ってきた。

「旦那、すまねえ。待たせちまって」

「おれも、いま来たところだ」

「どうしやす？」

茂次が訊いた。

「ここに来る途中、そば屋があったな。そこで話そう」

菅井が海岸沿いの参道の方へ歩きながら言った。菅井は腹が減っていた。茂次も同じだろう。すでに、八ツ（午後二時）を過ぎているはずだった。

弁財天社から一町ほど離れた参道沿いに、小体《こてい》なそば屋があった。菅井と茂次は土間につづく座敷に腰を下ろし、注文を訊きにきた小女に酒とそばを頼んだ。

菅井が酒で喉を潤した後、そばをたぐりながら、

「おれから、話そう」

と言って、お竹から聞き込んだことをかいつまんで話した。

「旦那もてえしたもんだ。話を聞き出すのは、町方よりうめえや」

茂次が感心したように言った。

「おれのことより、そっちはどうした」

「へい、あっしは樫村と塚本のことを聞き出しやした」

　茂次は別の料理屋の下働きの男から話を聞いたという。洲崎に近い入船町に長年住む年寄りで、樫村と塚本が市蔵の賭場へ出入りするようになったころから知っていたそうである。

「爺《じい》さんの話だと、樫村は上州から流れてきた牢人で、塚本は深川菊川町に住んでいた御家人崩れだそうです。市蔵の賭場に出入りし、揉《も》め事があるとふたりが刀を遣ってかたをつけることが多かったそうですぜ」

「今度の件も、その手だな」

「それに、市蔵には寅次という片腕がいるそうでして」

「寅次……。そいつが、樫村たちといっしょにいた町人体の男かもしれんな」

　菅井が声を大きくした。

「まず、まちげえねえ。そいつが寅次でしょうよ」

「これで、一味の様子が知れたな」

　市蔵を頭にして、片腕の寅次、用心棒の樫村と塚本、ほかにも手下が何人かいるだろう。

「それにしても、博奕打ちの親分のような男が、よく大店のあるじに収まってるな。それも、お上の御用達までしている店だぞ」

　菅井は考え込むように腕を組んだ。

「あっしも、何度か遠くから市蔵を見やしたがね。愛想のいい男で、どこから見ても大店の旦那といった感じがしやすよ。……それに、商売はてめえでやってるわけじゃァねえ。料理屋にしろ呉服屋にしろ、その商売にくわしいやつにやらせて、てめえは陰にいやすからね」

　茂次が言いつのった。

「陰の頭目か」

「そういうわけで」

「いずれにしろ、幕府の御納戸とのかかわりがつかめれば、市蔵たちに仕掛けてもいいな」

　そう言って、菅井は残りのそばを口にした。

七

　浜乃屋の掛け行灯《あんどん》の灯《ひ》が店先を照らしていた。店のなかから男の濁声《だみごえ》や哄笑《こうしよう》などが聞こえてきた。酔客のようである。

「旦那、賑やかにやってやすね」

孫六が目を細めてそう言った。

源九郎は孫六を連れて深川今川町の小料理屋、浜乃屋に来たのだ。浜乃屋はお吟が切り盛りする店である。

源九郎はお吟とわりない仲だった。お吟は袖返しのお吟と呼ばれる凄腕の女掏《す》摸《り》だったが源九郎のふところを狙って押さえられ、その後改心して父親の栄吉《えいきち》とともに、浜乃屋を始めたのである。

ところが、栄吉が徒牢人に殺された事件に源九郎がかかわり、お吟とともに下手人を探索したおりに情を通じ、深い仲になったのである。

源九郎はお吟に浅草茶屋町の島津屋に潜入し、樫村と塚本の所在、それに筑前屋と御納戸頭の小熊や御納戸組頭の赤石などのかかわりを探ってもらうつもりだった。

もっとも、お吟に特別なことを頼むわけではない。客のお酌をしながら耳にしたことを源九郎に伝えるだけなのである。

源九郎が暖簾を分けて店に入ると、座敷で客に酌をしていたお吟が、

「旦那、いらっしゃい」

と嬉しそうに声を上げた。

「お吟、久し振りだな」

ここ一月《ひとつき》ほど、源九郎は浜乃屋に来ていなかった。事件にかかわるまでは金がなかったし、事件にかかわってからは今川町まで足を延ばす暇がなかったのである。

「どうして、来てくれなかったんですよ」

お吟がすねたような顔をして言った。

「いろいろ、忙しくてな」

「まさか、いい女《ひと》ができたんじゃァないでしょうね」

お吟は源九郎の袖をつかみながら上目遣いに見た。

「そんなふうに見えるか」

源九郎がそう言うと、お吟は源九郎の姿をまじまじと見て、

「見えない」

と、微笑を浮かべながら言った。

源九郎は人のよさそうな茫洋とした顔をしていた。おまけに無精髭と月代《さかやき》が伸び、袴はよれよれである。いつものむさい貧乏牢人の格好をしており、女に好か

れるようには見えなかった。

「はっきり言うではないか」

「いいの、旦那の良さはあたしだけが知ってるんだから」

お吟が甘えたような声で言った。

源九郎はお吟の色気に負けそうだったが、俊之介たちのことを考えれば鼻の下を伸ばしているわけにはいかないのだ。

「実は、倅夫婦のことで、ちと、お吟に頼みたいこともあってな。奥の座敷を使わせてくれんか」

源九郎が声をひそめて言った。

奥の座敷は、日頃お吟が居間に使っている部屋である。店が客でふさがっているとき、源九郎や常連客などを入れることがあった。

「旦那と孫六さんなら、喜んで」

お吟は傍らに立っている孫六にも目配せして、ふたりを奥座敷に案内した。

座敷に腰を落ちつけていっとき待つと、お吟が酒肴の膳を運んできた。肴《さかな》は酢の物と煮魚である。浜乃屋の板場には吾助《ごすけ》という還暦にちかい寡黙な包丁人がいて、料理一切を引き受けていた。ふだん、店はお吟と吾助だけでやっているが、ときおり吾助の娘のお清《きよ》が手伝いに来てくれることもあった。

「旦那方、どうぞ」

お吟は銚子を手にして源九郎と孫六に酒をついだ。

「ヘッヘへ……。すまねえ」

孫六は目尻を下げて、うまそうに猪口《ちょく》の酒を干した。酒好きの孫六は、酒さえあればご満悦なのである。

「まず、これまでの経緯を話しておこう」

源九郎がそう言って、倅が大川端で襲われたことから、いま倅夫婦とふたりの子供が屋敷を追われて、はぐれ長屋に住んでいることなどをかいつまんで話した。

「親子四人で、旦那の部屋に」

お吟は驚いたような顔をした。

「そうだ。ともかく、いっときも早く一味の悪事をあばかねばならぬ」

源九郎は、樫村と塚本は自分たちで斬るつもりでいた。筑前屋は悪事がはっきりすれば、町方に捕らえてもらえばいい。また、小熊と赤石には町方も手が出せないので、荒船か飯坂にまかせようと思っていた。そのためにも、樫村と塚本の所在、それに筑前屋と小熊たちのかかわりをはっきりさせたかったのだ。

「それで、あたしは何をすればいいんだい」

お吟が身を乗り出して訊いた。

「すまぬが、島津屋に女中として入ってもらい、筑前屋たちが来たら、それとなく話を聞いてもらいたいのだ」

これまで、源九郎は柳橋の口入れ屋、森田屋《もりたや》に頼んで、お吟を料理屋や料理茶屋などに座敷女中として斡旋してもらっていた。今度も島津屋に勤められるように、森田屋に頼むつもりでいた。

お吟は粋な年増だったし客扱いにも長《た》けていたので、店の方も喜んで雇ってくれるはずである。

「島津屋のことは、あっしから」

そう言って、孫六がこれまでに探った島津屋に出入りする筑前屋や小熊たちのことを話した。

「あたし、やる」

話を聞き終えたお吟が、目をひからせて言った。元来、お吟は腕利きの掏摸だったこともあって、こうした密偵のようなことが好きなのである。

「この店は、どうするな」

源九郎が訊いた。

「また、お清さんに来てもらうよ」

「ならば、明日にも森田屋へ行ってもらえるか」

「いいですよ。……そうと決まったら、今夜は前祝いだ。さァ、旦那も孫六さんも飲んでおくれ」

お吟は銚子を取って、源九郎と孫六に酒をついだ。

翌日、源九郎はお吟を連れて柳橋の森田屋に出かけた。源九郎がお吟の身元引受け人になるのである。

お吟が主人の徳兵衛《とくべえ》に、

「あたし、島津屋さんのような老舗で働きたいんです」

と、もっともらしく言うと、

「いいですとも、お吟さんなら、どの店も喜んで引き受けますよ」

徳兵衛は満面に笑みを浮かべて言った。これまでも何度か、徳兵衛はお吟を老舗の料理茶屋に女中として世話をしていたのである。

第五章　凧《たこ》

一

君枝は掻巻《かいまき》にくるまって寝息をたてている八重の顔に、ぼんやりと目を落としていた。八重の頰が赤らみ、目尻に涙の跡があった。さっきまで泣いていたのだが、やっと眠ったのである。

……八重、かわいそうに。なんで、わたしたちがこんなひどい目に遭わなければいけないんでしょうね。

君枝は胸の内でそう話しかけた。

八重は、はずむような寝息を洩《も》らすだけで何も答えない。

長屋の暮らしは惨めだった。部屋は狭くて暗い。冬だというのに、ジメジメしている。その上、義父が独り暮らしをしていたせいか、座敷は汚れて男の臭いが染み付いていた。

何の因果か、こんな長屋に親子四人で詰め込まれてしまったのだ。寝間も居間もいっしょで、一日中四人が顔を突き合わせている。

二百俵取りの屋敷で中間や女中も雇えるはずだったのに、それが急転して獄舎のような長屋暮らしである。子供たちはともかく、君枝は息の詰まりそうな暮らしに苛々《いらいら》がつのるばかりだった。

……義父《ちち》上も、こんなところへ連れてくるなんてひどすぎる。

八重は義父を恨んだ。

ここに越してきてから、義父がなにかと気を使ってくれることは分かったが、どうしても恨み辛みはここに連れてきた義父にむいてしまうのだ。

そのとき、上がり框《がまち》のそばで新太郎を膝に座らせていた俊之介が、

「君枝、つらいだろうが、しばらくの辛抱だ」

と、声をかけた。君枝の胸の内を察しているのであろう。

冬の陽射しが、土間へ差し込み、俊之介のまわりだけが妙に明るかった。

俊之介も、君枝が長屋に来てから落ち込んでいることを気にして何かと声をか

けてくれたが、ちかごろはその言葉も空々しく聞こえた。

「旦那さま、いつまでこんな暮らしを……」

君枝は涙声で言った。

「しばらくの間だ。戸田さまがな、父上をお屋敷にお呼びになり、此度《こたび》の一件の探索を頼まれたようなのだ。かならず、父上たちが原島さまを斬った下手人をつきとめてくれる」

俊之介の声には、自分自身にも言い聞かせるようなひびきがあった。

「……」

君枝は返事もせず、うなだれてしまった。

君枝も、義父の剣の腕が立つことは知っていた。だからと言って、むさくるしい年寄りや長屋住いの得体の知れない大道芸人などに、町方や目付のような探索ができるとは思えなかった。

ただ、上司の戸田が俊之介のことを気にかけていてくれることは救いだった。なんといっても戸田は御納戸頭で、七百石を喰《は》む大身の旗本なのである。

そのとき、八重が目をあけ、またぐずりだした。君枝はしかたなく抱き上げたが、座ったまま動かないのが気にいらないのか、八重のぐずる鼻声は大きくなった。そして、手足をつっ張り、声を張り上げて泣きだした。

「よし、よし……」

君枝は立ち上がり、体を揺り動かしながらあやしたがいっこうに泣きやまない。

部屋が狭いせいか泣き声が頭にひびき、耳を聾《ろう》するようである。君枝は苛立ってきた。あやす声にも、怒ったようなひびきがあった。

俊之介は新太郎が泣きだしそうな顔をしているのを見て、

「表へ出よう」

と言って、新太郎を連れ出した。

腰高障子をあけると、冬のやわらかな陽射しが満ちていた。風のない穏やかな晴天である。

君枝も八重を抱いて表へ出てきた。泣きわめく八重に手を焼き、仕方なく薄暗い部屋から外へ連れ出したようだ。

すると、八重の泣き声が急にちいさくなった。顔を陽射しに照らされたせいかもしれない。鼻を鳴らしながらしゃくり上げていたが、眩《まぶ》しそうに目を細めて笑い顔も見せた。八重も暗く陰湿な座敷にいるより、明るい外の方が気持がいいのかもしれない。

　俊之介や君枝たちが外に出ていっときしたとき、下駄の音がした。見ると、斜《はす》向かいのお熊とおまつが、愛想笑いを浮かべながら近寄ってきた。

「赤ちゃんの泣き声が聞こえたものでね」

　言いながら、お熊が君枝に抱かれた八重の顔を覗き込んだ。

「可愛いねえ。ご新造さんにそっくりだよ」

　お熊が目を剝《む》いて言った。

「ほんとに可愛い顔してる。俊之介さまにも、似てるよ」

　おまつが言い添えた。

「君枝さま、赤ちゃんを抱かせてもらえないかね」

　お熊が哀願するように言った。お愛想で言っているのではなく、お熊は心底から八重を抱きたがっているようだ。

「いいですけど……」

　君枝は戸惑うような顔をしながらも八重をお熊に手渡した。

　八重は泣きやんでいた。お熊に抱かれ、目を丸くしてお熊の顔を見つめていたが、ちいさく口をひらいて笑った。

「この子、笑ったよ。なんて可愛いんだろう」

お熊は、丸く目を剝いたり、口をあけて、バァ、と言ったり、口をとがらせたりして、夢中になってあやした。

すると、八重が、キャ、キャ、と声をたてて笑いだした。明るいはずむような笑い声である。

その様子を脇で見ていたおまつが、

「ずるいよ。あたしにも抱かせておくれよ」

と言い出し、お熊から八重を受け取ると、お熊に負けぬ百面相で八重をあやした。

八重はさらに声を大きくして笑った。それにつられて、お熊やおまつも笑い声を上げた。

赤ん坊の笑い声とお熊たちの声が聞こえたのだろう。長屋のあちこちから、女房連中と子供たちが顔を出し、ひとり、ふたりと集まってきた。そして、代わり番こに八重を抱き、八重が笑うたびに、女房連中もどっと笑い声を上げた。

そんな様子を見ながら、君枝は戸惑いと困惑の表情を浮かべていたが、しだいにこわばった顔がなごんできた。そして、可愛いとか、ご新造さんに似ているとか、この子は綺麗になるよ、などという言葉を耳にすると、口元に微笑が浮いた。自分の子が長屋の女たちに褒《ほ》められたことが嬉しかったらしい。

一方、新太郎のまわりには長屋の男の子たちが集まっていた。十歳を過ぎた庄《しょう》太《た》や六助《ろくすけ》を頭に、お花、おせん、清次《せいじ》など、新太郎とあまり歳のちがわない子もいる。

子供たちの関心は庄太の持っていた凧《たこ》に集まっていた。まだ、早いが正月用に親から買ってもらったらしい。凧の絵は、武者である。男児たちは、うらやましそうな顔をして武者に見入っている。

「凧を、持たせてやるぞ」

庄太がそう言って、凧を新太郎に手渡した。仲間になった新入りに、特別に持たせてくれるらしい。

新太郎は凧を両手でつかむと、口を引き結び目を剝いて凧に描かれた武者のような顔をし、

「父上、これ」

と言って、かたわらに立っている俊之介を見上げた。

「新太郎、よかったな」

俊之介は目を細めてうなずいた。

二

「お吟さん、二階の鶴の間を、お願いしますよ」

帳場にいた女将のお豊《とよ》が、お吟に声をかけた。

鶴の間に入ったのは、大橋屋《おおはし》という両替屋の主人と取引先の商人《あきんど》である。お吟は、一度大橋屋の宴席についたことがあったので、主人の伝兵衛《でんべえ》と取引先の顔を見ていたのだ。

お吟が島津屋へ来て七日目だった。まだ、筑前屋の主人の市蔵も樫村、塚本という牢人も姿を見せていなかった。

「はい、いま行きます」

お吟は答えると、すぐに二階へむかった。座敷女中としては、客を選り好みできなかった。店の者にも、筑前屋たちの話を盗み聞くために来ていることを気付かれるわけにはいかなかったのである。

鶴の間には、伝兵衛と取引相手の四十がらみの男がふたりいた。三人とも唐桟《とうざん》の羽織に角帯姿で、いかにも大店の旦那ふうだった。

お吟とお静《しず》という年増の座敷女中が酌について半刻（一時間）ほどしたとき、お吟は料理の注文のため板場に下りた。

帳場にいたお豊がお吟の姿を目にし、

「すまないが、萩《はぎ》の間に顔を出しておくれ」

と、声をかけた。萩の間は二階の隅にあり、上客や馴染み客のための座敷だった。

「どなたがいらっしゃったんですか」

「室町の筑前屋さん、それに御旗本がおふたり」

お豊は、お吟さんは初めてだから、わたしがいっしょにいって紹介しますよ、と言い添えた。

……やっと、姿を見せたわ。

お吟は胸の内で声を上げた。筑前屋が来店したのである。しかも、旗本がふたり同席しているという。おそらく、筑前屋とかかわりのある御納戸の者にちがいない。

すぐに、お吟はお豊といっしょに萩の間にむかった。座敷には四人の男が座していた。床の間を背にして恰幅《かっぷく》のいい武士が腰を下ろし、その脇に配下と思われる武士がひかえていた。ふたりの武士の左右に、大店《おおだな》の旦那ふうの男と番頭らしい男が座っていた。

お吟とお豊が座敷に顔を見せると、

「女将、新顔のようだな」

と、恰幅のいい武士が声をかけた。面長で鼻梁の高い男だった。酷薄そうな感じのする細い目をしている。

「お吟ともうします。以後ご贔屓《ひいき》に」

お吟は、すぐに挨拶をした。

「さァ、お吟さん、赤石さまにお酌をしてさしあげて」

旦那ふうの男が目を細めて言った。五十がらみ、丸顔で垂れ目。大きな耳朶をした福相の主だった。

お吟は、すぐに恰幅のいい武士の脇に膝を折り、銚子を取った。この男が源九郎から話を聞いていた御納戸組頭の赤石八十郎のようである。

お吟は酌をしながら男たちの間をまわり、巧みに話しかけて赤石以下の名と身分を聞き取った。旦那ふうの男が筑前屋市蔵、番頭ふうの男が筑前屋の番頭の源五郎、もうひとりの武士が、御納戸衆の小池又四郎《こいけまたしろう》とのことだった。小池は赤石との話し振りから子飼いの配下のようだった。

小熊宗之助は来ていなかった。御納戸頭ともなれば、料理屋などに気軽に顔を出すわけにはいかないのだろう。

四人は屈託なく酒を酌み交わしていたが、御納戸との商談や事件にかかわるようなことはいっさいしゃべらなかった。煤払《すす》いのことや年の瀬がおしせまったことなど、とりとめのない時候の話題を口にするだけである。

お豊は小半刻（三十分）ほど酌をすると、座敷をお吟にまかせて帳場へもどった。賑やかにやるなら芸者を呼ぶところだが、四人の男にその気配はなかった。

お吟は内密の話があるからだろうと思った。お吟の推測どおり、お豊が去って、いっときすると、

「お吟さん、小半刻ほど席をはずしてくれんかな。内々で話があってな」

と、市蔵が小声で言った。

「お話が済んだら、声をかけてくださいな」

お吟はそう言い残して、すぐに座敷から出たが、そのまま帳場にはもどらなかった。廊下へ出て階段の途中まで下りると、足音を忍ばせて引き返し、まだ客のいない隣部屋の障子をあけてなかに身を隠したのである。

灯《ひ》のない部屋は薄闇につつまれていた。お吟は部屋の隅の深い闇のなかに身を沈めるようにして聞き耳をたてた。

いっときすると、市蔵のくぐもった声が聞こえてきた。

……小熊さまや赤石さまのお力添えで、商いも順調でございます。

……それはなにより、次の時服の調達は筑前屋からということで進めておる。

応えたのは赤石である。

……ありがたいことでございます。

市蔵の嬉しそうな声が聞こえた。

……聞くところによると、筑前屋は愛宕下の大名屋敷へも商いをひろげているそうではないか。

赤石が言った。愛宕下は大名小路と呼ばれるほど大名の藩邸が多かった。そのいくつかの藩邸へ、筑前屋が出入りを許されたということであろう。

……これも、お上にお出入りが許され、信用のついたお蔭でございます。

市蔵の声に媚《こ》びるようなひびきがくわわった。

……ところで、まだ華町の始末はつかぬのか。

赤石が声をあらためて言った。

「……それが、華町に妙なやつらが味方につきましてね。長屋に隠れて、出てこないんでございます」

「……妙なやつらとは？」

「……一味の頭は華町の隠居した父親なのです」

「……父親とな？」

「……はい、華町源九郎ともうします。あとは、長屋住いの大道芸人や隠居などのはぐれ者たちなのですが」

「……そのような虫けら同然の者たちに手を焼いているのか」

赤石の声がすこし大きくなった。

「……なかに腕の立つ者がいるようなのです。……ですが、ご懸念にはおよびません。こちらにも腕のいい男がおりますので、ここ数日のうちに始末できましょう」

市蔵の声には余裕があった。

「……まァ、華町は原島とちがって、たいしたことは知るまいがな。ただ、原島と同じように徒目付《かちめつけ》などとつながって、わしらのことを探られると厄介だからな」

……そうならぬよう、芽のうちに摘《つ》んでおいた方がよろしいでしょう。

市蔵の声に商人とは思えない凄《すご》みがくわわった。

……頼むぞ。わしらが、手を出すわけにはいかぬからな。

……心得ております。

市蔵が急に声を低くして、番頭さん、例の物を、と言った。すると、番頭が前に進み出たらしく、畳を擦るような音がした。

……いつも、すまぬな。小熊さまも、お喜びであろう。

笑いを含んだ赤石の声が聞こえた。

お吟は、市蔵が金を渡したのだろうと思った。この店は、賄賂《まいない》を手渡す場所にもなっているようだ。

……後日、あらためて、子細はここにいる小池に話すがよい。

赤石が言った。

……承知いたしました。

市蔵が、では、綺麗所を呼んで、賑やかにまいりましょうか、と声を大きくして言った。

それを聞くと、お吟は慌てて座敷から廊下へ出て階段を下りた。そして、帳場の脇まで来たとき、階段を下りてくる源五郎の姿が見えた。源五郎もお吟の姿を見たはずだが、特に不審は抱かなかったようである。隣の部屋で盗み聞きしていたなどとは、思ってもみなかったのだろう。

お吟は素知らぬ顔をして、帳場の前を通り過ぎた。

三

……旦那、華町の旦那。

源九郎は女の声に身を起こした。菅井の部屋で横になっていたのである。昨夜、菅井にせがまれ遅くまで将棋を付き合ったせいか、朝めしを食い終えてから眠気に襲われ、横になったところだった。菅井も、夜具にくるまって寝息をたてている。

……旦那、まだ寝てるんですか。もう、陽は高くなってますよ。

お吟だった。声に苛立ったようなひびきがある。

源九郎は慌てて菅井を揺り動かした。いくらなんでも、男ふたりが寝ている不様な姿は見せられない。

「菅井、起きろ。お吟だ」

源九郎の声に、菅井が目を覚ました。

「来たのか、ここに」

菅井が目をこすりながら訊《き》いた。

「いま、外にいる」

源九郎が声を殺して言った。

「まずいな。すこし、待ってもらえ」

菅井はすぐに起き上がり、慌てて夜具を畳み始めた。菅井にも寝起きの不様な姿をお吟に見せたくない気はあるようだ。

「しばし、待て！　いま、立て込んでおる」

言いざま、源九郎も自分の使っていた掻巻を丸めて部屋の隅に押しやった。

菅井は急いで夜具を畳み、粗壁の方へ押しつけて枕屏風《まくらびようぶ》を立てた。そして、顔の前に垂れ下がった総髪を後ろに撫《な》で付け、袷や袴をたたいて皺《しわ》を伸ばした。袷と袴のまま寝ていたので着替える必要はなかったのである。

「待たせたな」

源九郎が腰高障子をあけた。

「何をバタバタしてたのよ」

お吟は、座敷を覗きながら訊いた。

「いろいろ立て込んでいてな。ふたりで、片付けていたのだ」

「立て込んでたって。まさか、ここで傘張りの仕事をしてたわけじゃァないでしょう」

「いや、その、菅井と剣の工夫をな」

源九郎が顔を赤くして言いつくろった。

すると、菅井が上がり框のそばへ来て、

「おれたちのことより、お吟どのだ。朝早くから、どうしたのだ」

と、いかめしい顔をして訊いた。

「そうそう、昨夜、島津屋に筑前屋たちが来たのよ」

お吟が、言った。菅井がうまく話をそらせたようである。

「やっと、あらわれたか。それで？」

源九郎が声を大きくした。

「来たのは市蔵と番頭の源五郎、それに御納戸組頭の赤石、御納戸衆の小池又四郎という男の四人なの」

お吟は、昨夜盗み聴きした会話をくわしく源九郎と菅井に話した。

「うむ……。やはり、原島どのと俊之介を襲ったのは市蔵たちか」

源九郎の顔がけわしくなった。茫洋とした表情は消え、剣客らしいひきしまった顔になっている。

市蔵たちの会話は、小熊や赤石が市蔵と結託して樫村たちに原島と俊之介を襲わせたことを確信させるものだった。

「これで、御納戸の小熊や赤石が事件の裏にいることがはっきりしたな」

菅井が目をひからせて言った。

「市蔵は、ここ数日のうちに俊之介を始末すると言ったのだな」

源九郎が、念を押すように訊いた。市蔵が口にした腕のいい男とは、樫村と塚本にまちがいないだろう。

「たしかに、そう言ったよ」

「樫村たちが、長屋に押し込んでくるかもしれんぞ」

俊之介は、長屋に来てからほとんど外へ出ていなかった。市蔵も、そのことは知っているはずである。その上で、俊之介を始末するとなると、樫村や塚本が長屋へ押し入って斬るより他に手はないはずなのだ。

「華町、やつらが押し入ってくるのを待つことはないぞ。今度の件はやつらの仕業だとはっきりしたんだ。こちらから、先に仕掛けて樫村と塚本を斬ればいい」

　菅井が顔をけわしくして言った。

「だが、ふたりの塒《ねぐら》が分からんぞ」

　孫六の話では、樫村はまだ阿部川町の長屋にもどっていないということだった。

「市蔵をつかまえて、吐かせるか」

「それはまずい」

　源九郎は市蔵を町方に捕縛してもらうつもりでいた。博奕《ばくち》打ちから悪行で伸《の》し上がった悪人のようだが、いまは江戸でも名の知れた呉服屋の大店の主人である。しかも、幕府御用達であり、諸大名の屋敷への出入りも許されている男なのだ。源九郎のような牢人がひそかに捕らえて拷問にかければ、源九郎たちの所行も露見し、処罰を受けることになるだろう。当然、累は俊之介たちにも及ぶ。

「では、どうする？」

「うむ……」

　源九郎はいっとき視線を落として思案していたが、

「とりあえず、筑前屋と島津屋を見張るしかあるまい」

と、顔を上げて言った。

「樫村と塚本がどこにいるにしろ、市蔵はふたりに俊之介たちを始末するよう伝えるはずだ。そのためには樫村たちが筑前屋に来るか、市蔵の手下が樫村たちと接触するかのどちらかだ」

「いずれにしろ、筑前屋を見張っていれば分かるというわけか」

「そうだ。念のために、島津屋も見張ってもらう」

源九郎は、市蔵が島津屋で樫村たちと会う可能性が高い気がした。

「島津屋は、あたしが見張るよ」

お吟が言った。

「むろんお吟にも頼むが、店を出た樫村たちを尾《つ》けて塒をつかまねばならんからな。孫六と……。そうだ、栄造に頼もう」

源九郎は、いずれ栄造に事件のことを話し、市蔵と片腕の寅次を町方の手で捕らえてもらうつもりでいた。原島殺しはともかく、越野屋の番頭の房蔵と手代の与吉殺しにかかわった科《とが》で捕縛できるはずである。それに、たたけば筑前屋の主人に伸し上がるまでに犯した旧悪も露見するだろう。

「筑前屋は茂次と三太郎にまかせよう」

「おれは、どうする？」

菅井が訊いた。

「すまぬが長屋にいてくれ。いつ、樫村たちが押し入ってくるかしれんのでな」

俊之介のいる長屋を留守にするわけにはいかなかった。

「華町、おまえも長屋にいるのか？」

「いや、わしは行かねばならぬところがあってな、長屋にいるわけにはいかんのだ」

源九郎は、今日のうちにも孫六とふたりで栄造を訪ねるつもりでいた。その後、御納戸頭の戸田助左衛門、徒目付の飯坂半太夫とも会わねばならないと思っていた。樫村と塚本を斬っただけでは、事件の決着はつかないのである。

「おれひとりで長屋でくすぶっているのか。……将棋相手もおらんのだぞ」

菅井が眉間に縦皺を刻んで不満そうな顔をした。

「長屋がもっとも危ない。菅井に頼むしかないのだ」

源九郎が言うと、お吟がすかさず、

「菅井の旦那の居合は凄いからねえ」

と、持ち上げた。

「仕方がないな」

菅井は不満そうだったが、納得したようである。

四

お吟が帰ると、源九郎はすぐに孫六の家へ行き、事情を話した。孫六も、栄造に頼むことには乗り気で、

「そういうことなら、さっそく諏訪町まで行きやしょう」

と言い、そばにいたおみよに、華町の旦那と出かけてくるぜ、と言い置いて、戸口から出た。おみよは源九郎を敬愛しており、源九郎といっしょに出かけるなら文句を言われないことを承知しているのだ。

源九郎は勝栄で栄造と会うと、これまでの経緯をかいつまんで話した。

「やっぱり、旦那方がかかわっていやしたか」

栄造は苦笑いを浮かべた。

「村上どのに話して、市蔵は捕縛してもらいたいのだが、その前に樫村と塚本の塒をつきとめたいのだ」

源九郎がそう言うと、脇にいた孫六が、

「それで、おめえの手を借りて島津屋に張り込みてえのよ」

と、口をはさんだ。

村上彦四郎は南町奉行所の定廻り同心だった。栄造に手札を渡している男で、源九郎たちとも面識があった。

「ようがす。やりやしょう」

栄造はすぐに同意した。町方も越野屋の番頭と手代殺しは探索していたので、栄造としても事件の首謀者が捕縛できれば大変な手柄になるのだ。

「ふたりは手練《てだれ》だ。跡を尾けるだけで、手は出すなよ」

源九郎はそう言い置き、孫六を残して勝栄を出た。

ひとりになった源九郎は、神田小川町に足をむけた。戸田に会って、始末の仕方を相談するつもりだった。小熊や赤石が今度の事件にかかわっていることが分かっても、隠居した貧乏牢人の身では手出しできなかったのである。

門番に用人の佐々木百助の名を出し、御納戸同心の身内であることを伝えると、佐々木に取り付いでくれた。

「これは、華町どの、お久しゅうござる」

佐々木が愛想笑いを浮かべて言った。

「戸田さまに、急ぎお伝えすることがあって参りました。お取次いただけましょうか」

源九郎は丁重な物言いをした。

「ちょうどよかった。本日、殿は屋敷におられる」

しばし、お待ちを、そう言い残し、佐々木は慌てた様子で屋敷にもどった。

玄関先でいっとき待つと、佐々木があらわれ、

「殿は、すぐに会われるそうです」

と言って、源九郎を屋敷内に招じ入れた。

源九郎は以前と同じ玄関脇の書院に通され、そこで戸田と面会した。戸田は小紋の袷を着流し、紺足袋《たび》を穿《は》いていた。くつろいだ格好である。

「何か分かったかな」

戸田の口元に微笑が浮いていたが、源九郎を見つめた目は笑っていなかった。能吏らしい刺すようなひかりが宿っている。

「はい、此度の一件の大方が知れました」

源九郎はこれまでつかんだことを子細に話した。

戸田は黙って源九郎の話を聞いていたが、源九郎が口をとじると、

「やはり、小熊たちが筑前屋と組んで原島の殺害をくわだてたのだな」

そう言って、顔をけわしくした。

「小熊さまたちは、いかがしましょうか」

源九郎が訊いた。市蔵や樫村たちの始末は何とかつけられるが、御納戸関係には手が出せない。それに、町方が下手に手を出せば、御納戸全体の失態となり、戸田にも累が及ぶかもしれない。

「小熊たちには手を出すな。わしに任せておいてくれ」

戸田が重いひびきのある声で言い、

「実はな」

と、すこし声を低くして言った。

「小熊たちが筑前屋にかかわり、不正があることを察知したのは御目付なのだ。名は言えぬが、その御目付の指図で徒目付の飯坂半太夫が探索を始めた。わしはそのことを知り、ひそかに原島を呼んで飯坂の助勢をするよう命じたのだ」

「そうでしたか」

源九郎は、飯坂がなぜ筑前屋の探索をしていたのか納得できた。

「わしは、日頃から賄賂の多寡《たか》で商人を決める小熊のやり方にうんざりしていたのだ。それで、この際一気に膿《うみ》を出そうと思ったのだよ。それに、小熊は幕閣に取り入り、わしを追い落とそうとも画策しておったからな」

戸田は、御納戸頭がふたりというのがよくない、どうしても競い合うからな、と言って、皮肉な笑いを浮かべた。

戸田は我が身を守るためもあって、小熊たちの不正をあばこうとしたようだ。だが、それを非難することはできないだろう。幕臣も大名の家臣も己の役職を守り、さらに栄進するために、鎬《しのぎ》を削っているのである。俊之介のように端役であっても、そうなのだ。

「わしに命じられた原島は、筑前屋が御納戸とかかわった帳簿や書類をつぶさに調べ、不正が疑われる書類を飯坂に提供したのだ。そのことを察知した小熊は、筑前屋に原島を始末するよう指示したのであろう。……わしも、迂闊《うかつ》だった。原島の命を狙ってくるとまでは読めなかったのだ」

戸田の顔に苦悩の翳《かげ》が浮いた。原島を失ったことが悔やまれるのであろう。

「すると、てまえの倅《せがれ》は原島どのといっしょにいたために」

単なる巻き添えであったのか、源九郎は思った。

「それだけではない。華町は原島の配下だったので、小熊たちは華町も飯坂と通じていると思っているのであろう。それに、わしが華町を御納戸衆へ推挙していることは、小熊も承知しているからな」

「それで、いまも倅の命を……」

源九郎は、俊之介の命が狙われている理由を知った。

「小熊たちのことは、わしから御目付に話そう。町方には手出しできまいからな。おそらく、小熊たちの処断は幕閣にゆだねることになろうな」

「承知しました」

御目付から徒目付の飯坂にも話が伝わるにちがいない。源九郎が飯坂に会う必要はないようである。

いっとき、座を沈黙が支配していたが、

「華町、原島を斬った者たちをどうするな」

戸田が源九郎を見すえて訊いた。

「倅、俊之介とともに、討つつもりでおります。ただ、おもて向きは剣客としての立ち合いということにいたします」

源九郎は、俊之介の無念も晴らしてやりたいと思っていたが、敵討ちなどと口にすると何かと面倒だった。

「それがよい。いずれにしろ、原島の無念も晴らせるわけだな」

戸田は、それ以上口にしなかった。ただ、深くうなずいただけである。

五

はぐれ長屋につづく路地木戸をくぐると、女たちの笑い声が聞こえた。井戸端にお熊やおまつたち女房連中が数人集まって談笑していた。そのなかほどに、君枝の姿もあった。君枝も笑っている。

源九郎が近付くと、女房たちは話をやめ、いっせいに目をむけた。

「旦那、夕餉《ゆうげ》は君枝さまが支度するそうですよ」

お熊が大声で言った。

「それはありがたい」

源九郎は君枝に目をやった。

君枝は源九郎と目を合わせるとすこし顔を赤らめ、

「旦那さまと、ごいっしょに」

と、小声で言った。おだやかな顔をしていた。いままでの暗く沈んだ顔とはちがう。肌にも艶《つや》があり生気が蘇ったような感じさえした。

源九郎は、このところ君枝が八重や新太郎を介して長屋の女房連中と言葉を交わすようになってきたのを知っていた。源九郎に対するわだかまりも、溶けてきたらしい。いままでは、同じ長屋に住んでいながら食事をいっしょにしたことはなかったのである。

「馳走になろう。それに、俊之介に話したいこともあるのだ」

源九郎はそう言って、女房連中から離れた。

暮れ六ツ（午後六時）すこし前に、源九郎は酒の入った貧乏徳利を提げて俊之介たちの住む家へむかった。久し振りに俊之介と一杯飲もうと思ったのである。

上がり框のところで俊之介は胡座《あぐら》をかき、小刀で何かを削っていた。新太郎が脇から俊之介の手元を覗き込んでいる。

君枝は土間の竈《へっつい》の前にいた。手ぬぐいを頭にかぶり襷《たすき》がけで、火の加減を見ている。めしを炊いているらしい。八重は座敷で夜具にくるまって眠っていた。

「何をしているのだ」

源九郎は俊之介の手元を覗き込んだ。

何を作るつもりなのか、竹を細く削っている。竹は、土間の隅に立て掛けてあった古傘の骨の一部らしい。

「爪ですよ」

俊之介が小刀を遣う手をとめて、源九郎を見上げた。

「爪だと?」

「新太郎にせがまれましてね」

俊之介によると、新太郎は長屋の男児が持っていた爪を欲しくなり、俊之介にねだったのだという。それならば、作ってやろうと思い、土間にある壊れた古傘の骨を見つけて、爪の骨を作っているのだそうだ。

「よし、わしも手伝ってやろう」

源九郎は流し場からふたりの湯飲みを持ってくると、酒をついで俊之介と自分の膝先に置き、酒を飲みながら竹を細く削り始めた。

新太郎は嬉しそうな顔をして、源九郎と俊之介が竹を削るのを見つめている。

君枝もときどき男三人に目をやりながら、夕餉の支度をつづけていた。その顔には満ち足りた母親らしい表情があった。

「支度ができましたよ」

君枝の声で、源九郎と俊之介は手にした小刀を置いて、その場を片付け始めた。爪の骨にする竹を、ちょうど削り終えたところだった。紙を張ったり、絵を書いたりするのは後日である。

食膳には、焼いた鰯《いわし》、漬物、根深《ねぶか》の汁がのっていた。源九郎と俊之介はいっとき酒を酌み交わしてから、めしを口にした。

「旨《うま》い、こんな旨いめしは久し振りだ」

お世辞ではなかった。源九郎は、近年こんな旨いめしを食ったことがなかった。菜や汁の味付けが特別よかったわけではない。父と子、嫁、それに孫といっしょの部屋で食事をすることの喜びが、味をよくしているのである。

源九郎に褒められたのが嬉しかったのか、君枝も満足そうに顔をほころばせていた。

食事が済んでいっときすると、

「俊之介、ちと、話があるのだが、菅井の部屋へ来てくれぬか」

と、誘った。君枝や新太郎の前では話しづらかったのである。

「分かりました」

俊之介も大事な話と察知したらしく、すぐに立ち上がった。

外へ出ると、長屋は夜陰につつまれていた。どの家も夕餉が済んで間もないと見え、戸口から灯が洩れ、女房の甲高い声や亭主のがなり声などが聞こえてきた。はぐれ長屋がもっとも賑やかになる時である。

「父上、何の話です？」

俊之介が小声で訊いた。菅井の部屋に来てくれと言ったのは、俊之介を外へ連れ出すための口実だと思ったようだ。

「今日、戸田さまと会ってきたのだ」

源九郎は足をとめて、戸田とかわした会話の子細を伝えた。

「やはり、小熊さまたちが筑前屋と結託して原島さまを」

俊之介が顔をけわしくして言った。

「だが、小熊と赤石は御目付の手にゆだねなければならぬぞ」

源九郎が重い声で言った。軽率に騒げば、戸田や俊之介の立場をあやうくするかもしれない。

「はい」

俊之介も心得ているらしく、率直にうなずいた。

「原島どのを斬ったのは、塚本十四郎であろうな」

その体軀《たいく》から見て、まちがいないはずである。

「おのれ、塚本！」

俊之介が虚空を睨《にら》みながら怒りの声を洩らした。

「わしは、菅井たちの手も借りて、塚本と樫村を討つつもりでいるのだが、俊之介、おまえはどうする」

源九郎が訊いた。

「父上、わたしに討たせてください。原島さまの無念を晴らすためにも、塚本を討ちたいのです」

俊之介が語気を強くして言った。体がかすかに顫《ふる》え、夜陰のなかで双眸《そうぼう》が燃えるようにひかっている。

「分かった。茂次や孫六たちが、ふたりの所在を探っている。ちかいうちに知れるはずだ。それまで、長屋にいてくれ」

源九郎が低い声で言った。俊之介の腕では、塚本に太刀打ちできないことは分かっていた。源九郎が助勢して討たせることになるだろう。

「分かりました」

俊之介は父の顔を見つめたままうなずいた。

六

島津屋の裏戸があいて、お吟が慌てた様子で出てきた。

「孫六さん、孫六さん」

お吟は夜陰に視線をまわしながら小声で呼んだ。

すこし離れた隣家の板塀の陰にいた孫六と栄造が、足早にお吟に近付いた。

孫六と栄造は樫村と塚本が島津屋にあらわれたら、跡を尾けてふたりの塒をつきとめることになっていた。

孫六と栄造は島津屋の店先を見張るより、裏手にいてお吟から連絡してもらった方が確かだし、店を出る見当もつけられると踏んだのだ。どうせ、尾行するのはふたりが店を出た後なのである。それで、お吟に話し、裏手で待つことにしたのだ。

「来ましたよ、樫村と塚本が」

お吟が声を殺して言った。

「来たか。それで、他には」

孫六が目をひからせて訊いた。

「筑前屋の市蔵、それに番頭の源五郎。もうひとり、小太りの男がいたよ」

お吟は市蔵たちを呼び捨てた。源九郎たちが探っている事件の張本人だと分かっているのである。

「小太りの男の名は、分かるかい」

「市蔵が、寅と呼んでたけど……」

「寅次だ！　悪党どもが、顔をそろえたようだぜ」

思わず、孫六が声を上げた。

孫六は市蔵が俊之介を斬るよう指示するために、樫村と塚本を島津屋に呼び出したのではないかと思った。

「それで、五人の様子はどうです？」

脇から、栄造が訊いた。

「飲み始めたばかりだから、一刻（二時間）は出てこないかもしれないよ」

「分かりやした。後は、あっしととっつァんの仕事だ。お吟さんは、やつらに疑われねえよう店にもどってくだせえ」

栄造は落ち着いていた。岡っ引きとして、場数を踏んでいるせいであろう。

「それじゃァ、まかせたよ」

お吟はそう言い置いて、店にもどった。

お吟の姿が戸口から消えると、栄造が、

「番場町の、しばらくふたりは店から出てこねえ。腹ごしらえでもしてきやすかい」

と、声をかけた。栄造は長丁場になると、見越したようだ。

「そうしよう」

孫六もすぐに同意した。

ふたりは、近くのそば屋で腹ごしらえをし、半刻（一時間）ほどしてもどった。そして、すぐに島津屋の表へまわった。今度は、樫村たちが店から出るのを待って跡を尾けるのである。

孫六と栄造は、島津屋の斜向かいにある小間物屋の陰にいた。店は板戸をしめていたので、ふたりの姿を見咎《みとが》める者はいなかった。

小半刻（三十分）ほどすると、島津屋の格子戸があき、まず店者らしい男が女将や女中に送られて出てきた。

「出てきやしたぜ」

栄造が言った。

戸口にあらわれたのは店者らしい町人が三人、つづいて牢人がふたり姿を見せた。遠方で顔まではっきりしないが、ふたりの牢人が樫村と塚本であろう。町人体の三人が市蔵たちにちがいない。

五人は戸口で何やら言葉を交わしていたが、牢人体のふたりが先に店先から離れた。すこし間を置いて、残った三人も歩きだした。雷門につづく表通りへ出ると、ふたりの牢人は右手に、三人の町人は左手にむかった。

右手の道は雷門につづき、左手は神田方面である。

「二手に分かれやすか」

栄造が小声で訊いた。

「いや、市蔵たちを尾けることたァねえ。筑前屋に帰《けえ》るだけだろうよ」

市蔵たち三人の住居は分かっているのだ。ここで尾ける必要はなかった。

「分かった。ふたりで、樫村たちを尾けやしょう」

栄造は、まず、あっしから、と言って、小間物屋の陰から通りへ出た。栄造は物陰や軒下闇などをつたいながら、巧みに樫村たちの跡を尾けていく。

孫六は栄造の後ろ姿がすこし離れてから通りへ出た。ふたりそろって尾けることはなかったのだ。それに、足の悪い孫六より、栄造の尾行の方が確かである。

樫村たちふたりは、雷門の前を右手にまがった。前方の夜陰のなかに、吾妻橋《あずまばし》が見えていた。青磁色の淡い月光のなかに、人影のない橋が黒く浮き上がっている。川風が身を切るように冷たかった。

樫村たちは吾妻橋のたもとを左手にまがった。そこは、花川戸町である。右手は大川の土手で、左手には小体《こてい》な店や表長屋などがごてごてとつづいていた。町並は洩れてくる灯もなく、ひっそりと夜の帳《とばり》のなかに沈んでいる。

土手沿いの道をしばらく歩くと、町家がまばらになってきた。左手に入る細い路地との角に稲荷があった。その赤い鳥居に身を寄せるようにして、栄造が足をとめた。

すぐに、孫六は走り寄った。

「どうしたい?」

「ふたりは、あの家へ入《へえ》っていったぜ」

栄造が指差した。

細い路地の突き当たりに、板塀をまわした仕舞屋《しもたや》があった。ふたりは、その家に入ったらしい。

「近付いてみるか」

孫六が足音を忍ばせて歩きだした。栄造もすぐ後につづいた。

ふたりは板塀のそばまで来て足をとめ、板の隙間からなかを覗き込んだ。狭い庭があり、その先の障子がぼんやりと明らんでいた。障子に黒い人影がふたつ映っている。くぐもったような男の話し声が聞こえたが、話の内容までは聞き取れなかった。

「まちげえねえ、ここがやつらの塒だ」

孫六が目をひからせて言った。

翌日、孫六と栄造はふたたび花川戸町へ足を運び、樫村と塚本の隠れ家ちかくをまわってふたりのことを聞き込んだ。その結果、花川戸の家には前から塚本が住んでいたことが分かった。以前は商家の妾宅《しょうたく》だったらしいのだが、妾《めかけ》の死後空家になっていたのを、市蔵が安く買い取り、塚本に住居として使わせていたらしい。そこへ、樫村が阿部川町の長屋から姿を消すためにもぐり込んだらしいのだ。

このことは、すぐに孫六から源九郎に知らされた。

「さすが、孫六だ。岡っ引きのころの腕は落ちてないな」

源九郎が持ち上げると、

「ヘッヘヘ……。それほどでもねえよ」

孫六は、首をすくめてニヤリとした。

第六章　夕暮《ゆうぐれ》の死闘

一

八丁堀南茅場町《かやばちょう》の大番屋の前に、十数人の男が集まっていた。南町奉行所の定廻り同心の村上、小者の伊与吉《いよきち》、岡っ引きの栄造、下っ引きの茂太《しげた》、それに村上から手札をもらっている岡っ引きや下っ引きたちである。

集まった男たちの後ろに、孫六の姿もあった。孫六は源九郎たちに知らせるために町方の動きを見にきたのである。

「まだ、すこし早《はえ》えな」

村上が空を見上げながら言った。

陽は日本橋の家並のむこうにまわっていたが、まだ夕日が家の間から射し込み、地面を淡い蜜柑《みかん》色に染めていた。大番屋の前の通りも、大勢の通行人が行き交っている。

村上は筑前屋に踏み込み、主人の市蔵、番頭の源五郎、手代の寅次、それに下働きをしている熊吉《くまきち》を捕縛するつもりでいた。その後の調べで、熊吉が市蔵の使いをしていることが知れたのである。

栄造から事件のあらましを聞いた後、村上は数人の手下を使って、あらためて筑前屋を調べさせた。その結果、市蔵を頭とする四人が越野屋の番頭と手代殺しにかかわったらしいことをつかんだ。寅次と熊吉は、市蔵が深川の洲崎で賭場《とば》をひらいていたころからの子分らしかった。寅次は手代として筑前屋に入ったが、ほとんど店にはおらず、市蔵の指図で動くことが多かったようである。源五郎は番頭として筑前屋を切り盛りしていたようだが、当然越野屋の番頭と手代殺しも知っていた、と村上は見たのである。

むろん、樫村と塚本のことも栄造から聞いていたが、村上はあえてふたりには目をつぶることにした。華町たちが、殺された御納戸衆の原島の恨みを晴らすつもりでいることを知ったからである。

それだけでなく、村上には町奉行所同心としての打算もあった。樫村と塚本は剣の手練《てだれ》である。町方が捕縛しようとすれば、多くの犠牲者が出るだろう。それに、ふたりは追いつめられれば自害する可能性が高く、生捕りにするのは難しかったのだ。

さらに、幕府とのかかわりもあった。うまく樫村と塚本を生捕りにできたとしても、御目付が原島の件を吟味するために、ふたりの身柄を引き取ろうとするはずである。下手をすると、せっかく捕らえた市蔵たちも町方の手から離れるかもしれない。そして、事件そのものが町奉行所の手から離れれば、せっかくの手柄が水の泡になってしまうのだ。

……御納戸とのかかわりには目をつぶり、越野屋の番頭と手代殺しにしぼって市蔵たちを捕らえた方がいい。

村上はそう読んだのである。

そして、華町たちの顔をたてて樫村と塚本を斬ってもらった方が得だと判断したのだ。

大番屋の前に集まった男たちは捕物装束ではなかった。村上は羽織の裾を角帯に挟む八丁堀同心独特の巻き羽織に、黄八丈《きはちじよう》の着物を着流していた。ふだんの巡視のときと同じ格好である。

捕方の人数もそれほど多くなかった。ふだん巡視で連れ歩いている手先に、岡っ引きと下っ引きを十人ほどくわえただけだった。村上としては、騒ぎを大きくせず巡視の途中で捕らえたことにしたかったのである。それというのも、捕縛を事前に奉行にとどければ、与力の出役をあおがなければならない。そうなれば、他の同心もくわわるし大勢の捕方も集められる。ことが大袈裟《おおげさ》になれば、市蔵たちに察知されて逃走される可能性があったし、番頭と手代殺しだけで始末がつかなくなる恐れもあったのだ。

ただ、捕物の場所が問題だった。筑前屋のある室町の表通りは、江戸でも一、二を争う賑やかな通りなのだ。しかも、筑前屋は大店の呉服屋である。日中、捕方が店に踏み込んだら、大変な騒ぎになる。かといって、夜というわけにもいかない。大戸をしめられれば、簡単には店に入れないのである。

そこで、村上は筑前屋が店仕舞いのために大戸をしめる直前に巡視の格好のまま店内に踏み込む策をたてたのだ。

多くの店は、暮れ六ッ（午後六時）の鐘の音を合図に表戸をしめる。室町の表通りに店を構える筑前屋もそのころ店をしめるはずである。

「頃合かな」

陽が家並の向こうに沈み、家々の間から射し込んでいた陽の色も消えていた。暮れ六ツも間近なはずである。

村上はゆっくりと歩きだした。伊与吉、栄造、茂太がすぐ後につづき、他の岡っ引きたちはすこし間を置いて歩きだした。すこし人数が増え、総勢二十人ほどになっている。

村上が掘割にかかる海賊橋を渡り本材木町へ出ると、日本橋の方から岡っ引きらしい三十がらみの男が足早に駆け寄ってきた。

「米助《よねすけ》、店に変わったことはねえか」

村上が足をとめて訊《き》いた。

「へい、いつもと変わりありやせん」

米助が答えた。

「市蔵たちは店にいるな」

「へい、源五郎や寅次もいるはずで」

「よし」

村上は歩きだした。どうやら、米助に命じて筑前屋を見張らせていたようである。

日本橋のたもとへ来ると、大勢の通行人で賑わっていた。風呂敷包みを背負った店者、供連れの武士、僧侶、町娘……。様々な身分の男女が忍び寄る夕闇にせかされるように足早に過ぎていく。

村上たちは人混みを抜け、日本橋を渡った。さらに大通りを神田方面にむかって歩いていく。

孫六は村上たちが日本橋を渡り終えたのを見て、右手の日本橋川沿いの道へまがった。相生町へもどり、源九郎たちに町方が筑前屋にむかったことを知らせるためである。

二

日本橋を渡り、しばらく歩いたところで村上は路傍に身を寄せて足をとめた。伊与吉や栄造も立ちどまった。

「まだだな」

村上が小声で言った。

一町ほど先に、筑前屋の土蔵造りの店舗が見えた。表通り沿いは大戸をしめて店仕舞いした店もあるが、筑前屋の大戸はあいている。

通行人たちのなかには、路傍に立ちどまっている村上たちに不審そうな目をむける者もいたが、足をとめたりはしなかった。それに、暮れ六ツちかくなったせいか、人影はまばらになっている。

村上がその場に立っていっとき経つと、石町の鐘の音が聞こえてきた。暮れ六ツである。見ると、筑前屋の店先に丁稚《でっち》らしい男が顔を出して大戸をしめ始めた。

「行くぞ」

村上は小走りに筑前屋にむかった。栄造をはじめ、岡っ引きたちもバラバラと走りだした。

丁稚が大戸を半分ほど立てたところへ村上が近付き、岡っ引きたちがつづいた。まだ、十二、三歳と思われる丁稚は集まった男たちを見てその場につっ立ち、声を失っている。

店内に客はいなかった。売り場に手代と丁稚が四人いて箱に入った呉服を運んだり、客用の莨盆《たばこぼん》を片付けたりしていた。帳場格子の奥に、番頭の源五郎の姿があった。大福帳をくりながら算盤《そろばん》をはじいている。

店先にいた奉公人たちは、踏み込んできた村上たちを見て色を失った。町方と気付いたようである。源五郎がひき攣《つ》ったような顔をして立ち上がった。

「な、何か、ご用でございましょうか」

源五郎が声を震わせて訊いた。

「番頭の源五郎か」

「は、はい……」

「おれは八丁堀の村上だ。あるじの市蔵に用があるが、どこにいる」

有無を言わせぬ強い口調だった。

「奥の座敷でございます。すぐに、呼んでまいります」

そう言うと、源五郎は慌てた様子で帳場の奥へむかった。

村上は傍らに立っていた栄造たち捕方に、「行け！」と言って、顎をしゃくった。すると、七、八人の捕方が売り場に上がり、源五郎の後を追った。源五郎につづいて帳場の奥の座敷に踏み込み、市蔵を捕らえようとしたのである。

「おめえたちは、寅次と熊吉を押さえろ」

村上が指示すると、土間に残っていた十人ほどの捕方が二手に分かれた。

「こっちだ！」

米助が五人ほど引き連れて裏手へまわった。下働きの熊吉を捕縛するつもりらしい。

残った捕方は売り場にいた手代や丁稚から寅次の居所を聞き、帳場の脇の廊下へ走った。寅次は手代部屋にいるようだ。

村上は伊与吉をしたがえて帳場の奥の座敷へむかった。朱房の十手を手にしている。

奥の座敷に市蔵と源五郎がいた。座敷の正面に神棚があり、長火鉢には鉄瓶がかかって湯気を上げていた。呉服屋の主人の居間らしからぬ造りである。

市蔵は長火鉢を前にして座っていた。唐桟《とうざん》の羽織に角帯姿である。莨《たばこ》を吸っていたらしく、猫板の上に莨盆と煙管《きせる》が置いてあった。どっしりと座っている姿には、賭場の貸元のような雰囲気があった。これが、市蔵の地なのであろう。その市蔵の脇で源五郎が膝を折り、蒼ざめた顔で捕方たちに視線をまわしていた。

市蔵は座敷に入ってきた村上を見るなり、

「村上さま、これはどういうことです」

と、言った。声はおだやかだった。口元には微笑さえ浮いている。市蔵の顔に、恐れや怯《おび》えの表情はなかった。ただ、村上にむけられた目は笑っていなかった。猛禽《もうきん》を思わせるような鋭いひかりが宿っている。

「お上のご用だ。番屋まで来てくんな」

村上は刺すような目で市蔵を見すえた。

「村上さま、何か勘違いなされているようでございますね。てまえは、お上に世話をかけるようなことは何もしておりませんよ」

市蔵は動じなかった。

「申し開きがあるなら、番屋で聞こう」

「村上さま、てまえは幕府のご用もおおせつかっておりましてね。お上のしかるべき方とも昵懇《じっこん》にさせていただいております。後で、間違えたでは通りませんよ」

物言いはおだやかだったが、声に恫喝《どうかつ》するようなひびきがあった。

「おめえが、御納戸とつるんでることは承知の上よ。四の五のぬかさねえで、神妙に縛に就きな」

村上は傍らにいる栄造たちに、お縄にしろ、と命じた。

すぐに、栄造とふたりの岡っ引きが、市蔵の左右にまわり込んだ。十手と捕縄を手にしている。

「後悔しますよ」

市蔵は抵抗しなかった。凄みのある顔で村上を睨《にら》みながら腰を上げると、栄造たちのなすがままに両手を後ろへまわした。逆らっても逃れられないと判断したのだろう。

市蔵が捕縛されたのを見て、源五郎は逆上した。恐怖に目をつり上げ、叫び声を上げながら座敷から飛び出そうとした。

「じたばたするんじゃァねえ！」

一声上げて、峰八《みねはち》という大柄な岡っ引きが源五郎の背中に飛び付き、足をかけて畳に押し倒した。

源五郎は何か喚《わめ》きながらなおも這《は》って逃れようとしたが、峰八が両腕を後ろにねじ上げて早縄をかけた。

「ひっ立てろ」

村上が声を上げた。

市蔵と源五郎を連れて売り場へもどると、寅次と熊吉も縄をかけられて引き出されてくるところだった。

寅次は右の瞼が腫《は》れ、唇が切れて口のまわりに血の色があった。捕方のなかにもふたり、腕と頬に手傷を追っている者がいた。

捕方の話だと、寅次は匕首《あいくち》を振りまわして抵抗したという。三人の捕方が寅次を取りかこみ、十手で殴りつけてやっとのことで取り押さえたのだそうである。捕方の傷は寅次の匕首でやられたものらしい。

熊吉は小柄な初老の男だった。興奮と恐怖ではげしく身を顫《ふる》わせている。はだけた襟元から入墨が覗いていた。博奕《ばくち》打ちか無宿人か。いずれにしろ市蔵の子分にまちがいないようだ。

「上首尾だ。引き上げるぜ」

村上が満足そうに言った。ひとりも取り逃がすことなく、四人を捕縛できたのである。

店内の売り場や土間は夕闇につつまれていた。その闇のなかに、奉公人たちが身動《みじろ》ぎもせずに、つっ立っていた。どの顔にも驚愕《きょうがく》と不安が色濃く刻まれ、連行される市蔵たちを凝《じっ》と見つめている。

三

「俊之介、そろそろ出かけるぞ」

源九郎が戸口に立って声をかけた。これから、浅草花川戸町へ行くつもりだった。樫村と塚本を討ち取るためである。

すぐに、俊之介が顔を出した。たっつけ袴に草鞋《わらじ》履きで、二刀を帯びている。顔がこわばり、双眸《そうぼう》が異様にひかっていた。気が昂《たかぶ》っているらしく、肩先がかすかに震えていた。

俊之介につづいて君枝が戸口まで出てきた。八重を抱き、新太郎の手を引いている。君枝の顔が蒼ざめ、目がつり上がっていた。己が死地に赴くような悲愴《ひそう》な顔付きである。

源九郎は、君枝が心配するので事件の下手人を討ちにいくことは口にするな、と俊之介に念を押しておいたのだが、いつもとちがう俊之介の様子に、君枝は夫の身の危険を感じ取ったのかもしれない。

「案ずることはない。わしらは、町方の捕物を見に行くだけだ」

源九郎は微笑を浮かべて言った。嘘だった。君枝の悲愴な顔を見て、つい嘘が口をついて出たのである。

「義父《ちち》上、旦那さまをお願いいたします」

君枝は、殊勝な顔をして源九郎に頭を下げた。切願するような物言いである。

このところ、君枝は源九郎を舅《しゅうと》として敬い、頼りにしているようだった。源九郎としては面映《おもはゆ》いが、悪い気はしなかった。

「また、鰯《いわし》でも焼いて待っていてもらおうかな」

源九郎は冗談のつもりで言った。

「は、はい」

君枝が真剣な顔でうなずいた。

「では、まいろう」

源九郎はそう言って、俊之介とふたりで戸口を離れた。

井戸端で、菅井、茂次、三太郎の三人が待っていた。菅井だけ同行しようと思ったのだが、茂次と三太郎も行くと言い出したのである。

菅井は古い道中合羽を体に巻き付けていた。手にも合羽を持っている。寒さを凌《しの》ぐためである。茂次と三太郎は袷の上に半纏《はんてん》をまとっていた。長屋の者に借りてきたのだろう。

「源九郎、これを着ろ」

菅井は手にした合羽を源九郎に渡した。

「すまぬな」

源九郎はすぐに合羽を羽織った。斬り合いに際し、寒さで体が固くなるのを防がねばならなかった。

「そろそろ頃合だな」

菅井が空を見上げて言った。

すでに、陽は家並のむこうにまわっていた。ただ、西の空は蜜柑色に染まり、上空にも青さが残っている。暮れ六ツ（午後六時）までには、まだ小半刻（三十分）はあろうか。

源九郎たちは陽が沈み、夕闇につつまれたころ樫村と塚本の住む家へ踏み込むことにしていたのだ。

長屋はひっそりしていた。聞こえてくるのは、子供の声だけである。女房連中は夕餉《ゆうげ》の支度を始めたところで、まだ亭主たちは仕事からもどっていなかった。いまが一番静かな時である。

「とっつァんは？」

茂次が訊いた。

「柳橋のたもとで、待っているそうだよ」

源九郎は孫六が出かける前に打ち合わせていたのだ。

両国橋を渡り、両国広小路に出たとき、暮れ六ツの鐘が鳴った。広小路から柳橋はすぐである。

柳橋のたもとに孫六の姿はなかった。いっとき待つと、孫六が慌てた様子で小走りにやってきた。急いで来たらしく、顔が赭黒《あかぐろ》く染まっている。

「すまねえ、待たせちまって」

孫六が荒い息を吐きながら言った。

「町方の動きは？」

すぐに、源九郎が訊いた。

「村上の旦那は、筑前屋が店仕舞いするときを狙って踏み込むようですぜ」

孫六は途中まで村上たちについて行き、日本橋を渡ったところで分かれて、ここへ駆けつけたことを話した。

「村上どのらしいな」

源九郎はいい判断だと思った。室町の表通りにある大店での捕物である。源九郎も大騒動にならずに一味を捕らえるには、店をしめる直前に踏み込むしかないだろうという気がしたのだ。

「急いだ方がいいぞ」

菅井が上空を見上げながら言った。

まだ、西の空は茜《あかね》色の残照に染まっていたが、物陰や軒下などには淡い夕闇が忍んできていた。夜の闇につつまれてから、間取りの分からない他人の家へ踏み込むのは危険だった。明るさの残っているうちに仕掛けたいのである。

「よし、いこう」

源九郎たちは足早に千住街道を北へむかった。駒形堂の手前で大川端へ出て、川沿いの道を歩いた。花川戸町はすぐである。

町家がまばらになり、左手に入る路地の角に赤い鳥居が見えた。稲荷《いなり》である。

「あの稲荷で、待っていてくだせえ」

孫六が言った。

すぐに、孫六が路地へ駆け込んだ。見ると、路地の突き当たりに板塀をまわした仕舞屋《しもたや》がある。孫六から聞いていた樫村と塚本の塒《ねぐら》らしい。孫六は、ふたりの様子を見にいったのであろう。

孫六は板塀の間からなかを覗き込んでいたが、すぐにもどってきた。

「いやすぜ」

孫六が目をひからせて言った。

「ふたりだけか」

「へい、ふたりの声が聞こえるだけでした」

「行こう」

脇で聞いていた菅井が言った。前髪が額に垂れ、双眸が薄闇のなかで底びかりしていた。陰気な顔に凄《すご》みがある。

「父上、わたしが塚本を……」

俊之介が震えを帯びた声で言った。顔が蒼ざめ、目がつり上がっている。気が異常に昂っているようだ。

「俊之介、わしも塚本とは決着をつけねばならぬ。ふたりでやるのだ。俊之介は、わしが声をかけたら斬り込め」

源九郎はめずらしく強い口調で言った。いまの俊之介では、塚本に太刀打ちできないとみていた。倅《せがれ》を、むざむざ殺されるわけにはいかなかった。源九郎の本心は、敵討ちより倅の命が大事だったのである。

「は、はい」

俊之介は眦《まなじり》を決するような顔をしてうなずいた。

四

障子がぼんやりと明らんでいた。家のなかからくぐもったような男の声が聞こえた。庭の先の座敷に、ふたりはいるらしい。

源九郎たちは板塀に身を寄せて、家の様子をうかがっていた。

辺りは濃い暮色に染まっていたが、上空には淡い残照があり、まだ、斬り合いのできる明るさは残っていた。かすかに大川の流れの音が聞こえてくる。人影のない、静かな夕間暮れである。

「庭に引き出すのが、手だな」

菅井が声を殺して言った。

源九郎は無言でうなずいた。家へ押し入るのは危険だった。物陰にひそんで不意打ちを喰らうおそれがあった。

「あそこに、枝折《しお》り戸がありやすぜ」

孫六が指差した。

庭に面した板塀に、枝折り戸があった。庭から路地へ出られるようになっているらしい。

「まず、わしと菅井、それに俊之介とで行く。孫六たちは、枝折り戸のそばで様子を見ててくれ」

そう言って、源九郎が足音を忍ばせて枝折り戸へ近寄った。菅井と俊之介が後につづく。

枝折り戸は簡単にあいた。庭に入ると、家のなかの話し声が聞こえてきた。話の端々に市蔵と寅次の名が出たが、内容ははっきり聞き取れなかった。

「塚本十四郎、樫村助次郎、出て来い！」

源九郎が声を上げた。

すぐに座敷の話し声がやんだが、動く気配はしなかった。おそらく、塚本と樫村は外の様子をうかがっているにちがいない。

「臆して、姿を見せられぬか！」

菅井の甲高い声が、静寂を突き破った。

その声で、衣擦《きぬず》れの音がし障子にふたつの人影が映った。

ガラリ、と障子があき、長身痩軀《そうく》の男が姿をあらわした。塚本だった。その脇に中背の男の姿もあった。こちらは樫村である。背後から行灯《あんどん》に照らされ、ふたりの顔は闇につつまれて表情は見えなかった。

「華町に、菅井か」

塚本が言った。黒い顔に、白い歯だけが見えた。源九郎だけでなく、菅井のことも知っているようである。

「塚本！　うぬに斬られた原島史四郎さまの無念を晴らす！」

俊之介が甲走った声を上げた。

「華町俊之介か。長屋へ踏み込む手間がはぶけたわけだな」

塚本の口からまた白い歯が見えた。笑ったらしい。

そのとき、源九郎の脇にいた菅井が、

「下りてこい、樫村、おまえの相手はおれだ」

そう言って、後ろに身を引いた。立ち合いの間を取ったのである。

「望むところだ」

樫村が庭へ下りた。

つづいて、塚本が庭に下り、源九郎の前に立った。鼻梁が高く、細い目が射るように源九郎を見つめている。華町家で対峙した男である。

俊之介が抜刀し、腰を低くして塚本の左手へまわり込んだ。

「華町源九郎、まいる！」

源九郎が抜刀した。

「おお！」

塚本も抜いた。

ふたりの間合は、三間の余。まだ、斬撃の間からは遠かった。塚本は八相に構えた。切っ先で天空を突くような大きな構えである。その長身とあいまって、上から覆いかぶさってくるような迫力があった。

源九郎は青眼に構えた。切っ先を敵の喉元につけ、全身に気魄《きはく》を込めた。源九郎の構えにも、そのまま突いてくるような威圧があるはずである。

塚本の八相と源九郎の青眼。敵を包み込むような大樹と、どっしりとした巌《いわお》のような構えだった。

俊之介も青眼に構えていた。腰が引け、切っ先が小刻みに震えている。それでも、気魄だけはあった。目をつり上げ、いまにも斬り込んでいきそうな気配がある。

源九郎と塚本は対峙したまま動かなかった。気魄で攻め合っていたのだ。ふたりの剣気がしだいに高まり、全身に気勢が満ちてくる。

そのとき、塚本が趾《あしゆび》を這わせるようにして、ジリジリと間合をせばめ始めた。源九郎は動かない。

すこしずつふたりの間合がせばまり、斬撃の気が高まってくる。

一足一刀の間境の手前で、塚本の寄り身がとまった。全身に気魄を込めて斬り込んでくる気配を見せたが、すぐに仕掛けてこなかった。また、ふたりの動きがとまった。痺《しび》れるような殺気が、両者をつつんでいる。

潮合だった。ふたりの剣気が限界まで高まっていた。

ふいに、塚本の全身から稲妻のような剣気が疾《はし》った。

イヤアッ！

鋭い気合が静寂を破り、一筋の刃光がきらめいた。

八相から源九郎の頭頂へ、塚本の凄まじい一撃が襲ってきた。敵の頭蓋を斬り割るような斬撃である。

刹那、源九郎は背後に身を反らせながら、刀身を逆袈裟に撥《は》ね上げた。

源九郎の左腕に疼痛がはしった。頭頂への斬撃はかわしたが、塚本の切っ先に左の前腕をとらえられたのだ。

同時に源九郎の逆袈裟の太刀も、塚本の右の前腕をとらえていた。

一合した瞬間、ふたりは背後へ大きく跳んだ。間合を取って、ふたたび八相と青眼に構え合った。

源九郎の左手から、血がタラタラと流れ落ちた。深い傷ではなかったが、皮肉を裂かれている。

一方、塚本の右手も出血していた。八相に構えた前腕から流れ出た血が袖口を赭黒く染めている。

「初手は互角か」

塚本がくぐもった声で言った。表情を動かさなかったが、双眸が炯々《けいけい》とひかっていた。手負いの獣のような凄みがある。

塚本は八相に構えたまま足裏をするようにして間合をつめてきた。剣気がみなぎり、全身が膨れあがったように見える。

源九郎は早い仕掛けを読んで、両足の踵をわずかに浮かした。一瞬の動きを迅《はや》くするためである。

一気に、塚本との間合がせばまった。源九郎は気を集中し、敵の斬撃の起こりをとらえて斬り込もうとした。

総毛立つような感覚が、源九郎をつつんだ。時がとまり、八相に構えた塚本の刀身だけが、眼前に迫ってくるように見える。

五

ヤアッ!

短い気合を発し、塚本が源九郎の頭頂へ斬り込んできた。

やや遠い間合だった。捨て太刀である。源九郎が後ろへ引いた瞬間、さらに二の太刀を伸ばして、頭を割る二段斬りである。

が、源九郎はこの二段斬りの太刀を読んでいた。後ろへは引かず、青眼から刀身を撥ね上げて、塚本の斬撃をはじいたのである。

キーン、という甲高い金属音がひびき、ふたりの刀身がはじき合った。

間髪を入れず、両者は二の太刀をふるった。

源九郎が敵の手元に突き込むような籠手《こて》をみまい、塚本が刀身を横に払った。

源九郎の左肩口の着物が裂け、塚本の右手の甲の肉がえぐれた。お互いの切っ先が相手をとらえたのである。

ふたりの動きはそれでとまらなかった。体を相手と交差させざま、源九郎は塚本の首筋をねらって刀身を撥ね上げ、塚本は胴を払おうと、刀身を大きく横に薙《な》いだ。

塚本の顎から血が噴き、生暖かい返り血が源九郎の顔にかかった。首筋を狙った源九郎の切っ先が、塚本の顎の肉を削いだのである。一方、源九郎の脇腹の着物が裂け、肌に細い血の線がはしった。

ふたりは、大きく間合を取って青眼と八相に構え合った。

塚本の顔と右腕が血まみれだった。右腕が小刻みに震えている。目がつり上がり、刹鬼《せっき》のような形相である。

源九郎の肩口と脇腹にも血の色があった。だが、深手ではない。薄く皮肉を裂かれただけである。

源九郎の口から喘《あえ》ぎ声が洩《も》れ、肩が大きく上下していた。激しい動きの連続で息が上がり、老いた体が悲鳴を上げているのだ。

「父上！」

そのとき、俊之介がひき攣ったような声を上げて間合をつめ始めた。塚本に斬り込んでいくつもりらしい。

「おのれ、小倅が！」

叫びざま、塚本が体をひねって俊之介の真っ向へ斬りつけた。

が、鋭い斬撃ではなかった。右腕の傷で、太刀筋が流れたのである。ヒッ、という喉のつまったような叫び声を上げ、俊之介が後ろへ跳んだ。塚本の切っ先は俊之介の鼻先の空を切って流れた。

この動きを、源九郎は見逃さなかった。塚本が斬り込むと同時に踏み込み、袈裟に斬り込んだ。

源九郎の刀身が塚本の肩から胸へと斬り裂いた。鎖骨が砕け、着物が裂けて露出した胸部の肉がひらき、血が噴き出した。

「お、おのれ！」

なおも塚本は八相に構えようとした。

だが、腕が上がらず、体が大きく揺れた。顔がひき攣っている。塚本はここにきて斬殺の恐怖に襲われたようだ。塚本は歯を剝《む》き出して喘ぎ声を上げながら後じさった。源九郎から逃れようとしたらしい。

「俊之介、いまだ。討て！」

源九郎が叫んだ。

その声に、弾かれたように俊之介が踏み込み、突きをみまった。体当たりのような激しい突きだった。

刀身が塚本の脇腹をつらぬき、切っ先が五寸ほども抜けた。俊之介は塚本に己の体を密着させたまま動きをとめた。見る間に、俊之介の顔と胸が塚本の胸部から噴出した血に染まっていく。

塚本は凄まじい形相で、俊之介の肩口を左手でつかんだまま佇立《ちょりつ》していた。血まみれの顔がゆがみ、キリキリと切歯している。

いっときふたりは体を密着させたまま動かなかったが、塚本が俊之介を押し退けようとして左腕を伸ばした。その拍子に刀身が脇腹から抜けて後ろへよろめき、腰から砕けるように尻餅をついた。

それでも、塚本は地面を這って逃れようとした。

「武士の情け！」

源九郎が塚本の背後に歩み寄り、刀身を背に突き刺した。

グッ、と呻《うめ》き声を上げ、塚本は身をのけ反らせたが、源九郎が刀身を引き抜くと前につっ伏した。背から血がほとばしり出ている。心ノ臓を突き刺したらしい。

塚本は伏臥したまま背を震わせて喘鳴《ぜんめい》を洩らしていたが、やがて動かなくなった。息絶えたらしい。

「父上……」

俊之介が血刀をひっ提げたまま近寄ってきた。返り血を浴びた顔や上半身がどす黒く染まり凄絶な姿をしていたが、その声には父とともに敵を討てた満足と安《あん》堵《ど》のひびきがあった。

源九郎は俊之介にうなずいただけで、菅井に目を転じた。もうひとり樫村が残っていたのである。

そのとき、菅井は樫村と対峙していた。すでに菅井は抜刀し、刀身を背後に引いて脇構えにとっている。

樫村は青眼に構えていた。刀身が笑うように揺れている。右の肩口の着物が裂け、血に染まっていた。菅井の抜き付けの一刀を浴びたようだ。

樫村の顔はゆがみ、目がつり上がっていた。恐怖と憎悪をごっちゃにしたような表情である。すこしひらいた口から弾むような息が洩れていた。

だが、樫村は戦意は失っていなかった。構えは乱れていたが、傷付いた野犬のような殺気がみなぎっている。

菅井は居合腰に沈めて身構えていた。居合の呼吸で、脇構えから斬り込むようだ。

ジリッ、ジリッ、と菅井が間合をせばめていく。樫村も引かなかった。

斬撃の間境の手前で、樫村が先に動いた。菅井の威圧に耐えられなかったにちがいない。

甲走った気合を発し、樫村が遠間から斬り込んだ。

青眼から真っ向へ。

菅井は樫村の斬撃を脇へわずかに跳んでかわしざま、刀身を横一文字に払った。払い胴である。

ドスッ、というにぶい音がし、樫村の上体が折れたように前にかしいだ。

菅井は樫村の脇をすり抜け、間合を取って反転した。

樫村は前に泳ぎ、左手で腹を押さえてうずくまった。腹が裂け、見る間に着物が朱に染まっていく。

菅井は素早く樫村の脇へ身を寄せると、振りかぶって刀身を一閃《いっせん》させた。

骨音がし、樫村の首ががっくりと前に垂れた。次の瞬間、首根から血が奔騰《ほんとう》した。

樫村は血を噴出させながら、いっときうずくまっていたが、首から前につっ込むように俯《うつぶ》せに倒れた。首根から血の流れ落ちる音が聞こえたが、そのうち出血もとまり、樫村は動かなくなった。

「見事だな」

源九郎が菅井に近寄った。

「そっちは？」

菅井が前髪を掻《か》き上げながら源九郎の方に首をひねった。

「てこずったが、始末がついたよ」

源九郎は背後に立っている俊之介に目をやりながら言った。俊之介は顔の血を手の甲で拭いながら照れたような笑みを浮かべた。斬り合いの高揚がいくぶんやわらいだらしい。

そのとき、枝折り戸の方から茂次、孫六、三太郎が駆け寄ってきた。三人の顔には喜色と安堵の表情があった。

「やっぱり父子《おやこ》ですぜ、旦那と俊之介さまは。同じように顔が真っ黒だ」

孫六が丸く目を剝いて、剽《ひょう》げた顔をして言った。

源九郎と俊之介は、相手の返り血を浴びて顔がどす黒く染まっていたのだ。

「こんなことまで、似たくはないな」

源九郎は、慌てて顔の血をこすり落とした。

六

「俊之介、支度はできたか」

源九郎が戸口から声をかけた。

昨日、御納戸の使者が俊之介に、出仕せよ、との沙汰を伝えた。それで、俊之介は家族を連れて六間堀町の家へ帰ることにしたのである。

源九郎は大きな風呂敷包みを背負っていた。俊之介たちの衣類の一部が入っている。長屋の者の手助けで、家から持ち込んだ所帯道具はあらかた運んであったが、残りの衣類を源九郎が背負って俊之介の家族を家まで送って行くのである。

戸口のまわりには、菅井、茂次、孫六、三太郎、それにお熊などの女房連中から子供たちまで、大勢集まっていた。長屋を出て行く俊之介の家族を見送るためである。

源九郎たちが塚本と樫村を斬って七日経っていた。この間、村上の手で市蔵一味の吟味がおこなわれ、越野屋の番頭、房蔵と手代の与吉殺しについて追及された。捕らえられた市蔵、源五郎、寅次、熊吉は白を切っていたが、村上の拷訊《ごうじん》に耐えられず、まず熊吉が口を割り、つづいて寅次と源五郎、最後に市蔵も白状した。

市蔵たちの自白から、市蔵の指示で塚本と樫村が房蔵と与吉を斬ったことが判明した。目的は越野屋の幕府との商いを破約するためだったという。

房蔵が幕府御納戸の小西や原島と商談を進めるために料理屋に出かけることを知った市蔵は、それを阻止するために房蔵を殺したのである。三百両は、辻斬りの仕業と見せるために房蔵のふところを探り、所持していた金を奪っただけだという。

また、越野屋の店内で暴れた旗本と従者も市蔵の差し金であることが分かった。旗本役は樫村で従者は寅次が化けたようだ。塚本がくわわらなかったのは、長身痩軀のため見破られやすいと判断したからだという。目的は越野屋の評判を落とし、筑前屋に客を呼び込むためである。

さらに、市蔵たちの旧悪も露見した。筑前屋を手にしたのも洲崎のひさご亭と同じように主人の信兵衛に博奕で借金をさせ、安く手放させたようだ。

筑前屋を狙ったのは、たまたま当時筑前屋の手代だった源五郎が博奕好きで、賭場へ姿を見せたためである。まず、市蔵は源五郎を手なずけて信兵衛をひさご亭に誘い、女や酒で楽しませた後で博奕に誘ったのだという。

市蔵は強欲で非道だった。筑前屋を手に入れただけでは飽き足らず、幕府御用達となって、呉服屋では江戸一と言われていた越野屋を追い越そうと手段を選ばぬ悪計を実行したようだ。あるいは、市蔵にはいずれ越野屋も手に入れたいとの腹があったのかもしれない。

こうしたことを源九郎は岡っ引きの栄造から聞いたのだが、その話のおりに、

「ところで、村上どのは塚本と樫村のことはどう処置したのだ」

と、源九郎が訊いた。当然、町方は塚本と樫村が斬殺されていることはつかんでいるはずだった。

「村上の旦那は、塚本と樫村は仲間割れの同士討ちだと言ってやしたぜ」

栄造は口元に笑いを浮かべて言った。栄造は、源九郎たちがふたりを始末したことを知っているのである。

「そうか。村上どのは炯眼《けいがん》だな」

源九郎は、とぼけた顔でそう言っただけだった。

さらに、源九郎は御小人目付《おこびとめつけ》の荒船から、その後、小熊や赤石がどうなったかも聞いていた。

源九郎から話を聞いた戸田はすぐに御目付に会い、小熊たちと市蔵とのかかわ

りをつぶさに話したという。

御目付から話を聞いた徒目付《かち》の飯坂は、まず御納戸衆の小池を捕らえて吟味した。激しい吟味に、小池が口を割ったことによると、小熊と赤石は筑前屋から多額の賄賂《まいない》を手にしていただけでなく、時服の購入などのおりにも筑前屋と組んで不正を働いていたという。

小熊たちの手口はこうである。幕府の時服の購入に際し、筑前屋に金額を水増しして請求させ、その差額を受け取るのである。

御目付は小池の口上書を元に小熊と赤石を詮議《せんぎ》した。ふたりは逃れられぬと観念し、事件とのかかわりを白状したという。

小熊は筑前屋からの賄賂と水増し金を使い、幕閣に取り入って栄進を果たそうとしたようだ。小熊は二千百石高の御作事奉行の座を狙っていたらしいという。御作事奉行は幕府の建造物の造営修繕などを掌《つかさど》る役なので、船問屋や材木商などとのかかわりで多額の賄賂を手にすることが可能と読み、その金を使ってさらなる栄進を果たそうとたくらんだのかもしれない。

「それで、小熊たちはどうなるな」

源九郎が荒船に訊いた。

「まだ沙汰はございませんが、切腹ということになるかもしれません」

荒船によると、小熊たちは筑前屋との不正だけでなく、原島殺しも詮議されたらしいという。己の不正を隠蔽するために原島殺しにかかわったと見なされれば、切腹は免れられないだろう。

「これで、始末がついたわけだな」

源九郎は原島の家族の怨恨《えんこん》もいくぶん晴れたのではないかと思った。俊之介も安堵したにちがいない。それに、源九郎には戸田があらためて俊之介を御納戸衆に推挙してくれる確信もあった。

「父上、お待たせしました」

俊之介が新太郎を抱きかかえて出てきた。六間堀町まで歩かせるのはかわいそうだと思ったのかもしれない。

新太郎は誇らしげな顔をして凧《たこ》を持っていた。俊之介が作ってやったものだ。竹籤《たけひご》に半紙を張り、筆で武者の絵を描いたものである。拙《つたな》い凧だが、新太郎は集まった長屋の者たちに見せびらかすように掲げていた。

その俊之介たちの後ろに君枝がつづき、綿入半纏につつんだ八重を抱いていた。八重は頬を桃のようにふくらませて眠っている。

「凧だ、凧だ！」

六助が声を上げた。すると、庄太や房七たち男児が、すごいな、いいな、正月に揚げられるぞ、などと口々に言いたてた。

新太郎は頬を紅潮させ目をかがやかせていた。凧の武者絵のようにちいさな口を一文字にひき結び、俊之介の肩口にまわした手に力を込めている。

俊之介は苦笑いを浮かべていたが、君枝に目配せしてゆっくりと歩きだした。源九郎と君枝がつづき、長屋の者たちがぞろぞろとついてきた。

冬の明るい陽射しが長屋を照らし、大勢の人影を長く伸ばしている。

双葉文庫

と-12-12

はぐれ長屋《ながや》の用心棒《ようじんぼう》
父子凧《おやこだこ》

2007年4月20日　第1刷発行
2015年1月13日　第10刷発行

【著者】
鳥羽亮《とばりょう》

【発行者】
赤坂了生
【発行所】
株式会社双葉社
〒162-8540 東京都新宿区東五軒町3番28号
［電話］03-5261-4818(営業)　03-5261-4833(編集)
www.futabasha.co.jp
(双葉社の書籍・コミックが買えます)
【印刷所】
慶昌堂印刷株式会社
【製本所】
株式会社若林製本工場

【表紙・扉絵】南伸坊
【フォーマット・デザイン】日下潤一
【フォーマットデジタル印字】飯塚隆士

ISBN978-4-575-66279-5 C0193
Printed in Japan

京都　風の奏葬

序　章　風の叫び

月明かりの竹林の中、尺八の音《ね》が聴こえている。風が竹を震わせて叫ぶ……そんな凄まじさを感じさせる曲だった。

周囲の竹が、その曲に呼応するかのようにザワッと鳴る。

竹の管《くだ》を通した風の音は、時にむせび泣くように低く震え、あるいは絶叫するかのように高く鋭い声を響かせ、交互にそのうねりを繰り返しながら、その場の張りつめた空気を揺さぶっている。

その竹林の小径を、和服の女が足早に歩いていた。

小径の先に、虚無僧《こむそう》姿の人物が一人、後ろ向きにじっと佇んでいる。

その姿を認めた女は、一瞬立ち止まったが、薄い笑みを浮かべながら、また足早に近づき、小さく声を掛けた。

虚無僧がゆっくりと振り向く。

天蓋《てんがい》は被ったままだったが、女は相手の様子に何かを感じたのか、はっとしたようにその足を止めた。

対峙した二人は、時間が止まったかのように、そのままの姿勢でじっと動かなかった。

暫くして、周囲の竹がまたザワッと鳴り、止まっていた時間が動き出す。

虚無僧は一、二歩女に近づくと、手にしていた尺八を振り上げ、なんのためらいも見せずに、女の頭部に振り下ろした。

女が小さく呻いて崩れ落ちる。

虚無僧は黙って見下ろしていたが、倒れ込んだ女の頭部に、更に容赦なく何度か尺八を振り下ろした。

そのたびに尺八が風を切り、短く鋭い唸りを上げる。

虚無僧はやっと動きを止め、また女を見下ろした。

そこにかすかな足音が響いてきて、虚無僧は慌てて立ち去った。

一陣の風が吹いて、今ここで起こった異常を報せるかのように、竹林の竹が一斉にざわめいた。

第一章　吹《すい》禅《ぜん》

1

「京都に行くんだって？」

歴史・時代小説作家の大生田郷士《おおのだごうし》が、アシスタントの神尾一馬《かみおかずま》に訊いた。

「明後日から『多美倶楽部《たびくらぶ》』の取材です」一馬が答える。

『多美倶楽部』は旅行週刊誌なのだが、一馬は大生田のアシスタントのほかに、いくつかの雑誌に記事を寄稿する、フリーのライターの仕事も持っていた。

大生田は現在五十八歳、七年ほど前に交通事故に遭い、その後遺症から下半身不随となってしまい、以後は車椅子での生活を余儀なくされている。当然、自らの取材旅行は思うに任せず、取材の一切を一馬に任せているのだ。

ライターの仕事も、大生田からの取材依頼がない時のために、その稼ぎへの配慮として大生田が世話してくれたものだが、一馬はその気遣いに大いに感謝している。

どちらの仕事もそろそろ六年になるのだが、なんとか順調にそれぞれの仕事にありつけている。

「編集長の園田《そのだ》君は元気か？」

「ええ、大生田さんによろしくということでした」

「たまには、ここにも来るように言っといてくれ。一杯やりたいってな」

「お伝えします」

「今の京都っていうと、やはり紅葉の取材か？」

今は十月の下旬だった。

「そっちの方は既に取材済みだそうで、今回は嵯峨野周辺の雑感ということでのオファーです」

嵯峨野の天龍寺境内近くにある豆腐料理店、嵯峨から亀岡までの七・三キロを走るトロッコ列車、保津峡《ほづきょう》の急流を船で下る保津川下り等々を、というリクエストだった。

「ふうん……俺流のこじつけでやっつけたらどうだ？」

「そのつもりです」と一馬は苦笑する。

確かに大生田は、ちょっとした材料から見事なこじつけを見せ、一馬の取材時には想像もつかなかったような小説に仕立て上げてしまうのだが、一馬は、大生田のそんな発想が楽しく、この頃では、大生田が喜びそうなネタの臭いを嗅ぎつけるそれなりのコツも摑んできている。

「でな、執筆に掛かるのはまだ先だから、ついででいいんだが、京都に行くんなら明《みよう》暗《あんじ》寺を取材してきてくれないか」

「ミョウアンジ？」

「虚無僧ってのは知ってるよな」

「尺八を吹きながら、托鉢して歩く人の事でしょ？」

「明暗寺は、虚無僧寺なんだとさ」

「そういうお寺があるんですか？」

「一応、普化を祖とする禅宗ということになっているようだ」

「フケ？」

「唐代の僧で、禅宗の祖師とされているんだが、風狂《ふうきよう》とか瘋癲《ふうてん》なんていう言葉は、もともとはその普化という僧を指す言葉なんだ」

「フーテンの寅さんのフーテンですか？」

「その瘋癲さ。普化ってのは、風変わりな行いをしていた禅僧で、そのことからつけられた言葉だと言われている」

「で、虚無僧で禅宗ということは、元々はお坊さんだったということですか？」

「いや、剃髪はしていないし、経を読むわけでもない。経を唱える代わりに尺八を吹く。これを『吹く禅』と書いて『吹禅《すいぜん》』と称しているらしいんだが、元々は、リストラされた武士が虚無僧なんてものを捻くり出したようだな」

「リストラ？」

「関ヶ原の合戦以後、おびただしい数の浪人が生まれ続けたよな？」

「なるほど……それは、まさにリストラですね」

「武士の半数が浪人になっちまったようなもんだから、新たな仕官先も早々には見付からない。そういう連中は、生活に困ったからといって、簡単に武士の身分を捨てる訳にはいかなかったんだろう」

「プライドが許さなかったたってことですかね」

「そんなとこだろうな。で、じり貧のくせに真面目に傘張りの内職なんてことをする気のねえ浪人達が、武士としてのプライドを守りながら、お布施で食いつなぐ手段として、勝手に虚無僧なんてことを名乗り始めたんだとさ」

「虚無僧って、もっと格好のいいイメージをもってましたけど、イメージが少し変わりましたよ」

「実は俺もそうなんだが、逆に、そこがちょっと面白いって思ったんだ」

「明暗寺って言えば、虚無僧は『明暗』て書かれた箱を首からさげてますね」

「あれは偈箱《げばこ》って言うんだが、昭和二十五年頃の映画に初めて登場して以来のことのようだ」

「えっ？　映画から出たものなんですか？」

「らしいぜ。江戸時代の虚無僧を描いた絵には、『明暗』の偈箱は全く見当たらないそうだ」

「へーえ」

「まあ、そんなこんなをフィクションとして、俺の方はどうこじつけるかだがな」

「次の作品は、虚無僧が主人公なんですか？」

「俺の中でもまだはっきりとは固まっていないんだが、サブの主人公に据えてみようかと考えてる。で、現代でも虚無僧がその明暗寺にいるらしいんだ」

「ほう……それは知りませんでした」

「実際の虚無僧から話が聞ければ、文献をあたるよりもっと生々しくて、詳しい話が聞けるかも知れないだろ？」

「なるほどね、判りました。京都行きは明後日ですので、こっちで少し下調べしてから、明暗寺に直接取材を申し入れてみますよ」

「千秋《ちあき》ちゃんにも会ってくるんだろ？」

「そのつもりです」

田村千秋は、三十歳の一馬とは五歳しか歳の違わない姪なのだが、京都の大学で古代史の研究助手をしている。

「よろしく伝えてくれ」

「ええ」

「それに、今の京都っていやあ、なんたって松茸料理だぜ。丹波の松茸を見繕って送ってくれよ」

「いいですよ。錦《にしき》市場にでも行ってみます」

「秋鱧《はも》なんてのもいいいな」

車椅子の生活になってからの大生田は、すっかり出不精になってしまったが、一馬が取材先から持ち帰ったり、現地から直接発送した土産と一馬の話を肴に一杯やっていると、自分でもその土地に行った気になるそうだ。

「お前さんからの土産と、見聞録を楽しみにしているぜ」

一馬は大生田に頷きながら、千秋を誘って、松茸料理をたらふく食べるというのもいいな、と心を弾ませた。

2

午後の三時過ぎに、一馬の乗った新幹線は京都駅に着き、ＪＲ奈良線に乗り換えて一駅目の東福寺駅で下車する。

千秋は一馬との待ち合わせに、京都洛南東山に建つ東福寺《とうふくじ》を指定してきた。

慧《え》日山《にちざん》東福寺は、臨済宗東福寺派の大本山で、京都五山に列する大寺院であるが、「洪基《こうき》を東大に亜《つ》ぎ、盛業を興福に取る」と、奈良の二大寺である東大寺の「東」と、興福寺の「福」に因んで名付けられた古刹である。

駅から十分ほど歩くと東福寺西側の月下門に出るが、更に塀に沿って歩き、本坊伽藍の最南端に位置する六波羅門から境内に入る。日本最古と言われる三門を抜けて本堂（本殿）に入り、四百円の拝観料で、開山堂（常楽庵）に至る橋廊の通天橋《つうてんばし》に向かう。

この時期、寺院内の渓谷を紅く染める二千本もの楓《かえで》が美しく、特に、本堂と開山堂とを結ぶ通天橋からの眺めは、俗に『通天紅葉《つうてんもみじ》』と呼ばれていて、京都を代表する紅葉美と絶賛されている処だが、一馬はその景観に思わず息を呑んでいた。

二千本もの楓が、午後の穏やかな陽を浴びて渓谷一面を埋め尽くしていたのだが、まるで真っ赤な炎に揺らいでいるかのように、圧倒的な迫力で迫っていた。思わずデジカメを取り出そうとバッグのファスナーを開けたが、すぐにその手を止めた。

人工的な画像に納めるより、目の前の感動的な風景を、しっかりと脳裏に刻みつけておこうと思ったからだ。

暫くその素晴らしい景観に目を奪われていると、「お兄ちゃま」と、後ろから声が掛かった。

振り向くと、女性を一人伴った笑顔の千秋が近づいてきた。

千秋は二十五歳だが、五歳年上の叔父である一馬を、子供の頃から「お兄ちゃま」と呼んでいる。

少々小柄だが、躰全体のバランスが整っているので、実際の身長よりスラリと高く見える。少々勝ち気そうに見えなくもないが、そのことが却って千秋を知的に見せている。

「待った？」千秋が訊いてくる。

「いや、少し前に来たところさ」

「そう……ああ、こちらは仁科《にしな》優衣《ゆい》さん。あたしの二年先輩で、同じ大学で近世日本史の助手をしてらっしゃるの」と、隣の女性を紹介される。「虚無僧や普化宗のことにも詳しいので来て頂いたのよ」

日本的な美人だな……と一馬は見とれる。細い眉と切れ長の目、すらりとした鼻は高からず低からず、それに真一文字に引き締められた唇がとても知的だ、と。

女性が自己紹介して名刺を差し出してきて、一馬も少し慌ててバッグから名刺を取り出して向ける。

受け取った名刺には、［京都麗華《れいか》大学　柿沼近世日本史研究室・研究助手　仁科優衣］となっていた。

「虚無僧についての取材だそうですね」優衣が訊いてくる。

「取材といっても、小説のネタですから、学術的なことより、埋もれている逸話みたいなものが知りたいんです」

旅行週刊誌の方の記事にも、虚無僧や尺八のことを織り込んでみようかと考えていた。

「大生田郷士先生の小説ですわね？」

「ええ」

「大生田先生の小説は、あたしも恩師の柿沼先生もよく読ませて頂いております」

「それはどうも……でも、日本史の専門家が読むと、随分なこじつけだと思うでしょ？」

「そのこじつけが楽しくて、時々騙されてしまいます」

「騙されたっていうことは、楽しんで貰ったたってことなんだって、大生田さんはいつもそんなことを言ってるんです」

「読み終わったあとで、やられたっていつも思います。でも、楽しませて頂いてますわ。それに、結構裏付けが取ってあるようですし、全くのでたらめでもないから、ついつい騙されてしまうんでしょうね」

「お褒めの言葉として、大生田さんにお伝えします。それに、取材の手伝いをしている僕も嬉しいですよ」

「あたしも、大生田先生のお役に立てればいいんですけど」と優衣が微笑んだ。

笑顔も素晴らしいな……と一馬はまた見とれ、何故か突然胸が騒ぐ。

「優衣さんのお祖父《じい》様が、今日、明暗寺で献奏なさるそうよ」千秋が言う。

「えっ？　ああ、そう」

優衣に見とれていた一馬は、慌てて答えた。

「祖父は明暗導主《みょうあんどうしゅ》の一人なんです」

「明暗導主？」

「ええ、明暗流尺八の師範なんですけど、この流派に伝わる本曲の三十三曲を修得した人だけが名乗ることが出来るんです」

因みに『本曲』とは、琴や三味線との合奏ではなく、尺八のみで演奏される伝統的な曲のことであり、虚無僧の吹いた曲はすべて本曲と称されている。また、『献奏』とは、明暗寺の開祖である虚竹禅師《きょちくぜんじ》に、経を唱える代わりに尺八の吹禅をすることだという。

「それは楽しみだなあ」

「では、こちらに」と、優衣がまた微笑み、クルリと背中を向けて歩き出す。肩までの黒髪がフワリとそよぎ、秋の爽やかな風が香ったように感じられ、一馬はその後ろ姿を、うっとりと見詰めたまま佇んでいた。

「はい、お兄ちゃま、口閉じて」

小癪な姪にそんな事を言われてしまった。

3

明暗寺の周囲を巡らす白壁の内側からも、真っ赤に色づいた楓が溢れ出ていた。

山門をくぐると、自然に生え育ったと思われる、絨毯のようにきめ細かな白緑色をした苔庭に出た。

その庭の片隅に、『吹禅』と彫られた石碑がある。

本堂に近づくと、八十歳前後と五十代半ばと思える虚無僧姿の男性二人が待っていた。

「お待たせしたかしら？　お祖父様」優衣が言う。

「いや、今来たところだ」と老輩の男性が答えてから千秋に目を移し、「暫くだね」と笑顔を向ける。

「ご無沙汰してます。お変わりございませんか？」千秋も笑顔で応えた。

「私は相変わらずさ」

「とてもお元気そう」

優衣が二人の男性を一馬に紹介してくれる。

一人は優衣の祖父の仁科照道《しょうどう》、もう一人の男性はその高弟で高槻欽吾《たかつききんご》とのことだ。

一馬は二人に頭を下げて自己紹介する。

二人ともあまり背は高くないが、背筋を凛と伸ばした立ち姿は堂々としていて、虚無僧が武士であったということを、改めて一馬に感じさせた。

「伊沢さんは？」優衣が訊く。

「来るはずなんだが、まだのようだ」

「そう、じゃあ、もう少し待たせて頂くわ」

「いや、そのうちに来るだろうから始めていよう。住職は留守なんだが、許可を頂い

ている から献奏させて頂くよ」

現住職は平住恵光《ひらずみえこう》師とのことだが、平住師は臨済宗東福寺の僧侶であって普化宗の僧侶ではないのだ、と、ここにくる道すがら、一馬は早速優衣からレクチャーを受けていた。

「それに、虚無僧が明暗寺に常駐しているわけではないんです」と優衣は言った。

「あくまでも平住師の好意によって、善慧院の一室を借りて、『明暗教会』というかたちで存続しているに過ぎないんです」

明治政府の太政官布告《だじようかんふこく》による廃仏毀釈《はいぶつきしやく》で、明暗寺は一時廃寺されたが、それは普化尺八の廃宗時期でもあった。しかし、明治二十三年、京都の樋口対山《ひぐちたいざん》師が明暗三十五世法系看首《ほうけいかんしゆ》に着座し、明暗尺八は復興されたが、それは現代の虚無僧の復活とも言え、現在は四十一世児島抱庵《こじまほうあん》師に継承されている。

照道導主のあとについて本堂に上がる。

本堂正面の祭壇には、尺八を吹く姿の虚竹禅師の像が祀られているが、普化宗廃寺後、虚竹禅師の像と位牌はここに移されたとのこと。

照道と高槻は、虚竹禅師像の御前に着座し、両手に尺八を捧げ持つようにして拝礼した。

後ろに座った三人もそれに倣うように、床に両手を突いて拝礼する。

二人が尺八を構え、そして献奏を始めた。

『虚霊《きよれい》』という尺八本曲です」一馬の隣に座る優衣が囁く。

ああ、これが……と一馬は頷いた。

東京を発つ前に、インターネットと国会図書館の資料を漁って少し調べてきていたので、その曲名は知っていた。

明暗寺系の記録書である『三虚霊譜弁《さんきよれいふべん》』によると、「三虚霊とは、一に霧海篪《むかいじ》、二に嘘鈴《きよれい》（虚霊）、三に虚空（虚空鈴慕《こくうれいぼ》）とし、それを古伝三曲と言う」とある。

続けて二曲が献奏されたが、やはり三虚霊のうちの二曲、『霧海篪』と『虚空鈴慕』だと優衣はまた囁いた。

三曲の献奏を終えた二人は、再び尺八を押し頂くように拝礼すると、後ろの三人に向き合った。

「如何かな？」照道が一馬に訊いてくる。

「とても感動しました。簡単には言葉で言い表せませんが、一本の竹に息が吹き込まれただけというのに、そこから生まれた音には様々な表情があって、心が揺さぶられるようでした」

フルートのような西洋の楽器は、濁りのないクリーンな音質と音色、そして、正確な音律を発音し易くするための機能を優先させる改良が加えられてきた。目指す音楽の違いなのだろうが、そういう楽器では、とても尺八のような素朴な音色や音質は表現出来ないだろうと感じられた。

「尺八は本来は楽器ではなく、法器なんだそうですね？」一馬は早速取材のための質問を始めた。

法器とは、仏法のために用いられる道具、つまり仏具の事である。

「無論、楽器でもあるが、他の邦楽器とは元々のスタートが違っていたということだろう。だから、私達は経を唱える代わりに尺八の吹禅をするわけだ」

「今の献奏を聴かせて頂いて、それを実感しました」

「虚無僧は、托鉢しながら各地の普化寺で献奏させて頂くのだが、献奏先のお寺で朱印を頂くことになっている。楽譜にも心を入れて頂くわけだね。虚無僧にとっての尺八の吹禅は、あくまで修行ということなんだ」

照道は、懐から折り畳まれた和紙の楽譜を取り出して開いて見せてくれたが、既に朱印で真っ赤になっていた。

「僧侶の経の修行と同じということですね？」

「いつもそう思って吹禅している」

そのあと一馬は、あらかじめ調べてきたことを基に質問していき、照道はその一つひとつに丁寧に答えてくれた。

これから東京まで出掛けるので明日一杯は留守にするが、明後日の午後にでも自宅に来られるのであれば、もっと詳しい話が出来ると照道は言ってくれた。

無論、その申し出に一馬は頭を下げ、丁重に礼を述べて明暗寺を辞した。

4

東福寺駅から京阪本線に乗り、四条駅で下車。鴨川に架かる四条大橋を渡り、木屋町通を右に曲がる。先斗町にある店の格子戸を一馬は開けた。

「あっ、神尾はんや、千秋はんも……お帰りなさい」と、カウンターの中から女将の声が掛かった。

リピーター客に対しては、「おこしやす」ではなく、「お帰りなさい」と声を掛けてくれるのだが、これはなかなか気分のいいものだと、ここに来るたびに一馬は思う。

屋号は『華乃家《はなのや》』、三十代半ばの夫婦二人でやっているおばんざいの店で、白木のカウンターに十席ほどの椅子が並んだだけ、という小さな店だった。

何年か前の初夏に偶然立ち寄った店なのだが、ここで出された大将の調理の腕に感動した一馬が、途中から取材に切り替えたいと思い立ち、その旨《むね》を二人に伝えて協力して貰ったことから、京都に来るたびに顔を出している。

時間が早いせいか客の姿はなく、千秋、優衣、一馬の順に、奥から並んで座る。

「いいお店ですね」と、店の中を見回して優衣が言う。

「京都に来るたびに寄らせて貰っているんだ。大将の料理の腕に惚れ込んでね」

カウンターの中から、包丁を使っていた大将が会釈してくる。

すぐに女将からおしぼりが手渡され、先付けの小鉢と箸が出される。今日の先付けは、鱧皮の二杯酢。

まずはビールを注文する。

「半年ほど前やったね、この前おいやしたのは」と、一馬にビールの瓶を向けながら女将が言った。

「そう、春だったからね」

「今回も、大生田センセの取材おすかあ？」

「旅行雑誌の取材がメインだけど、大生田さんの次の作品の取材も兼ねてるんだ」

「サトはんもお変わりあらしまへん？」

「うん、相変わらず元気が着物着ているようだよ」

「またお連れしておくれやす」

「うん、是非……たまには親孝行しなくちゃね」

「サトはんは、神尾はんのお母はんみたいなもんや、そない言うてはりましたものなあ」

「そう、サトさんは僕の第二の母さ」

そのやりとりを聞いていた優衣が、「どういうかたなんですか?」と訊いてくる。

「お兄ちゃまの育ての親よ」千秋が答える。

サトは、一馬が生まれ育った神尾家のお手伝いをしていた人で、今は神尾家を出た一馬と一緒に暮らしている。

一馬や千秋の実家である神尾家は、年商八千数百億と言われる総合商社の神尾物産を経営する神尾財閥なのだが、一馬の母志保《しほ》は二十四歳の時に、四十六歳だった父達《たつ》也《や》のもとに後妻として嫁いだ。

嫁入りする志保に付き添ってきたのが、志保の実家である前島家で長年お手伝いをしていたサトだった。

達也には、長男章一《しょういち》と長女妙子《たえこ》(千秋の母)という先妻の子供が二人いたのだが、二人は、後妻である志保とはいくつも歳が離れてないこともあって、初めから志保を自分達の母親とは認めず、当然、腹違いの弟として生まれた一馬をも疎外し続けた。

それは、大勢の使用人達の態度からさえも感じられた。

そして母は、一馬が中学に入学した年に逝った。

一馬はその時、使用人達も含めた大勢の人々が暮らす神尾家の中にあって、天涯孤独という身の上であるかのような、とてつもない寂しさと悲しさに打ちひしがれていた。

優しかった母を慕い、その死を悲しみ、いつまでも母への想いを募らせたまま、自分の中に閉じ籠もっていたのだが、やがて、家族や使用人達に対して反発するようになっていった。

そんな不安定な精神状態にあった十三歳の一馬にとって、サトは唯一安心出来る存在であり、亡くなった母同様、一馬を温かく包み込んでくれていた。

悲しみや心細さからくる不安を撥ね返そうと、周囲の者達に反発していた十三歳の一馬に、「全てあたくしにお任せなさいませ、ぼっちゃま。ここでは今、あたくしも随分やり易くなっておりますからね」とサトは胸を叩いて見せた。

サトはその頃には、神尾家の使用人達の心をすっかり摑んでしまっていて、いつの間にか彼らの中心的存在という位置に座ってしまっていたのだ。

また、「前島家は直参旗本の出でございます。世が世であればお母様はお姫様、ぼっちゃまは若様なのでございます。神尾などという、ついこの前までは何処の馬の骨とも知れぬ者の家とは、格というものがまるで違っております……」と、そんなことを常に言っていて、それは今でもサトの口癖となっている。

何よりもサトは、病弱だった志保に代わって、ＰＴＡに、遠足に、運動会にと、学校の行事のほとんどに付き添ってくれていて、一馬にとってはまさに母親代わりだったのだ。

一馬は、大学卒業と同時に神尾家を出る決心をした。

その決意を告げた一馬にサトは頷き、「これで何処かのマンションでも借りるなり買うなり致しましょう」と預金通帳を見せた。

一馬の母から預かっていたものだと言い、「あたくしもご一緒いたしますわよ」それが当然とでも言うようにそう言い切った。

それから八年余り、サトはそろそろ古希（七十歳）を迎えるはずだが、元気の方は相変わらずのようだ。

「千秋ちゃんは、神尾さんをお兄ちゃまって呼んでいるけど」と優衣が言った。「本当は叔父様なんでしょ？」

「そうよ、五歳しか違わないけど」

千秋の母の妙子は、神尾物産社員である田村の元に嫁ぎ、神尾家の広大な敷地内に居を構え、千秋はそこで産まれたのだ。

神尾家の者達からは疎まれていた志保や一馬だったが、千秋は物心がつくかつかないかの頃から、「お兄ちゃま、お兄ちゃま」と、戸籍上では叔父である一馬にまとわりつき、それはある程度の年齢になっても変わらず、今でも一馬を実の兄のように慕い、一馬も千秋には妹のように接している。

「何かお造りしまひょかあ？」女将が訊いてくる。

「今の時期は松茸だよね？」一馬が訊く。

「旬ですさかい、丹波のええもん揃えてますえ」

「じゃあ、松茸で何か作って貰おうかな」

「いいわね」と千秋も頷く。「あたしも頂くわ。それと何かお造りをお願い」

「戻り鰹は如何やろ」

「それもいいわね」

「そちらのお嬢はんは、どんなものがよろしおすやろ」

女将が優衣に訊いてきて、優衣は「お二人と同じものを」と答えたが、すぐに、

「ああ、紅葉《もみじ》の天麩羅は出来るかしら」と訊く。

「へえ、季節もんですさかい」

「では、お願いします」

「ああ、僕も食べたいな」

「あたしも……」と千秋も頷き、「それと、あとは大将のお任せで、どしどし腕を振るってよ。今日は何しろお兄ちゃま……というより、大生田先生の奢りだもの」と言う。

一馬は苦笑し、優衣もクスッと笑う。

いい笑顔だな……と一馬はそれをうっとりと見詰めた。

その一馬の顔を、千秋が悪戯小僧から目玉だけ借りてきた、というような小癪な表情を浮かべて覗き込んでくる。

「そういえば、なんで『おばんざい』って言うのかしら」優衣が訊く。「今まで考えたことなかったわ」

「お晩材、お晩菜、お万材、お万菜……どれもが正しくて、どれもにこれといった根拠はないそうよ」千秋が答える。「美味しければ、ただの『おばんざい』でいいんじゃないかしら……って、みんな女将の受け売りだけど」

「それもそうね、美味しければいいもの」

先付けに出された鱧皮の二杯酢の小鉢を肴にして、ビールをゆっくりとやり取りしているうちに、戻り鰹のお造りと紅葉の天麩羅が出てくる。ビールを伏見の清酒に代えたあたりで松茸の土瓶蒸しが出てきて、その香りがプーンと漂った。

張り切った大将はそのあとも、京人参や聖護院大根といった京野菜と鰯のつみれの炊き合わせ、秋鱧のすり身に青豆で彩りを添えた「萩真丈《はぎしんじょう》」、伊勢海老の切り身に生姜と柚子の風味をきかせた椀と、次々に腕を振るってくれた。

大将の腕にそれぞれ唸っているところに格子戸が開き、女将の「お帰りやす」に迎えられて、「よう、神尾さんじゃないか」と亜細亜日報・京都支局社会部記者の勝田《かった》利明《としあき》が入ってきた。

5

「こっちに来るんなら、報せてくれればよかったじゃないか」

一馬の隣に座った勝田が言った。

「そう思って、何度か携帯に電話したんですけど、ゆうべは繋がりませんでしたよ」

「ああ、夕べはヤマが発生してね。所轄に詰めてたんだが、携帯は電池切れしてたんだ」

「それに、どうせこの店で会えると思ってましたから」

「それもそうか……俺はほとんど毎日、ここに晩酌やりにくるからな」

勝田は東京下町の入谷の出身だったが、四年前から京都に単身赴任していた。年齢は三十九歳。

半年ほど前、一馬が京都に取材に来た時に偶然知り合い、この店を紹介したのだが、勝田はすっかり気に入り、それからは毎晩のように顔を出しているらしい。

「そちらの女性は？」勝田が優衣に顔を向けて訊く。

「仁科優衣さん」千秋が優衣を紹介する。「あたしの先輩で、近世日本史の研究助手をしてらっしゃるの。お兄ちゃまが虚無僧の取材だっていうんで紹介したのよ」

「虚無僧の取材？」

「ええ、大生田さんの次の作品の準備です」

「ふうん……夕べのヤマは、その虚無僧絡みなんだ」

「ほう……どういうことですか？」

「現場は三十三間堂近くの竹林の中、ガイ者は三十二歳の女性なんだが、その現場付近で虚無僧姿の男が確保されたんだ。その男が血痕の付着した尺八を持っていた」

「それが凶器ということですか？」

「らしいな。ガイ者は頭部をめった打ちにされてて、尺八に付着していた血液型も、ガイ者のものと一致したってことだからな」

「で、自供したんですか？」

「それがなあ、妙な案配なんだ」

「というと？」

「自分のことを全く覚えてないんだ、その男」

「記憶喪失……ということですか？」

「らしい。所轄では頭を抱えてるよ」

「偽装ってことはないんですかね」

「どうやら本物の健忘症のようだ。もっとも、それが一過性のものか、どうかってことだがな」

記憶喪失とは、脳の疾患または外傷による損傷、あるいは重度の情緒的外傷（ストレス）などに起因して記憶を喪失する状態のことをいうが、正しくは『健忘症』と言う。

「後頭部に見事なタンコブこさえてたってことなんで一過性ということも考えられるが、このまま記憶が戻らなければ、顔写真を公開して身元の確認をすることも考えてるようだ」

「この京都で虚無僧の格好してたってことだと、明暗寺系の虚無僧ってことじゃないんですか？」

「たしかに『明暗』と書かれた箱……偈箱っていうのを胸から下げていたそうだ」

「でも、明暗寺に虚無僧は常駐していないそうですよ」と、優衣からのレクチャーを思い出して言った。

「そうなんだってな。で、『明暗教会』ってとこの名簿をもとに、会員を一人一人あたってるらしいが、全国に二百人ほどいるってことだから時間が掛かるかも知れない」

先ほど会った照道や高槻にもあたったのだろうか、と一馬は思い、優衣を見てみる。

優衣はそれを察したのだろう、一馬を見て小さく首を傾げた。

「身元が判るものを、何も身につけていなかったってことなんですね」

「ああ、何も……いや、一つだけ妙なものを持っていたってことだ」

勝田は手帳を取り出して開き、『風動之肆』と書かれた部分を一馬に指差して見せる。

「なんです？　これ」

「尺八の譜面だってことだが、『風動之肆《ふうどうのし》』って曲のようだ」

「えっ！」と優衣が小さく声を上げた。

「何か？」勝田が気負い込んで訊く。

「ひょっとして、その人の左手の甲に火傷の痕が……」

「心当たりが？」

「いえ、ちょっと……」

「もしそうなら、心当たりがあるんだね？」

「いえ、そういうわけでは……でも……」

何故か優衣が勝田から目を逸らせた。

　勝田はじっとその横顔を見詰めていたが、「とにかく……その件を確認してみよう」と携帯電話を取り出した。

「ああ、勝田だ。七条《しちじょう》署のヤマなんだが、捜査本部にちょっと確認してくれないか。確保された記憶喪失の男なんだが、左手の甲に火傷の痕はなかったか？　いや、ちょっとした情報が入ったんだが、まずはそのことを確認してくれ……ああ、待ってる。じゃあな」

　勝田は通話を切り、また優衣を見たが、優衣はかすかに俯いたまま顔を上げない。

　勝田は優衣を見詰めたまま、「湯葉のお造りを貰おうか」と、勝田のここでの定番となっている肴を、カウンターの中にリクエストする。

　一馬が勝田に徳利を向け、勝田はやっと優衣から目を逸らせてそれを受けると一気に空ける。また一馬が注ぎ、勝田が返杯してくる。そのやり取りを繰り返していたが、そのあいだ、優衣は顔を上げなかった。

　勝田の携帯電話のベルが鳴る。

「勝田だが……うん？　そうか、判った……いや、またこっちから電話するから待機してくれないか。じゃあな」

　通話を切った勝田は、優衣を見た。

「その男の左手の甲に、火傷と思われるケロイドがあるそうだが、何か知ってるね？」

優衣はゆっくりと顔を上げると、小さく、だがきっぱりと頷いた。

そして、「その人のところに、連れてって頂けますか？」と言った。

6

「どういうことかしら」千秋が呟くように言う。

「さあ……」と、一馬も首を傾げた。

勝田が優衣をともなって店を出て行き、二人は徳利と猪口を傾け合っていたのだが、大将が腕によりを掛けてくれた料理が目の前に並んでいるにもかかわらず、なんとなくそれに舌鼓を打つ心境ではなくなっていた。

「冷めないうちにお召し上がりやして」と女将が勧めてくる。

二人は顔を見合わせて小さく息を吐いたが、一馬が箸を取り、千秋の前の戻り鰹に手を伸ばす。

「そうよね、折角のお料理だもの、優衣さんの分も頂くわ」千秋も明るくそう言って箸を付け、「やっぱり美味しいわ、大将のお料理は」とニコリとする。

「優衣さんは京都訛りがないけど、東京の人？」一馬が訊く。

「元々は世田谷の成城よ。京都にいらしてからもう十年かしら。気になる?」

「気になるね、とても素敵な女性だし」

一馬が居直ったように言うと、小癪な姪はクスッと笑った。

「でも、確かに素敵な女性よね、優衣さん。大学でも、独身の先生や職員の人達から注目の的よ。学生達からもね。だから競争率とっても激しいわよ、お兄ちゃま」

千秋はそう言ったが、千秋も大学関係者や学生達から結構人気があると聞いている。

不意に一馬の脳裏に優衣の笑顔が蘇り、途端に胸がときめく。少し酔ってきたかな……と、小さく頭を振った。

「でも、本当にどういうことかしら」

「優衣さんの知っている人なんだろうな、さっきの様子では」

「みたいね。でも、殺人事件に関係してるなんて」

「どう関係してるか、だけどな」

「そうだけど……さっきの優衣さんの様子、少し心配だわ」

確かに、先ほどの優衣の様子は尋常ではなかった、と一馬も頷く。

そこに、一馬の携帯電話のベルが鳴る。勝田からだった。

「これからそっちに戻って飲み直したいから、待っててくれよ」

「いいですけど、優衣さんは？」

「サツの旦那に取り込まれちまった。こっちは蚊帳の外さ。まあ、詳しいことは、そっちに行ってから話すよ。じゃあな」

通話を切った一馬は、勝田が戻って来るそうだ、と千秋に伝える。

暫くは料理と酒に専念し、カウンターの中の二人と取り留めのないやり取りを交わしていると、勝田が戻ってきた。

「やっぱり優衣さんのお知り合いだったの？」早速千秋が訊く。

「ああ、知ってる男だった」

多賀純一《たがじゅんいち》という三十三歳の男性だそうだ。

「優衣さんの親父ってのは、八年前の事件で殺害された、あの江森健一郎《えもりけんいちろう》なんだってな」

「そうよ」

「えっ！　歌謡曲の作曲家の？」一馬は思わず訊いていた。「事件当時、マスコミで随分と騒がれましたよね」

「ああ、その江森健一郎だ。いろいろな尾ひれまでついて、テレビのワイドショーやら芸能週刊誌が大騒ぎしてたな」

江森健一郎は、数々のヒット曲を世に送り出した作曲家として知られていた人物だが、八年前、自宅で何者かに撲殺されてしまった。

現場の状況から怨恨の線での捜査が進められたが、事件は未だに解決されていないはずである。

「優衣さんのご両親は、その二年ほど前に離婚してたの。だから、お母様と京都のご実家に戻ったあとに起きた事件よ」

「多賀って男は、江森の専属アレンジャーだったそうだが、当初警察では、その事件の容疑者の一人と考えていたらしい。一応アリバイが証明されて捜査圏外となった。ところが、その直後に突然行方不明になったらしい」

「行方不明？」

「ああ、八年間行方不明になってた男が、やっと現れたと思ったら記憶を失ってたってわけさ」

「さっきの優衣さんは、尺八の曲名を聞いたところで何かに気付いたようでしたけど」一馬が訊く。「優衣さんは、なんでその曲名を聴いて、多賀って人のことに気付いたんでしょうね？」

「その曲は、多賀って男が作曲したんだとさ。『風動之壱《いち》』から『弐《に》』『参《さん》』『肆《し》』と四曲あるそうだが、四番目の『肆』は、江森健一郎が殺害された事件の直前に作曲したんだそうだ。多賀はその直後に行方不明になってるから、当然、多賀以外は吹けないってことさ」

「なるほど……その曲の譜面を持っていたってことで、優衣さんはその人だと気付いたってことですね？」

「それに、左手の甲の火傷の痕でな」

「ということは、その曲の存在を優衣さんは知っていたってことですよね」

「となるんだが、そこまでの話を聞いたところで、俺達は捜査本部を追い出されちまった。まあ、あとでもう一度じっくりと訊くつもりだがな」

「多賀って人は、八年前の事件のあとで行方知れずになったってことですね？」

「ああ、その時に何かあったのかも知れない。で、その事件のことを、社のスタッフが洗い直してる。何か判ったら連絡が入るはずだ。無論、警察でも調べ始めただろうがな」

「今回の事件にも、何か関わりがあるのかなあ」

「さあな……まあ、そのうちに何か出てくるだろうし、あとは同僚に任せたから、今日は俺は上がりってことで飲み直しだ。湯葉のお造りを作り直して貰うかな」

勝田が改めてここでの定番を注文し、一馬は勝田の猪口に酒を注ぐ。

「事件は、どういう状況だったんですか？」

「現場は、三十三間堂近くの小さな竹林だ」

被害者は、京菓子の老舗《しにせ》として知られる『さやま』の六代目経営者の妻・佐山響子（三十二歳）という女性だという。

「遺体を発見したのは、現場付近に住んでる爺さんなんだが、事件のあった時刻に、竹林の中から尺八の音が聴こえていたそうだ」

「多賀という人物が吹いていたんでしょうか？」

「その可能性は高いな。遺体を発見した爺さんは尺八の製作家で、自分でも尺八を吹くし、コンクールの審査員もやってるそうだ。だから、ほとんどの本曲は聴けばなんのどういう曲か判るんだとさ。ところがその時の曲は爺さんの全く知らない曲だった。しかもかなりの腕を持った演奏だったらしい。で、その音に誘われて竹林に入ったところで遺体を発見したというわけだ」

「知らない曲というと、例の『風動之肆』という曲……」

「爺さんからの話を聞いていた捜査本部では、多賀に楽譜を見せて吹けるのかと訊いてみたところだな、多賀は暫く楽譜を睨んでいたが、きっぱりと頷いたそうだ。で、それを演奏させて爺さんに聴かせてみたら、事件の時刻前後に聴いた曲に間違いないと答えた」

「間違いないんでしょうかね」

「今朝、俺と同僚はその爺さんからいろいろと聞き出したんだが、爺さんは確信をもって頷いていた。しかも、同じ曲を二度聴いたそうだ」

「二度？」

「ああ、二度目は途中で終わったそうだが、素晴らしい曲だ、と爺さんは唸ってた」

犯行時刻前後の事件現場から、今のところ多賀という人物以外は演奏不可能と思える曲が聴こえていて、その尺八には被害者の血痕が付着していた。ということは、多賀という人物が事件に関係している可能性は極めて高いと思われる。

「多賀という人の記憶がないということは、被害者の女性との関わりとか動機も判らないんでしょうね」

「今のところはな。そんなところに、俺が優衣さんを連れてったというわけだ。だから、優衣さんという存在は警察にとって、それこそ宝物を掘り当てたようなもんだろう」

優衣の名が出て、隣に座った千秋が大きな吐息をこぼした。

思わず一馬も、千秋に負けないほどの大きな溜息を吐き出していた。

7

翌朝、一馬は九時過ぎに四条烏丸《からすま》のホテルの一室で目覚めた。

今日は旅行週刊誌の方の取材をするつもりだった。

ホテル内で簡単な朝食を済ませ、千秋の勤める京都麗華大学に向かう。

今日も千秋が取材に付き合ってくれることになっているのだが、大生田の小説のネタに、貴重な資料を度々提供してくれている、千秋の恩師の志村《しむら》教授にも挨拶したいと思ったのだ。

大学のB号館の二階に上がり、〈志村研究室〉のプレートが掛かったドアをノックし、中から千秋の返事を待って開ける。

散らかってるけど適当に座って、と千秋に言われ、一馬は中央のテーブルの回りに据えてある椅子の一つに腰を下ろした。

「気をつけてね、うっかり触ると資料が雪崩《なだれ》を起こすから」

千秋はそう言ってクスッと笑い、コーヒーを入れると言って隣の部屋に行った。

確かにテーブルの上は、様々な資料が山積みになっていたが、志村の頭の中には、どの資料がどの辺りに埋没しているのかの地図が出来ているそうで、うっかり動かされると行方不明になってしまうのだそうだ。

だが行方不明事件は度々発生し、その都度千秋を始めとする助手や学生達による捜索隊が出動するのだ、と千秋は呆れている。

ドアが開き、「やあ、一馬君」と志村が入ってきた。

無精髭、脂気のないボサボサ頭、口から覗く歯は煙草のヤニで汚れている。そんなむさ苦しい三十八歳のバツイチ男が、千秋が師と仰ぐ志村佑介《ゆうすけ》教授だった。日本古代の都市の歴史と文化について……を研究内容としていて、この分野では我が国の第一人者でもある。

志村は一馬の隣の椅子に腰を下ろし、煙草に火を点ける。

千秋は、志村の登場を予期していたかのように、三つのマグカップを盆に乗せて隣の部屋から出てきた。

「はい、先生。お目覚《めざ》よ」と、資料が散乱するテーブルのわずかな隙間にカップを置き、一馬にも手渡す。

「取材かい？」志村が訊いてくる。

「ええ、旅行雑誌の取材なんですけど、例によって、大生田さんの方の取材も絡めてます」

「ふうん……今度はどんなテーマだい？　大生田先生の小説は」

「虚無僧だそうです」

「虚無僧？　じゃあ尺八だ」

「はい、尺八も一応は取材対象ですね」

「正倉院に何本か保管されてるし、聖徳太子の物と思われるのも残ってるんだよ」

「聖徳太子と尺八というのはイメージになかったですね」

「今の尺八のように演奏するんではなくて、雅楽用の楽器だったと考えられるね」

「元々は中国から伝来した楽器みたいですね？」

「ということだけど、一休禅師と尺八というのも深い繋がりがあるんだ」

「一休禅師って、とんちの一休さんですか？」

「そう、『この橋（端）渡るべからず』の一休さんさ」

南中国から芦安《ろあん》（朗庵）という異人僧が、管長一尺一寸二分の笛を持って渡来した。その笛は、日本では一節切《ひとよぎり》と呼ばれるものだが、その文字が表す通り、竹の節が一本だけの短めの尺八だった。

「一休禅師はね、その芦安に、『あんたの言葉は判らないので説教は無理だけど、その一節切の音楽は誰にも判るので、その笛を吹奏して行脚したらいい』って言ったんだ。それで芦安は一節切の吹奏行脚をして歩いたらしい」

「へーえ、一休さんと尺八ですか」

「まあ、それにも諸説があって、信憑性には欠けるみたいだけどね」

「なるほど……僕の蘊蓄として、何処かで知ったかぶりが出来そうですし、旅行雑誌の取材の方にこじつけられそうです。参考になりましたよ」

そう言う一馬に、志村はご褒美を貰った子供のように、とても嬉しそうな笑顔を浮かべた。

「今日はお兄ちゃまの取材に付き合うので出掛けますけど、大丈夫ですよね？　先生の方は」

「えっ！　そうなの？　論文資料の整理を手伝って貰おうかと思ったんだけど」

「あたし達、先月の土日を全部潰して、先生のフィールドワークにお付き合いしたんですよ。それぞれ交代でお休み貰える約束だったでしょ？」

「うん、それはそうなんだけど……」と、志村が情けない表情を浮かべる。

「午後に田口君と斉藤君が来ますから、資料整理はその二人に頼んでください。それから煙草はちゃんと灰皿で消して、コーヒーやカップラーメンをこぼしたりして、資料を台無しにしないでください。困るのは先生なんですから」

「えっ？　ああ、判ったよ。でも……」

「論文頑張ってくださいね」

「うん、それは……でも困ったな」

「勝手に困っていてください。じゃあ」

千秋は容赦なくそう言い、一馬にはチロッと舌を出して見せた。

8

「大丈夫なのかい？　志村先生の方は」

教室を出たところで一馬は言った。

「たまにはいいのよ。なんでもかんでもあたしを頼りにするんだから。そろそろ自立して貰わなくちゃ」

これではどっちが教授で、どっちが助手か判らない……というより、なんだか世話女房みたいだな、と一馬は思わず苦笑する。

「さて、どこから始める？」

「嵯峨野周辺がテーマなんだ。トロッコ列車にも乗りたいし、お昼は天龍寺境内近くの店で、湯豆腐ってのはどうだい？」

「そろそろ湯豆腐にはいい季節になってきたわね」

「じゃあ行こうか」

と、階段ホールに向かうと、下から三十代半ばの男を伴った勝田が昇ってきた。

「よう、神尾さん」

「ああ、勝田さん。昨日はご馳走様でした」

昨夜の『華乃家』は、勝田の奢りだったのだ。

「なーに、たまにはな……ああ、こっちは今回のヤマを担当してる、社会部の手島《てじま》だ」

と、隣の男を紹介し、それぞれ会釈し合う。

「今、千秋ちゃんのところに寄ろうと思ってたんだ」

「あら、何かしら」

「千秋ちゃんに用事ってわけじゃないんだが、優衣さんのところに一緒に行って貰おうかと思ってね」

「優衣さん、来てるの？」

「ああ、そのはずだ。ゆうべ遅くに警察から解放されるのを待って、この手島がコンタクトしたんだが、昨日はさすがに疲れたってことなんで、今朝、研究室でってことでアポとったんだ」

「そう……でも、なんであたしが一緒に？」

「千秋ちゃんと一緒の方が、彼女も落ち着いて話が出来るんじゃないかと思ったんだ」

「これからお兄ちゃまの取材にお供するつもりだったのよ」

「まあ、そう言うなよ。ちょっとだけ付き合ってくれよ」

「どうする？」と一馬に訊いてくる。

「僕の方は構わないよ。急いでるわけじゃないから」

「そうね……じゃあ、いいわ。優衣さんのことも心配だし。ねっ、お兄ちゃま」

一馬は思わずコクリとやってしまってから、千秋を見た。

小癪な姪がニヤリと笑った。

「済まないね。また『華乃家』でご馳走させて貰うから」

「でも、これからマスコミの人達が大勢やってくるのかしら、優衣さんのところに」

「いや、今のところそれは大丈夫だ」

「どうして？」

「昨日、優衣さんのことでサツの旦那方と取引してね」

「どんな取引？」

「今のところ、警察では優衣さんって存在を俺たちに騒がれたくないわけだ。で、夕べは追い返されちまったんだが、俺たちの方でも条件を出した。暫くは記事にしない代わりに、他社の連中にもオフレコで頼むってな」

「つまり、今のところは独占取材ってわけね」

「ということだ」

「じゃあ、『華乃家』の奢りなんて安いものだわ」

「確かにな……まあ、特ダネをものにした暁には、もっと豪勢に奢らせて貰うよ」

「楽しみにしてるわ。じゃあ行きましょ。三階よ」

階段を一階分昇り、〈柿沼研究室〉のプレートが掛かったドアを千秋はノックする。中からの返事に千秋は名乗り、すぐに中からドアが開けられて優衣が顔を出した。

「ご免なさい、優衣さん。今そこで勝田さん達にお会いして、一緒に伺ってしまったの。お邪魔してもいいかしら」

「あたしも千秋ちゃんにご一緒して頂いた方が落ち着くわ。さあ、どうぞ」

優衣が躰を引いて、それぞれは部屋に入る。

「柿沼先生は？」

「一コマ講義があって教室よ」

「それにしても、相変わらず綺麗に片づいてるわね、ここは」

千秋が部屋を見回しながら言う。

部屋の造りは志村のところと同じはずだが、随分と綺麗に片づいていて、全く別の造りの部屋であるかのように思える。

「柿沼先生の性格なんでしょうね。散らかってると落ち着かないそうよ」

「何処かの先生に聞かせてあげたいわ」

「どうぞお掛けになって」

優衣に椅子を勧められ、テーブルを囲んで座る。

「コーヒーでも……」と言う優衣に、「手伝うわ」と千秋が椅子を立って、二人で隣室に向かう。

「多賀って人の記憶は戻ったんですか？」一馬は勝田に訊いた。

「いや、まだだ」

「ということは、一過性の記憶喪失ではなかったってことなんですかね？」

「だろうな」

「優衣さんに対する反応はどうだったんです？」

「全く反応を示さなかった」

「何年も前からの記憶まで失っているってことですね？」

「となるな」

「優衣さんのお父上が亡くなった事件以後、行方不明だったそうですけど、その件については何か判ったんですか？」

「ああ、少しな。手島が調べたんだが、今日はそのあたりのことを訊きに来たわけさ」

一馬は頷いたが、優衣にとっての辛い質問は避けて欲しいものだと思った。

優衣と千秋が、湯気の立つカップを盆に乗せて戻ってきた。

それぞれの前にカップが置かれ、二人も椅子に座る。

「昨日はご苦労様」勝田が優衣を労って軽く頭を下げる。「早速だけど、この手島がいくつか質問したいんだ」

「あたしに判ることでしたらお話しします」

手島が頷いて手帳を広げる。

「まず、八年前のお父上の事件の直後に多賀さんの行方が判らなくなったので、その事件について伺いますが、よろしいですか？」

優衣が小さく頷く。

「お父上が亡くなられたその事件で……ああ、ご両親は離婚されてたようですね。失礼しました」

「いえ、両親は離婚して、あたしも母方の仁科姓を名乗ることになりましたけど、あたしにとっては、今でも父は父ですし、亡くなった父を慕ってもいますので」

「判りました……では、お父上ということで話を進めさせて頂きますが、昨日、そちらが確認した多賀純一という人物は、お父上専属のアレンジャーだったということですね」

「はい、多賀さんが中央音大の作曲科を卒業された時に、父がお願いして契約したと聞いてます」

「少し調べてみましたが、多賀さんは、中央音大在学中に作曲したシンフォニーと室内楽曲で、内外で二つの作曲賞を受賞したそうですね？」

「はい、とても才能があるかただと伺ってます」

「音大卒業後は、フランスのコンセルバトワールへの留学も決まっていて、大学の関係者からは、将来の活躍を大いに期待されていたそうです。ところが、大学卒業と同時に、お父上専属の流行歌のアレンジャーとなった。軽音楽が悪いとは言わないが、なんで進む道を変えてしまったのか、と当時の関係者は、今でもそのことに首を傾げているそうです」

「詳しいことは存じませんが、多賀さんのお母様が難病を患ってらして、お金が必要だったとか……その療養費を父が負担したんだそうです。父のお手伝いをしながら、本来のご自分の作曲の方も進めていけばいい、という父との約束だったようです」

「なるほど……尺八の曲も作曲していたようですね？　たとえば『風動之肆』のような」

「はい、『壱』から『肆』までの四曲ですけど、もともと、多賀さんと父が知り合ったのも、その関係からなんです」

「ほう……」

「多賀さんは西洋音楽を勉強してらしたんですけど、学生時代から尺八のような邦楽器に興味を持ち始めたそうです。邦楽器とオーケストラとの協奏曲を書きたかったようです。それで、ある人の紹介で、京都の祖父を訪れるようになったんですけど、すっかり尺八の、というより、虚無僧の魅力の虜になって、正式に祖父のところに入門したんです。そんなところにお母様が倒れられて、その話を聞いた父が、ということのようです」

「その『風動之肆』は、八年前の事件の直前に作曲された曲だということですが、あなたはご存じだったんですか？」

「ええ、多賀さんは、尺八の本曲を作曲される都度、祖父を訪ねてみえたんです。最後の『風動之肆』の時もそうでした。あたしも聴かせて頂きましたし、その曲名を覚えていましたので、昨日、勝田さんが『風動之肆』と仰った時には本当に驚きました。それで、記憶を失っている男性というのは多賀さんでは、と思ったんです」

「なるほど……」

「祖父は、多賀さんの作曲された曲をとても褒めてました。尺八本曲として立派に通用するだろうと言って、楽譜も大切に保管しています」

「楽譜を？」

「はい、『壱』から『肆』までの尺八譜と五線譜のものを」

「それは今でもお祖父様のところに？」

「そのはずです」

「コピーをどなたかに、ということはありませんか？」

「さあ……それは祖父に訊いてみませんと。でも、それが何か？」

「その件は警察から聞いていませんか？」

「どういうことですか？」

「実は、一昨日の事件のあった時刻前後、現場で『風動之肆』を聴いたという証言があるんです」

「でもその曲は……」

「ええ、今のところ、多賀さんしか演奏出来ないと考えられています。だから、事件現場でその曲を吹いていたのは多賀さんだと警察では考えているはずです。でも、その楽譜が誰かに伝わっていたとすれば……」

「判りました。祖父に確認してみます。今日は東京に行っておりますので、明日戻りましたらすぐに……それと、多賀さんは疑われているんでしょうか？」

「限りなく黒に近い灰色……そう考えているでしょうね。現場近くで凶器と思われる尺八を持っていたということと、事件発生当時に『風動之肆』が聴こえていたことでね。ただ、本人の記憶がないのと、決定的な物証がない。動機も不明ですしね」

「多賀さんはそんなことをする人ではありません。とても気持ちの優しい人です。その多賀さんが人殺しだなんて……」

「そのことは私達の方ではなんとも……で、八年前の事件の時、多賀さんにも容疑が掛かっていたようですが、ご存じでしたか？」

「そうだったんですか？」

「事件の数日前、お父上と大喧嘩をしていたという証言があったそうです。多賀さんは全て否定したし、アリバイが証明されて嫌疑は一応は晴れたんですが、そのアリバイの証言をした人物は二人いて、その一人は、旧姓藤田響子、一昨日殺害された佐山響子という女性でした」

優衣は険しい表情を浮かべて手島を見詰めている。

そして、一馬はこっそりと溜息を吐き出していた。

被害者の佐山響子と多賀とが、八年前の事件の時点で既に接点があったということになるのだが、それは、多賀が今回の事件での容疑者としての状況証拠を一つ増やしたことになり、そのことで優衣の胸にまた別の不安の種となるのでは、と案じたからだ。

「佐山響子という女性をご存じでしたか？」手島が訊く。

「はい。父のところにレッスンに見えてらした歌手志望の女性です」

「『さやま』という京菓子の老舗に嫁いだそうですね？」

「京都に嫁いでこられた時に、母のところに挨拶に見えたんですけど、歌で師事していた父が亡くなったことと、ご自分の才能に見切りをつけた、と仰ってました」

「事件があった時刻、多賀さんはお父上の事務所でピアノに向かって仕事していた、と彼女は証言したそうです。そのことは、お父上のマネージャーだった堀内秀夫《ほりうちひでお》という男性も証言したそうです」

「そうでしたか」

「それで一応嫌疑は晴れたんですが、その直後、多賀さんは何故か突然何処かに行ってしまった。そのまま八年のあいだ行方不明だったということのようです」

「多賀さんの行方が判らなくなったと聞いて、祖父も心配していたんです」

「昨日の多賀さんの様子を聞かせてください。多賀さんは、あなたのことも理解出来なかったそうですが、何かヒントになるようなことを漏らしていませんでしたか？」

「さあ、特には……あたしも昔のことをいろいろとお話ししたんですけど、ずっと頭を抱えてました」

「この八年間、何処にいたかも思い出せないんですね？」

「そのことをお医者様が訊くと、苦しそうな顔をして、一生懸命思い出そうとしていました。暫くそうしていたんですけど、不意に、横浜……と呟きました」

「横浜？」

「はい、横浜の寺下という処にいたようが気がする、と」

「寺下？　横浜の何区かな……いや、調べれば判るでしょう」

手島はそう言って勝田を見た。こんなところかな、とでもいうように、二人は小さく頷きあった。

「いろいろと有り難う」勝田が優衣に言った。「今のところ、ほかのマスコミ関係者はここに来ないように手を打ってあるから、これ以上は煩わしいことにはならないと思うよ」

「済みません。あまりお役にたてなくて……」

「いや、貴重な情報を有り難う。あとでまた何か思い出したことでもあれば報せて欲しい」

「はい、是非……昨日、多賀さんのことを東京に行っている祖父に電話で話したんですけど、祖父も驚いて、とても心配してました」

「さっきの楽譜の件、是非ともお祖父《じい》さんに確かめてくれないか」

「判りました。こちらからご連絡させて頂きます。多賀さんのこと、よろしくお願い致します」

優衣は椅子を立つと、勝田と手島に向かって深々と腰を折った。

「優衣さん、今日のご予定は？」と千秋が訊く。

「特には……柿沼先生も、今日はお休みしてもいいって仰ってくださったの」

「これからお兄ちゃまの取材に付き合うんだけど、もしよろしければご一緒しない？　嵯峨野の湯豆腐をご馳走してくれるそうよ」

「まあ、楽しそう」

「きっと気晴らしになるわよ」

一馬は優衣を見詰め、無意識のうちに、「うん」と声に出し、大きく頷いていた。

「是非ご一緒させて頂くわ」

「じゃあそうしましょう。よかったわね、お兄ちゃま」

一馬は優衣を見詰めながら、またコクリと頷いた。

「鼻の下五センチ五ミリ。口も閉じた方がいいわよ」

千秋は、全く小癪な姪だった。

9

案内役の女性二人と一馬は、ＪＲ嵯峨嵐山駅で下車し、天龍寺に向かう。

一般に天龍寺と呼ばれているが、正式には霊亀《れいぎ》山天龍資聖禅寺《さんてんりゅうしせいぜんじ》と称する京都五山筆頭の禅宗寺院で、釈迦如来を本尊とする臨済宗天龍寺派の大本山である。

その天龍寺の塔頭《たっちゅう》の一つである妙智院《みょうちいん》が、「西の山の草深くに建つ堂」という意味を持つ『西山艸堂《せんざんそうどう》』という湯豆腐店を経営していて、今回の一馬の取材対象の一つだった。

天龍寺正門のすぐ左手にあり、一馬も何度か訪れているが、早めの腹ごしらえということで、まずは二人をその店に案内した。

メニューは湯豆腐定食のみだが、ここのオリジナルだという港揚げの豆腐寿司を始めとする前菜三種、胡麻豆腐、ひろうす、八寸、生湯葉や季節野菜の精進天麩羅などの京の味覚が、三千円という価格で楽しめる。

地元でも絶大な人気を誇る老舗『森嘉』の豆腐を使用とのことだが、土鍋の中の嵯峨豆腐は絶品で、三人は寡黙に唯々料理と口とに忙しく箸を往復させた。

「お豆腐のお寿司、美味しかったわ、お土産に買って帰りたいくらい」食事を終えた千秋が言う。

「湯豆腐も口の中でとろけそうだったわ」優衣も満足そうに笑顔を浮かべる。「それに、京都に住んでいると、こういう処には却って来ないものなのね」

無論、一馬も料理には大満足だったが、それにも増して、優衣の満足げな笑顔がオマケについてきたことが、何よりも嬉しかった。

それぞれ満腹したところで、天龍寺境内の紅葉見物をしながら散策し、次は縁結びと進学の神として知られる野宮《ののみや》神社に向かう。

神社周辺の竹林は嵯峨野の竹林として有名で、度々旅行雑誌などの表紙を飾っている処である。

三人はその竹のトンネルをゆっくりと散策し、一馬は頭の中で記事のアイディアを練った。

「トロッコ列車にも乗るんでしょ？」と千秋が一馬に訊いてくる。

「うん、雑誌社からのリクエストだからね」

「ここからだとトロッコ嵐山駅の方が近いんだけど、どうせなら始発駅から乗りましょうよ」

と千秋が提案し、ＪＲ嵯峨嵐山駅に隣接したトロッコ嵯峨駅まで戻る。

正式名称は嵯峨野観光鉄道と言うが、トロッコ嵯峨、トロッコ嵐山、トロッコ保津峡、トロッコ亀岡という四駅の七・三キロの区間を片道約二十五分で走り、料金は全席指定の六百円。

ガラス張りの屋根から陽の光が一杯に注いでいて、大自然をより体感出来るようにとの配慮からなのだろう、窓ガラスを全て取り外したオープンスタイルの明るく開放的な車両だった。

保津川（大堰川）沿いの景観を左右に見ながら列車は進み、併せて八つあるトンネルを抜けるたびに、紅葉に彩られた保津峡の急流に出会え、また、保津川下りの船とすれ違うなどの車窓風景を楽しんで、丹波の国のトロッコ亀岡駅に到着。

「さあ、次は船で保津川下りだ」と一馬が言う。

「楽しみだわ」と優衣が弾んだ声を上げた。「京都に来てから十年になるけど、まだ乗ったことがないの」

「あたしもそうよ」と千秋もはしゃいだ声を上げる。

亀岡駅から、保津川下りの船が出る亀岡乗船場までを連絡バスで移動する。

船に乗り込んで出発を待つあいだ、優衣は、これからの小さな冒険を心待ちにする幼女のような表情を浮かべていて、それは、紅葉美に彩られた保津川の景観にすっかりとけ込んでいるように一馬には思えた。

船頭が竿を差して船が動き出すと、優衣は愛らしい歓声を上げた。

船は、飛沫をあげて落流する水、神秘をたたえた鏡のような淵等々の変化に富んだ保津川峡谷を進み、亀岡から嵯峨までの十六キロに及ぶ二時間余りの行程を、三人は大いに満喫した。

「今日はお兄ちゃまの取材というより、あたしと優衣さんの観光にすっかり付き合わせたって感じね」千秋が言う。

「京都の嵯峨野をこんなに楽しんだのは初めてよ」と、優衣もすっかり満足している。

「僕の方は、取材といっても、いつもこんな調子だよ」

とは言ったが、一馬としても、二人に……特に優衣に喜んで貰えれば何よりだと思った。

時刻はそろそろ五時、陽も傾き始めている。これから先斗町に向かえば、『華乃家』には丁度いい頃だと思った一馬は、「さて、今日も『華乃家』に行こうか」と提案してみる。

二人が大きく頷いて、ＪＲ嵯峨嵐山駅から嵯峨野線に乗った。

今日の観光がよほど楽しかったのか、優衣は千秋を相手に、湯豆腐の味や川下りのスリルなどの話題でとても饒舌だった。

そんな優衣を見ているのが楽しく、一馬は終始うっとりと眺めていた。

すっかり明かりが灯った四条通を歩き、路地を入る。

格子戸を開け、女将の「お帰りやす」に迎えられて『華乃家』に入ると、中ほどの席から、勝田が「よう」とビールのグラスを軽く挙げてきた。

客は奥に二人一組がいて、静かに杯を傾けていた。

「もう晩酌を始めたんですか？」

勝田の隣に座りながら、一馬が訊く。

「今来たところさ。手島と別々に聞き込みをやってたんだが、俺の方は空振りばかりだったんで、早めにここに来たってわけさ」

女将からおしぼりが渡され、突き出しの小鉢と箸が並ぶ。今日の突き出しは京菜の白胡麻和え。

「そういえば、ほかのスタッフが何人かで横浜の地名をあたったんだが、『寺下』って地名はどうしても見つからないんだ。寺下で間違いないかい？」勝田が優衣に訊く。

「あたしにはそう聴こえましたけど」

「横浜の金沢区に寺前、中区に寺久保、鶴見区には寺谷、寺尾って『寺』のつく地名はあったんだが、寺下ってのはどうしても見つからないんだ」

「そうですか……あたしの聞き違いかしら」

「まあ、どっちにしても、言った本人の記憶が曖昧なんだから、仕方ないがな」

「それはそうですけど……」

「そのことはもういいじゃないですか、優衣さん。それより、何か頼みましょ」

千秋はそう言って、ビールとおばんざいのあれこれを注文する。

勝田が一馬にビールを勧めてくる。カウンターの中から千秋と優衣のグラスにも注がれ、それぞれは目の高さにグラスを挙げて、なんとなく乾杯。

そこに慌ただしく格子戸が開いて、険しい表情を浮かべた手島が入ってきた。

優衣に先ほどの取材の例を述べた手島は、また険しい表情を浮かべ、「またヤマが発生しました。コロシです」と勝田に言った。

「今回のヤマに関連してるのか？」勝田が訊き返す。

「丸太町《まるたまち》のマンションの一室で発見されたんですけど、部屋に虚無僧の装束が掛かっていたのと、何本か尺八があったそうです」

「ふうん……また虚無僧絡みか。で、身元は割れてるんだろ？　マンションの一室ってことだと」

「ええ、イザワアツシという三十三歳の男です」

「えっ！　伊沢さんが？」優衣が叫んだ。

「なんだ、またそちらの知り合いか？」勝田が訊く。

「ええ……あのう、祖父のお弟子さんなんです」優衣は小刻みに首を横に振り、そして言った。「それから、多賀さんともお友達なんです」

第二章　風動之肆《ふうどうのし》

1

「ガイ者は、伊沢篤志《いざわあつし》ゆう三十三歳の食品会社の社員ちゅうことでして」

京都府警中立売署《なかたちうり》内に設置された捜査会議席上で、中立売署刑事課の野崎《のざき》が言った。

「遺体は解剖に回ってますのんやけど、死因は、青酸系毒物による中毒死と思われます。ガイ者が飲んだウイスキーに混入しとったようです」

「自殺の可能性はありますか？」京都府警捜査一課長の久米が訊く。

「ほとんどありまへんなあ」

「理由は？」

所轄刑事の野崎は根っからの京都人、高卒の叩き上げ刑事で五十七歳。一方、府警捜査一課長の久米は東京生まれの東京育ち、東大法学部卒のエリートで四十七歳。いわばキャリヤ組だったが、警察官としての先輩の野崎に敬意を表した言葉遣いで話している。

「そのウイスキーは、前日に宅配便で送られて来たもんと思われますのやけど……」

ウイスキーが入っていたと思われる箱に、宅配便の伝票が貼ってあり、配達日は事件前日の十月二十二日、発送者は江藤昌子《えとうまさこ》、住所は左京区下鴨となっていた。

「ガイ者がマンションに帰って来た時、隣の住人が廊下で立ち話したんやそうです。なんや、えろうご機嫌やったと……」

「ほう……」

「昇進でもしはったん？　と訊いたところ、もっとええこっちゃ、これから祝杯挙げるんやけど、貰いもんのウイスキーがあるんで一緒にどうや、言われて、ほな、何かつまみでも持って伺うわ、ゆうことになったそうなんですわ」

「で、その隣の住人が遺体を見付けたということですか」

「そうですねん」

ドアの鍵は掛かってなく、ドアチェーンも外されたままになっていたそうだ。

「伊沢っちゅう男は無類の酒好きやったそうで、部屋に入ってすぐにウイスキーを呑んだんやろうと考えられます」

「そのウイスキーは、ガイ者の酒好きを知っていた何者かから送られた、という可能性が高いですね」

「そう考えられますなあ」

「発送者の方の確認はどうなってますか？」

「江藤昌子の住所も電話番号も本人のもんやゆうことです」

「ガイ者とは知己だったんですか？」

「同じ会社にいたＯＬやったそうで、先月寿退社したんやそうですけど、そらもうたまげてはって……まあ、すぐに判る名前でそんなもん送るわけあらへんし、名前を使われただけやろと思われます」

「なるほど……でも、その女性の住所も電話番号も知っていた誰か、ということになりますね？」

「せやから、その線で、ガイ者の交友関係を当たり始めたところやして」

「判りました。とりあえずは、その線での捜査を重点的に進めてください」

と言う一課長に、野崎は軽く頭を下げて着席する。

ほかの捜査員からのいくつかの報告を聞いたあと、「例の七条署のヤマとの関連についての報告を聞きたいんだが」と、久米が会議場を見渡す。

後方の席から三十代後半の刑事が立ち上がり、久米が掌を向けて話を促す。

「七条署の坂田《さかた》です。ご存じと思いますが、一昨日、私どもの所轄内で発生したヤマで……」と、その事件の概要を説明する。「で、こちらの管轄で発生したヤマとの関連性があるのでは、と考えられます」

「私もそう考える。で、何がどう関連しているのかということを、ここで皆に具体的に説明して欲しい」

京都府警一課長の立場である久米は、京都府内で発生する全ての事件に携わっている。当然、その件についても既に現状を把握していたが、この会議場にいる捜査員達にも、同じレベルで理解して貰う必要があると考え、坂田にそう促した。

「既にご存じのかたも多いと思いますが」坂田が説明を始めた。「七条署で発生したヤマで容疑者と思われる男を確保してます。その男は虚無僧の姿をしておりました。こちらで発生したヤマのガイ者も虚無僧の修行中だったそうですが、ついさきほど、亜細亜日報の記者から貴重な情報が入りました」坂田は手帳に目を落として続けた。「私達が確保している男と、こちらのヤマのガイ者は、二人とも仁科照道という師範のもとで虚無僧の修行をしていたそうです」

会議場の中から、「ほう……」という呟きがいくつか上がる。

「仁科氏は現在東京に出掛けておりますが、先ほど連絡がとれまして、七条署の方に向かって貰っておりますので、そのあたりのことに関して詳しい話が聞けると思います」

「その上で……」久米が口を開き、「七条署との合同捜査本部を設置すべきか、それぞれ単独の捜査本部とするかを決定するが、ここのヤマの捜査は、とりあえずはこのまま続けて欲しい。仁科氏から詳しい話を聞いた上で、改めて府警としての捜査方針を決定したい」と一同を見回した。

それぞれが頷き、久米は並んで座る府警管理官と中立売警察署長を見る。

署長は頷くと会議の閉会を告げ、刑事達は、それぞれに割り当てられた捜査に従って散っていった。

2

「ねえ、千秋ちゃん」テーブルの上に積まれた資料の山をガサゴソとやりながら志村が言った。「〈資料A〉は何処だろう」

「テーブルの上の何処かだと思いますよ」

パソコンの画面から目を逸らさずに、千秋は答える。

「そのはずなんだけど、見付からないんだ」

「だからもう少し整理しましょうよ、そのテーブルの上」

「そんなことしたら、もっと判らなくなっちゃうよ」

「今だって充分に判らなくなってるじゃないですか」

「そんなことないよ、僕の頭の中にはちゃんと地図があって……」

「じゃあ、いちいち人に聞かないで、その地図を頼りにご自分で探してください。あたしの頭の中には、そんな便利な地図はありませんから」

「そんな意地悪なこと言わないで、一緒に探してくれよ」

「意地悪なんかじゃありません。あたしは古代史の研究助手で、先生の秘書じゃないってことを認識してください」

「そんな……でも困ったなあ」

二人のいつものやり取りを眺めながら、学生達がニヤニヤとやっている。

「もう。本当にしょうがないわね」

千秋は立ち上がると、腰に手をあてて志村を睨み付ける。

「頼むよ。一緒に探してくれよ」

「探すついでに片付けますよ」

「えっ！　そんな……」

「その上をさっぱりと片付けて資料を見付けるか、それとも、ゴミ溜めにしといたまま、大事な資料を埋もれさせておくか、さあ、どっちにしますか？」

千秋が容赦なくいい、志村が大きく溜息をつく。

暫く志村を睨み付けていた千秋が、「じゃあ、一つだけ約束してください」ニヤッと笑って言った。

「約束って……何を？」

「論文が一区切りついたら片付ける。そういう約束です」

「うん？　ああ、そういうことなら」

「きっぱりと約束しますね？」

「ああ……ああ、約束する」

「本当ですね？」

「本当さ。その時には絶対に……」

「右端から二番目の山、上から三冊目のファイル」

「えっ？」

「そこで、哀れな〈資料A〉は遭難してます」

「なーんだ。そうだったのか。でも、ちゃんと知ってるのに、本当に意地悪だな、千秋ちゃんは」

「意地悪なんかじゃありません。そのテーブルの上の異常さを、先生に自覚して貰いたいんです」

「それはまあ……」

「それから、本当は今日まであたしはお休みを頂いているはずでした。どうしても資料のデータ整理を手伝って欲しいって言うから、仕方なく来ましたけどね」

「えっ？　うん。済まなかった」

「仰っていた資料の整理は、ちゃんとデータ化しておきましたから、あたしはこれから出掛けます」

「出掛けるの？」

「何か文句ありますか？」

「文句なんて……いや、助かったよ。どうも有り難う」

志村はピョコンと頭を下げた。

それを見ていた学生達が、とうとう声を上げて笑い出した。

千秋がニヤリとして、学生達に向かってウインクして見せる。

そんなところにドアにノックがあり、千秋が返事を返すとドアが開き、一馬と優衣が入って来た。

「あら、一緒だったの？」千秋が訊く。

「そこの廊下で会ったんだ」

「そう、じゃあ出掛けましょ」

「済みません、先生。千秋をお借りします」一馬が志村に言う。

「いや、いいよ。千秋ちゃんの今日の仕事は済んだんだから」

「ねえ、優衣さん。同じ造りの部屋と思えます？　お宅の研究室と」

優衣がクスッと笑い、志村は首をすくめて自分のパソコンに向かった。

「じゃあ、行きましょ」

千秋に促されて研究室を出る。

「また先生を苛めてたのかい？」

廊下を歩きながら一馬が言った。

「苛めてたわけじゃないわ。いつもの正当な主張を繰り返していただけ」

「テーブルの上を片付けるってことかい？」

「ええ、どう見たって異常だもの」

「大生田さんの机の上も同じだな。そのことでは、いつも奥さんと喧嘩してるけど、そんな時の二人は、なんかじゃれ合ってるみたいだ。千秋と志村先生みたいに」

「何？　それ」

「いや。なんとなく微笑ましいよ」

「やめてよ、お兄ちゃま。あたしは何も……まあいいわ。でも、今度の論文が一区切りついたら、絶対にあのテーブルの上は片付けてやる。徹底的にね」

「まるで千秋のライフワークみたいだな」

「かもね。でも、あのテーブルの上を片付けたら、さぞかしすっきりするでしょうね。本当に楽しみだわ」

そんな事を言う千秋に、優衣がまたクスッと笑った。

3

京都麗華大学は、京都左京区を走る叡山《えいざん》電鉄叡山本線終点の八瀬比叡山口《やせひえいざんぐち》駅近くにある。

一馬と千秋と優衣の三人は、宝ケ池駅で叡山電鉄鞍馬線の鞍馬行きに乗り換え、一つ目の八幡前駅で下車した。

改札口で待ち合わせていた勝田は既に来ていて、三人に軽く手を上げてくる。

駅から数分歩くと、左右に伸びる白壁に突き当たった。その内側の広大な敷地が仁科邸とのこと。

塀の右側の突き当たりに、四、五階建のマンションが二棟建っているのが見えたが、優衣は塀に沿って左に曲がった。

瓦屋根の乗った立派な門があり、『仁科』の表札が掛かった脇の木戸から中に入る。石畳を十メートルほど進むと、玄関の引き戸が中から開けられて、作務衣《さむえ》姿の照道が笑顔で出迎えてくれた。

純和風の平屋だったが、歴史を感じさせる、落ち着いた佇まいの邸宅だった。

「お忙しいところを、お邪魔して済みません」一馬は頭を下げた。

「いや、気遣いは無用だ」照道が笑顔で応え、「さあ入って」と玄関の中に掌を向けた。

照道は今朝の新幹線で帰る予定だったのだが、警察からの連絡で昨夜のうちに帰って来たのだ、と一馬は優衣から聞いていた。

庭に沿った幅の広い廊下を進み、池が望める十二、三畳の座敷に通されたが、深緑の水を湛えた池の周囲には、燃えるような紅い紅葉と、黄色く色づいた銀杏が植わっていて、その三色のコントラストは、一幅の絵を見ているようだった。

その池の脇で、四十代半ばと思える小柄な男性が、竹箒で庭を掃いているのが見えた。

「随分広いお宅ですね」一馬は言った。

「この家の部分を入れて八百坪ほどあるが、無駄に広いだけでね。元々はこの倍もあったんだが、十年ほど前、建築会社が売れ売れとうるさく言ってきたので、雑木林部分を売ってしまった。だが、今は悔やんでいるよ」

「何故ですか？」

「雑木林など何も役に立たないと思ってたんだが、そこにマンションが建った途端、一辺に風景が変わってしまって、すっかり味気ない景色になってしまった。それに、マンションの住人の方からは、この庭が丸見えなんだ」

それにしても、まだまだ充分な広さだと一馬は思ったが、無論、口には出さない。邸の裏には竹林があり、その竹は、尺八の素材として適しているのだ、と照道は言った。

「小説家の助手だそうだね？」

「はい、大生田郷士という作家ですが、その取材とは別に旅行雑誌の取材も兼ねてまして、今日はそっちの取材で伺いました」

「ほう、雑誌社のな。まあ、私が知っていることはなんでもお話ししよう」

「おそれいります」

「君は新聞記者だそうだね」照道が勝田に訊く。

「はい、亜細亜日報の社会部です」

「多賀君と伊沢君の事件のことを調べているのか？」

「ええ、どちらも仁科さんのお弟子さんだそうですね」

「二人とも、なかなか熱心な弟子だったが、多賀君は突然行方が判らなくなってしまっていた」

「今は記憶を失っています」

「一昨日の晩、警察から問い合わせがあったのだが、その時にはまさか多賀君のことだとは思わなかった」

「そうでしたか」

「昨夜会ってきたのだが、私のことも覚えていないんだ。驚いているよ」

「彼が作曲した『風動之肆』という曲の楽譜が、こちらにあるそうですね?」

「ああ、ある。八年前、多賀君がここで演奏したんだが、その時に持ってきたからね」

「その楽譜は、どなたにもお見せしていないそうですが」

そのことは、照道に確認して貰った優衣から聞いていた。

「多賀君の行方が判らなくなった段階で、私はあの曲を封印したんだ。彼が戻ってきてから、彼自身の演奏で聴きたかったのでね。だから、誰にも見せていないよ」

「なるほど……となると、事件の時に演奏していたのは多賀さんということになってしまいます」

「そうなるのかな」

「多分」

「彼が持っていたという尺八を私も見せられたが、響子という女性を殴り殺した時の尺八ということか？」

「そうなります。彼がそうしたのかどうかは別として、ですが」

照道は大きな溜息を吐き出し、「どうなっているんだろうな」と、ゆっくりと首を横に振った。

「まあ、彼の記憶が戻らない限りなんとも言えませんが」

照道が頷いたところに襖が開いて、優衣が茶を乗せた盆を持って入ってきた。

「母が出掛けておりまして、碌なお構いが出来ませんが」優衣はそう言って、座卓の上にそれぞれの茶を置く。

「ところで、伊沢篤志という人物が殺害された件なんですが」勝田が訊く。「何かお心当たりはありませんか？」

「その件も警察から訊かれたが、何が何やら……」

「何日か会社の休みをとっていて、マンションは留守にしていたということですので、何処かに出掛けていたんでしょうけど、実家には帰っていなかったそうです。彼の行き先について、何かご存じないですか？」

「それも警察から訊かれたんだが、全く心当たりはないな。一昨日、明暗寺での献奏には彼も来るはずだった。暫く待っていたんだが、とうとう来なかったんだよ」

「そうでしたか」

「多賀君はとても真面目な青年だったが、伊沢君は、どこか性格的にいい加減なところがあったな」

「ほう……」

「ギャンブルとか女遊びとか、そういうことでの良くない噂を何度か聞いたことがある。修行が足らんと度々意見していたんだが」

「そのあたりのトラブルでしょうかね」

「私にはさっぱり判らないが、殺されるというほどの、何が彼にあったんだろう」

「さあ……それなりの恨みを買っていたのか、あるいは、犯人にとっての都合の悪い何かを知っていたのかも知れません」

「それにしても……いや、困ったものだ」

照道はそう言って、大きな溜息を吐き出した。

「多賀さんなんですが、行方が判らなくなったのは、八年前の事件の直後だったそうですね？」

「らしいな」

「今回の事件の現場に、凶器となった尺八を所持した彼が突然現れました。記憶を失ってね。そして昨日、仁科さんのもう一人のお弟子さんの伊沢篤志という男性が殺害されました。今回起きた二つの事件を警察でも関連ありと考えています」

七条署と中立売署の合同捜査本部が設置された、と一馬も勝田から聞いていた。

「この二つの事件に関連する何かというのが、八年前の事件に繋がっているということは考えられませんか？」

「あの事件もまだ解決してないようだな」

「未解決のままです」

「関係していそうな何かがあるのか？」

「八年前の事件直後に多賀さんは何処かに失踪した。それが突然、殺人現場に現れました。被害者は、八年前に多賀さんのアリバイを証明した女性です。更に、そのまた直後に、多賀さんの知己だった伊沢という人が殺されています。それらの事件は何処かで繋がっているのではないかと考えられます」

「事件の関係者は、全て私の知己の人物でもあるな」

「佐山響子という女性もご存じだったんですか？」

「一度だけ会った。京都の和菓子屋に嫁いできたからと、娘の処に挨拶にきたんだ。夫と舅を連れてな」

「舅も一緒に？」

「ああ、『さやま』の先代は私の弟子の一人だったんだが、修行の方はあまり熱心ではなかったたな。ここにも時々しか来なかったが、まあ、旦那芸の一つくらいに考えていたんだろう。去年、脳梗塞《のうこうそく》で倒れたと聞いているが、その前に、二百万出すから、新しい尺八を作ってくれなどと言ってきた」

「二百万？　尺八ってそんなにするものなんですか？」

「数万のものから数十万のものまでいろいろだが、それなりに作ったものは、百万から百五十万のものまである。佐山君は、それよりもっと値の張るものが欲しかったんだけなんだろう」

「で、どうしたんですか？」

「私の弟子の高槻が作ったもので、百万で妥当と思えるものを譲ったんだが、不満そうだったな」

「それを二百万と言えばよかったじゃないですか。その方が本人が有り難がったんじゃないですか？」

「それもそうだったな」と照道は笑った。

「で、事件のことなんですが、何か気付かれたこととか、忘れてらっしゃることはありませんか？」

「さあ……これといって思い当たることはないな」

「まあ、何か思い出されたり、お気づきになったことでもありましたらお報せください。情報源は決して明かしませんし、記事にする際は、必ずそちらの許可を得てからにしますので」

「判った。その時は報せよう」

「お願いします」

「神尾君の方は血生臭い話ではなくて、もっと文化的な取材のようだな」照道が苦笑を浮かべて言う。

「はい、至って平和で文化的な取材です」一馬も苦笑を返しながら答えた。

「そろそろ高槻が戻るはずなんだが、まあ、君の方の取材はそれからにしよう」

照道はそう言って、皆に茶を勧めた。

4

「君は、千秋ちゃんの叔父ということのようだが」照道が一馬に訊いてくる。

「はい、歳は五つしか離れていませんけど」

「私は、神尾物産の株主の一人でもあるんだ」

「そうでしたか……」

照道は優良企業数社の安定株主で、その配当で悠々自適の生活を送っているのだ、と一馬は千秋から聞いていた。

そんなところに、虚無僧姿の人物が庭に現れ、天蓋を取った。高槻だった。

「ああ、高槻。上がってくれ」

照道が促し、高槻は頭を下げて座敷に上がると、照道の前に正座して両手を突いた。

「高槻は、私の亡くなった息子の友人だったんだが、ずっとこの家で暮らしている」

高槻が一馬達に向かって頭を下げてくる。

「一昨日は有り難うございました。今日も取材に伺いました」

と言う一馬に、高槻は小さく頷いて微笑んだ。

「私はそろそろ足腰が弱くなってきて、出歩くのが辛くなってきてね。今は高槻一人で托鉢に回っているんだ」

「そうですか」

「虚無僧の取材というので、虚無僧姿の高槻を前にしての方がいいと思ってね」

「その方が実感が湧きます」

「なんでも訊いてくれ」

「お願いします。まず、袈裟《けさ》なんですが、普通の僧侶とは形も掛け方も違っているように思えますが」

高槻の袈裟は、普通の僧侶より随分と小振りで、右肩から左に回されるように掛けられていた。

「大袈裟という言葉の語源を知ってるかね？」照道が訊いてくる。

「さあ……考えたこともありませんが、袈裟というからには、仏教に関係してるんでしょうね？」

「いや、虚無僧に関係した言葉なんだ」

「ほう……」

「本来の僧より小さい袈裟なんだが、『大袈裟』というのは、虚無僧の大言壮語《たいげんそうご》を表している言葉だよ」

「大言壮語……ですか」

「たいした器でもないのに、虚無僧という立場を利用して大きなことをいう。つまり、小さな袈裟を大きなものであるかのように言う……それで大袈裟という言葉が生まれた」

「へーえ……逆説的な語源だったんですね」

「もともと袈裟というのは、釈迦が一枚の布を躰に纏っていたものを表すためのもので、本来の僧侶は『投げ掛落《かけらく》』と言って、首からダラリと前に下げるんだ。仏門での修行を積んでいない虚無僧も、普化宗という禅宗僧を名乗るからには、それなりの格好をする必要があった。そこで、袈裟を掛けるようになったんだが、武士であった虚無僧は、刀を握る利き腕が自由になるような小さなものを掛けて、常に右手を空けていたところからの名残なんだよ」

「なるほど……時代劇などでは、尺八を刀の代わりの武器にしていますものね」

「事実、武士であった虚無僧にとっての尺八は、刀の代わりの武器とも考えていたのかも知れない。実際にそれで戦ったかどうかは判らんが……持ってみるかね？」

一馬は頷いて、高槻から渡された尺八を持たせて貰った。

「思っていたよりも、ずっと重量がありますね」

「西洋の楽器のフルートなどと比べればな」

竹の筒というイメージから、もっと軽いものと考えていたのだが、ずっしりとした重量感を一馬は感じた。

そして、佐山響子という女性の殺害には尺八が使われたようだが、これなら充分に凶器となるだろうと思った。

「虚無僧が成立した背景を知っているかね？」照道が訊いてくる。

「関ヶ原で多くの武士が浪人となって……」と、一馬は大生田から聞いた内容を話してみる。「その程度しか知りません」

「リストラというのは面白いな」と照道は苦笑した。「だが、まさにその通りだよ。現代の虚無僧である私の口から言うのもおかしなものだが、そもそもの虚無僧の起こりというのは、随分といい加減なものだったんだ」

　徳川幕府が成立した慶長から二十数年経った寛永年間、まだまだ戦国の空気が残って治安が不安定だった頃、虚無宗《こむしゅう》や自然宗などという教団らしきものが存在し、全国で十数派を数えるに至った。その宗教団体に属する者達は、暮露《ぼろ》、梵論師《ぼろんじ》、薦僧《こもそう》、古無《こむ》、虚無《こむ》などと呼ばれていて、その日暮らしを送っていた。

「『暮露』とか『薦僧』というのは、簡単に言えば『ぼろぼろの薦《こも》を被った乞食坊主』というようなもので、虚無僧とは異質の者達だった。建前上は武士でなければならなかった浪人達が、同様の生活を送りながら、勝手に虚無僧という禅僧を名乗り始めたんだ」

　薦とは藁《わら》の筵《むしろ》のことであり、『おこもさん』という乞食の語源ともなったのだが、その薦を抱えた姿の乞食僧を『薦僧』と言った。

「室町頃までは薦僧が尺八を吹いたとの記録はないんだが、室町から江戸初期にかけて、尺八を吹く薦僧が現れる」

　この薦は江戸時代になると、鉢巻きと紙衣姿から編み笠に白衣の姿になる。更に元禄頃になると袈裟をつけるようになるが、服装、袈裟共に鼠色か白の地味なものだった。琴古流《きんこりゅう》の祖・黒沢琴古《こ》が活躍する明和になって、やっと現代人がイメージする天蓋に錦の袈裟や笛袋と言った姿の虚無僧が出現する。

「元禄になって薦僧が袈裟をつけるようになったと言うことは、ここで初めて虚無僧が宗教と結びつけられたということで、普化宗と言う宗教が生まれるんだが、それで宗教組織としての体裁が整えられたのだろう」

「尺八を吹く薦僧と、普化の禅宗が結びつけられて武士の虚無僧が誕生したというわけですね？」

「ということだな」

薦の生き様は、奇態な生活を送っていた普化禅師の伝説に似通っていて、何よりも、普化宗とは、正統に法嗣を引きついだ者のいない絶えた宗教思想であるために、仕官の叶わなかった浪人達にとっては普化宗を名乗り易かったのだろう、と照道は言ったが、現代の虚無僧である照道の話は、大生田からの話に更に輪を掛けて、今まで一馬が抱いていた虚無僧のイメージを変えるものだった。

「現代の虚無僧達は、かつての勢いからみれば数こそ少ないものの、京都の明暗寺や富山の国泰寺を中心に、普化宗としての規律を守った活動を、今でも真面目に続けているがね」

現代の虚無僧の方が、本来の虚無僧のあり方であり、その本質を貫いているということなのだろう、と一馬は頷いた。

「江戸時代、偽虚無僧というのも横行したそうですね？」

「普化宗が廃宗になった原因はいろいろあるが、その一つに、宗教心は皆無で尺八も碌に吹けない者達が、勝手に虚無僧を名乗って悪事を働いていた……つまり、君が今言ったような偽虚無僧が、社会に害毒を流したということも大きな原因だった」

虚無僧の托鉢とは、尺八の技術は無論のこと、まず自己の宗教心を深め、吹禅による仏法流布に努めることを第一と考えなければならず、宗教心のない者にその資格はない、と照道は言う。

「托鉢行《ぎょう》は、仏道修行者の大事な行だ。まず、尺八を吹く以前に自己の仏教的信心はどうなのかを自《おの》れに問い、自己の信心を尺八に託した吹禅をもって『法の布施』を行う。それによって人様より『財の布施』を受けるわけだ」

仏とその教え、そしてそれを信じる人々のことを三宝と言うが、財の布施とは、仏法僧の三宝に供養することだという。

「宗教心がない者でも尺八を好む者はいる。無論、それはそれでいいと思うが、そういう者達は尺八音楽家になればよいと私は考える。尺八は立派な楽器でもあるんでな」

現代の作曲家によって作曲された、尺八のための優れた芸術音楽も多くあるという。

「あるいは、門付けでもいい。昔の芸人は、門付けをして日本国中を旅していた。これはこれで立派な『行』であると私は考えている」

「なるほど、よく判ります。今まで抱いていた江戸時代の虚無僧のイメージが随分変わりましたけど、とても参考になりました」

照道は微笑みを浮かべて頷くと、「裏の竹林の脇に尺八作りの工房があるんだが、見てみるかね？」と言った。

「ええ、是非」と一馬は頷く。

下駄があるので庭から……と言われ、皆で庭に出る。

庭づたいに邸の裏に回ると見事な竹林があり、その脇に庵《いおり》、あるいは堂と呼びたくなるような十坪ほどの鄙びた建物があった。

一馬は早速その外観をデジカメに納める。

「狭いが入ってくれ」

照道が引き戸を開け、中に入る。

入った処は土間で、その右側に木のテーブルが置いてあり、数客の椅子が周りを囲んでいる。土間の奥は、手前が板の間、その奥に畳が敷かれた部屋の二間に分れていた。どちらも六畳ほどか。

二面の壁には窓が切ってあり、柔らかい秋の日差しが障子を通して室内に差し込んでいる。

先ほど庭を掃いていた小柄な人物が、板敷きの部屋の床を雑巾掛けしていたが、照道に向かって座り直し、床に両手を突いた。

「ああ、もういいよ」照道が微笑み、「毎日そんなに丁寧に床を磨いているのでは、床板が随分と薄くなったろうな」と笑う。

小柄な人物は、はにかむようにしてもう一度頭を下げ、土間に下りた。

竹造《たけぞう》という名だ、と照道から紹介され、一馬達が会釈すると、竹造は九十度近い角度にきっちりと腰を折ってきた。

照道に勧められて、それぞれ下駄を脱いで板の間に上がる。

竹造は、穏やかな表情を浮かべていたが、まるで自らの存在を消しているかのように、ひっそりと土間に佇んでいた。

それは、何十年も前に植えられていた、一本の木が立っているかのような静けさを漂わせていた。

「私の尺八は無論だが、弟子達のものも全てここで作られたものだよ」

照道が掌で示した壁には、十本ほどの尺八が立て掛けてあった。

「裏の林でいい真竹が採れるのだが、あとはどう作るかで音色《ねいろ》が違ってくる。いくら同じように作ったとしてもな」

「同じように見えても、一本一本の音色が違うということですね？」

「尺八の場合の『調律』というのは、『音程を調節する』という意味も無論あるが、『より良く響き、より良く鳴るようにする』という意味合いの方が強いんだ。まあ、構造が簡単なだけに、製作するには逆の難しさがあるというわけさ」

「長さもいろいろとあるんですね」

立てかけられた尺八は、何種類かの長さが違うものだった。

「奏する曲の調律によって長さを変えるんだ」

ここには、一尺六寸管、一尺八寸管、二尺管、二尺四寸管のものがあるという。

「高槻、吹いてみてくれ」

高槻は頷くと長目のものを手に取ったが、「彼が変わった曲を吹くんです」と、竹造という人物を見る。

「ほう……是非聴きたいな」

照道にそう言われた竹造が頷いて、高槻から尺八を押し頂くように受け取る。そして目を閉じて構えると、静かに息を吹き込んだ。

静けさの中で風の音を聴いているような、素朴な味わいを感じさせる音だった。

短い曲で、竹造は歌口から口を離すと、小さく礼をした。

「今のはどういう曲だ？　初めて聴いたが」照道が竹造に訊く。

竹造が手を動かした。手話だった。

「なるほど……それは面白いな」と照道が頷く。

高槻が、「竹林に風が吹いた時に竹がざわついて、それが会話のように聴こえたので、その様子を音にしたんだそうです」と一馬に通訳した。

「そんな様子が目に浮かびましたよ」と一馬も頷く。

「竹造は言葉は話せんが、非常に耳がいい」照道が言う。「私が吹いて聴かせた曲を、すぐに繰り返して吹くことが出来るほどだ」

「それは凄い……それにしても、今の尺八の音は素朴な味わいがありますね」

「二尺四寸管で、一尺八寸管より長いから、当然低く枯れた音が出る」

「なるほど」

「今は尺八製作の方も高槻に任せているんだが、ここで作られた尺八は、普通の尺八と違っているところが二つある」

「ほう……どんなところですか？」

「今の尺八のほとんどは、『中継ぎ』と言って、尺八を真ん中で分離出来るようになっているんだ。まあ、二つに折って持ち運びし易くするための工夫だが、ここで作られているものは、分離せずにそのまま一本のままの『延べ管』と呼ばれる、昔からのものだ」

照道はそう言って、壁に立て掛けられた一本を手にして、「今のものは、このあたりで二つに分離出来るようになっているんだ」と一馬に見せる。

「西洋の木管楽器はほとんどそうですよね？」

「その合理性からの発想だろうな。で、もう一つの特徴なんだが、尺八に塗る油が違っているんだ」

「尺八に油を塗るんですか？」

「当然のことだが、竹は水分を含んでいる。それが乾燥すると割れてくるんだ。その水分の代わりに油分を染み込ませて割れにくくするわけだな。普通は椿油を塗る。私もそうしていたんだが、高槻は三年ほど前から、特殊な二種類の油と椿油を混ぜて使い始めたんだ。べたつかず揮発し難い、それでいて竹への吸収がいいので、一度塗ると何年も乾燥しない。したがって音律も狂わないので、尺八にとっては最適ではないかな、この油は」

照道が高槻を見る。

高槻は小さく頷くと、「今のところは、ですが」と竹造から戻された尺八を壁に立て掛けた。

「いろいろと奥が深いんですね、尺八は」

「そう、私も未だに全ては摑めていないよ」

「ちょっといいですか？」勝田が言った。「普通の尺八は分離出来るそうですけど、そういうものを今回の事件の凶器として使った場合、その繫ぎ目から折れてしまうということは考えられますか？」

「その可能性は高いな。あるいは抜けてしまうだろう。だが、何を訊きたいんだ？」

「警察で、多賀さんが持っていたという尺八をご覧になりましたよね」

「ああ、見た」

「その尺八は、繫ぎ目はなかったんですか？」

「ああ、延べ管のものだった」

「ここで作られたものでしたか？」

「一目見て、そうだと判った。いいものだった。年に何本も出来ない高級なものだ」

「いくらくらいのものでしょうね？」

「そうだな。七、八十万……いや、百万と言ってもいいかな」

「ほう……でも、ここで作られたものなら、凶器となった尺八は、多賀さん自身のものということになりそうですね？」

「確かに彼の尺八も、そのくらいの値打ちのあるもののはずだが……」

「彼にとっては、また不利な状況証拠が一つ増えたということになってしまいます」

　勝田の言葉に、照道はゆっくりと首を横に振り、大きな息を吐き出した。

5

大学に戻る、という優衣と一緒にそれぞれ仁科邸を辞し、一馬は駅への路を優衣と肩を並べて歩いていた。

勝田と千秋は前を歩いていて、今晩も『華乃家』で落ち合おうか、などと話している。

千秋は、優衣と一緒に大学に戻るそうだ。資料の検索で困っている志村の姿が目に浮かび、少し気の毒になってきたらしい。

「高槻さんは、いつからお宅にいらっしゃるの?」一馬は、隣を歩く優衣に訊いた。

「もう四十年近く前からだと思います。母の兄……つまり、あたしの伯父とは大学の同級生だったそうですけど、大学時代からうちに下宿してらしたそうです。身寄りのかたがどなたもいらっしゃらないとか……」

「さっきお祖父様が仰ってたけど、伯父さんは亡くなったんだってね」

「ええ、事故で……大学を卒業したあと、伯父と高槻さんは同じ化学薬品会社の研究員になったそうですけど、そこでの実験中の事故で伯父は亡くなったんです」

NS化学という大手の有機合成化学の会社だそうだ。

「で、そのままお宅に？」

「その時の事故の原因が自分にある、と高槻さんは思い込んで、一時は自殺まで考えたそうです。そんな高槻さんを見かねた祖父が尺八の吹禅を進めたそうです。仏に帰依して自分を見詰め直せば、心安らかに暮らせるからと」

「僕は素人だけど、明暗寺での献奏はとても素晴らしいと思った」

「今では、吹禅も尺八作りも自分を超えている、と祖父は言ってます。高槻さんの吹禅は、彼の心そのものだと」

一馬は思わず頷いていた。まさにその通りだと思ったからだ。

「竹造さんという人のさっきの尺八も素晴らしかった」

「ええ、竹造さんも祖父が尺八を指導したそうですけど、楽譜は全く読めないんだそうです。でも、耳がとてもいいって」

「そう仰ってたね。耳から覚えるんだって」

「本当はその方がいいんだって祖父は言ってます。楽譜はあくまでも記号でしかなく、細かなニュアンスまでは書かれていないからって」

「なるほど……で、竹造さんも虚無僧なの？」

「祖父はそう勧めているんです。用具もひと揃い用意してあるんですけど、そっちの活動はほとんどやりたがらないようです。家の雑事の方は、それこそ隅々まできちんとやって頂いてますけど」

「昔からいらっしゃるの？」

「もう四十年も前、裏の竹林の中で、頭から血を流して倒れていたのを祖父が見つけたんだそうですけど、なんで竹林の中にいたのか、自分が誰なのか全く判らなかったそうで、祖父がそのまま仁科家に引き取ったんです。その時五、六歳だったそうですから、今は四十五、六になるんでしょうけど、今でも本当の年齢は判らないんです」

ほう……と一馬は思った。今回の多賀の状況によく似ている、と。

言葉を話せない竹造との会話は手話で行い、それは仁科家の人達は皆出来るのだ、と優衣は言った。

「あたしの手話は京都に来てから習ったんですけどね」

「ほう……でも、それは凄いね」

一馬は素直に感心した。

「竹造という名も祖父が付けたんです。竹が造ってくれたようなものだからって。祖父は、今では高槻さんも竹造さんも自分の息子だ、といつも言っています」

実の息子を亡くしてしまった照道にとって、その二人の存在は大きいのかも知れない、と一馬は胸の中で頷いた。

「元々は、ちゃんと自分の口でお話が出来たそうですけど、うちにきて半年ほどした頃、突然喉に原因不明の炎症を起こしたとか……悪性の声帯腫瘍だったそうですけど、それで声帯ごと腫瘍を摘出してしまったんだそうです」

「後天的なものだったんだね？」

「ええ……その手術のあと、竹造さんは三日三晩高熱にうなされて眠り続けていたそうですけど、祖父はつきっきりで看病していたそうです。四日目にやっと目を開けた時、竹造さん、出ない声を必至に絞り出すようにして、何か叫ぼうとしていたそうです」

「自分の声が出ないことがショックだったんだろうね？」

「それもあるんでしょうけど、あとで手話を覚えてから祖父がその時のことを訊くと、祖父に一生懸命お礼を言っていたんだそうです」

「なるほど……」

「それから祖父は尺八を教えたそうです。これがお前の言葉だからって」

「うーん、それはいい話だなあ。さっきの尺八も風の言葉っていう気がしてきた」

まさに風の囁きのようだった、と、その音を蘇らせた一馬は思った。

「おや、勝田君やないか」と、前を歩いていた勝田に声が掛かった。

「やあ、野崎さん」

勝田が足を止めて会釈する。

薄い頭髪、どぶ鼠色のスーツによれよれのネクタイという五十代半ばと、長身で短髪の三十代後半と思える二人だった。

「仁科はんとこいっとったんかいな」五十代半ばの男性がにこやかに言った。

「ええ、まあ……」

「こっちゃも話ぃ聞かせて貰おう思てな。ああ、彼は七条署の坂田君や」

二人が会釈し合う。

「そっちゃのお二人のお嬢はん、ひょっとして、どっちゃかが仁科はんとこのお孫はん?」

「はい、あたくしです。仁科優衣と申します」優衣が腰を折る。

「そうかいな。中立売署の野崎いいます。いろいろとご協力頂きはってるそうで……で、そっちゃのお二人は?」

勝田が一馬と千秋を紹介し、二人が会釈する。

「多賀の記憶はまだ戻りませんか?」勝田が訊く。

「そのようやね。状況証拠は充分なんやけど、なんやいろいろと難儀なヤマやね」

「七条署と中立売署は合同捜査本部を設置したそうですけど、二つのヤマは関連性あり、ということでしょうね」

「まあ、そう考えにゃしょうない状況やろな。まだなんも見えてないんやけど……そっちゃもまだ掻き回わさんといてや」

「判ってますよ。約束ですからね。でも、事件解決の際は特ダネは頂きますよ。他社はまだ、多賀の身元にすら気付いていない。うちは一歩リードしてますからね」

「まあ、これからも情報交換しようやないか。ほな……」

野崎は勝田に軽く手を挙げ、一馬達に会釈すると、坂田という刑事を促して歩きだした。

「中立売署の名物デカでね」勝田が二人の後ろ姿を見送りながら言い、「とぼけてるように見えるけど、本当は鋭い勘を発揮する親爺でね、なかなか侮れないんだ」と苦笑する。

駅前に着いたところで勝田の携帯電話のベルがなる。

「勝田だが……ああ、手島か……仁科邸で話を訊いてきたところだが、まだこれといった情報はない。そっちはどうだ？」

勝田の電話のやり取りを、一馬もなんとなく聴いていた。

「ほう……青森ね。それは知らなかったな。で、伊沢が行ったのは間違いなさそうか？　ああ……よし、判った。俺はそれをあたってみる。じゃあな……」

通話を切った勝田が優衣を見て、「君の聞き違いじゃなかったよ」とニヤリとした。

「何がですか？」

「横浜の寺下という地名さ」

「判ったんですか？　その地名の場所」

「ああ、見付けた。だが、神奈川県の横浜市じゃなかった。青森県上北郡横浜町寺下……青森に横浜町というところがあるそうだ。伊沢が会社の同僚に、『青森に行く』と、ちらりと漏らしてたって情報を摑んでな、それで見付けたってわけだ」

「あっ！　ということは……」

「ああ、伊沢は多賀に会いに行った可能性がある。手島がこれから青森に飛ぶそうだ」

優衣は小さく吐息をこぼし、かすかに俯いた。

多賀という人物のことが心配なのだろう、と憂いをおびた優衣の横顔を一馬は見詰めた。

「今日の予定は？」勝田が一馬に訊いてきた。

「今までの取材分を、何処かでまとめようかと思ってますけど、特にこれといった予定はありません」

「京菓子の取材なんてのはどうだ？」

「京菓子？」

「ああ、『さやま』っていう老舗があるんだが、一緒に行かないか」

一馬が思わず勝田を見ると、勝田はニヤリとした。

「無理にとは言わないが、ついでにどうだい。案外味わいのあるネタが転がってるかも知れないぜ」

「いえ、事件のことに首を突っ込むつもりはありませんので、遠慮します」

「あのう……多賀さんのことなんですけど」優衣が勝田を見詰めて言った。「この前も言いましたけど、あんな恐ろしいことが出来る人ではないんです。多賀さんが疑われるような状況になっていることは、あたしにも判ります。ですから、なんとか多賀さんの疑いが早く晴れてくれれば……あたしにとって多賀さんは兄のような人なんです」

勝田は優衣を見詰め返していたが、「判った。どこまで出来るかは約束出来ないが、俺も精一杯頑張ってみるよ」と頷いた。

「よろしくお願いします」

頭を下げる優衣を見詰めながら、僕も頑張ってみるよ……と、思わず一馬は胸の中で言っていた。

事件に関与するつもりなど全くなかったのだが、君のためなら……という思いが、一馬の胸に急速に湧き上がってきたのだ。

6

江戸中期の享保年間に創業という京菓子の老舗『さやま』は、京都駅から一キロほど東に位置する三十三間堂近くにあった。

間口の広い店舗だった。店内右側は菓子を売るガラスケースが並ぶスペース、左側は喫茶スペースとなっていた。

揃いの和服を着た女性店員の一人に、一馬は旅行週刊誌の雑誌名を告げて名刺を向け、店主の佐山和宏《かずひろ》への面会を求めた。

女性店員は名刺をじっと見詰めていたが、「あのう……旅の雑誌の取材ですやろか」と名刺から目を上げ、微妙な表情を浮かべて訊いてきた。響子の事件の取材で、マスコミ関係者が押し寄せたことからの反応かも知れない、と一馬は思った。

「京都の秋を取材してるんですが、京菓子を取り上げたいと思いまして」

女性店員は、もう一度名刺に目を落としたが、「ほな、少しお待ちください」と奥に消えた。

一馬と勝田は顔を見合わせて苦笑する。

響子の事件についての取材では、店主は多分会ってくれないだろうと思った勝田は、初めから一馬の取材をダシにと考えて一馬を誘ったそうだ。

一馬の名刺を手に、『多美倶楽部』はんの取材やとか」四十前後と思える、和服に前掛け姿の男性が奥から出てきた。

「お忙しいところを済みません。京菓子についていろいろと伺えればと……」

「よろしいよ、菓子のことやいうんやら。ほな、こちらに」

そう言って、喫茶スペースに二人を案内した。

テーブルに着くと、「サンプルがあった方がええやろね」と言う。

出来れば……と一馬が頷くと、茶を運んできた和服の女性に何事かを指示をした。

「スザキと申しますう」と一馬と勝田に名刺を向けてきて、一馬は名刺交換したが、勝田は会釈を返しただけ。

名刺には、[株式会社佐山京菓　専務取締役　須崎《すざき》敏夫《としお》]となっていた。つまり、響子の夫の佐山和宏ではないということだ。

「こちらは六代続いた老舗だそうですね？」一馬が訊く。

「へえ、享保年間から続いとります。六代目の社長は今取り込み中なんやして、私は六代目の姉の夫……つまり、六代目の義兄ですねん」

「そうですか……早速ですが、よろしいですか？」と取材用ノートとペンを取り出す。「まず、京菓子の歴史というようなところから伺えれば」

「菓子の歴史いうんは古いなあ。神話の時代にまで遡る言われてまっさかいね」と須崎は笑う。「まあ、それはともかくとして、京菓子は、お公家はんが好んではりましたんやが、その後、茶の湯が盛んになりはって、茶請けの菓子の方も発展しましたさかい、利休はんの時代から、いろいろと工夫がされてきたんとちゃいますやろか」

江戸後期に入り、八代将軍吉宗の甘藷《かんしょ》栽培奨励や、肥沃な土地を有する近江、丹波地方の穀物が京都に流入するようになり、京の水質の良さと世相も重なって、京菓子造りが飛躍的に発展した、と須崎は言う。

「季節を巧みに折り込んだ、美と味の文化ですさかいね」

「確かに、味はもとより、目で見ても楽しめますものね」

「それぞれの京菓子司《つかさ》が、今も創意工夫してますんや。菓子の器にしても、優雅な銘まで添えられた銘々皿いうもんまで焼かれるようになりましてな、それに合わせるように、菓子の方も形や色がまた工夫されて、京菓子は大成されたいうことですわ」

「京都の文化の歩みそのものですね」

「その通りですねん」

と須崎が頷いたところに、奥から白衣を着た男性二人が盆を持って出てきて、隣の空いたテーブルの上に十品ほどの菓子を並べた。

「伝統的な京菓子に、うちとこの新しい工夫を加えた菓子ですねん。どうぞご覧やして……ああ、召し上がってもろた方がええかも知れへんね」

一馬はデジカメを持って隣のテーブルに行ったが、その美しさに目を奪われ、「いやあ、見事ですね」と、思わず唸った。

須崎は、これは何々、こっちは何々……と一つひとつ菓子を指差しながら、その名と素材を説明してくれる。

一馬は頷きつつ、その一つひとつをデジカメに納めていったが、ここに来た勝田の意図はすっかり忘れて、頭の中はライターとしての取材モードに切り替わっていた。

一通りの撮影を終え、「いろいろと有り難うございました」と一馬は頭を下げた。

「どれでも召し上がっておくれやす」

と須崎に言われ、『夕萩《ゆうはぎ》』と名付けられた一つを口に入れてみる。

白餡を葛で包んで、糸のように細く伸ばした何色かの飴を散らしたもので、ほのかな甘みが口の中に広がり、見た目の上品な美しさがそのまま味になっていると感じた。

「そちらはんもお一つ」勝田ににこやかに勧める。

「いえ、私は甘いものはちょっと……」と、勝田は苦笑しながら顔の前で手を振り、「ところで、こちらでご不幸があったそうですね」と、本題を切り出す。

「不幸て……そらまあ」須崎の笑みが消える。

「六代目……つまり、義弟《おとうと》さんの奥さんだそうですが」

「そちらはん、まだお名刺頂いてまへんわな?」

「失礼しました。こういうものです」

勝田の差し出した名刺を、須崎は睨みつけるようにしてじっと見詰める。

「亜細亜日報いうと、新聞社ですわな」名刺から目を上げた須崎が言う。「しかも社会部いうと、事件専門や」

「事件専門というわけではありませんが、佐山響子さんの事件を調べています」

「京菓子の取材いうんは嘘ですかいな」

「いえ、僕の方は本当に『多美倶楽部』の取材です」一馬は慌てて言った。「勝田さんとはたまたま……」

「せやかて……」

「神尾さんの取材にたまたま同行したわけですが、差し支えない程度で結構ですので、私の方の取材にもご協力頂けませんか?」

「協力いうてもなあ……騙されたようで、なんや気分悪うなってしもたわ」

「そこをなんとか……」

「いいや、もう帰っておくれやす。旅行雑誌の取材いうんも、取り上げて貰わんかて結構ですさかい」

須崎はプイと顔を背けた。

「申し訳ありませんでした」一馬は頭を下げた。「正直に申します。初めは『多美倶楽部』の取材というのは、面会を取り付けるための方便のつもりでした。記事にするつもりもなかったんです。でも、取材をしていくうちに、こちらの京菓子の素晴らしさに本当に興味を持ったんです」

須崎がゆっくりと顔を戻し、「ほう……」という表情を浮かべて一馬を見てきた。

「今頂いた『夕萩』にも感動しました。見た目の上品な美しさが、そのまま味になっていると感じました。再来週号の僕のコーナーには必ず取り上げるつもりです。お約束します」

一馬はもう一度腰を折って、深々と頭を下げた。

取材のポリシーに反する行為をしてしまったと思った。ライターとしての取材だけではなく、大生田のアシスタントとしても、決してしてはならない行為であったと心から反省し、頭を下げ続けた。

暫くして、「ええやろ。今のはあんたはんの言葉は本心やと思う」須崎が静かに言った。「頭上げておくんなはれ」

頭を上げた一馬に、須崎は微笑みを浮かべて頷いてくれ、「亜細亜日報いうたら大新聞や。妙な記事にせえへんと約束してくれはったら協力したってもええ」と勝田に言う。

「判りました。正面からお願いするべきでした。お許しください」勝田も頭を下げた。

「もっとも、答えられることと、そうでないことはあるんやけど……まあ、お座りやして」

一馬と勝田はもう一度頭を下げて、椅子に座り直した。

「で、何を訊きたいんや」

「佐山響子さんは、何故現場となった竹林に行かれたんでしょうね？」

「さあ……何があったんやろな。さっぱり判らん。おまけに着物まで替えていきおった」

「現場の近くで多賀純一という人物が確保されたんですが、その名前にお心当たりはありませんか？」

「警察にも訊かれたんやが、こっちゃでは全く……ただ、ひとつだけ……」

「何か？」

「虚無僧の格好しとったそうやね？　その男」

「はい、凶器となった尺八も持っていたそうです」

「記憶がないそうや、そう聞いたんやが」

「そのようで……」

「事件の日の夕方なんやけど、店の前で虚無僧が二人、托鉢しとったんや」

「二人……ですか？」

「ああ、二人並んで吹いとったんやが、ひょっとして、その虚無僧が……」

「その時、響子さんとその虚無僧とが、何らかの接触を持ったということはなかったですか？」

「接触というほどのもんやないけど、喜捨いうんかいな、あれ。尺八を吹き終わった虚無僧に、響子はんがいくらか包んで渡しとった」

「ほう……それを警察には？」

「ああ、言うた」

「そのあと、店に戻った響子さんに何か変わった様子はなかったですか？」

「さあ……こっちゃはそのあとすぐ、業界の集まりがあって出掛けてしもて、帰ったんは夜中だったよってに」

「なるほど……虚無僧の托鉢というのは、前にもあったんですか？」

「いいや、初めてやね」

「そうですか……で、響子さんなんですが、東京のご出身ですよね？」

「うちとこは東京のデパートにも三店舗ほど出店させてもろてんのやけど、先代もまだ元気やったし、そっちゃは和宏君が仕切っとったんや。その時に知り合ったんやそうや」

「お子さんはいらっしゃらないんですよね？」

「出けへんのや。もう八年も経つゆうんにな。跡取りのことも考えなあかんかったんやけど」

「東京で、響子さんは歌手志望ということで、江森健一郎という作曲家に師事していたそうですが」

「そうらしいわな」

「その江森健一郎も殺人事件で死亡しています。その直後にこちらに嫁がれたそうですけど、その事件のことについて、何か聞いていませんか？」

「さあ……聞いてへんなあ。和宏君はどうか知らんけど」

「実は、警察が確保している多賀という人物は、江森健一郎の専属アレンジャーだったんです。つまり、響子さんとは知己の間柄だったということです」

「そやったんかいな。ほな、その男の記憶が戻れば……」

「ええ、それが一番早いんですが、なかなか難しそうです」

「それにしても、妙なことで店の名が出て、困っとるんや。店の評判落とされなええ思うとるんやが」

「全くですね……あと何か気付かれたことはありませんか？」

「さあ……今のところはないなあ」

「そうですか……あとで何か思い出されたことでもあれば、ご一報ください。決してこちらにご迷惑の掛からないようにいたしますので」

「そやなあ、うちとこは客商売やし。早く解決して欲しいわ」

「はい、本当に……」

須崎は一馬を見て、「あんたとこの記事楽しみにしとるよ」とニコリとして言った。

一馬はきっぱりと頷いた。

7

「店の前で托鉢をしていたという虚無僧の一人が、例の多賀という人物なんでしょうか？」

店を出て、京阪電鉄の七条駅に向かいながら一馬は言った。

「その可能性は高いな。響子が喜捨をしたそうだが、その時に、メモか何かを渡したのかも知れない」

「托鉢中だとすれば天蓋を被っていたんでしょうね」

「だろうな」

「響子さんは、天蓋を被っていた人物が、どうして多賀という人だと判ったんでしょうか？　しかも、二人は八年も会っていなかったんでしょ？」

「それもそうだな」

「優衣さんは、『風動の肆』という曲目を聞いて、左手の甲の火傷の痕から多賀さんじゃないかと確信したんですよね？」

「なるほど……響子も左手の火傷の痕に気付いたのかも知れないな」

「もう一人は誰でしょうか？」

「伊沢ということは考えられないか？」

「可能性はありますね」

「とにかく、その時の虚無僧の一人が多賀だとすれば、響子と多賀が事件の前に接触したということになりそうだな」

「そうなりそうですね」

そんなことを話しながら歩いているところに、「なんや、また先回りかいな、勝田君」と声が掛かった。

先ほど会ったばかりの、野崎と坂田という刑事だった。

「先回りというつもりはありませんけど、そちらも『さやま』ですか？」

「七条署の担当が、この前あたってたんのやけど、合同捜査になったことやし、俺の方でも一度は話を訊いておかなね」

「それはそうでしょうね」

「まあ、いってみるわ。ほな……」

野崎は軽く手を挙げ、一馬と勝田は会釈を返した。

二人の刑事の後ろ姿を見送りながら、「竹林での第一発見者のところに連れてってください」と一馬は言った。

「ほう……」

「気付いたことがあるんです。それを確かめてみたいんです」

「その気になったってことか？　名探偵」

「やれるところまでやってみようと思い始めているんです」

一馬は勝田を見て、きっぱりと言った。

優衣のために……という言葉はさすがに呑み込んだが……。

8

佐山響子の遺体の第一発見者だという河埜寛司《こうのかんじ》翁は、勝田のことを覚えていて、すぐに尺八作りの工房に招き入れてくれた。

この工房を『河寛庵《こうかんあん》』と称していて、雲の上から落っこちた仙人のような生活を送っている、と河埜翁は笑った。

工房の隅のテーブルを勧めてくれ、自分でブレンドした豆を挽いたのだというコーヒーまで出してくれた。

傘寿（八十歳）だという河埜翁は、見事な総白髪と髭、小柄だが、作務衣に身に包んだその姿は矍鑠《かくしゃく》としていた。

「あの時の虚無僧の身元が判ったそうやね？」河埜翁が訊いてくる。

「仁科照道さんというかたのお弟子ということのようです」勝田が答えた。

「照道はんとこの尺八はよう鳴るんや。今は高槻ゆう弟子がこさえとるんやが、ええ仕事してはる」

「こちらも尺八をお作りなんですね？」一馬は訊いた。

「そうや。裏の竹林で、ええ真竹が採れよるんでな」

「河埜さんの竹林なんですか？」

「いいや、大家は別にいるんやが、勝手につこうてもええ言うてくれはってな」

「事件の時なんですけど、ここにいる時に聴かれたんですか？」

「ああ、ここで作業しとった時やった。なんや聞き慣れん曲やなあ思たんで、誰やろ、と出てみたんや」

「二度聴こえたそうですが、二度とも同じ曲だったんですか？」

「同じやった。少し間ぁを空けて二度聴こえた。もっとも、二度目の時は途中で終わってしもたが。警察に呼ばれて、あの虚無僧が吹くのを聴いたんやが、やはりその曲やったわ。『風動之肆』ゆう曲やそうやけど、吹いた本人も判らんそうやね？」

「その人は多賀という人なんですけど、自分で作曲した曲だそうです」

「ほう、そやったんか。けど、ええ曲……というより、凄まじい曲やったわ」

「尺八の音色は、どれも少しずつ微妙に違うそうですが、一度目と二度目で、何か違いのようなものは感じませんでしたか？」

「うん？　どういうことや？」

「僕のような素人が聴いても、多分判らないんでしょうけど、ひょっとして、同じ曲を違う人が、一度ずつ別々に吹いたという可能性はないかと思ったんです」

「ほう……鋭いな、あんた」

うてた」
「別の者が吹いたかどうかは知らんが、確かに一度目と二度目では微妙に音色がちご
「と言いますと？」

「やはり……」

「実は、その違いゆうんはあん時にもう気付いとったんやが、虚無僧姿の男は、倒れとった一人しかおらんかった。そやから、その男が二度吹いたんやろ思うてたんや。けど、今あんたが二人いたんやないかあ、言わはったんで納得したわ」

一馬と勝田は思わず顔を見合わせ、小さく頷き合った。

「間を開けて二度聴こえたということですけど、それはどのくらいの間隔が空いていましたか？」一馬は訊いた。

「そやなあ、二、三分やろか。初めに聴こえた時はここで聴いとったんやが、すぐにまた聴こえよったんで、一体誰が吹いとるんやろ思うて出てみたんや」

「演奏の腕は如何でしたか？」

「どっちゃもええ腕ぇ持ってはった。今も言うたように、尺八の音色が微妙にちごうとったのと、間ぁの取り方がほんの少しちごうとったが」

「判りました。どうも有り難うございました」

「参考になったかいな」

「はい、とても……それに、美味しいコーヒーを有り難うございました」

「なーに、唯一の趣味みたいなもんや」と河埜翁は笑う。

ほかには特に気付いたことはないという河埜翁に礼を述べて、一馬と勝田は工房を辞した。

「多賀のほかにもう一人いた可能性が出てきたな」

表通りに向かって歩きながら、勝田が言った。

「可能性としては、そうなりそうです」一馬は答える。

「それにしても、よく気付いたな」

「同じ曲が二度聴こえたということと、『さやま』の前で托鉢をしていた虚無僧が二人だったということから、ちらりとそう思ったんです」

「だが、もしそうだとすると、どうなるんだろうな」

「多賀さんが置かれている状況が、少し違ってきませんか？」

「例えば？」

「現場となった竹林には、尺八が吹ける二人の人物がいたと仮定してみます」

「いいだろう」

「一度目と二度目は、違う人物が吹いたのだと、更に仮定してみます」

「そこまでもいい」

「初めに演奏した人物は終わりまで吹いたそうですけど、二度目は途中で終わったということですね？」

「ああ」

「何故途中でやめたんでしょうか？」

「やめなければならなかった原因が出来て……つまり、響子を殴り殺したってことは考えられるな」

「多賀さんのタンコブは、記憶を失う原因となったものなんでしょうけど、誰かに殴られたとしか考えられませんよね」

「だろうな。とすると、初めの演奏が多賀で、響子を殺したもう一人の人物に殴られた、と？」

「その可能性はありますよね。つまり、多賀という人は竹林にはいたけど、殺害には関係していないのかも知れません」

一馬の脳裏に、憂いをおびた優衣の横顔が唐突に浮かび、多賀さんは犯人ではないかも知れないよ……と胸の中で呟いた。

「あるいは仲間割れでもしたかだが……いずれにしても、事件現場付近に、二人の尺八吹きがいたという仮定であれば、充分に考えられるな」

「でも、今の仮定で、一つだけ判らないことがあるんです」

「なんだ？」

「もう一人の人物も、『風動之肆』を演奏出来るということです」

「なるほど……その曲の演奏ができる人物は、今のところ多賀以外はいないってことだが、それが今回のヤマの鍵になりそうだな」

「そう思います。多賀さんが行方を消していた八年間に、多賀さん自身が誰かに伝えたという可能性もありますけど、それは、響子という人との接点が何かある人物ですよね？」

「そうなるな。よし、やっぱり八年前のヤマをもう少し掘り下げる必要がありそうだな」

「それと、多賀さんの八年間の空白も知る必要があります」

「青森に飛んだ手島が、何か摑んでくるかも知れない。それと今晩、東京本社から同僚が来るんだ。八年前の江森健一郎のヤマを担当した奴なんだが、六時に『華乃家』で待ち合わせているんだ。付き合えよ」

「いいですよ。どっちみち、今日も『華乃家』には行くつもりでしたから」

勝田が頷いたところに、「なんや、またまた先回りかいな」と、声が掛かり、野崎と坂田が近づいてきた。

「おやおや、野崎さん。またまた先回りしてしまったようですね」勝田が苦笑しながら言う。

「河埜いう第一発見者のとこいっとったんやろうけど、こら効率悪うてしょうないな」

「全くですね」

「どや、ここらで一度、情報交換といこうやないか。河埜っちゅう爺さんの方は、そっちゃの話ぃ聞いてからいった方がよさそうや」

「いいですよ、お昼がまだでしたら、飯でも食いながらにしましょうか」

時刻はそろそろ一時になるところだった。

「そら、ええな。蕎麦くらいなら奢らせて貰うわ」と、少し先にある蕎麦屋を指差す。

「いえいえ、こちらで奢らせて頂きますよ」

「そうかあ、済んなあ。ほな、いこかあ」

勝田が、また苦笑しながら肩をすくめた。

9

四人は、蕎麦屋のテーブルを囲んでいたが、野崎は、まずは勝田の方から話をするよう促した。

勝田は、『さやま』と河埜のところで摑んだ、虚無僧は二人いたのではないかという情報を話した。

「ふうん、なるほどなあ。現場に虚無僧が二人いたっちゅう可能性はあるなあ」野崎が言った。「なかなかええとこ突いとるやないか。それに、その曲を吹ける可能性があるんは、今のとこ多賀以外いないゆうんも興味あるなあ」

「それをもう一人の虚無僧も吹いていたってことになると、そのあたりが鍵になるんじゃないですかね」

「確かにそやなあ。もう一人が伊沢っちゅう可能性もあるが、その曲を伊沢は吹けたんかなあ」

「それを確認した方がいいでしょうね」

「そやなあ……けど、そうなると、伊沢は誰が殺したんやろな」

「何かすっきりしませんね」

「そやなあ……まあ、それもこれからやね。中立売署と七条署の合同捜査っちゅうことになったんで、坂田君と両方の事件の状況を洗い直そやないかあ、ゆうことになったんや」

「その行く先々で僕に会ったということですか」

「そういうことや」

「それはさぞかし鬱陶しいことでしたね」

「いやいや」と、野崎は髪の薄い頭をつるりと撫でる。「まあ、そっちゃもブン屋としては当然やろ」

「昼飯奢りますので、それでご勘弁を」

「特上天麩羅蕎麦ご馳走になるんや、それに、貴重な情報も聞かせてもろたことでもあるし、こっちは儲けもんや……ああ、蕎麦がきたな。おお、天麩羅がジュウジュウいうとるやないか、こら旨そや。頂くでぇ」

野崎は嬉しそうな顔をして、早速箸を割り、丼に顔を突っ込むようにして蕎麦をすすり始める。

「多賀の記憶はまだ戻りませんか？」

勝田も蕎麦をすすりながら訊く。

「まだ戻らんようやね。警察病院に措置入院させとるんやが、難儀やなあ」

「横浜の寺下という地名を思い出したようですが」

「そうやてね。けど、寺下ゆうんは横浜にはないらしい」

「神奈川県以外にも、横浜という処があるんじゃないですかね」

「ほう……鋭いやないか」と野崎が蕎麦の丼から顔を上げ、「そのことも何か摑んだようやね」とニヤリとする。

「青森ですよね？」

「確かに……青森県の上北郡いう処に、横浜町寺下っちゅうとこがあるそうや。早速青森県警に協力要請して、府警から二人ばかり飛んだとこや」

「空白だった八年間の、多賀の何かが判るかも知れませんね」

「そない期待しとんのやが……まあ、連絡待ちやわ。それにしても旨いなあ、この蕎麦。手打ちやろなあ、うん。天麩羅もあっつあつのサクサクや」

野崎は本当に嬉しそうにそう言ったが、勝田が言ったように、ただのおとぼけかも知れない、と一馬は思い、少し可笑しくなった。

そのあとはそれぞれ蕎麦を掻き込むことに専念し、つゆまで綺麗に飲み干した。

「いやあ、ほんまに旨かったわ。ご馳走さん」野崎はそう言って、フーッと息を吐いた。

「うちで抱えているネタが警察から解禁になったら、もっと豪勢に奢らせて頂きますよ」

半分は本気、というように勝田が言う。

「そら楽しみやなあ。ほな、一つだけネタ提供しよかあ」

「ええ、是非……でもいいんですか？　捜査上の秘密をブン屋なんかに漏らしても」

「まあ、情報交換ゆうて誘ったことでもあるし、あんたらもすぐに摑む情報や」

「なるほど……」

「和宏いう『さやま』の六代目なんやけど、被害者の響子と別れるいう話が進んどったそうや」

「ほう……」

「五代目は脳梗塞で倒れて隠居してはんのやけど、跡取りの出けん嫁はいらん、そないなことゆうて追い出し掛けてはったんやて」

「もめてたってことですか？」

「らしいわ。それに響子ゆうおなご、あっちゃこっちゃで浮気してたっちゅう噂があって、おまけに店の金にも手ぇつけてたんやないかあ、いうて、相当ごたごたしてたそうや」

「追い出される前に、誰かに殺されてしまったってことですね」

「そういうこっちゃ」

「そっちの絡みはないですかね」

「無論、視野に入れとるよ。ほかの者が和宏の周辺捜査やっとる」

「でしょうね」

「それと、須崎ゆう婿はんなんやけど」

「ああ、さっき会いましたよ。専務だそうですが」

「五代目の娘婿なんやけどな、あんまり評判がようないなあ」

「と、いいますと？」

「女癖がよくないそうや。前に、店の贔屓客だった女性に手ぇ出して、嫁はんと別れろの、店を出てけのと、随分とすったもんだやったそうや」

「ほう……」

「それに、ちょっと見ぃは物腰は柔らかそうなんやが、店員に対しては結構きついゆうことや。そのくせ、五代目にはへこへこして見せとるそうで、相当なしたたかもんやと、店員達には評判悪いな」

「そうは見えませんでしたが……」

「おとなしゅうしとらんと、いつ追い出されることになるやも知れん、ほんまはそないにびくびくしとるんやて、店員がこっそり言うとった」

「まあ、マスオさん状態ですからね、彼も」

「そやね……さてと、そろそろ河埜っちゅう爺さんのとこいってみるが、君達はどないする？」

「さあ、どうしましょうかね」

「伊沢の殺害現場にいくんやないんか？　丸太町のマンションの」

「まあ、そんなとこでしょうね」

「ほな、もう一つええこと教えたるわ」

「なんです？」

「今はいっても無駄や。管理人も隣の住人も留守やからね」

「留守？」

「二人とも中立売署に来てもろて、今頃は事情聴取の真っ最中や。旨い蕎麦ご馳走になった礼に教えたるわ。無駄足にならんようにな」

一馬と勝田が思わず顔を見合わせると、野崎は、「フフッ」と笑い、「ほな」と軽く手を挙げて、坂田を促して店を出ていった。

「確かに、無駄足にならずに済んだな」勝田が苦笑する。「さて、どうするかな、これから」

「そうですね、どうしましょうか」

優衣のために事件を調べてみよう、と気合いを込めたものの、所詮は素人の一馬としては、このあとどういう行動をとっていいのか判らなかった。

そこに勝田の携帯電話のベルが鳴った。

「勝田だが……うん？　なんだって……で、現場は？　ほう……よし判った。もう少し詳しい状況が判ったら連絡してくれ。じゃあな……」

通話を切った勝田に、「また事件ですか？」一馬は訊いた。

「東京で、服毒死体が発見されたそうだ」

「今回の事件に何か関係してるんですか？」

「その可能性があるんで俺に連絡してきたんだ」

「どういうことです？」

勝田は小さく息を吐き出し、そして言った。

「ガイ者は堀内秀夫っていう野郎で、江森健一郎のマネージャーだった男だ」

第三章　虚《きよ》　霊《れい》

1

京阪電鉄の七条駅から、一馬と勝田は電車に乗った。

ホテルに戻って記事をまとめたいと言う一馬に、六時前後に『華乃家』で会おうと勝田は言い、四条駅で一馬だけ下車した。

徒歩で四条烏丸のホテルに戻った一馬は部屋に入り、今まで取材した分をノートパソコンに打ち込む作業に没頭した。

まずは、雑誌社からのリクエストである嵯峨野周辺の雑感をまとめ、それに照道から聞いた虚無僧や尺八のこと、『さやま』での京菓子について等々を追加して記事にまとめていく。

一通りの記事にまとまったところで、画像データも含めて『多美倶楽部』編集部にメール送信する。

簡単にシャワーを浴びて着替えを済ませたところに、編集長の園田から携帯電話に連絡が入った。

全体のコンセプトとしてはオーケーだが、尺八や虚無僧についての件が興味深いので、別の角度からアプローチして、それをもう少し膨らませた方が面白くなるのではないか、との意見だった。

一馬は了解して通話を切り、腕時計を見ると五時半になるところだった。

ホテルを出て、徒歩で十分ほどの『華乃家』に向かう。

格子戸を開けると、女将の「お帰りやす」に迎えられ、一馬も「ただいま」と返す。

勝田は既に来ていて、勝田と同年輩と思える男性とビールのグラスを傾けていた。

勝田の隣に座り、女将からおしぼりを受け取ると、すぐにグラスと先付けの小鉢が並ぶ。今日の先付けは、本しめじと白髪葱の芥子味噌和え。

勝田の隣の男性と一馬の目が合い、会釈し会う。

「こいつは俺の同期で、本社の社会部にいる並木だ。例の八年前のヤマの担当だったんだ。こっちは今話していた神尾さんだ」と勝田が紹介する。

並木と呼ばれた男性が名刺を向けてきて、「ご実家は、あの神尾物産なんだってね」と訊いてくる。

一馬は曖昧に頷いて、名刺の交換。

「記事はまとまったのか？」勝田が訊いてくる。

「ええ、だいたいは……そちらはどうでしたか？」

「堀内秀夫・四十二歳……やはり、江森健一郎のマネージャーだった男だよ」

「ということは、今回の事件に絡んでいるんでしょうか？」

「さあな……だが、今回のヤマ自体が、八年前のヤマに何処かで繋がっているって気がする。ああ……とりあえずビールでいいな」と、勝田が瓶を向けてくる。

一馬は会釈して受け、生麩の田楽、鱧の梅肉といったおばんざいをカウンターの中に頼む。

ここの田楽味噌は絶品で、夏には賀茂茄子の田楽が楽しめる。

勝田と並木の前には、勝田のここでの定番となっている湯葉のお造りと、焼き松茸の皿が並んでいる。

松茸の香りを嗅いだ一馬も追加注文しながら、大生田に土産を送る約束を思い出し、明日にでも錦市場を覗いて見ようと思った。

三人で目の高さにグラスを掲げ、軽く乾杯。

「手島からはざっと聞いたが、八年前のヤマの状況を初めから話してくれ」勝田が並木を促す。

並木が頷き、「さっきのお前の話からすると、どうやらこっちで発生しているヤマに、間違いなく結びついていそうだな」とグラスのビールを半分ほど煽る。

「多分……いや、かなりの確率でその絡みだと俺は睨んでいる。だからそっちのヤマのことを知っておきたいんだ。なるべく詳しく話してくれ」

「判った、そうしよう」並木は残りのビールを空け、「まず、事件の状況だが……」と話し始めた。

八年前の七月十四日の午後二時十五分頃、現場は東京都世田谷区成城にある江森家で、住み込みのお手伝い・小山登美《こやまとみ》（当時六十二歳）が買い物から帰り、玄関を入った処で左前頭部から血を流して倒れている江森健一郎（当時四十九歳）を発見した。

登美はすぐに一一九番通報したが、消防が駆けつけた時には既に死亡していた。

現場の状況から殺人事件と断定されたが、何らかの怨恨による犯行と思われ、所轄の成城署に捜査本部が設置された。

遺体の司法解剖の結果、死亡時刻は午後一時の前後一時間と推定された。

まずは関係者からの事情聴取が行われたが、お手伝いの登美から、事件の数日前、江森の専属アレンジャーだという多賀純一が、被害者と激しい言い争いをしていたという証言を得た。

だが、多賀は全てを否定し、江森のマネージャーの堀内秀夫と、江森に師事していた歌手志望の藤田（現・佐山）響子も多賀のアリバイを証言した。

午前十時頃から午後三時頃まで、多賀は江森家から徒歩十数分の場所にある、江森の事務所でピアノに向かって仕事をしていたというものだった。

「二人の証言は認められたんだな」勝田が訊く。

「少なくとも、偽証と疑う根拠はなかった。というのも、堀内が朝から事務所に詰めていたのは何人かのスタッフも証言している。その堀内が同じ事務所内で多賀が仕事していたと証言したし、響子の方も、多賀にコーヒーとサンドイッチを運んだと証言して、スタッフもその様子を見ている」

「江森と多賀が言い争っていたってのは、どんな内容での諍いだったんだ？」

「ギャラのことだったそうだ」

「ふうん……で、凶器は？」

「棍棒のような鈍器」

「うん？　例えば尺八……」

「形状としてはな」

「ほかには容疑者は浮かんでいないのか？　怨恨の線で」

「江森に恨みを抱いてたってのは、それこそ団体でごっそりといたよ。そのうちの何人かは、いずれは自分がぶっ殺してやりたかったってほどの恨みを持っていて、犯人に感謝状やりたいくらいだなんて、口を揃えて言ってたよ」

「ふうん……相当恨まれてたってわけか」

「まず、江森は金に汚かったらしい。裏で高利貸しみたいなことまでやってたそうだ。『エモリ音楽事務所』は、裏で『エモリ金融商事』って呼ばれてたそうだ。それと江森の女性関係だ」

「その事件の二年ほど前に離婚してるよな」

「ああ」

「原因は、江森のその女性関係か？」

「のようだな。江森は、女と見れば手当たり次第って話だ。かみさんも娘も、それまでよく我慢してたって話をあちこちで聞いたよ」

「元のかみさんは、仁科奈緒《なお》っていう女優だったんだろ？」

「二十何年か前までの二十代の頃だがな。江森とは太秦の撮影所で会ったらしい」

二十何年か前といえば、一馬はほんの子供の頃で、優衣の母親が女優だったことも、名前すら知らなかったが、当時は時代劇のお姫様女優として結構人気があったそうだ。

「離婚してたってことは、元の女房には遺産の相続権はなかったんだろ？」

「ああ、ない。娘にはあったんだが、離婚する時に、かみさんはたっぷりと慰謝料を受け取っていたってことで、娘の相続権は放棄した」

「ほう……どのくらいの慰謝料だったんだ？」

「五億とか六億って額だったそうだが、かみさん側は裁判に持ち込む姿勢を見せていたんで、江森は要求をそのまま呑んだんだ。そのことは当時、芸能週刊誌やらテレビのワイドショーやらでさんざん騒がれただろ？」

「そんなこともあったな。だが、いくら江森の方に非があったとしても、五億とか六億っていう慰謝料の額は凄いな」

「江森が作曲で食えるようになるまでは、元のかみさんの実家から相当の援助があったってことだし、成城の家は、もともとはかみさんの親父の名義になってたってことだ」

「仁科家は資産家だからな」

「らしいな。で、その家を江森に買い取らせたそうだ。それに、離婚当時の江森は、飛ぶ鳥を落とすってほどの勢いで稼いでたし、裏で高利貸しみたいなこともやってたようだから、何億って金額でもなんとかなったんじゃないかな」

「なるほど……で、相続の方はどうなったんだ？」

「江森の姉貴の連れ合いの弟だとか、従兄弟《いとこ》だってのがわんさか集まってきて、相当ごちゃごちゃやってたようだ。どういう相続になったのかまでは知らないがな」

「結構な相続額だったんだろうな、あれだけのヒットメーカーとして稼いでいたんだから」

「だろうが、江森の曲の印税は、それまでも事務所に支払われていたんだ。まあ、税金対策だろうが。で、死んだあとの今現在でもそうなってるはずだ。今日死体で見付かった堀内ってのが『エモリ音楽事務所』の表面上の社長だったから、案外そいつが一番美味しい部分を持ってたんじゃないかな。未だに曲はテレビだとかラジオから流れてくるし、カラオケだとかなんだとかっての印税は、今でも相当入ってくるだろうしな」

「江森にはどのくらいのヒット曲があるんだ？」

「誰でも一度は聴いたことがあるって曲だけでも三十曲以上、ミリオンセラーは十何曲あるってことだ。だが、そのほとんどの曲が死ぬ三年くらい前から作曲されたものなんだ。それまでは、まあまあのヒット曲は数曲あったが、大ヒットというのは全くなかったらしい」

「死ぬ三年くらい前からっていうと、多賀が専属アレンジャーになった頃じゃないのか？」

勝田がそう言うと、並木がニヤリと笑った。

「何かあるのか？　そのことに」勝田が訊く。

「『エモリ音楽事務所』は堀内がそっくり受け継いだんだが、江森の死後も、事務所の専属歌手は次々にヒットを飛ばし続けてるんだ。事務所は、江森がいなくなってからも順調に運営されてるってわけだ」

並木はそのいくつかの曲名を言ったが、どれもテレビやラジオから毎日のように流されている曲で、流行歌にはあまり興味のない一馬でさえ知っていた。

「今言った曲は、みんな『寺下純《てらしたじゅん》』って奴の作曲と編曲だ」

「確か、覆面作曲家なんだろ？　そいつは」

「そのミステリアスな要素も話題になって、曲が売れてるとも言われてる」

「あっ！　ちょっと待て。寺下って言うと……それに純って言えば……」

「ってことさ」並木がまたニヤリとした。

「寺下純は、多賀純一だっていうのか？」

「昨日、こっちの支局の手島から電話で聞いたんだが、多賀って男は、横浜の寺下って処にいた可能性があるんだってな？」

「ああ、青森に横浜町寺下って処があるらしい。手島は今そこに飛んでる。だが……」

「俺はそれを手島から聞いて、録音スタジオの何人かにあたってみたんだが、寺下純が書いたスコアーと、多賀純一のスコアーは全く手が同じじゃないかって言ってた」

手が同じというのは、同じ人物が書いたものという意味だ。

「なんとなあ」勝田が唸った。

一馬が注文した生麩の田楽、鱧の梅肉、そして焼き松茸といったおばんざいが並び、勝田がビールを追加する。

「伊沢って男が殺されたそうだが」並木が訊く。

「ああ、響子のヤマの翌々日にな。そっちも虚無僧絡みだから、二件のヤマは関連してるんじゃないかな」

「そんな感じだな」

「多賀と伊沢は、仁科照道門下だ」

「じゃあ、二つのヤマは繋がってる可能性は高いな」

「だろうな。とにかくだ。響子が殺されて、そのそばに記憶を失った多賀がいた。翌々日に伊沢が、そして今日、堀内の死体が見付かった」

「伊沢以外の三人は江森健一郎の関係者だが、伊沢と、その三人の関係をあたる必要があるぜ」

「その関係の仕方によっちゃあ、今回のヤマは、やはり八年前の江森のヤマと何処かで繋がっている可能性が極めて高いが、そのことを、警視庁の方では摑んでるのか？」

「今朝早く、警視庁一課と成城署の担当が二人ずつ京都府警に向かった」

「七条署と中立売署の合同捜査だけじゃなくて、京都府警と東京警視庁との合同捜査になりそうだな」

「亜細亜日報も、京都支局と東京本社との合同取材ってわけさ」

並木がまたニヤリとし、勝田が大きく頷いた。

2

ビールを伏見の清酒に代え、おばんざいに舌鼓を打っているところに、一馬の携帯電話が鳴った。

「一馬か？　俺だが」

「えっ？　ああ、章一兄さん」

電話の相手は、一馬の兄で神尾物産社長の章一だった。

「どうしてる？」

「ええ、なんとか……」

「お前に頼みがあってね、今は何処だ？」

「京都です」

「大生田先生の仕事か？」

「それもありますけど、雑誌社の取材です」

「そろそろ俺の片腕として手伝ってくれると、助かるんだがな」

一馬が父の遺産を相続する前に、章一は果たして今のようなことを言ってくれただろうか、と少し可笑しくなる。

一馬の父の達也は四年前に他界したのだが、当然、一馬にも嫡出子三人に対する三分の一の法定相続権があった。

兄の章一を始めとする神尾財閥に連なる親類縁者達は、一馬にその相続権を放棄しろと迫ってきた。ある程度の現金の相続は認めるが、神尾の家とは一切縁を切るかたちで家を出て行ったのだから、企業の経営権に関わる株は放棄すべき、という理由を掲げての言い分だった。

一馬はそうしてもいいと思っていた。一馬自身、神尾家を出た時点で、既に神尾家との関わりを全て断ち切ったつもりでいたからだ。

そんなところに、吉野という弁護士から、至急に会いたいという連絡が入った。

吉野は、父が生前から信頼を寄せ、神尾家の財産管理を任せていた弁護士だった。

その時吉野は、「全ては、お父上からのこのお手紙を読んだ上で決断した方がいいと思うよ」と、父の直筆である長文の手紙と、一通の書類を一馬に見せた。

父は、一馬が一切の相続を放棄するであろうことを予測していて、この書類はお前や母に対する父からの愛情と誠意の証でもあるので、一切を吉野に任せ、相続を受けるようにというものだった。

一馬は、手紙での父の言葉の意味と吉野の人間性を信じ、吉野を代理人とする委任状に判を押した。それで誰からも煩わしい話を聞かされることはなくなった。

「で、頼みってなんですか？」一馬は訊いた。

「お前の署名が必要な書類があるんだ」

「そういう件なら、僕の方は吉野先生に全てお任せしてますから」

「いや、この書類はどうしてもお前の直接の署名が必要なんだ。まあ、吉野さんに立ち会って貰ってもいいんだが」

「判りました。東京に帰ってからでもいいですか？」

「ああ、無論いいとも。だが、俺から電話がいったってことは、誰にも黙っててくれよ」

「それは……いえ、判りました」

「京都っていうと、千秋も一緒か？」

「今はいませんけど、あとで会います」

「じゃあ、千秋にも内緒だ。田村に知られたくないんでな」

田村とは、一馬の姉妙子の夫……つまり、千秋の父親のことだ。

「お前は俺のたった一人の弟だからな。田村や大槻《おおつき》の叔父貴とは違って俺はお前を……いや、まあ、今度飯でも食いながらゆっくりと話そう」

「そのうちに是非」

「楽しみにしているよ」

「はい、こちらこそ……ああ、そう言えば、仁科照道という人が、神尾物産の株主だそうですけど、ご存じですか？」

「さあ……いくら俺でも全ての株主を知っているわけじゃない」

「そうでしょうね」

「なんなら調べさせるが」

「いえ、結構です。こちらでちょっとお世話になったかたなんですけど、そんな話が出ただけですので」

「そうか？　まあ、一応総務の方に伝えておく。ニシナショウドウ氏だな」

「はい……でも、お忙しいんでしょうから、本当に結構です」

「そんなこと言うなよ、兄弟で水臭いじゃないか。なんでも相談してくれよ。まあ、本当に近いうちに飯でも食おう。じゃあな……」

「はい、では……」

一馬は溜息を吐きながら通話を切った。

「兄貴かい？」勝田が訊いてくる。

「ええ、何か書類にサインが欲しいとかって」

「最近では仲良くしてるってことか？　兄貴とも」

「まあ、なんとなく……」と一馬は苦笑する。

「神尾物産は兄貴が社長なんだよな」

「ええ、姉の夫……つまり、千秋の父親が副社長で、義理の叔父が筆頭専務取締役という三つ巴みたいですね」

「あんたが相続した株を見詰めながら、その三人の喉から出ている手が見えるようだ」

一馬は苦笑を返しただけだったが、勝田の言った通りかも知れないと思った。株保有数からいえば兄が筆頭のようだが、一馬が相続した株の行方次第では、それはいつでも逆転する可能性を含んでいる。

三月の期末決算、六月の株主総会、八月の役員総会の時期が近づくと、いつもその三者から一馬にラブコールが送られてくるが、いつも一馬は、「吉野先生に全てお任せして……」という返答を繰り返すことにしている。

「株主総会や役員総会のあと、弁護士の先生からは、『今年のお笑い番組は、無事済んだよ』なんて連絡がいつも入るんです」一馬はそう言って小さく笑った。

「お笑い番組ってのはいいな」勝田も笑う。

吉野からの報告を聞いたサトは、「ぼっちゃまは、あのかた達のオチンチンを握ってるんでございます」といつも嬉しそうにそんなことを言うが、正直なところ、一馬はあまり関わりたくないと思っている。

格子戸が開き、女将の「お帰りやす」に迎えられて千秋が入ってきた。

一馬は無意識に千秋の後ろを見たが、優衣は一緒ではないようだ。

「わーっ、美味しそうね、松茸。あたしも頂くわ」千秋が目を輝かせながら一馬の隣に座る。

勝田が、並木と千秋を紹介し、二人は名刺の交換。

「若いお嬢さんが古代史をね」千秋の名刺を見た並木が言う。

「古代史というのはロマンですわ」

「確かに、卑弥呼とか邪馬台国なんてのはロマンがあるな」

「あたしの先生は平安京遷都についてがライフワークですの」

「なるほど……京都そのものだ」

「優衣さんは？」と、一馬が訊きたかったことを、勝田が訊いてくれた。

「お母様を病院にお迎えに」

「病院？　どうしたんだ？」

「貧血で倒れたらしいの。たいしたことはないそうよ。念のために救急車を呼んだんだけど、お医者様が帰ってもいいって仰ってくれたので、お迎えに行くそうよ」

「その程度ならよかったな」

「ええ、優衣さんもほっとしてらしたわ」

「酒でいいかい？」

「ええ、頂くわ」

隣に座っていた一馬が、千秋の猪口に徳利を向ける。

「さっきママから電話があって、お兄ちゃまと会うって言ったら、くれぐれもよろしくって。パパもお兄ちゃまに何かお願いしたいことがあるそうよ」

一馬は勝田と顔を見合わせ、苦笑する。

「どうしたの？」

「ついさっき、兄貴からも何か頼みたいって電話があったばかりなんだ」

一馬はあっさりと章一との約束を破った。

「章一伯父様？　じゃあ、神尾物産で何か動きがあるのね。そのうちに春子叔母様からも連絡があるわよ」

「かも知れないな」

「少しみんなをイライラさせてやっても面白いんじゃない？」

「千秋のパパやママが、ストレスで倒れても可哀想だ」

「あたしのパパやママの辞書に、ストレスなんて文字はないわ」千秋はそんな事を言ってクスッと笑う。「で、行ったの？『さやま』って和菓子屋さん」

「ああ、行ってきた。京菓子についてのいい記事が書けたよ」

「勝田さんの方の取材に付き合ったんじゃなかったの？」

「俺の方もちゃんと取材したよ」勝田が言う。「神尾さんのお陰で門前払いを食わされなくて助かった」

「そう言えば、さっき優衣さんから聞いたんだけど、響子さんていう人が亡くなる前の日に、優衣さんのお母様に電話があったそうよ」

「響子から電話が？」勝田が口に持っていきかけた猪口を置いて千秋を見る。「どんな話だったたって？」

「優衣さんは電話を取り次いだだけで、話の内容は聞いてないようね」

「ふうん……電話がねえ。何かありそうだな」勝田は頬杖をついて考えていたが、「まあ、いい。並木とも四年振りの再会だし、今日は仕事は上がりだ。呑もう」と、猪口を持った。

「これ、サービスなんえ」と女将が小鉢をそれぞれの前に置いてくれる。

京芋と干し海老の煮物に、柚子の皮を刻んで添えたものだという。

無論、有り難く頂くが、それにしても、大将が腕を振るったおばんざいは、いつ味わっても見事としか言いようがない、と一馬はしきりに舌鼓を打った。

そのあと一時間ほどして席を立ち、店の前に出てきた女将に見送られる。

千秋が一馬に腕を絡ませてきた。

「いいな、今度、俺ともそうやって歩いてくれよ」勝田が千秋に言う。

「いいわよ、勝田のおじさま。いつも今日みたいにご馳走してくれるのならね」

「お安いご用だ」

勝田はそう言って笑い、「そっと振り返ってみろよ」と並木に言った。

並木は首だけ後ろに回して、「ほう……ずっとあの姿勢か？」と感嘆の声を上げる。

「俺たちがこの路地を抜けるまで、女将はああしてお見送りしてくれるんだ」

「いい店見付けやがった。単身赴任ってのも、まんざらでもないいな」

「だろ？」

「そばにうるせえ女房もいねえしな」

そんなことを言う並木に、勝田が馬鹿にきっぱりと頷いた。

並木も勝田も冗談めかしてはいたが、それは案外本心から出たものではないのか、と一馬には思えた。

3

翌朝の十時少し前、一馬は叡山電鉄鞍馬線の八幡前駅の改札を出て、仁科邸に向かって歩いていた。

昨夜、『華乃家』を出たところで一馬は、尺八や虚無僧についての追加取材をしたいので、もう一度照道に会えないだろうか、と千秋から優衣に連絡を取って貰った。

千秋から通話を代わった一馬に、照道は出掛ける予定だが、高槻が取材に応じてくれると優衣は言い、午前中であれば、優衣が一緒に立ち会ってくれるとの答えが返ってきた。

通話を切ってそれを千秋に伝えると、「優衣さんと過ごせることになってよかったわね、お兄ちゃま」と、千秋はまたまた小癪な事を言ったので、その小生意気な姪の可愛い鼻を、一馬は少し強めに摘んでやった。

だがその途端、優衣の笑顔が脳裏に浮かび、わけもなく一馬の胸が躍った。

仁科邸の立派な門に取り付けられたインターフォンのボタンを押すと、中から優衣の返事があり、一馬は名乗った。

待つほどのこともなく、門の中からサンダルの音が聴こえてきて木戸が開けられ、優衣が笑顔を覗かせた。

「済みません。勝手を言ってしまって」一馬は会釈して言う。

「いえ、今日は午前中はお休みを頂いてますので……さあどうぞ」

優衣が笑顔のままでそう言い、一馬の胸がまたときめく。

今日は玄関ではなく直接庭に回り、邸を半周して竹林の脇の尺八製作工房に行く。中では、作務衣姿の高槻が、竹に穴を開ける作業をしていた。

早速、一馬は質問していく。

「尺八に適した竹を選び出すコツはなんですか？」

「竹林を辛抱強く歩いて、節まわし、太さ、竹質などを見つけ出しますが、それは長年の勘しかありません」

「そのあとの工程は？」

「天日干しして油抜きをします。その後三年以上の陰干しをして、暑い夏と寒い冬の気象条件に耐え抜いた竹の中から、更に、寸法、太さ、品級にあった竹を選び出します」

「随分と根気のいる仕事ですが、実際の尺八を造るのはそれからなんですね？」

「そうして選ばれた、形態の違う一本一本の自然の竹に、手孔の位置を、微調整しながら開けていくんです」

「それが尺八の音律になるわけですね？」

「ええ、一番神経を使う作業です。今はほとんどボール盤のような機械を使うようですが、私は昔ながらの道具を使っています。これも照道導主から受け継いだものです」

そのあとも一馬は次々と質問していき、尺八製作のレクチャーを受けた。

ふと工房の隅を見ると、フラスコやビーカーといった理化学機器が並んでいる机が一馬の目に止まり、「あれは何をするものですか？」と訊いた。

「尺八の乾燥を防ぐための油を調合しているんです」

「ああ、この前照道さんが仰っていた特殊な油ですね？」

「もともと私は化学を勉強していましたので、そんな方法を思いついたんですが」

「なるほど……その特殊な油の成分というのは秘密のものなんですか？」

「いえ、特には……主成分は椿油ですが、あとの二種類も一般的なものです」

「いろいろと有り難うございました」と一馬は頭を下げた。

高槻と優衣が顔を見合わせて頷き合っていたが、その二人の様子は、仲のよい親子を思わせた。

「お仕事に戻って頂いて、その様子を撮影してもよろしいですか？」

高槻は頷いて作業に戻り、一馬はその様子を、角度を変えてデジカメに納めていく。

暫くお互いの仕事を続けていると、戸の外から声が掛かり、優衣が返事を返して引き戸を開ける。

茶の乗った盆を持った和服の婦人が入ってきて、一馬に会釈してきた。五十歳前後だろうか。

一馬が会釈を返すと、婦人は微笑みながら草履を脱いで板の間に上がり、一馬の前に座ると、盆を躰の脇に置いた。

茶の一つを一馬の前に置きながら、「優衣の母でございます。娘がお世話になっているそうで」と、床に手を突いて頭を下げてきた。

一馬は慌てて座り直し、「こちらこそお世話になっております」と膝に手を突いて頭を下げ返したが、この人が元女優だったという仁科奈緒ということか、と思った。

時代劇のお姫様女優として人気があったということだが、その楚々とした振る舞いは、今でもその面影を感じさせ、一馬は思わずそれを優衣に重ね合わせてしまう。

「お躰の具合、如何ですか？」一馬は奈緒に訊いた。

「ちょっと貧血を起こしただけですの。たいしたことはなかったんですけど、救急車だなんて大袈裟なことになってしまって」

「たいしたことがなくて何よりでした」

「おそれいります」奈緒はそう言って一馬に頭を下げた。

そして一馬は考えていた。響子が死ぬ前の日に奈緒に電話してきたということだが、その内容を訊いてみてくれと、昨夜、別れ際に勝田は言ったのだ。

訊ける雰囲気であればそうしてみる、と一馬は答えておいたが、奈緒を目の前にした一馬は、やはりためらっていた。

「そうそう、お母様」と優衣が言った。「響子さんがお亡くなりになる前の日に、お電話頂いたわね？」

優衣がそれを訊いてくれた。

「えっ？　ええ……そうだったわね」

一馬の気のせいだろうか、奈緒の瞳がほんの一瞬、あたりを彷徨《さまよ》ったように感じられた。

「どんなお話だったの？」

「それは……いえ、たいしたお話ではなかったわ。ご無沙汰していて、とか、お変わりありませんか、とか……そんなことだけだったと思うわ」

「そう……響子さん、次の日にあんなことになったので、少し心配になったの」

「そうね……お気の毒だったわね、響子さん」

奈緒は何故か高槻を見、高槻も見詰め返していたが、そのあとすぐに奈緒は、「ごゆっくり」と一馬に会釈して工房を出ていった。

一馬は茶を飲みながら、高槻の作業を眺めていた。

「取材の方はもうよろしいですか？」優衣が訊いてくる。

一馬は優衣に頷いて茶碗を置き、高槻に礼を述べた。

高槻が穏やかな笑みを浮かべて、会釈を返してくる。

「あたしはこれから大学に行きますけど、神尾さんはどうされますか？」

「じゃあ、僕もご一緒します。千秋と志村先生の処に顔を出してみますよ」

という一馬に優衣も笑顔で頷き、二人で仁科邸を出た。

4

「ねえ先生。今日は五時にはここを出てくださいね」

千秋が志村に言っている。

「えっ？　なんで？」

「里奈ちゃんと何か約束してませんか？」

里奈は、七歳になる志村の一人娘だった。

因みに、志村は離婚していて、今は一人娘の里奈と、東京から呼び寄せた母親と三人で暮らしている。

「あっ、いけない。テレビゲームのソフトを買いに行く約束だったんだ。『トンピリピン』っていうソフトなんだってさ」

「お母様から電話頂いたわ。きっと忘れてるからって」

「うん、すっかり忘れてたよ」

「また里奈ちゃんから口きいて貰えなくなっちゃいますよ」

「そうだよなあ、危ないところだった」と、志村は真剣な表情を浮かべて胸に手をあてる。

そんな様子を、一馬は学生達と一緒にニヤニヤしながら見ていた。

「取材は済んだの？　お兄ちゃま」

と訊いてくる千秋に、一馬は頷いた。

「で、今日はどうするの？」

「記事をまとめたいんだけど、何処か場所貸して貰えないかな」

「そのゴミ溜めのテーブル以外なら、空いているデスクをどれでも使っていいわ」

一馬は頷いて、デスクの一つにバッグを置いた。

「お昼まででしょ？　学食でも行かない？」

「いいね、学食なんて何年ぶりかなあ」

「先生もいきますよね？」

「うん、お腹が空いたよ」

「じゃあそうしましょ。田口君と斉藤君、留守お願いね。それから、『遷都における秦氏の業績』と『遷都の力学』の資料をタイトル別に打ち込んで、ファイルナンバーをふっておいて」と千秋はてきぱきと指示を与える。

そのあいだ志村は、相変わらずの無精髭を擦りながら、自分のパソコンデスクの前にボーッとつっ立っている。

「はい、先生。二人の邪魔っけですから、さっさと行きましょ」

千秋は志村の背中を押すようにして部屋を出て、三人でA号館三階の学生食堂に向かう。

食堂は昼時ということで学生達で賑わっていたが、「あら、優衣さんと柿沼先生だわ」と千秋がテーブルの一つを指差した。

奥のテーブルには、優衣と五十歳前後の男性が座っていた。

二人のテーブルに近づいて行くと、優衣の方も三人に気付いて笑顔で会釈を送ってくる。

二人は既に食事を済ませたらしく、コーヒーを飲んでいた。

「ご一緒に如何？」優衣が同席を勧めてくる。

「ええ、じゃあお邪魔するわ」千秋が答え、「何がいいですか？」と志村に訊く。

席に着いた志村は、「カレーライス」と答えて煙草に火を点ける。

「またですかあ？　毎日カレーライスじゃないですか」

「だって好きなんだよ、ここのカレーライス」

「まあ、いいですけどね……あたしはハンバーグ・ランチにするけど、お兄ちゃまは？」

「じゃあ、僕もそれにする」

千秋は頷いて券売機に向かい、優衣が一馬に柿沼を紹介してくれる。

「作家の大生田郷士さんのアシスタントなんだってね」柿沼が訊いてくる。

「はい、ご愛読頂いているようで」

「随分ユニークな歴史的解釈をしているけど、なかなか楽しませて頂いてるよ」

「次からは献呈させて頂きますので」

「それは楽しみだ。今回は虚無僧の取材なんだって？」

「ええ、優衣さんにいろいろとご協力して頂いてます」

「仁科君のご祖父は現代の虚無僧だからね」

「大生田さんは、そもそもの虚無僧の成り立ちを、関ヶ原以後、浪人達が大量に発生して……」と、仁科にも話した内容を、近世日本史の専門家である柿沼に話してみる。「つまりリストラにあった浪人達の苦肉の策で生まれた集団じゃないかと」

「なるほど、リストラって考え方は面白いね。それこそ大生田さん流の歴史的解釈だ。面白い作品になりそうだね」

「今後、ご指導を仰ぐかも知れませんが、その節はよろしくお願いします」

「いつでもいいよ。資料も探しておくから」

そんなやり取りしているところに、千秋がワゴンでランチを運んで来てくれた。志村の前に、カレーライスの皿と水の入ったコップを置きながら、「こぼさないでくださいよ、先生」と、千秋は厳しく言う。

「そんな……こぼさないよ、子供じゃないんだから」

「子供じゃないから始末に悪いんですよ。はい、お兄ちゃま」

一馬は苦笑しながら受け取り、優衣と柿沼も、にこやかにそんな二人のやり取りを眺めている。

「論文の進み具合は如何ですか？」柿沼が志村に訊く。

すかさず千秋が、「順調ですよ。優秀な助手がついてるから」そう答えたが、隣の席で志村が、「うん」と声に出して大きく頷いた。

柿沼と優衣が今度は声に出して笑ったが、志村はそんなことにはお構いなく、スプーンですくったカレーライスをせっせと口に運んでいる。

千秋の忠告を受けたからなのか、志村はなんとかこぼさずに食べ終え、水をごくごくと飲むと、「ああ、旨かった」と腹をさすりさすりして、ニコッと笑う。

「さて、僕は午後から講義があるから失礼するよ」柿沼が椅子を立つ。「仁科君はゆっくりしてってていいからね」

優衣が笑顔で頷く。

「先生も一時から一コマ講義があるんでしょ？」千秋が志村に言う。

「うん、『文化史概説』の講義だ」と、煙草に火を点ける。

「じゃあ、準備もあるでしょうから、とっとと行ってください」

千秋に煽られた志村は、火を点けたばかりの煙草を慌てて灰皿で揉み消すと、音を立てて椅子を立った。

「もう一つだけ重要な忠告してもいいですか？」

志村を見上げた千秋が言う。

「えっ？　なんだい？」

「無精髭にカレーがくっついてます。拭いてください」

ポケットティッシュを志村に向けながら、千秋が言った。

5

「あんまり苛《いじ》めるなよ、志村先生を」一馬が苦笑して言う。

「あのくらいで丁度いいのよ。お母様からは、もっと厳しくしてくれって言われてるんだもの」

千秋がニコリとしてそんな事を言い、優衣がクスッと笑う。

「あら、勝田さんだわ」と千秋が指差す。

入り口付近で、勝田と並木がキョロキョロとやっていた。

千秋が手を挙げると、それに気付いた勝田が頷き、二人が近づいてくる。

「志村先生とそこで会ってね、ここにいるっていうから」

「何かあったの？」

「ああ、ちょっとね……ここ、いいかい？」

「いいわよ。コーヒーでいい？」

千秋がナイフとフォークを置く。

「いや、構わなくていいよ。昼飯を続けてくれ」

「違うわ。あたし達の分もご馳走して欲しいのよ」と、千秋は券売機を指差す。

並木が苦笑して券売機に向かい、千秋はチロリと舌を出した。

「手島から連絡が入ったんだが」と、席についた勝田が優衣を見て言う。「やはり多賀さんは青森に住んでいた」

「そうでしたか……それで、何か判ったんですか？」

「多賀さんが、君の親父さんの専属アレンジャーになった頃のことを、出来るだけ詳しく知りたいんだ」

「詳しくって……あたしはその頃まだ高校生でしたから、詳しくと言っても……」

「そのことに何かあるんですか？」一馬は訊いた。

「いや、まだこれといって何かを摑んだわけじゃないんだが……で、多賀さんなんだが、音大卒業間際に親父が脳溢血で逝っちまった。お袋の方は、寝たきりだったそうだ。保険が適用されない原因不明の難病だったらしい。で、多賀さんはフランス留学も諦めて、君の親父さんと契約を結んだ。お袋の高額な療養費を稼がなくてはならないということだったんだろう」

「あたしもそう聞いてます」

「多賀さんのお袋は、その約一年後に他界してる。その時点で、多賀さんは本来のクラシック音楽界に戻るものと周りからは見られていたし、本人もそう言っていたようだ。第二シンフォニーや尺八協奏曲も書き続けていて、それを大学の恩師にも見せていたそうだし、助教授の話もあったらしい。ところが、多賀さんはそのあとも引き続き君の親父さんのところの仕事を続けた。そして、八年前にあの事件が起きて、そのあと、何故か行方をくらませている。その時こそ本来の道に戻ってもよかったはずなのにね」

「その原因が何かあるはずだと仰るんですの？」

「ああ、何かあったはず、と俺たちは考えている」

「それが今回の事件に何か関係してるんですか？」一馬は訊いた。

「そこまでは判らない。ただ、今回の事件は全て八年前のあの事件に繋がっていると思うんだが、その辺りの事情を知っていそうな人物はみんな死んでいるし、多賀さんは記憶を失っている。で、優衣さんか母上くらいしか話を聞ける相手がいないんだ」

「母ならあたしより詳しいことが聞けるかも知れませんけど……でも、母もあまり知らないんじゃないでしょうか。父は、そういうことをあたしや母にはあまり話さなかったんです」

「実は、さっき母上に電話したんだけど、元の主人のことについては、一切お話ししたくないって言われてしまってね。で、君に話を聞こうかと思ったんだ」

「そうですか……でも、今も申しましたように、あたしはその件については全く知りません」

「うーん……とすると、あと誰がいるかな、その当時のことに詳しいのは」

「父の曲を歌っていた方々はどうですか？　あとはレコード会社の人達とか……多賀さんは、レコーディングの時は必ず立ち会っていたそうですから」

「そのことなんだけどね、実は、多賀さんは、お父さんの曲の伴奏のアレンジだけではなかったって言う人が、何人かいてね」

「どういうことですか？」

「曲そのものも多賀さんが書いてたんじゃなかったかって」

「えっ！　父の作曲じゃなかったんですか？」

「そういう噂が、業界関係者のあいだで出ていたんだそうだ」

「でも、なんで父は……いえ、多賀さんも……」

「初めは多賀さんも、母親の療養費を工面するためだった。それは本人も周りの何人かに言っていたそうだ。でも、母親が死亡したあとも、お父さんのゴーストライターを続けていた可能性がある。まあ、それなりの収入を約束されていたからかも知れないが」

「でも、それならなんで、多賀さんは父が亡くなったあと青森に……」

「それを知りたいと思ってるんだが、まあ、手島が何か摑んでくるかも知れない」

並木が五つのカップをトレイに乗せて戻ってくる。それぞれにカップを配り、自分も椅子に座る。

「多賀さんは、青森でどんな生活を送っていたんですか？」一馬は勝田に訊いた。

「孤児院にいたそうだ。寺でやっている小さな孤児院だそうだが、そこを手伝っていたらしい」

「寺下純というのは、やはり多賀さんだったんでしょうか？」

「彼が与えられていた部屋に、書きかけの楽譜が一杯残っていて、ＪＴという署名があったそうだ。寺下純とも、多賀純一のイニシャルとも考えられる。手島はその楽譜を何枚か借りたそうだ。うちの東京本社にファックスして貰って、スタッフがそれを持って録音スタジオに飛んでる。寺下純と同じ手かどうか確認して貰えばはっきりするだろう」

「もしそうだとすると、寺下純は間違いなく多賀さんということになりますね」

「そうなるな。それと、何日か前に、伊沢と思える人物が多賀さんを訪ねてきていたそうだ」

「その目的は判っているんですか？」

「いや……だが、今回の事件に関係した何かあるはずだ。それも、八年前の事件に繋がった何かがな。多賀さんは、伊沢が帰ったあと、休暇を貰って孤児院を出てったそうだ。虚無僧の格好をしてな」

「京都に向かったんでしょうね」

「だろうな……そこで、優衣さんからお母さんにいろいろと訊いて貰えないかな。多賀さんがお父さんのところに来たときの事情とか様子とか」

勝田の言葉に、優衣が大きな溜息を吐き出した。

「あたしはそろそろ戻らなくちゃ」と、千秋がチラリと優衣を見て言った。「優衣さんも、柿沼先生の資料整理をするんでしょ？」

千秋は、勝田達から優衣を解放してやりたいと考えて言ったのだろうが、千秋のその機転に、「えっ？　ええ、そうね。あたしもそろそろ失礼します」と優衣も話を合わせて椅子を立った。

「お兄ちゃまも取材の記事まとめるんでしょ？」

「そうだね。じゃあ僕も」と一馬も腰を浮かす。

そこに一馬の携帯電話のベルが鳴った。

先に行っているわ……と、千秋は優衣を促して、食べ終えた食器類をワゴンに乗せた。

一馬の携帯電話のディスプレイには、覚えのない番号が表示されていたが、とりあえずは通話ボタンを押して耳に当てた。

「一馬様でございますか？」相手が言った。

「はい、一馬ですが?」

「わたくし、神尾物産総務部の村井でございます」

父の生前から神尾物産にいて、社員というよりは神尾家の番頭というような立場の人物だった。七十歳近くになるはずだ。

「ご無沙汰いたしております。お変わりございませんか?」

「ええ、相変わらずです。村井さんもお変わりありませんか?」

「おそれいります。お陰様で……それで、社長の章一様からご指示頂きました、当社株主の仁科様のことでお電話差し上げたのでございますが」

一馬としては、何気ない問い合わせをしただけだったのだが、章一の方はそう受け取らなかったようだ。

一馬は、やれやれ、と小さく溜息をついたが、とりあえずは村井の話を聞くことにした。

「現在は安定株主でらっしゃいますが」と村井は言った。「十年ほど前、一時は当社の株だけではなく、他社の一切の株も手放すのではないか、という状況でございました」

「ほう……」

「永和電工という会社がございましたが……」

東証一部上場企業だったが、十年ほど前、突然の倒産が発表され、業界内外で大きく騒がれた会社だそうだ。

「仁科氏はその永和電工の会長とは、お若い頃からのお知り合いということで、大株主であると同時に出資もなさってたそうです。しかし、その突然の倒産で、当然、出資分は戻りませんし、株も無価値になってしまわれました。株は仕方ないといたしましても、出資分は土地を担保にして銀行から借り入れを起こしたものだそうで、それを返済するためには、他社の株を全て手放さなければならないだろうと思われたんです。当社の株は、うちの社長に譲って頂けないかと、わたくしも何度か京都のお宅にお邪魔させて頂いたことがございます」

「十年ほど前なんですね？」

「左様でございます」

「仁科邸の一部を建築会社に売って、今はマンションが立っていますが、ひょっとしてそれも……」

「約半分ほどの土地を処分されて、負債の補塡に回したようでございます」

建築会社から売れ売れと、うるさく言われて仕方なく……照道はそう言っていたが、そんな事情があったようだ、と一馬は照道の別の顔を見たような気がした。

「実際は、それでも届かなかったようでございます。当然、株もご処分なさるだろうと思われましたので、当社の株は私どもに、というお話で進めさせて頂いてたのでございますが、なんとかほかで手当がついたとかで、現在もそのままお持ち頂いております」

「そうですか、いろいろと有り難うございました。兄によろしくお伝えください」

一馬は早々に通話を切った。

「仁科邸がどうかしたのか？」勝田が訊いてきた。

「いえ、プライベートな話です」一馬は答えを避けた。

仁科家の経済状況を勝田に報せる必要はなく、勝田が追っている事件には関係ないだろうと思ったのだ。

だが不意に、十年前と言えば優衣の両親が離婚した頃だと思った。

そして、離婚の際、照道名義だった成城の家を江森に売り渡し、五億とも六億とも言われる高額の慰謝料が奈緒に払われたそうだが、それも照道の負債の補塡に回されたのだろうか、と何気なく一馬は思った。

6

勝田と並木とは学食を出た処で別れ、一馬は志村の研究室に戻ってノートパソコンに向かった。

それまでの分も見直し、午前中に高槻から取材した内容を付け加えて構成し直していく。

途中に千秋が入れてくれたコーヒーで休憩しただけで、三時間ほど掛けてそれを終わらせた。

『多美倶楽部』編集部に、画像データを含めてメールで送信し、千秋と雑談していると、編集長の園田から携帯電話に連絡が入った。

園田はオーケーを出してくれ、ほっとする。

「さあ、そろそろ五時ですよ、先生。帰る支度してください」

千秋が志村を追い出しに掛かる。

「うん、そうだね。『トンピリピン』のゲームソフトだ」

志村も素直に頷いて、椅子を立った。

「今日はどうする？　お兄ちゃま。また『華乃家』？」

「どうするかな……御池にちょっといい町家レストランがあるんだけど、今日はそっちに行ってみないか？」

「お兄ちゃまはそっちに行けばいいわ。あたしは『華乃家』にするけど」

「なんだ、つきあえよ」

「だって、優衣さんが『華乃家』に連れてって欲しいって言うから、さっき約束しちゃったんだもの」

「えっ、優衣さんが？」

「そうよ……さあ、どうする？　お兄ちゃま」

全く小癪な娃だったが、そういうことなら『華乃家』に決まっているじゃないか、と千秋を睨んだ。

千秋が尻を叩くようにして志村を送り出し、優衣を待った。

暫くして優衣がやってきた。途端に一馬の胸にさざなみが立つ。

「さっき母に電話して、多賀さんのことを訊いてみたんですけど、その時の事情は、母もよく知らないと言ってました」

「その件はもういいんじゃないかな」一馬は言った。「勝田さん達や警察に任せておこうよ」

「そうよ、いちいちあの人達に付き合う必要はないわよ」千秋もそう言う。

「でも、多賀さんが……」と優衣の表情が曇る。

「それも、優衣さんやあたし達がどうこう出来る問題じゃないわ」

「でも……ううん、そうね。警察にお任せするしかないわね」

優衣もそう言い、やっと明るい笑顔を見せる。

「さあ、『華乃家』に行きましょ」

「ええ、とてもいいお店に連れてって頂いたので楽しみだわ」

僕はもっと楽しみだ……と一馬は大きく頷いて、三人で研究室を出る。

『華乃家』には、サラリーマン風の二人と、舞妓を伴った初老の紳士の二組の客がいた。

「わーっ、可愛い」千秋が舞妓を見て小さく歓声を上げる。

舞妓が千秋を見てニコリとし、会釈を送ってくる。

「舞妓はんに憧れはって、高知から修行にきはったんえ」それぞれにおしぼりを渡してくれながら女将が言った。「まだ十八なんやけど、お酒出させてもろてますんえ」

舞妓に関しては、その点は警察もお目こぼしなのだ、と女将が小さく笑いながら言った。条例より文化を重んじる、ということなのだろうが、それがなんとも古都京都という観光都市らしい、と一馬は思った。

「今日こそは大生田先生の取材費で、お腹一杯頂くわよ、お兄ちゃま」

そんなことを言う千秋に、一馬も苦笑して頷く。

おばんざいはあれこれ注文せずに、全て大将にお任せということで、まずはビールで乾杯。

「取材の方は終わったんですか？」優衣が訊いてくる。

「今日の高槻さんの取材分をまとめて送ったら、さっき編集者からオーケーが出ました」

「そうですか、で、京都にはいつまでいらっしゃるんですか？」

「さあ、まだ決めてないけど、あと一日二日ゆっくりしていこうかと……」

「そう、よかったわ」

「えっ？」

優衣はそのあと何も言ってくれなかったが、一馬の胸の中の風船が期待に膨らむ。

大将は次々におばんざいに腕を振るってくれ、燗より冷やの方が旨いのだという清酒を女将に勧められる。

千秋と優衣は、それぞれの恩師の学会について、少々専門的なやり取りなどを始め、一馬はその二人の……というより、優衣の横顔をうっとりと眺めていた。

おばんざいの味には文句のつけようはなく、酒も旨い。何よりも連れはとびきりの美人が二人……と、なんとも幸せな気分を味わっているところを、勝田と並木の登場で水を差された。

「やっぱり来てたか」と、勝田が一馬の隣に座り、まずはビールと湯葉のお造りを注文。

「秋鱧で何か造って貰うかな」と並木も注文し、勝田とビールを注ぎ合う。

「何か進展はありましたか？」とりあえず一馬は訊いた。

「多賀の八年間の空白の意味が多少判ってきた」

その言葉に、優衣が勝田に顔を向ける。

「優衣さんにはちょっと聞きづらい話になるが、耳を塞いでおいてくれないか。親父さんの嫌な面が出てきそうでね」

優衣は少し考えていたが、「判りました。お話を伺います」と勝田に目を向けてきっぱりと言った。

勝田は頷くと、喉を潤すかのように一気にグラスを空けた。

「多賀がなんで青森に行ったのか、ということだが、手島の青森での情報と、東京に残ってる並木のスタッフからの情報、それからこっちで発生したいくつかの事件の状況を繋ぎ合わせて、ちょっとした推理をしてみた」

勝田のここでの定番の湯葉のお造りが出されたが、勝田は箸をつけなかった。

「多賀はその孤児院に突然現れたそうだ。給料はいらないから働かせてくれ、と言ったらしい」

その孤児院は『清風園《せいふうえん》』と言い、地元の寺で運営しているとのことだ。

「多賀はそこでピアノや尺八を教えていたそうだが、本名の多賀純一を名乗っていて、住民票もその孤児院に移していた」

「本名を名乗ったり、住民票を移動していたということは、特に隠れ住んでいたわけではなさそうですね」一馬が訊く。

「俺たちもそう思った。つまり、その直前の事件に、何もやましいところがなかったから、とな」

「その孤児院を選んだ理由に何かありそうですか?」

「問題はそこにあると思ったんだ。で、手島がいろいろと調べた。ああ、手島は警察より半日早くその孤児院に辿り着いたらしい。もっとも、青森県警と京都府警から何人か来て、あっさりと追い出されたようだが」

正規の住所移動が行われたのであれば、警察はすぐに辿り着けただろう。

「多賀は、そこの園児の一人を特に可愛がっていて、その子も多賀になついていたらしい」

梶田《かじた》幹夫《みきお》という現在十六歳の少年だという。

「五歳の時に、両親を交通事故で失って孤児になったそうだから、今から十一年前ということになる。その事故は轢き逃げで、未だに犯人は検挙されていない」

「何かあるんですか? そのあたりに」

「その幹夫という子が『清風園』に引き取られてきた直後から、匿名の寄付が寄せられるようになったんだ。そこそこの額が毎月な。それは今も続けられているが、八年ほど前からは、そこそこの額だったものが、一気に相当な額に跳ね上がったらしい」

「八年前っていうと……」

「その時期を手島は詳しく調べたんだが、江森の事件の三ヵ月あとからということだ」

「その事件に何か関係している、ということですか？」

「寺下純に作曲料や印税が振り込まれるようになったのは、江森の事件の三ヵ月あとからなんだ」

「えっ、それは……」

「つまり、多賀が孤児院に現れた一ヵ月あとからってわけだ。そのことを踏まえて、うちの東京のスタッフに調べさせたんだが、寺下純は間違いなく多賀だろう。もっといえば、それ以前の、江森の作曲とされていた曲も、全て多賀の作曲じゃないかということだ。レコード会社のプロデューサーが保管しているオリジナル楽譜と、今回持ち込んだJTの署名のある楽譜を見て、全て多賀、あるいは寺下純の手と同じだときっぱりと断言したってことだからな」

「じゃあ、その子の両親の轢き逃げ事件が、多賀さんに関係していて、それで多賀さんは……」

「そう考えてみたんだ。多賀は轢き逃げ事件に関係して……というより、当事者で、その良心の呵責からそうしていたんじゃないかってな」

「そんな……」と一馬は言ったが、そのあとの言葉が何も見付からなかった。

「事故は、多賀のお袋が死ぬ五ヵ月まえに起きていた。東京のスタッフが江森の事務所で調べて判ったんだが、その事故があった日の前後三日間、江森はコンサートの舞台挨拶で青森に行っている。多賀に運転させてな」

一馬にはなんの言葉もなかったが、隣に座る優衣も、黙って大きな溜息を吐いていた。

「警察は、まだそのことには気付いていないらしいがね。とにかく、多賀が轢き逃げ犯人、あるいは深く関わっていたってことは九分九厘間違いないだろう。何故逃げたのか、何故今まで検挙されなかったのかまでは判らないがな」

「まだ、母親の療養費が掛かる時期だったからでしょうか？」

「かも知れないが、それは多賀自身に訊くしかない。とにかく、初めは多賀も、お袋の病気の療養費を稼ぐために江森と契約をした。それは額面通りの事情だったんだろう。だがお袋は、その一年ほどあとに死んだ。多賀はそこで江森との契約を破棄してもいいはずだった。だがその前に、江森と離れられない何かの事情が新たに発生していたんじゃないだろうか」

「それがその轢き逃げ事件だというんですか？」

「そう考えられないか？　そのことで江森に尻尾を捕まれたんだ。だからお袋が死んだあとも江森のゴーストライターを続けていた。そこに例の事件が発生して江森は死んだ。多賀は、自分の事故で孤児にしてしまった幹夫という少年の処に移ることを決心した……そう考えられるんじゃないか」

　勝田の問いかけに、一馬はまだ答えられるほどの整理が出来ていなかった。

「そこで寺下純なんだが、江森が死んで、その事務所を受け継いだ堀内は、多賀に今まで通り作曲を続けるように頼んだか、何かしらの約束をした。いや、江森同様、轢き逃げの件を知っていたのかも知れない。それで寺下純という覆面作曲家が生まれたと考えられる。その曲は次々とヒットして、その印税収入によって、多賀は孤児院への匿名の寄付の額を引き上げられた。それで辻褄は合う」

「でも、それと今回の一連の事件とに、どんな繋がりがあるんでしょう」

「そこまでは判らない。京都府警でも、まだ轢き逃げ事件のことまでは気付いていない。俺たちの方の材料が多くあったんでそんな推理をしてみたんだが、あながち的外れではないはずだ」

　不意に、明暗寺で聴いた、『虚霊』という尺八本曲の曲名が一馬の脳裏に浮かんだ。

　ゴーストライターや覆面作曲家としての人生……そう、まさに多賀は今も、虚《むな》しい霊《ゴースト》としての人生を歩んでいるのかも知れない。

「手島は、こっちでの多賀の事情を説明して、幹夫という少年を京都まで連れてくることになった。その子から直接訊いてみて、場合によっては府警に連れて行く。その子と会えば、多賀の記憶が戻るかも知れないしな」

「そうですね。多賀さんの記憶が戻ることが、事件解決には一番近いことでしょうかられ」

「ということで、とりあえず今日のところはやることがないんだ。ここで晩酌するってこと以外はな」

勝田はそう言って、やっと湯葉のお造りに箸を伸ばした。

一馬はそっと優衣の横顔を見てみた。

優衣は俯き加減で、じっとカウンターの上を見ていた。

多賀の記憶が戻る事を期待しながらも、そのことで起こる別の問題については、もっと心配なのかも知れない、と一馬はこっそりと溜息を吐いた。

舞妓と初老の紳士が席を立ち、女将がお見送りで外に出ると、千秋は椅子を二つずらすように優衣と一馬に言い、勝田達との間を空けた。

「なんだ、千秋ちゃん。つれないじゃないか」勝田が言う。

「そっちはそっちで勝手にやってください。もうこれ以上事件の話をこっちに振り向けないでね」

「いいじゃないか、今日もここの勘定は俺が持つから」

「結構よ。そんなことされると、勝田さんと腕を組んで歩かなくちゃならないもの」

「判った判った。千秋ちゃんにはかなわねえや。志村先生に心から同情するよ」

「志村先生は心からあたしに感謝してるわ。あたしという優秀な助手がいなければ論文が書けないもの。もっと言えば、我が国の日本古代史はあたしで持っているようなものよ」

　一馬は志村の顔を思い浮かべて思わず笑ったが、確かに、志村は全て千秋に頼り切っているのかも知れない、とも思った。

「さあ、優衣さん。煩わしい話なんかみんな忘れて、大将のおばんざいをたっぷりと味わいましょ」

　優秀な日本古代史の研究助手がそう言い、優衣もやっと笑顔になって頷いた。

　その笑顔に、一馬も心からほっと胸を撫で下ろした。

7

　翌朝、一馬は四条烏丸のホテルから錦市場まで歩いた。

京の人々に『にしき』と呼び親しまれている錦市場は、京都市街の中心部にあり、長年に亘って京の台所として親しまれている。

四条通の一本北を走る錦小路通の長さ約四〇〇メートル、道幅約三メートルの両側に、庶民のおばんざいから京料理の食材までを扱う百三十六軒もの専門店が集まっている。

アーケードをくぐると、うなぎや川魚、豆腐、蒲鉾や練りもの、海産鮮魚、京野菜、京漬け物、湯葉や生麩、あるいはだしまき卵のみ、穴子のみといった専門店等々の店がひしめき合っていて、とても活況がある。

大生田からリクエストがあった、丹波の松茸と秋鱧を求めようと来てみたのだが、それらの店先を一軒一軒覗きながら歩いているだけでも充分に楽しめた。

目に付いた一軒で、まずは相場よりかなり安いと思える旬の丹波の松茸を購入。次は若狭物を中心とした、各地の旬の干物が並ぶ店で秋鱧の干物と鱧皮を選び、最後にサトの大好きな京漬け物の詰め合わせを買うと、大生田宅と一馬のマンション宛に、それぞれの店から発送して貰う。

さてこれからどうするか、と思案していると、不意に、『さやま』で頂いた京菓子の味が蘇り、サトと大生田夫人の奈津代《なつよ》への土産として買っていこう、と思い立った。

京阪四条駅から電車に乗り、二つ目の七条駅で下車。そこから『さやま』までは徒歩数分。

店に入ると、一昨日の女性店員が一馬を覚えていてくれ、にこやかに会釈してきた。

「うちとこの店が雑誌に載りますんやろか？」

「ええ、『多美倶楽部』の再来週号に載ります。ここにもお送りしますので」

「おおきに……ああ、専務呼びまひょかあ？」

「いえ、今日はおみやげを買いによったんです」

「そうおすかあ、どれも美味しおすえ」

店員がそう言ったが、確かに、ショーケースの中の菓子はどれも雅《みやび》な美しい姿をしていて、歴史と伝統を重ねた工芸品のようだ、と一馬は思った。

迷った末、何種類かが一箱に詰め合わせになっているものを選び、同じものを三ヵ所別々の処に発送して貰いたいのだがと言うと、女性店員は頷いて宅配便の伝票を渡してくれた。

予定していた大生田家と自宅のサトの処、そして『多美倶楽部』編集部にも送ろうと思ったのだ。

代金を払って伝票の記入を終えたところに、「神尾はんやしたな」と後ろから声が掛かった。

振り向くと、専務の須崎が笑顔で近づいてきた。

「ああ、このたびは有り難うございました。お陰でいい記事が書けました。再来週号に掲載されますので」

「それはそれは……で、今日はまたなんぞご用ですかいな」

「いえ、お土産を買いに寄らせて頂いたんです」

「そら、おおきに。どれでも遠慮のう仰って……記事のお礼に差し上げますよってに」

「いえ、もう、発送の手配を済ませて頂きましたので」

「なんや、お代頂いたんかいな。すぐにお返しせな。全く気の利かんおなごや」

須崎が、険のある表情を浮かべて女性店員を睨みつける。

そうされた女性店員も睨み返していたが、すぐにプイッと顔を背けた。

店員には評判が悪いようだ、と言っていた野崎の言葉がチラリと一馬の脳裏に浮かんだが、「いえいえ、とんでもない。全くプライベートな土産ですから」と、一馬は慌てて言った。

「せやかて……」「いえいえ……」と小さく押し問答の末、ほな、おぶうでも……と喫茶スペースに誘われる。

「この前は失礼しました」席に着いた一馬は頭を下げた。

「いやいやあ……こっちゃこそほんま失礼してもうて」

「お陰でいい記事が書けました」

「有り難いこって……ああ、どうぞ。宇治のおうすやして」

と、和服の女性が運んできてくれた茶を勧められる。

「それにしても、事件の方はどないなってまんのやろ」須崎が訊いてくる。

「さあ……」

「実は今、奥で響子はんの実家と揉めてまんのや」

「何かあったんですか？」

「五代目がすっかり腹立ててしもうて……」

「はあ……」

「跡取りも出けん嫁はいらん。出てけえゆう話は、だいぶ前から出てたんやけど、その最中の事件やったからね。響子はんの実家の方でも、その辺の事情で響子はんが殺されたんやないかあゆうてな。まあ、言いがかりなんやけど。それで五代目はますます腹ぁ立ててしもて、帳簿に穴が空いとる。それも響子はんがつまみ食いしてたんやろ、うちとこの墓には絶対に入れんゆうたら、あっちゃの方も、ほな、慰謝料よこせ言い出しよってなあ。今もまだ奥でごちゃごちゃやってまんね」

「いろいろと大変ですね」

「こらかなわんいうことで、こっちゃは抜け出してきたんやけど、響子はんの実家も商売があんじょういってないんとちゃうかな。この際、少しでも金ぇ出させたろゆう魂胆やろ」

「どんなご商売なんです？　響子さんのご実家は」

「なんや知らんけど、アクセサリー造っとるいうてた。まあ、アクセサリーゆうても、まがい物の安物や。真鍮やらプラスチックやらに、金メッキして誤魔化したもんばかりこさえとる町工場や」

部外者である一馬には、この手の話を聞いているのは辛く、こっそりと溜息を吐きだした。

「ここだけの話なんやけどな」須崎は声を潜め、「響子はん、あれ、たいしたタマやった」と、一馬の困惑にはお構いなく続ける。「東京では、男出入りがだいぶ派手だったようや。和宏君、そらもうおとなしい性格やったから、コロッと騙されてしもたんやろ」

一馬には答えようがなく、胃のあたりに嫌な感覚が湧き上がってきた。

響子という女性が、どのような理由で殺害されたのかは一馬には知る由もなかったが、一人の人間の死の直後に、一馬のような他人を相手にして言うべき言葉ではないように思ったのだ。

「店の看板にも泥を塗るようなことになってしもたし」須崎は「フン」と鼻を鳴らして顔をしかめて見せたが、それは、和菓子の取材に応じてくれた時とは全く別の表情であり、どこか軽薄な雰囲気を滲ませていた。

また、須崎は相当なしたたか者という評判だ、と野崎が言っていた言葉を思い出し、須崎の別の顔を見せつけられた一馬としては、正直なところ、少々不愉快になっていた。

一馬の気持ちには全くお構いなく、「それにな……」と、須崎が続けようとしたところに、店舗スペースの方から何やら大声が挙がった。

四十歳前後の男が、女性店員に何やら捲し立てている。人相風体がどこかヤクザめいていた。

「なんやろ」と須崎が席を立ち、そっちに向かう。

なんとなく一馬も行ってみる。

「どないしたんや」須崎が女性店員に訊く。

「ああ、専務。こちらのお客はんなんやけど、うちとこの菓子食べはって、奥さんがお腹壊した言うてはるんやけど」

「またかいな……」

「また？　どういうこっちゃね」男が睨む。

「いえ、こっちゃのことで……で、うちとこのどの菓子でおました？」

「これや」と男がショーケースの上に置いた箱を指差す。

「ほう……『くれない』ですなあ。確かにうちとこの菓子やけど……」と目を近づけてじっと見詰める。「これ、いつお買い求めくださったんやろ。この菓子は日持ちせえへんよって、精々一週間ゆうシール貼らしてもろてますんやけど」

「三日前に買うたもんや」

「包み紙はどないしはりました？」

「そんなもの捨ててしもたわ」

「製造年月日が打たれたシールが貼ってあったはずなんやけど」

「包み紙ごと捨てた言うたやろ？」

「せやかて……」

「なんやなんや、そんな屁理屈こいて逃げよ思てんのか？」

「いや、そんな……」

「とにかくやなあ、俺の嫁がこれ食らって腹壊したんや。責任とって貰おうやないか。なんなら、ここで騒いでもええんよ」

「騒ぎは困りまんがな」

「ほな、それなりの責任とって貰おやないか、ええ？　どうなんや？」

「まあまあ、ちょっと待っておくれやす」

須崎は女性店員に何事か耳打ちし、女性店員は小さく頷くと奥に小走りした。

「ここの店の嫁、この前なんぞ事件に巻き込まれて殺されたゆう話聞いたが、ここでまた妙な噂立てられて、店の評判落としてもええんか？」

「それとこれは別ですさかい」

「ふん、何が別じゃい。ごちゃごちゃ抜かしとらんで、どう責任とってくれるんか、早う聞きたいもんやなあ」

これは強請《ゆす》りなのだろう、と一馬は思ったが、その場を立ち去れずにいた。

女性店員が、奥から白衣の職人を伴って戻ってくる。

「この『くれない』なんやけどな、三日前のもんや言わはってんのや、どない思う？」須崎が訊く。

白衣の職人はじっと菓子を見詰めていたが、「これは一ヵ月以上前のもんですなあ。食紅の色を変える前のものですさかい」と答えた。

「やはりなあ……」と須崎が男を見る。「これ買うたの、三日前やないんとちゃいますか？　そちらはん、何か勘違いしてはるんやないやろか」

「何抜かしとんねん、ほんまにここで騒いだるでえ」

「へえ、かましまへん。うちとこは警察呼ばして貰いますよってに」

「警察でもなんでも呼べばええやろ。事がもっと大きゅうなるだけやからなあ。新聞社にかて投書したるわ」

「警察になんぞご用かいな」

突然、店の入り口からそんな声が掛かった。店のドアを開けた処で、野崎と坂田という二人の刑事が立っていた。

「新聞社にも用かい？」

野崎達の後ろから勝田が言い、隣に立つ並木がニヤリとした。

8

「響子はんの事件以来三件目ですねん、あないな連中が来たんは」須崎がそう言って顔をしかめる。

強請り未遂の男は、野崎が示した警察手帳のご威光に尻尾を丸め、そそくさと店を出ていった。

喫茶スペース中央の大きめのテーブルを囲んで、二人の刑事と新聞記者が二人、そして、一馬もなんとなく帰りそびれて座っていた。

刑事と新聞記者は、今日は同じ目的で始めから仲良く一緒にやって来たそうだ。

「響子はんのご遺体、どないしまんの?」野崎が須崎に訊いた。

「それなんやけど、今も奥で揉めてまんねん」

「それは聞いたんやけど、所轄でも困っとるんや」

「えろうすんまへん。せやけどなあ……」

「離婚寸前やったゆうんはほんまやったん?」

「へえ、まあ……」

「七条署の担当に訊いたんやが、響子はんの亭主ゆうの、一人で遺体の確認に来て、涙一つ見せんと、随分あっさりとしてはったそうや。遺体をいつ戻して貰えるんやろ、いう問い合わせが普通はあるもんなんやが」

「あたしは一切、響子はんの事件には関わらんようにしてますさかい、その話は勘弁してもろて……」

「さわらぬ神に祟りなしっちゅうことかいな、あんたの立場としては」

「まあ、そないなとこですわ。勝手にやらはってたらよろしい」

須崎はそう言い、また顔をしかめて「フン」と鼻を鳴らした。

「まあ、そっちゃの件は担当が別や。まあ、あんじょう頼んますわ。今日来たんは、ほかのこっちゃ」

「へえ、なんですやろ」

「事件の日の夕方に、虚無僧が托鉢に来た言わはったなあ」

「へえ、二人」

「専務も見とったんやね？」

「丁度店に出とったんで」

「その二人なんやが、背ぇの高さはどないやったやろ」

「そやなあ、一人は背ぇが高《たこ》うたなあ」

「高う言うと、どのくらいの背ぇやった？」

「響子はんより首一つほど高うような気ぃがしましたなあ」

「響子はんは一五五センチやったから、一八〇センチ以上いうことやね」

「そうなりまんのかなあ」

「もう一人は？」

「逆に低うかったたなあ。響子はんと同じくらいやった」

「間違いあらへん？」

「さあ……そないな気ぃがするんやけど」

「その時いた店員にも確認さして貰えんかなあ」

「ええですよ。ちょっと待っておくんなはれ」

須崎は椅子を立ち、店舗スペースの方に行く。

「背の高さに何かあるんですか？」一馬は勝田に訊いた。

「多賀の身長は一八三センチ、伊沢の身長は一六〇センチそこそこなんだ」

「ということは、多賀さんと伊沢さんではないか、と？」

「二人の身長が随分違うということに気付いて、野崎さんに電話して確かめたんだが、野崎さん達も、『さやま』に托鉢に来た虚無僧達の身長までは確認していなかったっていうんで、一緒に来てみたわけさ」

どういうことになるのだろう、と一馬は考えてみたが、無論、結論は出なかった。そして、一馬の頭の中には別の何かが引っ掛かっていた。それをあれこれと考えてみるものの、思うように脳味噌は働いてくれない。

須崎が女性店員を連れて戻ってきて、「うちの店員もそないな印象やったと言うてまんのやけど」と答えて椅子に座り直し、店員にも座るよう促す。

「背ぇのことは判ったわ。別のことで何か気付いたことなかったかいな」野崎が店員に訊く。

「そやなあ……その時の虚無僧なんやけど、始めは尺八を吹かんとじっと店の前に立ってて、そのうちに、やっと吹き始めはった」

「ふうん」

「あれ、なんや知らん、中を窺っていたんとちゃうやろか」

「そんな様子あったんか？」

「そないな気ぃがしただけやし。せやけど……虚無僧いうの、こんな筒みたいな笠被ってはるなあ」

「ああ、天蓋ゆうんやそうや」

「その笠被っとっても、視線いうようなもん感じるんとちゃいますかあ？」

「それはあるかも知れへんなあ」

「その時、虚無僧の二人、なんやじっと響子はんの方を見詰めていたような気ぃしますんえ」

「ほう……そら貴重な意見やね。そのあと尺八吹いてたんやね？」

「そのあいだ、響子はんの方も、じっと虚無僧の方を見詰めてはった」

「で、響子はんが喜捨渡しはったんやね？」

「へえ」

「そん時、何かメモのようなもん渡したとかいうことないかあ？」

「そういう様子はなかったけど、なんや囁いたんやないかなあ」

「囁いた？」

「かどうかは判らんけど、虚無僧の方が小さく頷きはった」

「ほう……そら、響子はんの方から何か言ったんやろね」

「うちにはそう見えたんやけど……コクリと頷いてはったもんなあ、背ぇの高い方の虚無僧が」

「背ぇの高い方？」

「へえ。低い方の人は、最初から最後までじっとしてはった」

「ふうん……あと、何かないかあ？」

「せやなあ……うーん、ちょっと思い出せへんなあ」

「そうかあ……まあ、また何か思い出しはったら、連絡してなあ」

「へえ」

「忙しいとこお邪魔したなあ。ほないこかあ」

野崎はあっさりとそう言って椅子を立った。

「ああ、まだ、おぶうも出さんと」

須崎が慌てて立ち上がる。

「お構いせんと……ほな」

野崎は坂田を促すと、すたすたと出口に向かう。

勝田と並木も、苦笑してそのあとを追う。

「ああ、そうそう……」喫茶スペースを出掛かった一馬に須崎が言った。「さっきお求めくれはった菓子の中にも、『くれない』が入っとるんやけど、なるべく早く召し上がっておくれやす」と言った。

「はい、そうします。さっきの人の奥さんみたいにお腹壊さないようにね」一馬は笑いながら言った。

「食紅の色を替えましてな、それで製造したんが一ヵ月以上前いうの判りましたんや」

須崎のその言葉で、一馬は思わず、「あっ！」と小さく声を上げていた。

頭の中に引っ掛かっていた『何か』の正体が判ったのだ。

9

「どういうことだ？」勝田が訊いてきた。

勝田達に追いついた一馬は、凶器の尺八に染みこんだ油の成分を調べてみたらどうか、と言ってみたのだ。

「尺八に塗り込む油を、高槻さんが考え出したのは三年くらい前からだと言っていましたよね？　その前は椿油だけだったと」

「ああ」

「もし、凶器の尺八から、椿油以外の二種類の油が検出されれば、ここ三年のあいだに作られたものということになります」

「当然そうだな……あっ！　もしそうなら、凶器は多賀の尺八じゃないってことになるな、多賀の尺八は、少なくとも八年以上前に作られたものだろうからな」

「そういうことです」

「それが何を意味するかは別として、早速調べるべきだな」

「なんのこっちゃ？　今の話」野崎が訊いてくる。

勝田は尺八に塗り込まれている油によって、三年以上前に作られたものか、それ以後に作られたものかが判るのだ、とその理由を説明した。

「ほう……そら、ええとこに目ぇつけはったな。すぐに科捜研で調べて貰おやないか」

野崎が坂田を見て、坂田は頷くと携帯電話を取り出し、早速その件を伝えた。

「成分の分析までは時間が掛かるそうですけど」と、通話を切った坂田が言った。

「椿油以外の油が含まれているかどうかは、二、三時間もあれば判るということです」

「仁科はんとこにある尺八との比較も必要やな」野崎が言う。「署に戻って、相談や。場合によっては令状が必要かも知れへんしな」

坂田が頷き、「ほな、俺達は行くで」と駅への道を野崎達は早足で向かった。

「椿油以外の油が検出された場合」と勝田が言った。「凶器は仁科氏のところにあったものという可能性が高いよな」

「どういうことになるんでしょうか」

一馬自身が言い出したことであったが、一馬の胸の中に、理由の知れない不安の種が芽生えていた。

「仁科照道の関係者が、何か関わっているということだろうな」

案の定、勝田はそう言い、一馬はこっそりと溜息をついた。

「青森に飛んでいた手島なんだが、今朝早く、幹夫という少年を連れて戻ってきたんで、その子からいろいろと話を聞いた。青森での多賀の様子とか、今回、孤児院を出た時の様子とかな。無論、轢き逃げ事件の件は伏せたがな」

「どうでした？」

「多賀にすぐに会わせてくれと言ってた。父とも兄とも思ってるってな」

「多賀さんという人が、その子にどう接していたかが、目に浮かぶようですね」

「まあな……で、その子からは、手島が青森で訊き出した以上の話は出なかったんで、警察に連絡して警察病院に連れていった。手島も立ち会うという条件をつけたんだが、警察もそれを渋々認めたよ」

「その子に会うことで、多賀さんの記憶は戻りますかね」

「それはなんとも言えないが、記憶回復への材料の一つにはなるんじゃないかな」

「そうですね……」と一馬は答えたが、多賀の記憶が戻った時、一体どんな結末が待っているのだろうか、と、また理由の知れない別の不安が頭をもたげてきた。

そこに勝田の携帯電話のベルが鳴った。

「勝田だが……ああ、手島か……ほう、そうか……北大路の『みやの』だな？　判った。じゃあな」

通話を切った勝田が、並木と一馬を交互に見て、「多賀の記憶が戻ってきたそうだ」と、ニヤリとした。

第四章　無言の叫び

1

京都警察病院は、市営地下鉄烏丸線・北大路駅から徒歩数分の処にあり、『喫茶&お食事処・みやの』という店はそのすぐ裏にあった。

手島は既に来ていて、勝田に向かって小さく手を挙げた。

「どの程度の回復なんだ？」席に着くなり勝田が訊く。

「ほとんど戻ったって様子ですね」

「幹夫って子に会わせたのがよかったんだろうか？」

「でしょうね。あの子が『多賀さん』と呼んだ途端に目の光が変わりましたから」

「で、事件については話したのか？」

「青森を出て、響子の事件があった夜までのこと……つまり、自分が記憶を失う前までのことは思い出したみたいです。でも、それ以外のことはダンマリなんです」

「それ以外はまだ記憶が戻ってないってことか？」

「いえ、違いますね。記憶は完全に戻っていて、黙秘しているってことです」

「ふうん……何を知っているんだろうな」

「さあ……そこまでのところで追い出されましたから」

「で、響子の事件については、どんなことを話したんだ？」

『さやま』に托鉢に行ったのは、やはり多賀でした。そこで響子に会って……というより会いにいったって口振りでしたけど、あの晩、現場となった竹林で会おう、と響子から耳打ちされたそうです」

「もう一人は？」

「それを言わないんですよ。京都に来た目的も」

「つまり、事件の核心については、一切口を開かないってことか」

「自分の頭に、タンコブが出来た時のこと以外はね」

「そのことはどう言ってるんだ？」

「響子を待っているあいだ、尺八を吹いていたんだそうです。吹き終わって暫くした時、後頭部に衝撃が走って意識を失ったと」

「で、記憶もなくしちまったってか？」

「ええ」

「凶器の尺八についてはなんて言ってるんだ？」

「よく似ているが、自分のものではない、と」

「実は今、科捜研で凶器を調べてるんだが……」と、勝田は尺八に塗り込まれた油の件を説明した。「だから、椿油以外の二種類の油が検出されれば……」

「ほう……そうなると、持っていた尺八……つまり凶器は多賀のものではない、となりますね」

「多分な」

「となると、少なくとも響子を殺害したホシは多賀ではないということになりそうです。でも、多賀は何かを知ってます」

「知っていて黙秘してるってことは、誰かを庇っているってことかな」

「あるいは、証せない何かが多賀自身にあるんでしょう」

「例えば轢き逃げ事件か？」

「それも一つかも知れません」

「その事故はどんな状況だったんだ？」

「当時、その事故を担当した青森支局の記者に詳しく訊いてきましたが、現場は上北郡横浜町の県道でして……」

事故当日の午後から翌朝まで豪雨が降り続いていた。時刻は午後の十一時前後、周辺には民家もなく、車両の通行もまばらな道だった。

「県道を走っていた定期便の運転手が、横断歩道上に倒れている二人を発見していま す。その時、一キロほど先を走り去る車のテールランプを見たそうです」

「轢き逃げ犯人の車という可能性は高いな」

「警察でもそう見ていますが、手がかりはそれだけなんです。豪雨で、遺留品と言えるものは、ほとんど流されてしまっていたようです」

「テールランプっていうことだけじゃあ、車種の特定も難しいだろうな」

「ええ、車体の塗料も、タイヤ痕も残されていなかったそうです」

「そういう状況だと、警察では手も足も出なかったろうな」

「捜査のしようもなかったって状況でしょうね」

「事件から十一年も経ってるし、このままだとオミヤ入りってことになるな」

「と思います」

「府警では、その轢き逃げ事件と多賀とをまだ結びつけてないんだな？」

「ええ。幹夫君の生い立ちに気付かない限りは、辿り着けないでしょうね」

「だろうな」

「で、その轢き逃げ事件についてのこっちの推理を、そろそろ警察に話すべきじゃないでしょうか？　事件解決を第一と考えるならば」

「なるほど……まあ、俺は相変わらず遊軍で、今回の一連のヤマは君の担当だから、君の考えで進めていいと思うぜ」

手島は頷くと、「それより、東京の堀内って男のヤマはどんな様子です？」と並木に訊いた。「やはり今回のヤマの絡みのようですか？」

「さっき問い合わせてみたんだが、まだはっきりとは結論は出せないな」並木が答える。

「毒物の特定はできたんですか？」

「シアン化カリウム。いわゆる青酸カリだ」

「伊沢って男のヤマの方も同じ毒物だそうです」

シアン化カリウムは別名青酸カリと呼ばれる劇毒物で、常温時は白色で水に溶けやすい固体である。メッキ加工や溶接作業、金の精錬や非鉄金属から銅や銀などを抽出するなどの有機合成化学にも利用されるほか、果実などの殺虫剤や、顔料の原料としても使用されている。

「コロシと断定されたんですか？」

「そう発表された」

「根拠は？」

「宅配便で送られてきたウイスキーの中に毒物が混入していたということが一つ」

「伊沢の場合と同じ状況ですね」

「ああ、発送人は違うがな。それと、売り出したばかりの新人歌手の二人が、いきなり売上げベストテンの上位に躍り出たとかで、その二、三日、堀内はえらくハッピーだったそうだ。とても自殺を考える奴の様子ではなかったってことだ」

「なるほど……」

「因みに、その新人歌手の曲は、どっちも寺下純の作曲だそうだ」

「寺下純に、またまた印税がごっそりと入るってことですね？」

「『清風園』にも、またまた匿名の寄付金が振り込まれることだろうさ」

「かも知れませんね」

「ウイスキーはカティーサークだが、周囲の連中の話では、カティーサークは、いつも堀内が好んで呑んでいる銘柄だったらしい」

「堀内の好みを知っていた誰かから送られたってことでしょうね」

「だろうな」

「こっちで起きているヤマに関係している可能性はありますかね」

「もっといえば、八年前のヤマにも、ということで考えた方がいいかも知れない」

「発送者は？」

「宅配便の営業所は埼玉の川口だが、こっちの方の発送者は、堀内が今度売り出す予定だった、橘《たちばな》かおりという歌手の名前と住所だった」

「無論、その歌手は否定してるんでしょ？」

「ああ、名前を使われただけだろう。それと、さっき言った新人歌手の二人を、堀内は強引な手を使って、ライバル事務所から引っこ抜いてきたってことだ。堀内は、そんなことを年中やっていたらしい」

「そっちの恨みって可能性もありますかね」

「充分にありそうだ」

「なるほど……」と手島が頷く。

勝田も頷き、「堀内の件はとりあえず保留にしておこう。例の件を手島に話してくれ」と並木を見る。

「東京のスタッフが、妙な噂を一つ仕入れたんだ」

「ほう……なんです？」

「噂の裏はまだ取ってないから、信憑性はともかくなんだが、江森は種なしだったたってことだ。それも先天性のな」

「えっ？　だって、優衣という娘がいるじゃないですか」

「ああ、仁科奈緒とのあいだにな」

「一体どこから出てきた噂なんですか？」

「銀座のクラブのホステスなんだが、江森の子を身籠もったって騒いだらしいんだ。ところが、江森は全て否定した。俺は先天性の無精子症で、子供を造る能力はないんだってな。で、ホステスの方は簡単に尻尾を丸めたってことだから、あながち江森のはったりではなかったんだろうって噂だ」

「いつ頃のことですか？」

「江森が殺される直前の話のようだが、江森自身、そのことをその頃に知ったらしい」と並木がニヤリと笑う。「その噂が本当だとすると、どうなる？」

「優衣という娘は、江森の種じゃないってことになってしまいますね」

「とすると、離婚の時にでっかい慰謝料をふんだくられた江森としては面白くないよな。テメエの女狂いが原因での離婚であり、慰謝料を払わされたんだからな」

「ところが、女房の方が何処かの誰かとこっそりと浮気してたってわけですか……当然、仁科家の方にクレームをつけたくなるでしょうね」

「そうしたのかも知れない。そのことが、八年前のヤマに何か関係している、とは考えられないか？」

そこまで黙って聞いていた一馬は。「そんなあ」と思わず言っていたが、あとの言葉が見付からなかった。

「なあ、神尾さん」と、不意に勝田が言った。「この前、誰かからの電話で、仁科さんの株がどうとかって言ってなかったか？　仁科家のマンションがどうとかっていうのも聴こえたんだが」

「でも、それは事件には全く関係ないと思います」

「それはどうかな。十年ほど前、仁科邸の一部を建築会社に売って、今はマンションが立っている云々という話も聴こえた。その話の内容を教えてくれないか」

「いえ、それは……」

「頼むよ。事件を解決したいんだ」

「でも……」

三人の目が一馬をじっと見詰めていた。

一馬は考えていた。話す必要があるだろうか、と。

もし、一馬がそれを話した場合、どんな結論を勝田達は導き出すのだろうか……というより、一馬自身、おぼろげながらも、ある絵が浮かび始めていた。

「なあ、頼むよ」と勝田はまた言った。「どんな結果になるにせよ、事件は解決されるべきだ。そう思わないか？」

一馬は大きな溜息を吐き出した。

照道が経済的に困窮していた時期と、八年前に起きたという事件との関係、そして、今回の一連の事件とを勝田達は結びつけて考えるのではないだろうかと思い、一馬自身もそう考え始めていたのだが、その場合、優衣を悲しませる結果になるかも知れない、と一馬は心配していたのだ。

だが、一馬がここで話さなかった場合でも、勝田達はその件を突き止めるだろう、とも思った。

三人は、相変わらず一馬を見詰め続けている。

一馬はもう一つ大きく息を吐き出すと、「判りました。お話しします」と言っていた。

2

一馬は、神尾物産総務部の村井からの話を、そのまましてみた。

「ということで、一時は仁科さんも経済的に大変だったようです」

「なるほどな」勝田が言った。「それが、離婚の時期だったってことだが、その時の慰謝料が、仁科氏の負債の補塡に回った可能性は考えられるな」

「それはなんとも言えません」

「まあな……で、青酸カリという毒物は、そんなに簡単には手に入らないと思うんだが」と並木と手島を見て言う。「NS化学という会社が、そういう劇毒物を扱っているかどうか、何処かに確かめてみたいんだ」

「ちょっと待ってください」一馬は思わず声を上擦《うわず》らせた。「その会社は、高槻さんがいたという……」

「この前、俺の後ろを歩いていた君と優衣さんの会話を、俺は聴いていたんだ」

「でも、なんで高槻さんを……」

「あの工房に、フラスコだとかビーカーだとかってのが並んだ机があった」

それは一馬も覚えている。尺八に塗り込む油を調合しているのだと。

「『さやま』に托鉢にきた二人のうちの一人は、多賀ということがはっきりとした。さっきの須崎専務の話からすると、もう一人の人物の身長からすると、高槻ということも考えられないか？」

「だからって……」

「凶器の尺八も、あの工房で造られたものだと仁科氏は言っていた。いつの時期のものかはまだ判明していないがな。それから動機だ。今の並木と神尾さんの話を総合すると、仁科家側に江森はねじ込んだという可能性は充分に考えられる。慰謝料の返還を……いや、それに加えて、何らかの賠償も求めたのかも知れない」

一馬は口を開きかけたが、言葉が見付からずにすぐに閉じ、黙って勝田の顔を見詰めた。

「八年前、仁科家に対して、江森は慰謝料の返還なり賠償請求をした。だが、仁科家側では、負債の補塡に充当してしまって、その用意がなかった。そこで何らかのトラブルが発生した」

「ちょっと待ってください。ということは、八年前の事件の犯人も、仁科家に関係した誰かと言うんですか？」

「あくまでも推測での可能性だが、一つ一つのピースを並べていくと、そんなジグソーパズルの絵が見えてくる」

「それで高槻さんが、と？」

「八年前のヤマの真相を響子や伊沢が摑んだ。その二人、あるいは堀内も含めた三人は、それをネタに、仁科氏を強請ろうとしていた。高槻は親友であった仁科氏の息子の死に、自殺まで考えていたほどの責任を感じていたらしい。今でもそうだとすれば、仁科氏の危機を救うためにと考えて……」

「そんなあ……」

「高槻が自殺まで考えていたのであれば、毒薬も用意していたのかも知れない。それまで勤めていた化学薬品会社から持ち出してな」

「じゃあ、『風動之肆』の演奏はどうなりますか？」

「仁科氏が楽譜を持っているんだろ？　誰にも見せていないし、コピーも取っていないと言っていたが、それは仁科氏の言葉から出ただけのことだ。高槻はそれだけの演奏技術もあるってことだしな」

一馬にはもう、なんの言葉もなかった。唯々ゆっくりと首を左右に振るばかりだった。

「まあ、それもこれも今の段階では推測の域を出ない。このまま警察に話すってのはまだ早いだろう。だが、俺たちはその線で取材を進める。結論はそれからだ」

相変わらず一馬の言葉は何もなく、更に大きな溜息をついただけだった。

「僕は病院に戻ります」手島が言った。「幹夫君の様子を見てきますので、勝田さん達はもう少しここで待っていてください」

幹夫は、亜細亜日報が責任をもって保護するという条件で、孤児院の園長から許可を貰ってきているそうだ。

「いくら警察でも、いつまでも未成年者を拘束出来ませんから、これ以上僕を無視するようなら、彼を引き上げてきます」

手島はそう言って店を出て言った。

「もう一時だ。腹減ったな。何か食おうぜ」と勝田はメニューを広げた。

天麩羅御膳、刺身御膳などという品目が載っていた。

三人とも天麩羅御膳というのを注文する。

「今の勝田さんの話ですけど」一馬は言った。「万が一そんなことがあったのだとして、多賀さんはそのことにどう関わっているんでしょうか？」

「それはまだ判らないな。殺された三人の側にいたのか、あるいは仁科家側なのか……」

勝田はもう、仁科家に関係した者の犯行と断定している口振りだった。

一馬は、今日何度目かの大きな溜息を吐き出していた。

そこに、一馬の携帯電話のベルが鳴った。

「ぼっちゃまですわよね」

「ああ、サトさん。どうしたの？」

「いえ、別に……急にぼっちゃまのお声が聞きたくなっただけですの。お仕事のお邪魔してしまいましたかしら？」

「いや、大丈夫だよ」

「いつお帰りになりますの？」

「明日か明後日になるかな……ああ、お土産送ったから」

途端に、「あーら、嬉しゅうございますわ」サトの声が子供のように弾んだ。「どんなお土産ですの？」

「松茸とか鱧とか漬け物とか……ああ、老舗の京菓子もね」

「それは楽しみでございますわ。ああ、そうそう……この近所で引ったくりの被害が何件かございましたでしょ？」

「うん、警察でも警戒を強化するって言ってたね。区の方でも街灯を増やすとかって」

「管理人の井村さんから伺ったんでございますけど、摑まったそうですのよ、犯人が」

「へーえ、それはよかった」

「なんと高校生だったんでございますの。それも二人。現行犯だったそうでございます」

　警戒中の警察官に逮捕されたそうだ。

「じゃあ、もう安心だね」

「はい、それは……でも、本当はもう一人いたんでございますの」

「犯人は三人いたってことだね？」

「はい……それが、もう一人は実際の引ったくりはしないで、その高校生を裏で操っていたそうですのよ。同じ高校の先輩だとか」

「けしからん奴だな。そいつが一番悪いね」

「はい、警察でうんととっちめて頂きたいものでございますわ」

「全くだ」

「でも、楽しみですわ。ぼっちゃまのお土産」

「明日あたり着くと思うけど、お菓子の方は日持ちしないってことだから、僕を待たずに食べちゃった方がいいよ」

「はい。では、管理人の井村さんにもお裾分けいたしますわ。お忙しいところ、お邪魔いたしました。では……」

一馬は苦笑しながら通話を切った。

「サトさんかい？」勝田が訊いてくる。「春にこっちに来た時は、一馬ぼっちゃまと一緒で楽しそうだったが、お元気かい？」

「相変わらず、元気が着物着ているようです」

「よろしく伝えてくれ」

「ええ、お伝えします」

手島が、ボストンバッグを下げ、高校生くらいの少年を連れて戻ってきた。幹夫という少年なのだろうが、なんと虚無僧の格好をしていた。右手に袋に入った尺八を持ち、左手には天蓋を抱えている。

手島が椅子を勧め、幹夫はまた軽く頭を下げて座る。

「警察は昼飯を用意してくれたかい？」手島が訊く。

「いえ」

「俺もまだだから、何か頼もう」とメニューを広げ、幹夫に向ける。

「なんでもいいです」という幹夫に、「天麩羅御膳というのでいいかい？」と訊く。俯き加減で頷いた幹夫に、「さっきは聞きそびれたけど、その虚無僧の装束は多賀さんから？」と勝田が訊く。

「はい、多賀さんが揃えてくれました。尺八も教えてくれました。虚無僧の話もいろいろと聞きました。それで、僕も一度は明暗寺で献奏したいと思ってました。多賀さんは、この前『清風園』を出て行く時、虚無僧の衣装で出掛けました。だから僕も……」

「そうか……今度の件が片づいたら、多賀さんと一緒にそうすればいい」

「はい、そうしたいです。それで、あのう……」と幹夫は顔を上げ、「僕、知ってます」と言った。

「うん？　何をだい？」

幹夫は小さく息を吐き出すと、背筋を伸ばして姿勢を正し、「僕の両親の事故のことです」と言った。

3

それぞれは言葉をなくし、じっと幹夫を見詰めていた。

「僕の両親は、僕が五歳の時に交通事故で死にました」幹夫が話し始めた。「轢き逃げだったそうですけど、犯人は今でも見付かっていません。それで僕は『清風園』に引き取られました」

「そのことで……何を知ってるの？」手島が訊く。

「その犯人は多賀さんじゃないかって思っています」

「なんで、そう思ったの？」

「多賀さんが『清風園』に来てから何年か経った時ですけど、偶然見ちゃったんです。多賀さんが、僕の両親のお墓にこっそりお参りしているのを」

「でも、それだけで……」

「毎月の十二日は、両親の月命日なんですけど、多賀さんは今でも必ずそうしてます。今でもずっとです。それと、多賀さんの部屋に仏壇があるんです。多賀さんのご両親の位牌が納められているって多賀さんからは聞いていました。いつも扉は閉まっているんですけど、僕は多賀さんが留守の時に、こっそりと開けてみました。ご両親の位牌の後ろに隠すようにして、別の小さな位牌があるのを見付けました。僕の両親の戒名が書いてありました」

手島が勝田と並木を見て、それぞれは小さく吐息を吐いた。

「僕は園長にそのことを話して相談してみました。どうしたらいいだろうって。僕はとても悩んでいましたから」

「悩んでいた？」

「はい、僕の両親を轢き殺した奴は憎い、殺してやりたいと思っていました。いえ、今でもそうです。でも、もうその頃僕は、多賀さんが大好きになっていました。両親と同じくらいに」

「なるほど……で、園長はなんて言ってたの？」

「多分ですけど、園長もそのことを知っていたんだと思います。僕の話に驚いていませんでしたから」

「そうか……園長は知っていたか。実はね、僕たちも、君のご両親の事故の件については、偶然のことから知っていたんだ。多分、多賀さんが犯人と考えていた」

「そうでしたか」

「で、君がそれを知っているということを、多賀さんには話してないんだね？」

「はい、話していません」

「どうして？」

「園長は言いました。お前の問題だって。お前自身で多賀さんとどう話し合うか決めろ……園長はそれだけしか言ってくれなかったんです」

「それで悩んでいたのかい？」

「はい……いえ」

「自分自身の結論を出したのかい？」

「『清風園』には足長おじさんがついていてくれるんだって、園長はいつもみんなに言ってます」

多賀からの匿名の寄付金のことだろう、と一馬は思った。

「それで、みんなの学費や食費やいろんなものが賄われているんです。それは多賀さんがそうしているんだって僕は思っています。多賀さんが寺下純っていう作曲家だっていうのも僕は知ってます。誰にも言っていませんけど」

「どうしてそれを知ってるの？」

「多賀さんは、尺八だけじゃなくて、僕に音楽のことをいろいろと教えてくれました。ピアノの演奏や、ソルフェイジュや和声学や対位法も。僕はスコアーを読んで頭の中で音楽を鳴らせます。だから、多賀さんの部屋にあるスコアーを見れば、テレビやラジオから流れてくる寺下純の作曲だという曲が、本当は多賀さんが作曲した曲だってことは判るんです。多賀さんは、その印税や何かを『清風園』に寄付しているんだと思います。多賀さんが足長おじさんなんだと思います」

「判った。青森で君が、多賀さんのことを父とも兄とも思っているって言ってた意味がよく判ったよ」

「でも、僕の両親のことを考えると、犯人は絶対に許せません。それが多賀さんであっても」

「だろうな。だが……」

「それで悩んでいるんです。多賀さんには、両親の事故の件は一生話さないと決心していました。でも、両親のことを考えると憎いんです。殺してやりたいと思うほどです」

「そうか……」

「さっき多賀さんに会って、僕は多賀さんに両親の事故のことを話してみようと思いました」

「どうして、そう思ったの？」

「多賀さんはずっと悩んでいたんだと思います。僕と顔を合わせるたびに、僕や僕の両親に謝っていたんだと思います。僕が知っているということを多賀さんは知りません。園長も僕から話すまで多賀さんには黙っていると言ってましたから。だから、このまま僕が黙っているということは、多賀さんを悩まし続けることになると思ったんです。僕と同じように」

「なるほど……」

「そのことから多賀さんを解き放してあげたいし、そのことを正面から話し合ってみたいと思ったんです。そうすることで、僕の気持ちの整理もつくかも知れません。だから、そのことを多賀さんとちゃんと話し合いたいんです。このままお互いに悩んでいてもしょうがないと思ったんです。僕ももう悩むのは嫌なんです」

「そうか……うん、その方がいいかも知れないね。多賀さんにとっても、君にとっても」

「でもそのことは、僕と多賀さんの二人だけで話し合いたいんです。警察の人がいないところで」

「なるほど……」

「今、多賀さんは、何か別の事件に巻き込まれているんだそうですね？」

「ああ、厄介な立場になっていると思う」

「もしかして、僕の両親のことも、多賀さんの気持ちの中で関係しているのだとすれば、そのことだけでも取り除いてやれるんじゃないかと思うんです。勿論、僕と多賀さんのあいだにあることは別の問題ですけど」

「その件が関係しているかどうかは判らないが、今の君の考えは、多賀さんにとっては随分と気持ちが楽になると思う」

手島はそう言って勝田と並木を見た。二人とも小さく、だが、きっぱりと頷いた。幹夫の中での葛藤は続いているのだろうが、幹夫と多賀の心の繫がりは、既に両親の不幸な事故を乗り越えているのではないか、一馬はそう思いたかった。

「よし、警察の立合いがなく、二人が話し合える設定を、なんとか考えてみよう」

手島がそう言い、幹夫は膝に両手を突くと、深々と頭を下げた。

4

天麩羅御膳は五人分が同時にテーブルに並び、それぞれは静かにそれを食べ、手島と幹夫がまた店を出ていった。

幹夫と多賀とが二人だけで会見出来る許可を、手島が電話で警察と交渉して取り付けたのだ。

「問題はこっちのヤマだな」勝田が言った。

「それと八年前のヤマとの関係だ」並木もそう言う。

「さっきの高槻がっていう可能性だが、それを検討してみたい」

「いいだろう」並木が頷いた。

一馬は黙って聞くことにしたが、なんとも気の重い話になってきたものだ、と嘆息する。

「八年前のヤマだが」勝田は続けた。「江森に慰謝料の件を蒸し返されたとすれば、それは充分な動機になるよな」

「慰謝料の額が額だし、その上、賠償請求までしたとすれば、それは充分な動機になるだろうな」

「八年前のことと、今回の堀内のヤマは別として、響子と伊沢の殺害は、高槻には可能だろうか？」

「アリバイがあったかどうかを別とすれば、高槻って可能性はあるな。自分の親友であり、仁科の息子の死に責任を感じていて、現在まで精神的に支えてくれたことへの仁科に恩義を感じているのかも知れない。その仁科の窮地を救うために……」

「その仁科の窮地ってのは、八年前のヤマが仁科の犯行でっていう意味か？」

「あるいは、その時も高槻が実行したっていうことも考えられる」

「それを響子と伊沢に知られて強請られた、と？」

「うーん」と並木は苦笑し、「どっちのヤマにしても、仁科への恩義ってことだけでは、高槻の動機としてはちょっと薄いかな」と言った。

「そんな気がするな」と勝田も言う。

二人の話を聞いていた一馬にも、少し無理があるように思えた。

そこに店のドアが開いて入ってきた三十五、六の男性が、店内を見回していたが、勝田を見付けると一直線に近づいてきた。

「支局の西山です」男性が並木に言い、「携帯が繋がらないんですが、手島さんは病院ですか？」と勝田に訊く。

「ああ、さっきまでここにいたんだが……なんだ？」

「幹夫っていう子の、ホテルの手配をしてきたんです。なるべくここに近いホテルの方がいいだろうってことで、『ニュー北大路ホテル』を押さえました」

「そうか、ご苦労だったな」

「いえ……それから、こんなものが……」と、西山はポケットから出した封筒の中から数枚の写真を取り出してテーブルに並べ、「誰だか判りますか？」と訊く。

一馬も見てみた。長い黒髪をポニーテールのように後ろでまとめ、微笑みを浮かべている二十代と思われる女性が、虚無僧姿で写った写真だった。

「誰だ？」勝田が訊く。

「仁科奈緒……三十年近く前までは女優だったんですってね？　江森健一郎と結婚して引退したそうですけど」

「らしいが……ふうん、これがね」

この前会った奈緒を三十年ほど前まで遡れば、確かにここに写っている写真の女性とオーバーラップする。そして、今の優衣にも……と一馬は思った。

「前の芸能部長だった御大がたまたま社に遊びに来てたんですけど、今回のヤマの話をしていたら、そう言えばこんな映画があったんだって思いだしてくれて、この写真をデータベースから探し出してくれたんです」

太秦で撮影された、『仇討ち姫君一人旅』という映画の宣伝用に、新聞社や雑誌社に配られたスチール写真だという。

「この映画の中で吹いた尺八は、吹き替えなしだったとかで、当時随分と話題になったそうですよ」

「えっ！　仁科奈緒も尺八を吹けるってことか？」

「子供の頃から父親に習っていたんだとか……この映画がきっかけで、ちょっとした尺八ブームになって、御大も習った覚えがあるって言ってました。もっとも、すぐに飽きちゃったそうですけど」

西山はそう言って笑ったが、勝田と並木は、真剣な表情を浮かべて顔を見合わせている。

ここからすぐ近くにある、『ニュー北大路ホテル』の４０２号室だと手島に伝えている。

欲しい、と西山は言い置いて席を立った。

一馬はテーブルの上の写真を見詰めていた。

そして、勝田達がまた妙な推理を膨らませなければいいのだが、と勝田の顔を見た。

勝田が見返してきて、「参ったな」と言った。

一馬は思わずコクリと頷いていた。

「だが、可能性はあるぜ」並木が言った。

「可能性としては、ということだがな」勝田が答える。「まず、八年前のヤマの動機がある」

「それは、今回のヤマの動機に繋がるな」

「多賀と一緒に『さやま』に托鉢に来たっていう、もう一人の虚無僧の身長にも符合する」

「尺八も吹けるってことだしな」

「例の多賀の譜面も、親父のところから持ち出し易い立場だ」

「事件の前の日に、響子から奈緒宛に電話が入ったということも……」

「タイミングばっちりじゃねえか」

「堀内の酒の好みも知っていただろうな」

「多賀の庇っている相手ってのも……」

「ということだとすると、多賀の気持ちが、なんとなく判るような気がする」

「条件が揃っちまった」

「参ったな」

二人は顔を見合わせ、揃って大きな溜息をついた。

一馬はもう、何が何やら判らなくなっていて、そんな二人の顔を唯々見詰めるしかなかった。

そこに、「おお、勝田君やないかあ」と声がして、野崎と坂田が近づいてきた。

「多賀の記憶が戻ったゆうんでな、ちょびっと顔出してきたとこや。ああ、ここ、えぇかあ？」

勝田が頷くと、二人は勝田と並木に向かい合って席に着き、注文をとりにきた女性に、野崎は昆布茶を、坂田はコーヒーを注文。

「尺八の油の件やけどね、神尾はんの推理通りやったわ。椿油のほかに、二種類の油が検出されたわ」

「ということは、多賀さんの尺八じゃなかったってことですね？」

一馬はそう言ったが、勝田と並木が話していた別の問題が気になっていた。

「そうなるんやろな……うん？　なんや、それ」と、野崎がテーブルの上の写真を覗てしまう。

「いえ、別に……」と、何故か勝田は慌てたように写真を掻き集め、ポケットに入れき込んだ。

「知っとるわ、それ。仁科奈緒やないか」

思わず、と言うように勝田が野崎を見詰め、そして、ゆっくりと顔を横に移動して、並木と顔を見合わせた。

「若い頃、そら綺麗やった。憧れたもんや。この前も会えるんやないかと思っとったんやが留守やった。ほんま残念やったなあ」

野崎はそう言って、目の前のコップの水を半分ほど飲んだ。

「そやそや、仁科奈緒は尺八も吹けるんや。当時、そのことも随分話題になったもんやが、その写真もう一度見せてんかあ」

勝田は一瞬ためらったが、すぐに小さく頷き、ポケットからまた写真を取りだして野崎に渡した。

「うんうん……ほんま綺麗やったなあ」うっとり、というように写真を眺める。

「『さやま』で托鉢した一人は自分やったと認めたそうやが、もう一人が誰かいうんを、多賀は吐きよらんのやてね？」

「らしいですね」と勝田がかすかに頷く。

「背の高さからゆうて、おなごということも考えられるなあ」

そう言って勝田を見詰めたが、その目の光は、ぞくっとするほど鋭いものだった。

「ここいらで一つ、ざっくばらんな情報交換いうのやらんか？」

「ええ、まあ……」

「俺は、二人目の虚無僧は仁科照道か高槻……あるいは殺された伊沢ゆう線やないかと考えとった。けど、仁科奈緒ゆう線もあり得るわなあ。まだなんの証拠もないが。どや、そっちゃで考えてること話してみいへんか？」

野崎も、勝田や並木と同じ結論を導き出したようだが、一馬は胸の中で叫び出しそうだった。違う、何かの間違いです、と。

だが、反論する材料が何もなく、そのことが一馬を苛立たせた。

「判りました。僕たちが持っている材料を全て晒します。でも、野崎さんが仰った通り、まだなんの証拠も裏付けも取っていません。可能性だけで検討していただけです。それでもいいですね？」

「ああ、勿論ええわ。あとはこっちゃで裏とればええこっちゃ」

勝田はもう一度並木と顔を見合わせると、野崎を見詰め、そして話し始めた。

一馬は胸の中でまた叫んでいた。何かが違う、と……。

「なるほどなあ」と、勝田の話を聞き終えた野崎が言い、腕を組んだ。「離婚したあと、そないなことがあったんか」

勝田は、青森の轢き逃げ事件の件だけは伏せ、並木とのあいだでやり取りされた全て話した。

5

「そら立派な動機になるなあ」野崎が言った。「そんなところに八年前のヤマが起きたゆうことは、その絡みでの関係者はぐーんと絞れるわな」

「ええ、まあ……」

「まず仁科照道と高槻欽吾、それと仁科奈緒……この三人ゆうことやね」

「そうなりますかね」

「その三人は、今回の佐山響子と伊沢篤志のヤマがあった晩は何処にいたんやろ」

「はっきりさせる必要はありますね」

一馬もその方がいいと思い、大きく頷いた。それで三人にアリバイがあれば、容疑者から外れるはずだ、と。

「どやったん？」と野崎が坂田に訊く。

「一応、七条署では調べていますが、高槻は工房で尺八を作っていたと言っております。仁科奈緒と仁科照道も自宅にいたと」

「つまり、曖昧ということやね？」

「はい、その時点では、多賀という有力な容疑者がいましたから、それ以上は追求しておりません」

「せやろね……さて、どないするかな」

「まだ状況証拠だけですから、もう少し詰めてから動いた方がよくないですか？」

「いや、直接あたってみるわ。ここであれこれ考えとってもしょうない。いくで」

と、野崎は坂田に言って椅子を立った。

「仁科邸に、ですか？」

「ああ」

「それなら、僕たちも一緒に行きますよ」勝田も立ち上がり、「行くだろ？」と一馬に訊いてきた。

一馬は思わず頷いていた。

6

「僕は知ってます」幹夫は多賀に言った。

京都警察病院の一室には、多賀と幹夫の二人だけだった。

「知ってるって……何を？」

「僕の両親のことです」

思わず、といったように多賀が息を呑んだ。それを見た幹夫は、やはり……と思い、大きく息を吐き出すと、多賀を睨み付けるようにして見詰めた。

「多賀さんなんでしょ？　僕の両親の……事故は」

「どうして……それを……」

「多賀さんが、僕の両親のお墓参りをしているところも、仏壇の中に隠すようにして位牌を置いているのも、ずっと前から知っていました」

幹夫は多賀を見詰めていた。多賀もじっと見詰め返してきた。暫くそうしていた。

やがて、多賀がフーッと息を吐き出し、そして言った。

「済まなかった。君のご両親を轢き殺したのは、この僕なんだ。今まで何度打ち明けようと思ったか知れない。でも言えなかった」

多賀が深々と頭を下げてきた。

幹夫の中に様々な感情が湧き上がってきた。

「僕は、両親を轢き殺した奴を絶対に許せない。それが多賀さんでも」

「ああ……ああ、判るよ」

多賀が俯いたまま答えた。

「どうして僕がいる『清風園』に来たんですか？」

「それは……」

「どうして僕に優しくしてくれたんですか？」

多賀は答えない。

今、幹夫の中で、二人の幹夫が闘っていた。

両親を轢き殺した目の前の相手を、殺してやりたいほど憎悪する幹夫と、多賀を父とも兄とも慕っている幹夫だった。

「もし多賀さんが僕の前に現れなかったら、僕はずっと姿の見えない犯人を憎み続けていられました。でも、多賀さんは僕の前に現れて、僕に優しくしてくれて、いろいろと教えてくれて、僕は段々好きになってきて……それが僕の両親を轢き殺して逃げた奴だなんて……それが多賀さんだったなんて……」

幹夫の目に涙が溢れ出てきた。泣くもんか、と思えば思うほど、逆に涙は溢れてきて、それを押し戻そうと目をきつく閉じた。膝の上で握り締めた掌が小刻みに震え出し、それが躰全体に伝わり、思わず両腕で抱え込むようにして躰を押さえた。だが、震えは止まらなかった。

それは両親を轢き殺した相手への憎悪なのか、それとも、亡くなった両親と同じくらいに慕っている多賀を、これから糾弾しなければならない辛さからなのか、幹夫自身でも判然としなかった。

暫くそうしていたが、思い切ったように目を開け、そして言った。

「今、僕はあなたを殺してやりたいほど憎んでいます」

「ああ……ああ、そうされても仕方ないな」

「でも、全てを許してしまいたいという声も、僕の頭の中に響いています。どうしていいのか判らなくなっているんです」

多賀が俯いたまま椅子を立ち、深々と頭を下げてきた。

幹夫はじっと多賀の後頭部を見詰めていたが、「でも、そのことはもういいです」震える声で言った。「頭を上げてください」

多賀はそのまま頭を下げ続けている。

「頭を上げてください」幹夫が強い口調でまた言った。

だが、多賀は頭を上げない。

「お願いです。頭を上げてください。そして、僕を真っ直ぐに見てください」

多賀がやっと頭を上げた。

「そのことについて、ちゃんとした話がしたいんです」

「ああ、そうだな。きちんと話し合わなければな」

多賀はそう言って、椅子に座り直した。

「『清風園』には足長おじさんがいてくれるって、いつも園長が言ってます。僕達が希望すれば、大学に進学出来るのも、武志さんのように外国に留学出来るのも、みんな足長おじさんのお陰だって」

「ああ……そうだな」

「足長おじさんは、多賀さんですよね？」

「あれは、何処かの篤志家が……」

「ちゃんと話し合うって言ったじゃないですか」幹夫がまた強い口調で言った。「僕は、僕の両親の事故の犯人も、足長おじさんの正体も知っているって園長に話しました」

「園長に？」

「園長は始めから全部知っていたんだと思います。でも、そのことについては何も言いませんでした。お前の問題だ。お前自身で多賀さんとどう話し合うか決めろって。

僕は悩みました。ずっと悩んでいました。だって……」

多賀が小さく頷く。

「多分、僕は一生多賀さんを許せないだろうと思います」

「そうだろうね」

「でも、許せなくても、僕は多賀さんを恨むことが出来ないと思います」

「いや、僕は卑劣な男だ。許されたいとは思わないよ」

「いいんです。僕の中でそうしようって思っただけですから。だから、僕はたった今決めたんです」

「決めた?」

「僕も多賀さんも、僕の両親の事故のことで、今まで逃げていたんだと思います。でも、いつまでも胸の中にしまっておかないで、多賀さんの口から本当のことを聞いて、その上でもっとお互いを理解し合った方がいいって」

幹夫と多賀は見つめ合った。

二人はじっとそうしていた。

そして、「判ったよ、幹夫。もう逃げないよ」幹夫を見詰めたまま多賀が言った。

「もっと早くそうしていればよかったんだ。それをたった今、幹夫に教えられた」

見つめ合ったまま幹夫が頷き、そして、「よかった……」と呟いた。

「君のご両親の事故については、僕は警察に行って全て告白する。無論、幹夫にもご両親にも心からお詫びする。どんな罪でも受けるつもりだ」

「判りました。そうしてください」

多賀がきっぱりと頷いた。

「それで今、多賀さんは何かの事件に巻き込まれているそうですね？」

「ああ……どうやら、そうらしい。だが、その事は全く記憶にないんだ」

「でも、京都に来た理由はあるんでしょ？」

「ああ、それは……」

「さっきここにいた新聞記者の手島さんが言ってました。多賀さんは誰かを庇っているんじゃないかって」

「そのことは、いくら幹夫でも話せない」

「どうしてですか？」

「どうしてでもだ。ここで起こったらしい事件については、幹夫には関係のないことだ」

「そうですか……」と、幹夫は大きな溜息を吐いた。

幹夫はまた、じっと多賀を見詰め、そして言った。

「多賀さんは、僕の両親の事故のことで悩んだんでしょ？」

でいます」

「僕も悩みました。多賀さんが犯人だと判ってから。今でも殺してやりたいほど恨んでいます」

「済まなかった」

「でも、その事は今は……。それに、今までも多賀さんは僕の両親のお墓参りや、位牌に手を合わせてくれていたのを、僕は知ってます。多分、心の中ではいつでも、さっきみたいに僕に頭を下げていたんだと思います」

多賀はまた俯くと、小刻みに頷いた。

「僕は、多賀さんが何故ここに入院しているのか、詳しいことは聞いていません。誰を庇っているのかも知りません」

「幹夫が知る必要はないことだ」

「多賀さんは、ずっと悩んでいると言いました。僕も悩んでいました。それは、多賀さんも僕も、何かを引きずっていたからだと思います」

多賀が俯いたまま、また小さく頷いた。

「また何かを引きずろうとしているんですか？」

多賀がゆっくりと顔を上げた。

「ここでまた、何かを心の中にしまい込むんですか？　こっそりと墓参りをしたり、位牌に手を合わせるような事をするんですか？」

多賀と幹夫が、また互いの目を見つめ合った。

「多賀さんが庇いたいって思っている人ですから、きっと悪い人ではないと思います。僕はそう信じています。ですから、その人が多賀さんに庇われていると知ったら……僕と同じように、その人も悩みませんか？」

「幹夫……お前……」

「僕の両親の事故のことは、青森に帰ってから、多賀さんがいいと思う方法で決着をつけてください。園長も、『清風園』のみんなも必ず多賀さんを応援してくれるはずです。さっき手島さんから聞いたんですけど、罪を軽くして欲しいっていう嘆願書というのがあるそうです。僕はそれを書きます。園長も、『清風園』のみんなもきっと……」

多賀の目にも、幹夫の目からも、見る見る涙が溢れてきていた。

二人は、黙ったまま見つめ合い、涙を溢れさせるままにしていた。

「僕は一生多賀さんを許せないだろうと思います。でも……でも、あなたが好きなんです。大好きなんです」

幹夫が叫ぶように言った。

次の瞬間、多賀が堰を切ったように、号泣し始めた。

野崎と坂田の乗った公用車を追うように、一馬は勝田と並木とタクシーに同乗していた。

7

何かが違う、どこかに違和感を感じる……一馬は胸の中でしきりにそう呟いていた。絶対に違う、と。

そうであって欲しい、という願望からそう思う気持ちも無論あった。だが、何かが引っ掛かっていた。虫食いのように所々が伏せられた計算式を、無理矢理解かされているようなもどかしさを感じていたのだ。

目の前の扉を開ければ、その答えが待っていてくれるような気がしているのだが、その扉を開けるには、いくつかのキーワードを必要としていた。

誰が何かを言い、どんな行動をしたか……一馬の脳味噌は、京都に来てから出会った人々の言動を慎重にトレースしていた。

そこにキーワードが隠されているような気がしているのだ。

目の前に見え隠れするキーワードを一馬の脳味噌はしきりに模索していた。

やがて二台の車は仁科邸の門の前に着いた。

車を下りた野崎が、門に取り付けられたインターフォンのボタンを押すと、中から女性の声で返事があり、野崎は名乗った。

少し間があり、「はい、お待ちください」とまた女性の声が返ってきた。

待つほどもなく下駄の音が聴こえてきて、木戸が開けられ、「なんですかな？」と、作務衣姿の照道が顔を出した。

「またちょびっとお話を聞かせて頂きたい思て」野崎が答える。

「ほう……なんだか知らないが、まあどうぞ」

照道は躰を引き、「工房で仕事中だったんだが、そこでいいね？」と庭に向かって歩き出す。

野崎が頷き、照道の背中にぞろぞろと従った。

工房の戸を開けると、奥の座敷に座った、やはり作務衣姿の高槻が顔を向けてきた。

「すんまへんなあ、お仕事中」野崎がそう言って軽く頭を下げ、それぞれ中に入る。

「まあ、適当に座ってくれ」

照道はそう言って下駄を脱いで上がり、高槻の隣に座った。

野崎は板の間に尻だけを下ろし、勝田と並木はテーブルの椅子に座った。一馬もそうしたが、坂田はそのまま立っていた。

「何かな、話というのは」照道が訊く。

「へえ、多賀純一の記憶が戻りましたんや」

「ほう……で、事件のことを何か思い出したのかな？」

「そのようなんやが、なんも言わへん。で、こっちゃとしても困ってしもて、いろいろといらん考えが湧いてきよりましてな」

「なんだ？　その考えというのは」

「多賀は、誰ぞを庇っているような気がしてますんや」

「庇っている？　誰を庇っていると言うんだね？」

「それでここまで出張ってきたゆうわけやして」

「ふうん……わけが判らんな。遠回しな話はもう言い。はっきりした話をしてくれんかな」

「そやなあ……ほな、そうしまひょ」

野崎は自分を納得させるようにそう言って頷き、靴を脱いで上がると、照道の前に座った。

「まだ仮定の話なんやが、ずばり話させて頂きますよって、そっちゃも正直にお応えして貰えますやろか」

と、野崎が照道を正面から見据えた。

8

病室のドアが開き、目を真っ赤に泣き腫らした幹夫が顔を覗かせ、手島を呼んだ。

病室の前の廊下に据えられたベンチで手島は待っていたが、立って幹夫に近づいた。

「多賀さんが知っていることをみんなお話しすると言ってます」幹夫が小声で言った。

「そうか」手島は頷いた。

「でも、青森の件がありますから、その前に手島さんと相談してからの方がいいと思うんです」

青森の件とは幹夫の両親の轢き逃げ事件のことだろうが、幹夫は、今のところその件を警察には報せたくないのだろう、と手島は思った。

「判った。警察の人達と相談するから、中でもう少し待っていてくれるかい？」

「お願いします」

幹夫はそう言って、ドアを閉めた。

手島は、廊下でたむろしている府警の刑事達の処に行き、「多賀が全て話すそうです」と言った。

頷いて病室に向かおうとする刑事達に、「その前に、僕に相談したいことがあるそうなんです」と言った。

「いい加減にしてくれよ、手島君。こっちはもう痺れを切らしてるんだ。一緒に話を聞かせて貰うよ」刑事の一人が言った。

「ですから、その前に僕と……」

「だめだね。甘ったれるのもいい加減にしろ」

「そうですか……では、未成年である幹夫君を連れて帰ります。僕はここでの保護者ですからね。そうすれば、多賀はまた口を噤《つぐ》みますよ。それでよければ勝手にどうぞ」

刑事が手島を睨んできた。手島はそれを正面から受け止める。さあ、どうする？という構えだった。

暫くそうしていた刑事がフーッと息を吐き出し、「判ったよ。但し十五分……いや、十分だ」と条件を出した。

「二十分」と、手島は刑事の顔の前で指を二本立てる。

刑事はまた手島を睨み付けてきたが、「いいだろう。だが、我が儘もこれが最後だぞ」と溜息を吐き出した。

手島は、それだけあれば充分だ……と胸の中で呟いて、刑事に背中を向けて、舌を出した。

9

「今回の事件なんやけど」と野崎が言った。「八年前の江森健一郎殺害事件に端を発しているんやないかと思とります」

「この前もそこにいる新聞記者からそんなことを聞いたが、どういうことだ？」

「江森と奈緒さんが離婚した原因は、江森の女性関係やと聞いとります」

「そうだ。あいつは女と見れば見境がないんだ。男として……というより、人間として最低な奴だった。私は初めからあの結婚には反対だったんだ」

「離婚に際してやけど、成城の家を買い取らせたゆうことですわな？」

「あの家は元々私名義のものだったんだが、江森が買い取ると言い出したんでそうしたが、慰謝料をふんだくったなどとマスコミで騒がれて、とんだ迷惑だった」

「その時なんやけど、仁科はんは、なんや資金繰りで大変だったゆう話を聞いとるんやけど、その金で……」

「無礼だぞ」

「へえ、すんまへん。けど、事実やおまへんの？」

「その資金調達のために、奈緒を離婚させたとでも言いたいのか？」

「そこのとこをお聞かせくださらんかな」

「確かに、ある企業が倒産して大きな被害を被った。あの家を売った資金をその補塡に回したのも事実だ。だが、そのことと奈緒の離婚とは全く別の問題だ。離婚するしないにかかわらず、あの家の処分を考えざるを得ない状況だったのも事実だがな」

「ここの土地の半分も処分したゆうことですな？」

「本当に無礼な奴だな。そのことは個人的な問題だぞ。それが事件に関係しているとでもいうのか？」

「へえ、そう思とります」

「ほう……どう関係していると言うんだ？」

「実は、江森は先天性の無精子症……つまり、子を作れない体質なんやそうで……まあ、まだ噂の段階なんやけど」

「馬鹿な。優衣という子がいるではないか」

「そのことなんやけど、もし、それがほんまのことやとなると、江森は黙っとらん思うんやけど」

「貴様！　許さんぞ、無礼にもほどがある」

照道は真っ赤な顔をして立ち上がった。

だが、野崎は怯まず、「そのことで、江森がこちらの誰ぞに文句つけたゆうことで、江森を殺してでももっちゅうことを考えたとすれば……」と照道を見上げた。

「もう許さん。出て行け。今すぐに出て行け」

照道は握り締めた拳をブルブルと震わせながら、野崎を睨み付けている。

「そのことを、佐山響子と伊沢篤志が摑んで強請った。その二人の口も閉じなあかん、そう思った誰ぞは……」

照道は、尺八の材料である竹の一本を摑むと、「出て行けと言ったはずだ」と、それを振り上げた。

「そうやって殺《や》ったんかいな」野崎が言った。

照道は怒りを露わにした表情を浮かべたまま、野崎を見下ろしている。本気で竹を振り下ろしそうな様子だ。

暫くそうしていた照道が竹を放り投げ、そして大きく息を吐き出して言った。

「私は虚無僧だ。仏に帰依し、吹禅を持って仏道修行者としての大事な行を行っておる。尺八を吹く以前に自己の仏教的信心はどうなのかを己に問い、自己の信心を尺八に託した吹禅をもって『法の布施』を行っておる。その私が、そのような卑しき行いをするはずがない」

「そないな難しいこと、あたしにはよう判らん」

「勝手にしろ」

「竹林の中で、『風動之肆』ゆう曲が聴こえていたそうなんやけど、遺体の第一発見者やった河埜寛司ゆう爺さんは、その曲を二度聴いた言いまんねん。それは、一人が二度吹いたんやなく、別々の二人が吹いたのやろ、と」

「別々の二人が？」

「へえ、そう言うとったんやが、その一人は多賀ゆうんは判りますわな？　ほな、もう一人は誰なんやろ」

「私に判るわけがないだろう」

「その曲は、多賀以外には吹けないんとちゃいますの？」

「確かに」

「仁科はんはどうですの？」

「吹けんことはない。だが、完璧な演奏となれば無理だろう。楽譜を目の前にすれば別だが」

「その楽譜なんやけど、ほんま誰にも見せてへんの？」

「ああ、見せておらん」

「そう言い切れますかあ？　誰かがこっそりと……」

「あの曲は、多賀君がまた私に会いに来るまではと、私が封印したんだ。多賀君は、尺八本曲を四曲作曲した。『風動之肆』はその四番目にあたる曲なんだが、副題がつけられていた。『奏《かな》で葬《ほうむ》る』と書いて『奏葬《そうそう》』とな」

「『奏葬』？　ほう……」

「亡くなったどなたかを悼んで作曲したそうだ。多分、母上だと思うが……で、彼は突然身を隠してしまった。だから私は、再び彼が戻ってくるまでその曲を封印したんだ。株券や証書と一緒に、銀行の貸金庫に今でも入っておる。だから、誰かがそれをコピーすることなど不可能だ」

「ふうん……こら困ったなあ」と、野崎は大袈裟な仕草で頭を抱え込んだ。

不意に勝田は椅子を立つと、サッと引き戸を開けた。

戸の外で、「あっ！」と小さく声を上げ、奈緒が半歩後ずさった。

戸が開けられ、四角く切り取られた外の空間には、燃えるような真っ赤な紅葉が一面に色づき、その前に、淡い紫の小紋で佇んだ奈緒の姿は、まるで芝居の一場面を見ているようだった。

10

「幹夫君から、あなたが昔犯した轢き逃げ事件のことは聞きましたよね？」手島は多賀に言った。

多賀が頷く。

「僕もそのことは知っています。そのことを前提に話を進めますけど、いいですね？」

多賀が幹夫を見て頷く。幹夫も頷き返す。

「ではまず訊きますけど、その轢き逃げ事件と、今回発生したいくつかの事件との関係はありますか？」

「いいえ、全く関係ありません」

「その件はどういう結論になったんですか？」

「さっき幹夫と話し合ったんですけど、青森に帰ったら、警察に行って全て告白します」

「判りました。じゃあ、その件は僕は何も知らないことにします。外にいる刑事にも話しません。警察ではまだ、幹夫君のご両親の事故についてまでは気付いていないはずですし、管轄も違いますので、多分大丈夫でしょう」

「お気遣い、感謝します」

「そんなことは気にしないで……それともう一つ。あなたは寺下純ですね？」

「はい。僕が寺下純です」

「江森健一郎の専属アレンジャーだった時も、江森のゴーストライターだったんですか？」

「ええ、僕が江森の処に行ったあとで、江森健一郎作曲として発表した曲は、全て僕の作品でした」

「どんな経緯でそうなったんです？」

「僕の母が大変な病を患っていたんです。父が突然亡くなって、その療養費を捻出しなくてはならなくなったんです。それで、始めからゴーストライターという契約をしました」

「その母上が亡くなられてからもそれを続けていたのは、轢き逃げ事件の件で強請られていたから？」

「そういうことです」

多賀は幹夫を見て、二人は頷き合った。

「僕はその場で警察に連絡しようとしたんですけど、そうなったら母親の療養費はどうするんだ、と江森は言ったんです。今思えば、江森は、僕という金の卵を産む鶏を放したくなかったんでしょう。僕も母親の療養費を失いたくなかったし……いえ、結局僕は逃げていたんです。自首する勇気がなかったんです。だから『清風園』に匿名の寄付をする、ということで自分に言い訳していたんです。さっき、幹夫からはっきりとそう言われたような気がします」

多賀が幹夫を見て、幹夫はゆっくりと首を横に振った。

「それは判りました。で、ゴーストライターの件と、八年前の事件とは何か関係していますか?」

「そのことも全く関係ありません」

「その件も判りました。では、今回の事件について訊きますけど、あなたが京都に来た理由から説明してください」

多賀はまた頷き、「それは、八年前の事件に関係しているからです」と言った。「伊沢が青森に来ました。八年前の事件の犯人を知っているだろう、と言いました」

「やはり……」

「僕は何も言いませんでした。でも、彼はそうは思わなかったようです。そのことを佐山響子も知っている。彼女が全て知っていると言って、一人で勝手に何人かの名前を挙げたり、自分の推理を話していました。でも、僕は何も答えませんでした。すると彼は言いました。『お前が黙っているということは、全て俺の言った通りなんだな』と……僕は相変わらず何も答えませんでしたが、伊沢は勝手にそう納得して帰っていきました」

「どんな名前を挙げて、どんな推理をしてったんですか？」

「照道導主が金に困って、奈緒さんに離婚を勧めて江森から金を巻き上げた、とか、江森が自分の無精子症を知って、今度はそれをネタにして損害賠償を求めようとした、とか……それで江森は殺されたんだって」

「伊沢は、誰が殺したって言ってたんですか？」

多賀は大きな溜息を吐き出し、そして言った。

「奈緒さんではないか……それと高槻さんが、と」

11

「聴いていたのか？」照道が奈緒に訊く。

奈緒が小さく頷く。

「この男が馬鹿な事を言っておったが、どうなんだ？」

奈緒は照道をじっと見詰めていたが、その後ろに座る高槻にゆっくりと目を移した。

高槻と奈緒の視線が、一瞬絡みあったように一馬には感じられた。

「どうなんだ？　奈緒」照道が苛立ったように訊く。

野崎は長く息を吐き出してから、「まあ、お入りやして」と奈緒に言った。

奈緒がゆっくりと入ってきて、草履を脱いで板の間に上がり、座敷まで歩いて高槻の隣に座った。その動きを、照道はじっと目で追っていた。

「仁科はんもお座りやして」野崎が静かに言う。

照道は奈緒を見詰めながら、ゆっくりと座り直した。

「佐山響子が殺された時なんやけど、虚無僧は二人いたと思えるんや」野崎が奈緒を見詰めて言った。「その日の夕方、『さやま』の店の前に、二人の虚無僧が托鉢にきたんやて。背ぇの高かった方は自分やったと多賀は認めたそうや。もう一人の背ぇは低うかったそうなんやが、丁度奈緒はんや高槻はん……それに仁科はんくらいの背ぇやったそうや」

照道が野崎に顔を戻し、「まだ馬鹿なことをほざくつもりか？」と睨む。

「ほんま、すんまへんなあ。けど、これが警察の仕事ですさかい」

「それなら、逮捕状でもなんでも持って来るがいい」

「そんなにことを荒立てたくないんですわ。こっちゃの質問にお応えして貰えればええことですさかい」

「答えるも何も……」

「一つだけお聞かせください？」野崎は照道を無視するように、奈緒に言った。「江森が、子が出けん体質ゆうんはほんまのことですかいな」

奈緒はじっと野崎を見詰めていたが、ゆっくりと頷いた。

「奈緒……」照道が唖然として呟いた。「どういうことだ？」

野崎はまた照道を無視するように、「それをいつ知りましたん？」と奈緒に訊く。

「仰る通り、離婚してから二年ほど経った頃です」

「江森が殺される少し前のことやね？」

奈緒が頷き、野崎はまた長い息を吐き出した。

「それを誰から聞いたんかいな」

「江森から直接に……ここに電話してきました」

「そのことで、なんぞ無理なこと言われましたんかいな」

「はい、今度はこっちが裁判に掛けてやる。損害賠償も請求してやると」

「どう答えはったん？」

「驚きましたけど、何も答えませんでした。というより、答えられなかったんです」

「そのあとすぐに江森は殺されたわけやが、そのことで何か言うことあらへんかあ？」

「ありません。あの事件のことは全く知りませんでした」

「けど、条件が揃い過ぎてまんなあ。それとも、誰ぞに話しはったゆうことあらへんの？」

今度は奈緒は何も答えなかった。

だが、答えなかったということが、野崎の質問の答えになっていた。

そして、奈緒が話したその相手が、江森殺しの犯人という可能性が極めて高いと思われた。

「私が聞いています」唐突に、高槻がそう言った。「奈緒さんから相談を受けました」

「ほう……で、どう言わはったん？」

「何も……勝手にやらせておけばいい、とだけ。お父上にも黙っているようにと」

「そしたら、何処かの誰ぞが、その厄介な相手を殺してくれたゆうわけかいな」

「結果として、そういうことになりました」

「それは具合よう片づいたもんや」野崎はゆっくりと首を左右に振り、「もう一つ聞きたいんやが、佐山響子が殺される前の日に、奈緒さんのところに電話してきはったそうやね？　どんな内容やった？」と訊いた。

「それは……ただの挨拶でした」

「そうかあ？　それも随分とタイミングがええなあ。何か言われたんとちゃうの？」

奈緒は野崎を見詰めていたが、「判りました。お答えします」と言った。「江森が子供を造れない躰だということ、そのことでもめて、八年前に仁科の関係者が江森を殺したのではないか、と」

「つまり、あんたはんを強請った、ゆうことやね」

「はい、一億欲しい、と」

「ひぇーっ、一億とはまた……」

「そのことを伊沢さんも知っていると仰ってました」

「その伊沢ゆう男も殺されたんやけど、今度も都合よう二人とも死んでくれましたなあ」

当然のことだが、奈緒は何も答えない。

「東京で、堀内秀夫ゆう男が死んだそうなんやけど、その件については何か知らんかな」

「堀内さん、亡くなったんですか？」

「毒を盛られたそうや」

「そんな……」

「ほう……その件は知らんかったようやね」

「はい、驚いております」

「シアン化カリウムゆう毒薬で、伊沢に使われたんと同じ毒物やったそうやが、劇毒物なんやてねえ？　高槻はん」

高槻は頷くと、「シアン化カリウムというのは別名青酸カリと呼ばれる劇毒物です」と答えた。

「さすが化学については詳しいんやね。あそこの理化学機器は何に使うもんかいな」

「尺八に塗り込む油の調合に使ってます」

「昔いた会社でそういった毒物は扱こうてはったん？」

「ええ、実験で使うこともありました」

「今回も何かにつこうたんやないかあ？」

「仰っている意味が判りませんが」

「困ったなあ。どないしたらええんやろ」

「もういい加減にしてくれ」照道が絞り出すように言った。「さっきも言ったが、これ以上おかしなことを言うのなら、それなりの法的手続きを踏んでからにしてくれ」

「ええでしょう。そうしまひょ。お三人には署の方においで頂きますわ。よろしいね？」

「ちょっと待ってください」一馬は口を挟んだ。「それは任意同行ということですよね？」

確か、任意同行は拒否出来るはずだ、と一馬は思ったのだ。

「それはそうやが、場合によってはお札を持って出直してもよろしいよ」

一種の脅しであることを一馬は知っていた。

任意同行は逮捕とは違い、あくまでも捜査への協力を要請するという観点から行われるもので、出頭要請に応じるのも拒むのも自由なのである。

だが、そこで騒ぎ立てたりすると、公務執行妨害で有無を言わせずにしょっぴくという伝家の宝刀を抜いてくるのだ。

一馬は急いで取材用ノートをバッグから取り出すと、ページをめくり、「任意同行とは、刑事訴訟法一九七条で規定する任意捜査の一態様で……」と読み始めた。以前、ある取材の際にノートに控えておいたものだ。

「はいはい、勘弁しておくんなはれ」野崎が苦笑しながら言った。「あんはんから言われるまでものう、承知してまんがな」

「それなら、そんな脅すようなことを……」

「けど、これだけ条件が揃ってはるんや、全く無関係いうことは考えられんやないか。それとも、なんかありまんの？　覆すだけの何かが」

一馬はさっきから考えていたのだ。扉を開けるためのキーワードが何かあるはずだ、と。そして、それが見え隠れし始めていたのだ。

「ここで話を聞いた感じやと」と、野崎は高槻と奈緒を交互に見た。「何も一人の犯行とは限らんね。二人で……いや、三人で共謀したゆうことも考えられるわなあ。せやから……」

「えっ？　今なんと仰いました？」一馬は野崎の言葉を遮って訊いた。

「犯人は一人やなくて、二人……ひょっとして三人で共謀した犯行ゆう可能性もある、そう言うたんや」

「ちょっと待ってください」

一馬の中で何かが弾けた。野崎の今の言葉でキーワードの一つが見付かったのだ。

考えた。

一つのことからまた別の要素が入り込んでくる。

更に考えた。

考えて考えて……。

別のキーワードも形を見せ始めた。

もう少しだ……と、更に考えた。

そして、ある結論が浮かび上がった。

「野崎さん。すぐに誰かを『さやま』に向かわせてください」

叫ぶように一馬は言った。

12

「勘違いなんです」多賀が手島に言った。「伊沢は勘違いしていたんです」

「勘違い？」

「そもそも響子さんは八年前にも勘違いしていました。実は、江森が殺された時、僕は、江森の家の居間にいたんです。もう耐えられない、警察に自首すると、その何日か前から江森に言っていました。ここで自首して、全てを清算したい、と」

「江森はそれを認めなかったんですね？」

「ええ、そこに玄関のチャイムが鳴ったんです。江森が玄関に出ていったあと、すぐに呻き声が聴こえました。僕が慌てて玄関に行くと、江森が頭から血を流して倒れていました。そこで僕は見たんです」

「犯人を、ということですか？」

「はい、犯人を、です」

13

「『さやま』の須崎敏夫はすぐに吐いたそうです」と、携帯電話の通話を切った坂田が言った。「動機についてはこれからじっくりと訊くそうですが」

それを聞いた一馬は、フーッと安堵の息を吐き出した。

「響子と伊沢のどっちゃのヤマもやね？」野崎が訊く。

「ええ、二件とも吐きました。ただし、東京の堀内の件は全面否定したそうです」

「まあ、二件のヤマを吐いたんや。その一件だけとぼけるゆうことはないやろ」

「どういうことだ？」照道が訊いた。

「えろう、すんまへんでした。こっちゃの勘違いやした。お詫び申しますぅ」

野崎は立ち上がり、深々と頭を下げた。

「ふん、なんということだ。無礼者が」

「へえ、無礼打ちされても仕方ないところでんな」

野崎が頭を掻き、照道は呆れた、という表情を浮かべた。

「訊かせてくれないか？　名探偵の推理を」勝田が一馬に言った。「どうして須崎がって思ったんだ？」

結果が出るまでは、詳しい説明は待って欲しいと一馬は言ったのだ。

「ちょっとしたヒントでした」

「ほう……」

「初め、虚無僧姿の多賀さんが一人で竹林にいました。次に、『風動之肆』を演奏出来るもう一人もいた、つまり二人いたんじゃないか、と考えましたよね？」

「ああ、それもあんたの推理でな」

「じゃあ、三人目もいたとしたらどうなんだろうって思ったんです」

野崎の言葉がヒントとなり、サトからの電話の内容を思い出したのだ。逮捕された引ったくりの犯人は、二人の高校生と思われていたが、もう一人黒幕がいたらしい……つまり引ったくりの犯人は三人だったという話、それがキーワードとなったのだ。

「虚無僧が二人ではなく三人いたのでは、と考えた時、じゃあ、三人目は誰だろうと考えました。普通の人は虚無僧衣装はおろか尺八すら持っていません」

「当然そうだよな」

「仁科家の誰かが、と考えていたので、僕達は迷路に迷い込んでいたんです。でも、もう一人、虚無僧装束も尺八も持っている人がいるのに気付いたんです」

「そうか、『さやま』の五代目だな？」

「はい、百万もする尺八を持っている人です。凶器となった尺八は、七、八十万から百万くらいするものだったと、警察でそれを見せられた仁科さんも仰ってましたよね」

一馬は照道に訊いた。

「ああ、そのくらいの価値のあるものだった……あっ、ひょっとして、あれは『さやま』の五代目の……」

「そう思ったんです。それらを持ち出し易い立場にいる者が三人目の虚無僧だったんじゃないか、と」

「なるほど……だが、なんでそれが須崎なんだ?」

「あの人は失言をしたんです。勝田さんも聞いていたはずです」

「そうだったかな。何を言ったんだ? 須崎は」

「遺体の確認をしたのは、響子さんのご主人一人だけだったそうですよね?」

「らしいな。馬鹿にあっさりとしてたそうだが」

「つまり、響子さんの最期の姿を、須崎さんは知らなかったはずです」

「だろうな」

「でも、響子さんが着物を替えていた、と言っていたんです」

響子が、何故現場となった竹林に行ったのか、という勝田の質問に、「さあ……何があったんやろな。さっぱり判らん。おまけに着物まで替えていきおった」と答えたのだ。

「うん、確かにそんなことを言ってたな」

それが二つ目のキーワードだった。

「だが、竹林に向かう響子を、偶然に須崎が見たという可能性もあるぜ」

「須崎さんは、そのあとすぐ、業界の集まりに出掛けて、帰ったのは夜中だったと言ってましたよね？　そのことが本当なら、須崎さんは響子さんが着替えたことを知らないはずです」

「なるほど……」

「それに、多分ですけど、伊沢という人のウイスキーに混入していた毒物のシアン化カリウムは、響子さんが実家から持ち出したものじゃないでしょうか」

「なんでだ？」

「響子さんの実家は、真鍮やプラスチックに金メッキをしたイミテイションのアクセサリーを作っている会社だそうです」

「あっ、シアン化カリウムは金メッキに使われるそうだな」

「その件はただの推測ですけどね」

「いや、たいした名探偵じゃないか、神尾さん」

「いえ、たまたまです」

「だが、もう一人の虚無僧は誰なんだろうな。『風動之肆』を吹ける者となると」

「多分、曲をコピーした人物だと思います」

「だって、楽譜は仁科さんが封印して、銀行の貸金庫の中なんだろ?」

勝田が照道を見て、照道はきっぱりと頷いた。

「コピーというのは、耳でのコピーのことです」

「耳でのコピー?」

勝田が首を捻った。

そこに突然、工房の外から尺八の音が聴こえてきた。

風が竹を震わせて叫ぶ……そんな、どこか凄まじさを感じさせる曲だった。

皆、言葉を忘れてその曲に聴き入っていた。

「これは、『風動之肆』……」照道が呟いた。

「竹造さんだと思います」一馬は言った。

「竹造?」

「竹造さんは、一度聴いた曲をすぐに覚えてしまうそうですね?」

「ああ……確かにそうだが、しかし竹造は何処でこの曲を……」

「竹林の中で、竹造さんは多賀さんの吹いた『風動之肆』を覚えてしまったんじゃないでしょうか？　二度目に聴こえたのは竹造さんが吹いていたんだと思います」

「そうか、竹造が……いや、だがこれは見事な吹禅だ」

「これは僕の勘ですが、多賀さんと一緒にいた虚無僧が竹造さんだとすれば、多賀さんが庇っている人物は、竹造さんなんじゃないでしょうか」

「何？　ということは、竹造が江森を？」

「ご本人に訊いてみましょう」一馬は言った。

曲が終わり、静かに戸が開けられた。外には、尺八を持った竹造が佇んでいた。

「竹造……お前」照道が呟き、土間の前まで進んだ。

竹造は一礼すると中に入り、照道に向かって、尺八を両手で捧げ持つようにして頭を下げた。

つられたように照道が両手で尺八を受け取り、じっと竹造を見た。

竹造が手を動かした。手話だった。

14

「竹造さんです」多賀が言った。「仁科家の養子で、雑事をやっている人なんですけど、その竹造さんが江森を殺したんです」

「凶器は？」手島は訊いた。

「竹筒でした」

「尺八ではなく？」

「ええ、青竹でした」
三、四十センチほどに切った竹筒を右手に提げて、竹造は静かに佇んでいたそうだ。
「何故……と僕は訊きました。竹造さんは、じっと僕の顔を見ていましたけど、頭を一つ下げただけで、そのまま駆け去っていってしまったんです。そこに響子さんが来たんです」

「それで響子は勘違いしたということですか？」

「ニヤッと笑って言いました。『大丈夫。全てあたしに任せて』と。その時、僕は混乱していて、言われるままにしてしまったんです。でもすぐに、あれは僕じゃない、と言ったんですけど、『そんなことは誰も信じないわよ』って言うばかりで……そのうちに事件が発覚して、僕のところにも警察の人が来て、流されるままに……いえ、やっぱりその時も逃げてしまったんです」

「なんで響子はそうしようと思ったんでしょうか？」

「あとで知ったことですけど、響子さんも江森に何か握られていたようです。彼女も京都に嫁ぐことが決まっていたし」

「でも、響子はなんであなたを庇ったんでしょ？」

「堀内さんからあとで聞きましたけど、彼女と取引したそうです」

「取引？」

「ええ、堀内さんは『エモリ音楽事務所』からの独立を考えていたそうです。僕が江森のゴーストライターだっていうのを、堀内さんは薄々知っていて、ヒット曲を生む僕を連れて独立したかったんだそうです」

だが、多賀と江森とのあいだに何かありそうなことにも気付いていた。そこで、響子を使って、江森と多賀とのあいだにある何かを探らせていた。そんなところに事件が起きた。

「響子さんはそのことを利用したんです。事件を目撃したことを話して、堀内さんに僕のアリバイを証明させました。響子さんはそれで相当の額のものを貰ったはずです」

「響子があなたを庇ったのは、金のためだったというわけですか」

「そうだったんでしょう。自分の弱みを握っている江森は死んで、金も入ってくる、と」

「で、あなたは堀内の話を受けた、と？」

「堀内さんからその話があった時、竹造さんのことは伏せて、事件のことを全て否定しました。響子さんの勘違いだから、と。でも、堀内さんは言いました。どっちでもいいじゃないかって。もともと江森の曲は君が書いていたわけだし、これからもそうすればいいじゃないか、印税はそっくり君のものだって言われたんです。その時僕は思いました。その印税収入を『清風園』に寄付出来るって、そう割り切ることにしたんです」

「なるほど……それで寺下純が誕生したわけですか」

「堀内さんは、僕を覆面作曲家として売り出そうって言いました」

「で、響子は八年も経って、なんでまた強請りを始めたんでしょう……それも、仁科家を」

「この前、伊沢が来た時の言葉の端々から感じたんですけど、彼女は初めから、犯人が僕じゃないのを知っていたんじゃないでしょうか。照道導主か奈緒さん、あるいは高槻さんが江森を殺した、と勘違いしたんでしょう。それに、江森が無精子症だという話を誰かから……多分堀内さんからだと思いますけど、それを知った響子さんが……」

「それにしても、随分年月が経っている……いや、そうか。彼女は離婚を迫られていたってことだから、そんなことを思いついたんでしょうね」

「ええ、彼女の方にも何かあったんでしょう」

「伊沢と響子との繋がりは？」

「伊沢とは仁科導主のところで知り合いました。レコーディングスタジオで尺八奏者が欲しいというので、僕が伊沢を紹介しました。そんな関係で彼も東京に来るようになって、響子さんとも知り合ったんですけど、二人は一時親密な関係になったようです」

「なるほど、その後響子が京都に嫁いで、また関係が復活したのかも知れないですね」

「さあ、それは……」

「で、あなたが今回こっちに来たのは、伊沢が青森まで行ったことに関係してるんですよね？」

「心配になったんです。伊沢や響子さんが勘違いしたまま何かすれば厄介なことになるからって。それで、まずは照道導主の家に行きました。竹造さん以外は皆出掛けていました。そこで僕は竹造さんと話したんです。彼の方は筆談でしたけど」

「筆談？　竹造という人を僕は知らないけど、聾唖《ろうあ》の人なの？」

「耳は聞こえるんですけど、言葉は……で、彼は言っていました。八年前のことは、自分が勝手にやったことで、照道導主も高槻さんも、そして奈緒さんも知らないことだから、自分が警察に行くって」

「その人が、あなたと一緒に『さやま』に托鉢に行った人？」

「ええ、まずは響子さんに会いにいこうという話になったんです。店の前で吹禅したあと、響子さんから耳打ちされたんです。『河寛庵』の裏の竹林は知っているか、と。僕が頷くと、夜九時頃に会おうと言いました」

「なるほど……あなたは、そこで響子と話し合えると思ったわけですね」

「ええ、それで夜、あの竹林で待っていたんですけど、僕はそこで自分の作曲した曲を吹いたんです。そのあとすぐ、竹造さんはそっくりに繰り返し始めました。あの人は昔からそういう耳を持っていたんです。凄い、と思って聴いていたところに、突然演奏を止めてしまったんです」

「あなた達の演奏を聴いていた人もそう言っていました。二度目は途中で終わってしまったと」

「竹造さんは一人で竹林の中に入ってしまったんです。何があったんだろうと思って待っているところに、突然、頭に衝撃が走って……」

　そこで多賀の記憶は途絶えてしまった。

15

「江森を殺したのはお前なのか？」照道が竹造に訊いた。

竹造が小さく頷き、手を動かした。

――江森が、奈緒さんや導主を、それから高槻さんを困らせていると思いました――

竹造の手話を高槻が訳す。

「江森のことを誰から聞いたんだ？」

――奈緒さんと高槻さんが、この工房で小さな声で話をしているのを、外で聴きました――

「なんということだ」

照道は大きく息を吐き出すと、ゆっくりと首を横に振った。

「多賀さんが会いに来ましたね？」勝田が訊いた。

――私が一人きりの時に来ました。あの人は私が江森を殺した時にあの家にいました――

「江森の家に？　つまり、犯人があなたということを知っていたと？」

――はい、でも、黙っててくれました。どうしてか判りませんが――

「今回多賀さんがここに来た時、どんな話をしたんですか？」

――響子という女が勘違いしていて、奈緒さんを脅すかも知れない、と言ってました――

「それで『さやま』に行ったんですね？」

――その人と話し会おうと多賀さんが言ったのです。店の前で托鉢をしたあとで、『河寛庵』の裏の竹林に九時頃きて欲しい、とその人が多賀さんに言いました――

「今の曲はそこで多賀さんから？」

――とても素晴らしい曲なので、一度で覚えてしまいました――

「その途中で吹くのをやめたのは？」

――竹林の奥で声を聴いたからです。小さい声でしたけど、女の人の呻き声が……その前に、物を叩くような嫌な音も――

「それでどうしました？」

――多賀さんには聴こえなかったようです――

「ああ、あなたは耳が鋭いから聴こえたんですね？」

――そうかも知れません。それで、多賀さんを残して私だけ奥に行ってみると、女の人が倒れてました。頭から血を流していて、息もしてなかったんです。私は驚いてしまって、急いで多賀さんのところに戻りました。そうしたら、多賀さんも倒れていました。それで怖くなってここに帰ってきてしまったんです――

野崎がフーッと息を吐き出し、「こら警視庁や成城署が喜びそうやが、まあ、一緒に来て貰わなしょうないなあ。しかし、なんとも切ないなあ」と言った。

竹造は照道に向かって深々と頭を下げた。そして、また手話を使った。

――実は、私は本当の自分のことを知っていました――

「なんだと？」照道が驚いた声を上げる。「どういうことだ？」

――五歳の時、私は自分の父親から殺されそうになったのです。父は、私を道連れに無理心中しようとしたんです。それでこの裏の竹林の中に逃げ込んで気を失ったところを、あなたに助けて頂きました。その時、一時的に記憶を失っていましたが、それはすぐに戻っていたのです。でも、その後も私は記憶を失ったままを装っていました。この家でずっと暮らしたいと思っていたからです――

「竹造……お前」照道が呟いた。

――あなたを慕っていたからです。こんな私を拾って育ててくれたあなたは、私にとってとても大切な人だったのです。言葉を無くしたあの時、看病をしてくれたあなたは、仏そのものだと思いました。あの時から、本当の父だと慕っていました。だから、いつかあなたに恩返しがしたかったんです――

竹造は、目に一杯の涙を浮かべながら手を動かしていた。

それを音訳している高槻の声も湿っていた。

——だから、あなたや、この仁科家の人達を困らせるようなことをする者は、私が取り除こうと思ったのです——

不意に奈緒が立ち上がり、「竹造……」と呟いた。「ご免ね、竹造。江森を殺したのは、本当はあたしだったのかも知れない。あなたをそうまで追い込んでしまったあたしが殺したのかも知れないわ。あなたがそんなことまで考えてくれていたなんて……許してね、竹造。ご免なさい……ご免ね、竹造」

奈緒は着物の袂に顔を埋めた。その肩が震えている。

竹造はじっと奈緒を見詰めていたが、ゆっくりと首を横に振った。そして、顔を上げた奈緒に向かって手を動かした。

奈緒は竹造に小刻みに頷いて見せ、「そうよ、判っているわ。あたしも、ずっとあなたを本当の弟だと思っていたんだもの」と言った。「今でも可愛い可愛い弟の竹造よ」

竹造は、奈緒を姉のように慕っていた、と手話で言ったのだろう、と一馬は思った。

奈緒が照道に向き、「ご免なさい、お父様」と言った。「江森との結婚に、お父様は初めから反対してらしたわね？　若かったんです。世間知らずだったんです。江森からプロポーズを受けた時のあたしは、ただ熱に浮かされていたんでしょうね。でも、あの結婚が間違いだったとことに、あたしもすぐに気付きました」

「もういい。そのことは忘れろ」

「何度離婚を考えたか知れません。でも、優衣がいました。優衣に辛い思いをさせてはと思ったんです。優衣は江森を父親として慕っていましたから。それで、愛のない結婚生活をずるずると送ってしまっていたんです。でもそれは間違いでした。もっと早く、優衣ともきちんと話し合うべきでした。優衣が江森の子ではないと判ってからも、優衣には何も話していません。ですから今、優衣には心から詫びなければと思っています」

「本当にそのことは全て忘れて……いや、優衣にはきちんと話す必要があるな」

奈緒は小さく、だがきっぱりと頷いた。

「竹造……」と照道がまた呟いた。そして、「竹造！」と叫んだ。

二人は、そのままじっと見つめ合っていた。

照道の目に、そして竹造の目からも、次々に涙が溢れ出ていた。

「お前は私の息子だ。大切な息子なんだ。それを……それを覚えておいてくれ」

次の瞬間、竹造の顔が歪んだ。そして、大きく息を吸い込むと口を開け、無言の叫びを上げた。

終章　奏《そう》葬《そう》

「須崎と響子は出来てたらしい」勝田が一馬に言った。「それをネタに、二人は伊沢から強請《ゆす》られていたんだとさ」

翌朝、一馬が宿泊する四条烏丸のホテルに勝田がやってきて、二人はティールームでコーヒーを飲んでいた。

「それに須崎は、店の金をだいぶつまみ食いしていて、その件を響子に知られていたようだ」

「それが動機ですか？」一馬は言った。

「なんともチンケな動機だが、須崎はせっぱ詰まっていたんだろう。婿同然って立場だったしな。響子は響子で、『さやま』を追い出されそうになっていた。離婚するにしても、それなりの慰謝料をふんだくりたかったんだろう。二人は、伊沢にはもう長いことむしり取られていて、いい加減うんざりしてた。伊沢を殺しちまえ、と相談がまとまってて、だいぶ前に響子が実家から青酸カリを持ち出して須崎に渡してたってことだ」

「響子さんは、別のネタも使うつもりだったんですよね？」

「響子は、江森が種なしだったってことを最近堀内から訊いて知ったようだ。当然、優衣さんは江森の子ではないということになる」

「美味しいネタと思ったんでしょうね？」

「そのことで、八年前のヤマのことも関連づけたんだろう。江森は仁科の関係者に殺されたんじゃないかと考えて……というより、多賀さんの話によると、江森の現場で何かを見たようだ。で、それを伊沢に確認に行かせた」

「その時は、伊沢という人と組むつもりだったんでしょうか？」

「さあな……だが、自分達からむしり取るよりこっちのが美味しいだろうからって誘ったようだ。どうせ、伊沢は須崎が処分してくれるし、となって須崎もその話を響子から聞いていて、仁科への強請りを誘われていたそうだ」

「その須崎に殺されるとは思っていなかったということですね」

「だろうな。逆に須崎の方は、仁科家の云々なんてどうでもよかったんだ。目の前の厄災だけ取り除くことだけ考えていたんだろう」

一馬は大きな溜息をついた。

「多賀と竹造が托鉢に来て、あの晩、二人と竹林で会うからってことを響子から聞いた須崎は、こっそりと待ち伏せしたってことだ」

　響子を撲殺したあと、足音が響いてきて、須崎は慌てて逃げ去ろうとした。

「逃げる途中、虚無僧姿の男が後ろ向きに立っていて、思わず殴り倒した。その相手が多賀だった。尺八を取り替えたのは、その男を犯人に仕立てられるんじゃないか、と一瞬のうちに考えたからだそうだ」

「堀内という人の方はどうなったんですか?」

「全くの別件だった。ホシは、歌手志望の十九歳のおねえちゃんだった。自分の持ち歌になるはずだった曲を、堀内の一言で、橘しおりっていう別の新人歌手に振り当てられたと思い込んでいた。あっちこっちにデビューするんだってしゃべりまくってたってことだが、それがポシャッちまって、堀内を逆恨みしたってとこだ。才能のカケラもなかったそうだがな。で、曲を取られたと思い込んでいた橘かおりの名前で、毒入りウイスキーを送ったってことだ」

「青酸カリは何処で手に入れたんですか?」

「そのおねえちゃんは川口の鉄骨屋の娘だ。工場で溶接の時に使う青酸カリをこっそりと手に入れていたってことだ」

「たまたまこっちの事件とのタイミングと、殺害方法も同じだったたってことですか」

「だろうな。ところで、ここだけの話だが、優衣さんの生物学的な父親ってのは誰なんだろうな」

一馬は、「さあ……」と答えた。そんな詮索はなんにもならないと思っていたのだ。誰の子であろうと、優衣は素晴らしい女性だ。それでいいじゃないか、と……。

「そろそろ行くのか？　明暗寺」

と言う勝田に一馬は頷いた。

多賀は今朝放免になったそうだ。

青森に帰って、轢き逃げ事件の件で警察に出頭するそうだが、その前に、明暗寺で献奏したいという幹夫の願いを照道が聞き入れ、住職に話を通してくれたそうだ。

その献奏には、一馬も立ち会いたいと思っていたのだ。

それに、千秋と優衣も来るという。

小癪な姪はともかくとして、優衣には是非とも会いたい、と一馬は思った。

ホテルの前からタクシーを拾う。

東福寺の六波羅門から境内に入り、明暗寺に向かう。

今日も燃えるように紅く色づいた古刹は、古都京都そのものという風情だった。

明暗寺の門をくぐり、絨毯のような苔の庭に入ると、『吹禅』と彫り込まれた石碑の前に、四人の虚無僧と、三人の和服の女性が談笑している姿が見えた。

照道、高槻、多賀、そして幹夫の虚無僧達と、和服の女性は、千秋、奈緒、そして優衣だった。

一馬と勝田は近づき、それぞれと会釈し合う。

優衣と目が会うと、優衣は一馬に微笑んできた。

優衣は自分の父親のことを知ったはずだが、今の表情から察して、自分の中のどこかで何らかの折り合いをつけたようだ、と一馬もほっとする。

「明日お帰りになるそうですね？」優衣が微笑みを浮かべたまま言う。

「もう一日ゆっくりしたいと思って……」と一馬は言ったが、出来れば君と一緒に過ごせれば……という言葉はさすがに呑み込んだ。

「東京にお帰りになる前に、またお会いしたかったんです」

「それは僕も……」と、一馬は思わず言っていたが、胸の中の風船が一気に期待に膨らむ。

「柿沼先生が、虚無僧が発生した時代背景の資料を、いくつか見繕《みつくろ》ってくださったので、お渡ししたかったんです」

「ああ、なるほど……」

風船は一瞬でしぼんだ。

「いろいろと名探偵振りを発揮したみたいね、お兄ちゃま」千秋が言った。

「たまたまさ。それより、今日の千秋はぐっと大人っぽいな」

「馬子にも衣装って言い方に聞こえるわね」

「志村先生に見せたら、たまげるだろうな」

「さっき、優衣さんと二人で研究室に寄ってきたんだけど、口ポカーンて空けて、涎《よだれ》たらしてたわ。論文の進行に影響しなければいいけど」

千秋はそう言って、チロッと舌を出し、優衣がクスッと笑う。

一馬は眩しい思いで、そんな優衣を見詰めた。

「神尾君。いろいろと有り難う」照道がそう言って頭を下げてきた。

「いえ、たいしたことは出来ませんでした」

「竹造が罪を償って、早く戻ってきて欲しいと願っている」

「はい、本当に」

そろそろ本堂に行こう……と照道が言い、それぞれは頷く。

「ねえ、勝田さん。腕を組んでくれる」千秋が言った。

「おやおや、今日はえらく愛想がいいな」と勝田は言ったが、嬉しそうに腕を差し向ける。

「今日、また『華乃家』に行きましょ？　ご馳走してね」と千秋が腕を絡ませる。

「毎晩でもご馳走してやるさ」勝田が嬉しそうに言う。

そこに靴音がしてきて、「やあ、遅れて済みません」と手島が小走りしてきた。

「でっかい特ダネものにしたな」勝田が言う。

「皆さんのお陰ですよ。ああ、多賀さんと神尾さんとは初めてでしたね。紹介しましょう」

手島がそう言って紹介してくれ、多賀は、秋晴れのような素晴らしい笑顔を見せた。

「本当に青森に行くのかい？　優衣さん」手島が訊いた。

「はい、そのつもりです。母やお祖父様にも許可を貰いました」

「青森に？　どういうことだい？」勝田が訊く。

どういうことなの？　優衣さん……と、一馬も胸の中で訊いていた。

「ゆうべ病院で多賀さんに会って、いろいろとお話しました。それで、青森の『清風園』に行くことに決めました」優衣が答えた。「多賀さんと一緒にそこでお手伝いがしたいんです」

「何度も言うけど、僕は警察に出頭するし、そのあともどういうことになるか判らないよ」多賀が困惑の表情を浮かべている。

「構わないわ。それまで、あたしが多賀さんの分も頑張るもの」

「でも……」

「僕は大歓迎です」幹夫が言った。「みんなも喜んでくれるはずです」

「でも、もう少し考えてから……」

「まあ、いいじゃないか」照道がにこやかに言った。「この孫は、言い出したらきかないんだ。誰に似たのかな」

「お祖父様でしょ？　きっと」優衣が言う。

「そうかな」と照道はちらりと奈緒と高槻を見て、「まあいい。本堂に行こう」と歩き出す。

サトさん、僕は振られちゃったみたいだよ……と、一馬はこっそりと切ない溜息をついた。

本堂に上がり、正面の虚竹禅師像の御前に、四人の虚無僧が正座し、両手に尺八を捧げ持つようにして拝礼した。

四人は躰を回して後ろに向き直り、「今日はまず、多賀君と幹夫君が献奏する」と照道が言った。「多賀君。説明してくれ」

多賀は頭を下げ、「私が作曲した『風動之肆』という曲ですが、『奏葬』の副題も持っています。無くなった方々に向けての鎮魂のつもりで献奏させて頂きます。幹夫には、この曲を前々から教えていましたが、ここで献奏するのが夢だったそうです」

多賀と幹夫が頭を下げ、四人はまた虚竹禅師像に向いた。

多賀と幹夫が尺八を構え、竹の中に息が吹き込まれた。

昨日の竹造の演奏では、風が竹を震わせて叫ぶというような、どこか凄まじさを感じさせる曲のように感じたが、今の二人の吹禅は、心の底から魂に呼び掛けているように一馬には感じられた。

風動――そう、まさに風の動きがそのまま言葉となり、彼方にいる者達に語りかけているようだった。

一馬はそっと目を閉じ、風の言葉を聴いていた。

〈了〉

解説

香山二三郎

西村京太郎『寝台特急《ブルートレイン》殺人事件』（光文社文庫）の刊行とともにトラベルミステリーという言葉が誕生したのは、一九七八年一〇月のことであった。

何故鉄道ミステリーではなくトラベルミステリーなのかというと、当初は鉄道だけではなかったから。トラベルミステリー第二弾の『夜間飛行《ムーンライト》殺人事件』（同）は十津川警部が旅客機で北海道に新婚旅行にいくが、同じ便に乗り合わせた客や乗務員が次々に失踪したり変死したりするというお話。つまり、乗りものは必ずしも鉄道だけとは限らなかった。『寝台特急殺人事件』の人気爆発がやがてトラベルミステリー＝鉄道ものという公式を生み出していくわけだが、考えてみると、鉄道ミステリー自体、『寝台特急殺人事件』以前から存在していたのである。

時刻表を駆使したアリバイ崩しのパイオニア、鮎川哲也『ペトロフ事件』（光文社文庫）が発表されたのは一九五〇年だし、鉄道トリックを活かしてベストセラーとなった松本清張『点と線』（新潮文庫他）が発表されたのは一九五七年のこと。特に後者は、鉄道トリックのみならず旅情描写も巧みに取り込まれているという点で、トラベルミステリーとともに旅情ミステリーの実質的なパイオニアでもあったというべきだろう。ここでいうトラベルミステリーと旅情ミステリーの違いを、〝点と線〟にならっていえば、旅先や地方の舞台を事件の拠点とするものが旅情ミステリーで、東京と各地を線で結びつつ展開するのがトラベルミステリーとなろうか。もっとも、ふたつの趣向を併存させた作品も少なくないし、あまり厳密に区分けしても仕様がない。

さてその『寝台特急殺人事件』であるが、著者の西村は誕生時の裏話として次のように記していた。

その翌年だったか（筆者註：西村は前年に京都に転居）、光文社の担当者が、次に何を書きたいかテーマを出してくれといってきた。それまで一応書きたいものを書かせてくれていたのだが、あまりにも売れないので業を煮やしたのだと思う。（中略）私は、昭和七年の浅草か、その頃子供に人気のブルートレインのどちらかを書きたいといった。私としては、昭和七年の浅草の方を書きたかったのだが、担当者は冷たく「これは売れません」といい、私は「寝台特急《ブルートレイン》殺人事件」を書くことになった。(中略)結局この本が十万部を越えて、それからトラベルミステリーの作家といわれるようになった。(「小説《ミステリー》を書いて四十年」/『西村京太郎読本』KSS出版刊所収)

そう、トラベルミステリーは著者の独断専行ではなく、氏を支える編集者とともに出発していたのだ!

かくしてトラベルミステリーが誕生して四半世紀余り、今また若い世代の編集者が西村京太郎や旅情ミステリーの巨匠内田康夫を継ぐ新たな書き手を育てるべく立ち上げたのが、新人作家高梨耕一郎の売り出しキャンペーンである。それも、幻冬舎、講談社、光文社、双葉社の四社から、帯もカバーデザインもトータルコーディネイトされた文庫書き下ろし作品として、二〇〇五年一〇月から順次刊行されることになったのだ。

本書『京都 風の奏葬』は『横浜鎮魂曲殺人旅情』(幻冬舎文庫)に続くシリーズ第二作に当たる。今回主人公の神尾《かみお》一馬《かずま》は取材に赴いた京都で殺人事件に巻き込まれることになるが、内容について触れる前に、軽く主人公紹介を。

神尾一馬は三〇歳、歴史・時代小説作家大生田郷士《おおのだごうし》のアシスタント兼フリーライターで、もともとは神尾財閥の家に生まれたお坊っちゃまなのだが、母が後妻だったことから義兄姉や使用人に疎んじられ、大学卒業とともに神尾家を出、現在は第二の母ともいうべき神尾家の元お手伝いサトと一緒に暮らしている。おっとりとした貴公子キャラクターという点では、内田康夫作品でお馴染み浅見光彦直系の探偵像といっていいだろう。

さてその一馬が京都を訪れることになったのは、旅行雑誌の紅葉特集の取材のためであったが、大生田からも洛南・東福寺の山内にある虚無僧寺こと明暗寺の取材を頼まれていた。一馬は京都麗華大学の古代史研究室で学ぶ姪・田村千秋のつてで明暗流尺八の師範を祖父に持つ仁科優衣を紹介してもらい、明暗寺を取材するが、その夜、食事に訪れたおばんざいの店で亜細亜日報の勝田記者から、三十三間堂近くの竹林で三二歳の女性が殺され、現場近くで虚無僧姿の男がつかまったことを知らされる。男は記憶喪失になっていたが、所持品から優衣の知り合い、多賀純一と判明。多賀は、八年前に何者かに殺された優衣の父、作曲家・江森健一郎の専属アレンジャーだった。しかも事件後、多賀は八年間も行方不明だったというのだが……。

京都を舞台にしたミステリーといえば、西村、内田両氏はもとより、数多くのトラベル&旅情ミステリー作家がいちどは描いているといっても過言ではない。舞台背景にしろ、題材にしろ、もはや描き尽くされているのではと思いがちだが、著者は虚無僧と尺八という題材を駆使することで京都の奥深さをまざまざと見せつけてくれた。「私なんかは、京都にこれだけ住んでいるのに、まだわからないところがあったり、知らないところが多いんですよ。行ったことのないところもあるし、京都はそれだけミステリアスなんです」(「私の京都」/『ミステリーに恋をして』所収)といったのは、今は亡き京都ミステリーの女王山村美紗だが、まさしくその通り。虚無僧姿の人物による時代小説さながらの殺人シーンが描かれたプロローグからして、ツカミは充分といえよう。

もっとも著者は、異様なムードを高めるためだけに虚無僧を使ったのでは、むろんない。普化宗の法器でもあった尺八の成り立ちや楽曲のみならず、それと絡めてポピュラー音楽業界の闇をも浮き彫りにし、いわば音楽ミステリーとしての妙味も引き出してみせるのだ。

京都ミステリーとして本書が異色なのは、何よりその点にあろう。

いっぽう、旅情ミステリーとしての演出にも怠りはない。冒頭、京都にいくという一馬に対し、大生田は「今の京都っていやあ、なんたって松茸料理だぜ」とか「秋鱧《はも》なんてのもいいな」などというが、色気より食い気、筆者がまずそそられたのも京の味であった。一馬たちは紅葉取材の際、嵐山の天龍寺で豆腐料理を食べたりもするが、本書の目玉は何といっても、彼らが明暗寺を訪れた夜から通い始めるおばんざいの店「華乃家」であり、被害者・佐山響子の夫が営む京菓子の老舗「さやま」だろう。京都のおふくろの味ともいえよう惣菜料理と、御所から神社仏閣、茶道の家元まである街の歴史を反映させた伝統食品と、本書を読んだ後、現地に行けば誰でもお試し出来るよう配慮されている辺り（といっても、「華乃家」も「さやま」も架空のお店だけど）、著者のサービス精神の一端がうかがえよう。

前作と同様、現在と過去の事件が錯綜するが、ミステリー趣向という点では、冒頭の殺人事件でやはり尺八が鍵となっているところがポイント。これまで多くの作家が京都ものを複数書いてきたが、著者の場合、次もまた新たな知られざる題材を持ち出してみせてくれるのではないだろうか。期待するところ大である。今後の京都ものでは、一馬の気丈な姪・田村千秋や京都府警中立売署の名物刑事野崎等が、サブキャラとして活躍をみせる可能性もあり。彼らの名前も覚えておいて損はないだろう。

なお、今後の神尾一馬シリーズだが、〇五年一一月には『入谷・鬼子母神　殺人情景』（光文社文庫）、『加賀 埋蔵金伝説殺人』（仮題／双葉文庫）と書き継がれていく予定。日本各地を舞台にした一馬の推理行とともに、どうやら作品ごとに美女に振られるらしい彼のフーテンの寅さんぶり⁉　もどうぞお楽しみに。

本書は文庫書下ろし作品です。虚無僧、尺八については、現代の
虚無僧・牧原一路氏より提供して頂いた資料を参考にしました。

|著者|高梨耕一郎　1946年東京都生まれ。'69年、日本大学商学部を卒業。技術系の企業を経営しつつ執筆活動に入る。

京都《きょうと》 風《かぜ》の奏葬《そうそう》
高梨耕一郎《たかなしこういちろう》

講談社文庫
定価はカバーに
表示してあります

2005年10月15日第1刷発行

発行者——野間佐和子
発行所——株式会社　講談社
東京都文京区音羽2-12-21　〒112-8001
電話　出版部（03）5395-3510
　　　販売部（03）5395-5817
　　　業務部（03）5395-3615

デザイン—菊地信義
本文データ制作—講談社プリプレス制作部
印刷———豊国印刷株式会社
製本———株式会社大進堂

Printed in Japan

落丁本・乱丁本は購入書店名を明記のうえ、小社業務部あてにお送りください。送料は小社負担にてお取替えします。なお、この本の内容についてのお問い合わせは文庫出版部あてにお願いいたします。

ISBN4-06-275231-X

講談社文庫刊行の辞

二十一世紀の到来を目睫に望みながら、われわれはいま、人類史上かつて例を見ない巨大な転換期をむかえようとしている。

世界も、日本も、激動の予兆に対する期待とおののきを内に蔵して、未知の時代に歩み入ろうとしている。このときにあたり、創業の人野間清治の「ナショナル・エデュケイター」への志を現代に甦らせようと意図して、われわれはここに古今の文芸作品はいうまでもなく、ひろく人文・社会・自然の諸科学から東西の名著を網羅する、新しい綜合文庫の発刊を決意した。

激動の転換期はまた断絶の時代である。われわれは戦後二十五年間の出版文化のありかたへの深い反省をこめて、この断絶の時代にあえて人間的な持続を求めようとする。いたずらに浮薄な商業主義のあだ花を追い求めることなく、長期にわたって良書に生命をあたえようとつとめるところにしか、今後の出版文化の真の繁栄はあり得ないと信じるからである。

同時にわれわれはこの綜合文庫の刊行を通じて、人文・社会・自然の諸科学が、結局人間の学にほかならないことを立証しようと願っている。かつて知識とは、「汝自身を知る」ことにつきていた。現代社会の瑣末な情報の氾濫のなかから、力強い知識の源泉を掘り起し、技術文明のただなかに、生きた人間の姿を復活させること。それこそわれわれの切なる希求である。

われわれは権威に盲従せず、俗流に媚びることなく、渾然一体となって日本の「草の根」をかたちづくる若く新しい世代の人々に、心をこめてこの新しい綜合文庫をおくり届けたい。それは知識の泉であるとともに感受性のふるさとであり、もっとも有機的に組織され、社会に開かれた万人のための大学をめざしている。大方の支援と協力を衷心より切望してやまない。

一九七一年七月

野間省一